程维 著

南昌记

南京大学出版社

图书在版编目(CIP)数据

南昌记 / 程维著. —南京:南京大学出版社,
2022.1
ISBN 978-7-305-24996-9

Ⅰ.①南… Ⅱ.①程… Ⅲ.①散文集—中国—当代
Ⅳ.①I267

中国版本图书馆 CIP 数据核字(2021)第 193702 号

出版发行	南京大学出版社		
社　　址	南京市汉口路 22 号	邮　编	210093
出 版 人	金鑫荣		

书　　名	**南昌记**
著　　者	程　维
责任编辑	黄　睿
责任校对	王木鱼
审读编辑	付　裕
照　　排	南京紫藤制版印务中心
印　　刷	徐州绪权印刷有限公司
开　　本	880×1230　1/32　印张 13.5　字数 350 千
版　　次	2022 年 1 月第 1 版　2022 年 1 月第 1 次印刷
ISBN 978-7-305-24996-9	
定　　价	78.00 元

网　　址	http://www.njupco.com
官方微博	http://weibo.com/njupco
官方微信	njupress
销售咨询	025-83594756

* 版权所有,侵权必究
* 凡购买南大版图书,如有印装质量问题,请与所购
　图书销售部门联系调换

作者程维

我接受我出生的城市犹如接受我的身体。

——奥尔罕·帕慕克

目 录

i　　序

001　　街道灰阑记
041　　棕帽巷记:一巴掌里有"江湖"
054　　城门内外:掌心的迷宫
095　　人与事
122　　南昌·慢
142　　饭局记
151　　一个人的南昌志

172　　砂霸
178　　拳师
184　　大叔
190　　保义

196　　遗忘记
206　　蚂蚁的记忆

219	王的遗址
225	私人史:流光片影
238	城圈记
247	老屋记:瑞金北路145号
282	逍遥游
292	我的高贵的山河
312	黄昏显露出古旧的颜色
326	城市,飞翔的石头
332	阳光并不灿烂
339	风吹过,纸上隐约见那——起舞回雪
354	船长记
360	光影或者:片段
370	老街道:城市肖像
389	城市的高度:失乐园
409	后记:"唯有时间优雅如永恒的悲伤" ——献给吾民吾城

序

> 在你丝绸般双乳的阳光下沐浴，
> 静候佳音的到来。
> 然后我们再去成长。
>
> ——马哈茂德·达尔维什

写下这本书，是要有几分写碑之心了。为城市写碑立传，我已无意。为在此城我所知的活过与尚活着之人而写，还是动了念的。只在人性的基础上，无关乎善者或恶棍。他们刻在这座城市上的生命印记，有时拂拭尘埃，还能看清。不必等到百千年后，再来做盲人摸象式的考证与猜谜了，能以文记之，定有价值。这本书应该是用毛笔写的，像一部绵延的手卷，我一直想这么做，写在黄色洒金的仿古宣上，仿佛行云流水般的生活。我是说《南昌记》，当我动念写它时，我还是开启了电脑、手写板，白色屏幕，密集的印刷体。字是仿宋的，行为全然现代。我突然想到徽宗，想到瘦金体，它对今天的仿宋，还是有基因遗传。只是优雅、不顾一切的闲适与美的轻佻，不见了。落下的，仅是实用，仅是操作。这令我每有排拒，对电脑、对手机、对汽车，我起过不学之念，但终是离不开有手机、电脑、汽车的当下生活。我的写作也向电脑缴械，唯写作之外，我用毛笔与宣纸画画，体验古老书法与绘事。仿佛以此维持自我的平衡，在"实用"与"无用"之间，行云流水上下，天光无限。

《南昌记》的写作是一次肉身与钢筋水泥的厮磨，是一次对石头、影子和光的灵魂捕捉。有时像捉住它了，却两手空空。有时苍茫怅望，它已忽然浮现，无所不在。我是说《南昌记》的写作是有拷问的，是对看不见的城市禁区的审讯与逼近，由此更进入自我，每个人都是一座城，都是"南昌"。明乎此，我既沉重又释然，就像扛着巨石，又轻视了"众神"，但神已在巨石内部，如此而已。写作总是负重前行，唯此方不至于轻飘，也不会滑倒。瑞典诗人特朗斯特罗姆说"记忆看见我"，仿佛如是。而现实和记忆往往互不相认。

我想这本书不仅是提供给人怀旧的，不仅是给一个地域的人看的，你在北京、上海、香港、台北可以看，你在罗马、巴黎、东京、伦敦、伊斯坦布尔同样可以看，正如我在南昌看巴黎或纽约的一个作家写他人的城市与生活，那些刻在人类生活场域的气味和光线、影像，以及独有的斑斓与喧响。世界上任何一座城市只是人们生活的场地，上代人甚至无数代人在这里活过，这代人乃至无数的下一代也将在这里活下去，城与人相互成全，相互造就，当然终究是人在塑造城。从另一种意义上它又成了人的故事的舞台，没有人的城市是死城。

在一家酒馆里，醉眼买单，却见墙上挂满了许多牌子，红色的、蓝色的、绿色的，多么熟悉，那是城里的诸多老街老巷的牌子——三眼井、六眼井、将军渡、羊子巷、鸭子塘、仁寿里、鹅头巷、凤凰坡、合同巷、棕帽巷、状元府、朱子巷、后墙路、豆芽巷、葡萄架、醋巷、绳经塔、永叔路、蛤蟆街，不可否认，很美、很有情趣，只是不少街巷已经消失了，仿佛一场宿醉，酒阑人散，谁的主场？连场子都没了，扶着风，踉跄而行，却找不到回家的巷口，一酒千愁，九曲回肠，回到何处？城市人心心念念的老街老巷只在酒馆里。八十年代有部日本电影《兆治的酒馆》，高仓健先生饰演开酒馆的男子兆治，他的背影和肩膀上都是隐忍与沉默，像一座老巷子里移动的酒馆，灰色瓦片上落着潦草的白雪。

文字越写，离现实与记忆越远，"还原"不可企及，只怕每次书写，都仿佛篡改，因为不明真相，或者真相早被时间风化，文字中的历史也不完全靠得住。

城市是人群聚集的地方，是房子划分道路变为街巷的地方，是街巷变为店铺、旅馆、娱乐场所、工作坊、会议、管理机构的地方。由此城市成了较于乡村更大、更密集的生死场。波德莱尔说，"人群是孤独者的故乡"。而城市人现今大多已成了故土的异乡人，"想说的话依然落在他乡的雪上"（代薇《呼愁》）。这是当下城市人置身于焕然一新的钢筋水泥、大理石、玻璃幕墙与瓷化涂层中的孤独。

"孤独感"是城市人最醒目的"存在感"，如果连"孤独感"都没了，或湮没了，生命便被同质化了。现代都市正在趋同，连县城也在沦陷，仿佛新鲜出炉，其蜕变形同快速的复制。千古的民俗、风情不再，与时间倔强对垒的个性，已然丧失。每一座高楼的崛起都是作别过去的挽歌，也是生活兴高采烈的临盆。——还是事关生存、人伦、福音与欢痛。在高楼上写地面的事情，我听到的音乐如同来自天际。这本书里无疑是带有一些"现代化带来的传统的突然缺失，以及身份丧失之痛"（帕慕克）。但我觉得好文章总是须带有人间烟火气息的，过去我不知道，以为好文章也应是天籁，必须干净而美好，这是错的。世俗的庞杂、繁冗，人情世故，哀乐忧欢，活着的气味，一条条命，这才是好文章的前提。我必在书中写得泥沙俱下、元气淋漓，这才是大块文章。这才是继《南昌人》《南昌慢》之后我正写着的《南昌记》。

我头上有三个旋，小时候，大人一看就说，这小孩脾气肯定又倔又臭。回头教导自己孩子,离他远点。我知道是人怕我,恐跟他孩子打架。自小我也确实没少闯祸,打架不断,总是跟比自己大的人打,从湾里到豫章路小学、南昌七中(豫章中学),自然没少吃亏。后来亏吃多了,学乖,变老实变斯文了。多年后,人说我成了文人,过去玩伴没人相信。但我想那些过去的玩伴,他们都与生活的城密切相连着,城见证着人。城在看人,而又人城互看着。

是的,我写到众多的人,在与不在的,他们的故事与细节,如微缩的生命景观,如罂粟,美的、毒的,都艳丽并"绽放",他(她)们,为城而活,城因他(她)们而存在。一座城就是由无数肉身组成的纪事,别此,再好的建筑也是冰冷而精致的废墟。《南昌记》写的是肉身之城的人性困顿与欢愉,不是市长的城,是普通市民盘桓的城,更是悠长的过往、当下与不可测知的未来之城。我将坦诚地写出我的过往,我在这座城的生命烙印。我发现这是一部如此重要的中年之书。正如耶胡达·阿米亥所说:"我们必须做的事情是用语言和痛苦的精确去描述美的事物。"如此,书写不留遗憾。短短几十年、恍如一瞬间的人生经历放在时间长河和人类历史里考量,完全不值一谈:比一粒沙子还要渺小。或许只是因为擅于写作,才在一个有着相对自由的空间,随性写下一些成为映照肉身影子的文字。而巨大的阴影浓缩了众多过去之我的影子,是定格在时光深处复杂的综合体。

1966年,我四岁,此时的影星刘晓庆正是花季少女,她后来在《我在毛泽东时代》(《中国作家》1993年第3期)一文里写道:"在我的少女时代与青年时代,我最热爱、最崇拜的男性是毛泽东。我把所有纯真的爱情,全部的憧憬和希望,都奉献给了他,他是我顶礼膜拜的偶像。毛主席,他拥有我全部的初恋!"半个多世纪后,我读到此节,感慨莫名,觉得曾经沧海的影星为她的少女时代完成了一阕迟写的挽诗,尽管只是几句,但终于还是坦诚地写了,完成度极高。耶胡达·阿米亥又说:

"诗的另一面是悲伤。实际上，每一首诗都是哀歌，因为一首纯粹赞美的诗是不可能存在的。如果你最终以描述痛苦来思考它，人们较之于他们描述其幸福则更准确而细致。"(《诗人教育》)

有人认为南昌最早的筑城者不是灌婴，但原位于象山北路(今象山宾馆院内)的城隍庙，供的却是他。老百姓认灌婴，把他供为南昌的城隍。

2019年，我推掉了北京一家出版社约写的《南昌传》，投入《南昌记》的写作，这是我发自内心想写的一部书，我推不掉内心的这份意愿。它仿佛和我的前几部书一样，都是带有天意的，我只有顺应这种呼唤，遵从内心的律令。

我写《南昌记》，内心是要供城隍的，写出城隍之名，让人记着，算是向他老人家上的三柱香，这本书也就有了灵魂。我时常思考卡内蒂的一句话——"世界因变老而日益开阔，未来缩小了"，开始想得有些小心翼翼，现在觉得恐怕是如其所说。我顿时黯然。

　　上帝，纵使你给了我
　　能写全世界的权力，可我只写南昌
　　这陌生而又熟悉的城市，我的悲欢之城
　　生死之城，血肉之城，情爱之城，天使之城
　　上帝，纵使你给了我满城繁华
　　我也只能在一盏灯下伏案写作
　　让你的光焰在一支笔下熠熠生辉
　　那阴影部分，始终在高跟鞋的脚边

　　　　　　　　　　　　　　——上帝之城

2020年5月20日

街道灰阑记

烟啊烟,莫烟我,且烟天上梅花朵。

——南昌民谚

1

"我爱你,万恶之都。"波德莱尔是第一个专写巴黎的诗人,其诗是对巴黎的咒语。他一生在巴黎搬过四十二次家。算一算,我家在南昌也是搬得多的。搬家多,住的地方也就多。加上祖母、外祖母家住的地方,都与我的成长史相关。由此,南昌在我的生命中是和一些街道、一群又一群人捆绑在一起的。这也是城市人的普遍经验。在古代,用石灰在地上画个圈,称为灰阑。阑即栏,又隐喻为判官,这大概是来自元杂剧包公断案《灰阑记》。布莱希特有话剧《高加索灰阑记》,是受了中国元杂剧影响的。在城市里,街道是市民生活地带,一条条街道过去有明显分界,就是石灰画的圈子,人在里面生活着,街道的命运变化就是城市人生活中的最大改变,它庇护着人们,也审判着人们的生活态度。一座城市是宏观的,但对于个人经验绝对具体而微,否则就没有地气。

我欣赏黑泽明的拍片方式,就是要接地气,他说拍武士,就要拍出他跑动时脚底下带出的灰尘来,那"灰尘",我以为就是对"地气"最好的阐释。我想,黑泽明若在南昌,他就会拍那些老街旧巷,现在老街巷正在消亡,带走了多少故事,仿佛"消亡的罗曼史"。好在有些街巷还会出现于故人的深宵梦里,复活在话语中,在人们的记忆里反复浮荡,那似乎是城市的另一重活生生的空间。也是我们"看不见的城市",却真实存在于人的生命血肉里。

记得美国老电影有《高加索灰阑记》,没看过,不知怎么,喜欢这片名。"灰阑"与其说是圈子、界限与审判,不如说本身就是低而卑微的存在状态。翟永明说:"我不属于战争,也不属于和平,我属于灰阑画就的地盘。"陈凯歌有本自传,里面有一章,叫"狂灰",写人,写特殊年代的街坊熟人的际遇。

街道是一些成年人的脚,少年的奔跑与孩童的踉跄,杂沓、错乱,莫名其妙,像雨点,还有雨点一样落下的糖果——尤其是玻璃纸的糖,闪着透明的光和莫名的甜香——那些孩童,小小的身体,雀跃着,赶紧扑过去,在街道的石板缝里,抠出一只已然脏黑的糖,却一脸惊喜,仿佛获得了整个世界——这是我对街道的第一印象,深刻而有质感。

抢喜糖,是童年难忘的经历。记得羊子巷的老奔家,人员多,七叔八姑的,仿佛大家族,家里有人结婚,比别人家热闹得多。新娘进了门,就有家人用纸盒端着喜糖出来。撒喜糖的活,多由家里个高的人站门口撒,没个高的,就站门槛上,尽量往高处抛——彩色的、甜甜的雨,早已候着一伙伙等着抢糖的孩子,挥舞一双双渴望的小手。喜糖多是硬的,半软的米老鼠算高级的了,一般没几粒,能抢到,算中头彩。我等屁孩往往手脚并用,能在半空中接住的,往往是大孩子,我辈只能抢落地上的。瞄准一粒红纸糖,手还没伸过去,那糖就被一只脚踩住,其所有权已有了归属。只有悻悻然扑向另一粒,手刚扑上,手背便压了一只脚,狠劲抽出,一手污泥,所幸糖牢牢攥在掌心。两膝跪在一场污雨里也浑然不觉,爬起来,剥开糖衣,一泊鼻涕已搭过了嘴,品着胜利果实——那粒混杂着鼻涕味的糖果,方觉膝上的湿凉,衣袖全是污泥,却为回去少不得挨一顿训斥而忧心忡忡。

屁孩多无权参与闹新房,待人走光了,却趴在窗外偷看,对新郎新娘新婚夜里做什么甚感好奇。往往等人刚钻入被子,便在窗上弄出响动,惊得人好事未成,便做贼般仓皇蹿出被窝,趿拖鞋跑出来,惊惶喝问:谁?!屁孩拔腿,一轰而逃。次日彼此相问都看见啥了?调皮的会说看见了新郎的老二,更调皮的会说看见了新娘的白屁股。其实黑灯瞎火的,什么也没看着。

夏天,街巷水管破了,溅起丈高的水,白花花的,如开放的巨大雨花,就是屁孩的节日,光身子往水柱里钻,人挤人,懂事的,忙拿家里水桶来,不要钱的自来水啊!路边消防栓也会破,一次亲眼见,水压炸开铁消防栓,铁栓炸过街,幸好没伤到人。我却惊得一跳。

六十年代中后期,造反有理的声浪随着层层叠叠的在大街小巷滚动着的标语口号的大旗铺天盖地,红海洋既像巨轮,又像推土机,更像重型坦克车,几乎在碾压着整座城市。

小小的羊子巷也未能幸免,甚至兵锋尤剧,红卫兵冲到外公家抄家,把堂屋到灶房的地面掀了一尺多深,土黑,潮湿,如黑色伤口。尚四岁的我,极惊奇,没有害怕,外公的家,居然天翻地覆,房间地板也撬开了,抄家者一无所获。连一只多余的瓶子也没有。好在此前外公就将自己过去的戎装军官照片毁掉了,否则后果不堪设想。后来母亲说,五十年代从事革命工作的父亲也是有枪的,一次不慎,居然将枪放在外公家里,若是让人发现,更是要命。父亲和母亲的结合在当时是不容易的,父亲家贫,祖父是民间艺人,祖母过去无业,父亲兄弟四人,排行老大,高中未毕业,就进布店当学徒,吃了不少苦,1949年10月后参加革命,随即入党,是组织上看好的颇有前途的青年干部。母亲原本家贫,由于外公被抓壮丁,入了旧军队,还做了军官,四九年后就成了出身不好的"旧军官小姐"。父亲和母亲恋爱,组织是干预过的。父亲所在机关的同志也讥讽父亲找了个"电影明星""旧军官小姐",但父母还是冲破阻力,组成了家庭。母亲漂亮、气质不凡,是美人一个,由于出身不好,从年轻到老,都低调、谦和。年轻时,她在位于胜利路的南昌三大商场之一的妇儿用品商店工作,经常有人从很远跑来以买商品为名,就是为了看她一眼。那时逢休息,她会和父亲回羊子巷看我们。平时工作忙,父母都住在阳明路的市委宿舍,那儿距上班地方近。我和姐姐就在羊子巷的外公外婆家。母亲回来,一条巷子都会引起小小的轰动,尤其年轻男女,都用羡慕的眼光看着母亲,都叫她"大姐",母亲当年才二十多岁,在人眼里她不仅美,还是那条街巷的"大姐大"。人都叫我父亲为"秋屏哥哥",以示心折与敬意。

  父亲当年也是长得龙章凤姿,我和姐姐翻看到父亲那时的照片,都感叹"他怎么长得那么好"。我印象里,过去体面的南昌人都长得干净,有着南方人那种清朗与俊逸,男人不油腻,脸上无戾气,人是静的,即便历经苦难,身上还是保有过日子的那份沉潜。我见一位朋友写的文字,回忆其前辈人物——"赣中先生的父亲是南昌数一数二的美男子,高大魁梧,龙睛凤目,器宇轩昂,走在街上,无数人都要对他行注目礼。他的仪态和周总理可以有得一比。"这样的文字里凸现的南昌人,以那位"赣中先生的父亲"为范,让人见了,真的心生欢喜。我记得我外公、父亲、四叔、大舅舅、姨父,皆是那般的男子,长得周正,有器宇,一派清朗俊逸,令人心折。确实,人长得干净,本身就是漂亮,这种男人,一等一的,

父母年轻时的样子，他们都是典型的南昌人，周正、俊逸而美好

中年了，愈发有风致，跟油腻不沾边，我见三十年代文人邵洵美的照片，仪表非凡。真正舒服，大好。只是屁孩时代的我，整天在羊子巷的地头拍苍蝇、捉蚂蚁，灰头土脸，自得其乐，一见妈妈在巷口出现，便惊喜有加，张开双手奔过去，一泊鼻涕迎风飞扬，啊，那风啊，也该是有着孩童的天真与欣喜。

母亲每次都要为我洗脸、洗手、换衣，弄得干干净净，再带去八一公园看动物。所谓动物，就是一铁网围罩的猴山，有十几只猴子在那儿饿着肚子，向围观者亮红屁股，渴望博得人扔进一点食物。那年头人也穷，顶多有小孩会扔进啃过的甘蔗屑。那白色蔗屑也令小猴欣喜若狂地抢夺，若有所获则赶紧逃到一险峻处独享，只是塞进嘴里，又吐出，那甘蔗屑，早已没一点可食余地，纯是垃圾。

奇的是，那年头的穷街陋巷，我总能见到一只红冠白羽的大公鸡（人称"九斤王"的大家伙），和三四只灰头土脸的母鸡在苔藓寂绿的阴沟边寻食湿虫，公鸡昂昂然踱步，偶尔歪头作若有所思状，忽然又朝空中凶猛一啄，眼光却扫射着那些母鸡。见有顽皮的脏兮兮屁孩，憎头憎脑过来轰鸡耍，竟以英雄救美状，怒羽冲冠扑上去，振翅伸脖，嘎嘎大叫着，摆出奋不顾身的激斗阵势，将屁孩吓得落荒而逃。公鸡便以得胜者姿态返回"妻妾"中，趁一只花母鸡不留神，猛然踩上其背，强行其事。这是已逝"老时光"里熟悉的小景。作为一个"老南昌"，我睡梦中也常在南昌故城的街巷里游逛。甚至会梦到进入一条古色古香满是古代建筑貌似熟悉又陌生的街巷，在现实的经历中不曾有过，梦里却是几度出入，仿佛它是古代南昌的某条街，我有时还能记得它的街名。在梦里我总是无限惊喜，想不到南昌还留着这样的街道，有馆子，有药铺，有寺庙，有花楼，有古服行人，身上都有着老太阳的黄色光影。寺庙里香客信士络绎，馆子里有酒气，花楼前有调笑者，药铺里半明半暗，有书法堂匾和一层层书架般的药匣，我总想着拿照相机来拍，却又总找不到照相机，古代街道就转眼即逝了。这般情景异常真切，仿佛前尘往事，这种街道我写进过长篇小说《浮灯》里。令我惊奇的是，那街道竟是黄滚滚的卵石路面，扎实而古老，并非寻常南方古街的青石或光滑的麻石。

羊子巷里住的居民在当年几乎都成分不太好，不是旧军官，就是旧掌柜。记得外公叫邻居男主人都是称"某老板"，外婆叫邻家女主人总称"某老板娘子"，所以到了七十年代"大下放"时，所有的住户家庭皆分崩离析。不是由武装民兵押着，拖家带口下到远僻的山沟里去，就是被勒令去农场，以及学生随校迁往农村，一条小巷隔几步，就是到处一堆破烂般的行李——破木箱、旧行李袋、米缸、木桶、发黑的油渣般的棉絮、捆扎的衣物，都破都旧，打满补丁，看不清布质的原色，木头脚盆、橱子、条凳，诸如此类，直摆到街口，仿佛战乱逃难——羊子巷也在居民的痛苦中分崩离析。我外公外婆和小舅舅一起下放到鹰潭贵溪的山里，我和姐妹及小姨随父母下放到新建松湖的兰溪，大姨去了农场，大舅舅随即迁往了景德镇。为了赶回南昌送外公外婆，大姨从农场爬货车进城，不慎摔断了手。那时我虽年幼，亦感觉城市在经历一场灾难，随之是拆"南昌建石岗"，作为战备，将城市疏散。

及至年长，我有一哥们傅建平，住在老羊子巷搭界的算子桥巷，我们一度混得火热，常去他家，也就在老羊子巷一带转悠，发觉与孩提时的巷子大异，金角铺、豆腐铺、土杂店、黄烟铺、剃头铺，全没了，连路旁的人行道都搭了下放返城居民的房子，巷子变得逼仄，哪像童年世界那么既无聊又生出万般趣味。老傅没有这些老街巷的童年经历，他是单位安装公司安排的一间宿舍，在巷斜面的楼的顶角，老傅却把那儿弄得有滋有味，婚前是一大帮朋友的联络点兼聚会处。老傅是那种貌似憨厚却不乏心眼的人，生存能力强，交游甚广，为人洒脱，找人办事有韧

街道灰阑记　007

劲,用得着的朋友无一遗漏。一块玩的女朋友不少,却都成了别人的老婆,老傅也大度。该结婚时却没耽误,找到了合适的女子,我们都喝了彼此的喜酒。那些年在与羊子巷搭界的算子桥,是留下了一些快活的朋友足迹的。尽管东湖的雨水夹带着百花洲的狼藉残红扑面而来,也温软,也薄凉。

2

家住豫章后街芭茅巷那几年,正是火热的八十年代中后期,此街正"火",市人皆叫它"蛤蟆街",其缘由是该街早市有进城的农民将夜里捕获青蛙(南昌人又叫"蛤蟆")用竹篓拎着叫卖,后来城管来抓,农民就不敢来了,临街的住户就贩青蛙来,尼龙网袋或蛇皮袋装着,躲在自家卖,买主尤以馆子店为多,南昌人嗜这一口,馆子店需求量大。城管有时"突袭",再三禁卖活青蛙。贩卖的住户索性将自家门面改成馆子店,主菜就是"红烧爆炒青蛙",食客如云,一时家家户户都忍不住,皆开了"红烧爆炒"店,蔚为壮观。豫章后街就火爆了,每日烟熏火燎,葱辣鲜香,人间烟火气十足。好在我家缩在豫章后街中段芭茅二巷内的一幢老旧红砖楼里,算是闹中取静。又仿佛居于人间烟火核心。眼见巷口百年老茶铺也改成了蛤蟆店,早上烤烧饼、炒瓜子花生的,也改成了用葱蒜酱油爆炒青蛙。千百年沉静的老街,瞬间热油滚滚,味蕾翻腾,多少食客每日在那些小店排档上大快朵颐,乐此不疲。南昌人无辣不欢,那条街也辣味冲天。"老南昌"梅亦平先生还记得,他小学时有位女同学叫孙建一,家住芭茅巷。女同学她爸叫孙国山,七十年代在南昌也是有名人物,做到了市委副书记。梅先生和大多数同学在那个年代都被命运驱赶去了农场,孙建一却当了女兵,做了广州军区某高干儿媳。孙国山后来倒了台,我家搬到芭茅巷前住青山路市委宿舍时,孙国山住我家楼下的四楼,我经过他家门口时,门总关着。有一次楼上一户人家厕所堵塞了,浊流四溢,流到他家门口,似乎见过一不俗少妇出来清扫。有人说是他的女儿,却不知是不是梅亦平先生的同学孙建一。只是从梅先生那里得知,他那位在同学聚会时"雍容华贵,光彩照人"的女同学后来因驾车出游不幸殒命。这应该是后来发生的事了。

过去南昌街巷里总有不少连着几进天井的老屋,多是明代、清代、民国遗物。射步亭2号四进,还有六七进的,有名的王家大屋、干家大屋等。我在裘家厂、干家大屋、书院街、杨家厂、射步亭都见过,并进去过。过去的屋主绝对都是非同一般人物。干家前街、干家塘巷、干家大屋巷将一大片的住宅小区串联了起来。据清光绪三十三年《南昌县志》载,清乾隆年间,宁夏兵备道干从濂辞官来南昌定居,在进贤门内广置地产,兴建府第,人称干家大屋,大屋占地六十余亩,内有水塘六口,房屋五栋,分六进。东首设有干家私学,名曰"三经圣书院"(旧址在今南昌八中内),藏书甚多;南侧建有戏台,设有干家戏班,名为"凌云班";西面是小校场(今为校厂东、校厂西、校厂北),系屋主干从濂操练水陆两军的地方,故干家大屋素有铜墙铁壁之称。屋主干从濂,字希周,星子北乡干家嘴人。七岁时便能以四书五经与诸儒生坐而论道,人皆惊为神童。乾隆十三年(1748)中进士,平甘肃、定新疆,任台湾兵部道台,坐镇台湾多年,后任宁夏兵备道,最终告老还乡。干从濂宦海沉浮三十余年,施政干练、深受乾隆重用,官至二品,此屋是他辞官定居南昌所建。大屋分六进,第一进大厅上方悬挂大匾,上书"浮威堂","浮威堂"系乾隆在南昌巡访时手书。大屋内原藏有大量的文物,在1939年日军侵占南昌之后,被抢劫一空。后来填平了水塘,干家大屋分割成干家前巷、干家后巷和校厂东、校厂西、校厂北,以及大凌云巷、中凌云巷等多条街巷,而面积堪比两个乔家大院的干家大屋从此也在南昌版图上消失。

1945年抗战胜利后,围绕干家大屋前后被称为干家前街、干家塘巷。干家大屋巷内住户李兰英老人回忆:"1945年,我十七岁那年出嫁,我的夫家就姓干。"李兰英身后的两层木制房子,据她说,"就是以前干家大屋的偏房,有两个大厅,二十世纪六十年代时被改建成这栋住宅楼,一直到现在。"李兰英嫁到这里后,常听公公回忆干家大屋的盛况。"大屋的主屋有四进,最大的客厅能摆下四五个大圆桌,地板都是大块的青石,房子里的柱子一个成年人张开双手都抱不过来。"李兰英回忆,1965年时干家大屋被拆,原址被改成住宅楼。"刚拆时这里是一片平房,二十世纪八十年代时被改成现在这样。"现如今的干家大屋已经变成了两排十栋八层的住宅楼,而干家大屋巷也变成了住宅楼之间的通道。"现在这里只有我们一户干姓人,其他的两户都在前几年搬走了。"

在豫章后街与东万宜巷的相隔地段,几条巷子将两条街道连通,这几条巷子围起的区域被称为裘家厂,这里因清乾隆大学士、诗人、书法家裘曰修的裘家而得名,也与南昌人喜欢的裘皇姑相关。我一位写诗的朋友、书法家老鹤,就住在裘家厂。那一带我曾经常走动,可谓烂熟。居民所住的都是清代至民国而下的老屋,屋有多进,厢房、过道、厨房皆阴暗潮湿。鹤涛兄住在正对豫章后街门面的二楼,木楼梯,开轩朝街,有木廊。光线甚佳,我有过数次在他阁楼般的房间里谈诗论文,留下的记忆都是带有灰尘与阳光的,比较干燥,有别于这一带老屋的阴郁感。但在那些破旧的老屋里,偶尔会惊艳地看到皮肤雪白的美女。后来这一片都拆了。裘曰修的夫人裘皇姑据说不太漂亮,但市井都知道她,却把她老公大学士、《世库全书》的总编纂忘了,这大概在于裘夫人有"皇姑"之名。

东万宜巷是一条充满烟火气息的巷子

地方上，多以官名产生影响，也只是一时，过后，曾经的省长、市长是谁，百姓也不知道。而要以文名，现今几乎不可能，除了为文者，没人知晓。南昌在江西当然是大的，放外省，同类省会，它就不算什么。跟邻近的武汉一比，小了，跟长沙一比，力有不逮。但我一向认为南昌人不可小觑，普通的街巷里会冒出一个很厉害的美女，比如从小在大士院生长的刘涛。还有子固路街边长大的高希希和邓超，以及黄磊，当然这只是比较容易引人注目的影视行业。其他隐逸的，不露形迹的高人，还不知有多少。对看不起江西，看不起南昌的外地人，我是不屑的，即便他是京城名流。

时至今日，皇姑墓仍在湾里，那是裘曰修夫妇的合葬墓，几经修缮，已是一个景点。江西人素有攀龙附凤之心，即便二十一世纪了，一听说谁当了国家领导，就刨根究底，挖出人的祖籍是江西，要攀大老乡，此等恶俗，还是巴结权贵之心不死，哪怕沾点光也是好的。这是江西落后的地方之一。当年，肯尼迪总统在白宫宴请诺贝尔奖获得者和包括梦露在内的演艺界名流。是时，正在自己的农庄里锄草的意识流小说大师福克纳，给总统回信说："为了吃顿饭去白宫实在太远了。我年迈体衰，不能长途跋涉去和陌生人一起吃饭。"此故事，颇合我胃口。我也有故事，数年前，省里某部长视察八大山人纪念馆，讲解员为之介绍八大，部长原本对八大有研究，以为讲解员所云非是，乃对陪同地方官言及读到过一本拙著，对拙著浅见颇认同，希望一见。地方官当即设法找到我电话，说派车来接去青云谱与部长一晤，我声言没兴趣。地方官本是熟人，问，难道你就没事要部长帮忙？我说没有。地方官急，又无奈，说，那叫我怎么跟部长交代？我说，就说我家漏雨，正修着，没空去。其实我家房子好着呢！我人懒，不愿与生人打交道而已，那部长人不错，是个有学问的人。我不以为福克纳老汉是清高,只是不愿为难自个儿吧。外人看不明白,以为是文人的臭脾气,不懂地厚天高。南昌站前西路有个"天高"夜总会,每晚是个热闹去处,曾有一段时期,没去"天高"玩过的人,都不好意思说自己在南昌混。我也只是偶然一次被朋友叫到那儿吃过夜宵,也没见到什么特别的五光十色。江西人向来是靠读书起家的,所谓"文章节义",但多半也是"学好文武艺,卖与帝王家",读书读得顶尖就做状元,南昌至今有"状元桥",也有叫"状元府"的地方,状元府位于如今的象山南路上,有一位老南昌创作了一首南昌地名歌,歌中说到"六眼井接状元府"。南昌本地出的状元真正是张位,官职是做到了大学士,后来又回到南昌东湖边的闲云馆养老,希望自己悠哉得仿佛闲云,现在人多半不这么比喻,也没闲工夫,一个个在世上奔逐,既要跑过别人,又累得不轻,这叫竞争。竞争把官做大,竞争赚更多财富,这是很要命的。所以一向不太擅长竞争的南昌人,也自觉不自觉加入这竞争大军。当然读书也是竞争,南昌人这项是有实力的。南昌人素被人称"南昌鬼子",意指其坏且狡黠。这肯定是极少数人败坏了南昌人的名头。近日见到对"南昌鬼子"又有新说法,说其由来于三十年代蒋介石、宋美龄在南昌倡导的"新生活运动",南昌人一时洋派起来了,故被人称作"鬼子",此说臆想成分太多。

裘皇姑熊月英是南昌县冈上月池熊家人,其父曾任广东海丰县知县。她的丈夫裘曰修是清代名臣,为新建双港村裘家自然村人,两人从小定亲,雍正壬子十年(1732)成婚,当时裘曰修二十一岁,熊月英十七岁,成婚后两人相敬如宾。而熊月英刺绣作品造诣极高,绣品时常被婆婆王氏送进宫中,并深得皇太后的喜爱。乾隆二十五年,裘曰修因言获罪,熊氏入宫面圣途遇皇太后。太后见熊氏不卑不亢,正色直言为夫喊冤,大为赞赏。加之其容貌有几处颇像已故的四女儿,便将其收为干女儿,疼爱有加,因而熊月英也被称为"裘皇姑"。1763年乾隆为南昌裘氏居所赐御笔,亲题"南昌故第""爱日堂"牌匾,御题加名人效应,人视为吉地,大户人家纷纷迁来,以裘氏居所为中心,周边便名为裘家厂。

现如今的裘家厂已成为一个社区,一栋栋住宅楼被一条条的小巷子联结在一起。家住裘家厂半个多世纪的老梁,自小就住在裘家厂附近。老梁说:"这里过去是一片老房子,很老旧的一层房,那时候也还没形成巷子。"后来又搭建了很多房子,搬来更多住户,房子之间的过道变成了一条条的巷子,"有挑菜的过来,排在路边卖,人来人往,也就热闹起来"。裘家厂逐渐形成几条巷子,并且被排序命名为裘家厂一巷、裘家厂二巷、裘家厂三巷。

我朋友老鹤住在"蛤蟆街"西头裘家厂,那一截在这条街最"火爆"的年头竟奇怪地没"火"起来,这跟江西日报社的部分宿舍在这里有关,所以该做裁缝的仍做裁缝,该卖狗皮膏药的仍卖狗皮膏药,同在一条街,发财仿佛与自个儿不搭界,是别人的事。老鹤是时在西湖边的工艺美术厂上班,每日早起,站在摇摇欲坠的破楼上,长吐一口胃中的隔夜酸臭之气,虚头巴脑凭栏眺望一下豫章"江湖"。

"蛤蟆街"一片狼藉,开在芭茅二巷巷头的打师刘师父专治跌打损伤诊所已然开门。刘氏后代,个个武林好手,皆在大众剧院门前场上舞拳踢腿,练得飞沙走石,一派喧腾。老鹤似有不屑。老鹤不老,似乎低我两岁,我是家在豫章后街时结的婚,新房却在里洲新村。

我儿子出生了,老鹤仍单着,像个没落的纨绔子弟,只篆刻、临帖、读宋词,偶尔写些狗屁不通的新诗。老鹤是有才的,每拉我去他的破楼上看一室臭字,又津津有味谈"永字八法",还说他的字要去日本办展览,卖大价钱。须知当时还是八十年代,住在下水巷陋室里九十高龄的陶博吾先生还没出名。他的"重若崩云"字,半斤桃酥、两个烧饼就能

乾隆大学士裘曰修故居所在的裘家厂,完全被机器般的城市装置取代了

换到。

老鹤却野心勃勃,对书法有大信心。有一次夏夜,他来我家,我们坐在竹床上胡侃海聊,外面夜雨连天,等到出门要回里洲时,我那辆平日灰头土脸的"凤凰"牌自行车竟让人偷了,想必是夜雨把那辆车冲洗得暗里发亮,惹得贼人下了手。老鹤便带我从豫章后街那片老屋门洞里左穿右拐,穿夹巷、过廊道、越天井,从另一头门里冒出来,已至胜利路口,回头看看,刚才穿过的,绝对是一座古老的大屋,原先的主人是谁?现在杂居着百十户人家,想想当年的气势是有些惊人的。但这屋已是破陋、潮湿,加上后人乱搭乱改,已不成样子。二十世纪八九十年代,南昌街巷净是老屋,破墙木板房比比皆是,彼此偎依,互为墙壁,隔墙有点动静,邻居如临现场,即便时髦一点留大鬓角的大龄男青年房间,也逼仄如斗——半面墙用《人民日报》打底,中间挂着半裸的洋妞挂历。这就算是"时尚"了!

街巷房屋虽老旧、破陋、乏善可陈,可我平日经过那大屋门前时,见过从里面往往走出皮肤雪白、面目姣美的女子。别小看这破破烂烂的老屋,那里面可能有很美丽的女孩,贫穷而美丽。豫章后街、芭茅巷、裘家厂一带相互绵延勾连的几进天井的土库式老屋,毕竟还有名门之后的遗姝,虽然她们血脉的身份已隐藏得很深,甚至当嫩嫩的女孩初长成人时,已遗忘了自己先人的出处。

那天雨夜我和往常一样经过破旧老屋的房门和重重天井,身上潮乎乎的,触及的都是黑色阴湿的房屋走道拐角,突然有了感觉,写下一首长诗,其中有句"祖国,在你最破陋的屋子里,生长着最美丽的女儿"。是的,有时美丽并不拒绝底层和困境。过去南昌那些穷街陋巷里往往会飘过美妙的身影,出现明艳如一树繁花般的面孔,如庞德《地下车站》

中所描述的:"人群中幻影般浮现的脸/潮湿的,黑色树枝上的花瓣。"

老鹤这人也是南昌话中说的一个"缺物"。我最早知道他,是一哥们上夜校,八十年代夜校多,那时求知热,区一级文化馆、街办一级文化站,都办夜校,有学数理外的,也有学文学的,上夜校的,都是年轻人,就有的冲着找女朋友为目的,一报就几个夜校,从礼拜一到礼拜六,夜夜赶夜校,认识的人也多,自然有男有女。我那哥们只是好玩,图认识的人多,乐哈。一次哥们告诉我夜校有个家伙挺有才的,专跟女学员赋诗,弄得女的围他转。夜校男的都嫉妒得眼发绿了,我那哥们自认为还是有才的,一下便被人比下去了,就有些酸,要我去会会那人,压一压人家。我好奇,也轻狂,去了,也逗了一下"小聪明",为难了人家。谁知人家大度,不计前嫌跟我交了朋友,这就是老鹤。

老鹤小个子,有一对黑眼珠,冬天也穿着衬衣,外面是件比较洋派的猎装,虽冷得缩手缩脚,仍抖擞着精神。老鹤的样子很像北京的顾城,那时我和几个文学同道有个诗社,跟顾城有几次诗书来往。后来知道老鹤不容易,几乎是孤儿,寄养在叔父家长大,有个大伯在香港,既怜惜他,又爱他好学且聪明,寄过港版的唐宋诗词给他,当时国内正规出版的,只有一本翻印的蘅塘退士选编的《唐诗三百首》,所以老鹤也领先同辈一步能写旧体诗,还有些郁达夫的味道。他身上的那件"行头"估计也是香港大伯买的。这样一来,老鹤身上就有了些没落的纨绔气息,他父母的情况是个谜。但推究过去,也或许有不一般背景。老鹤对此讳莫如深,我也不好问。

后来我家搬去三眼井,老鹤也潜水般不见了。我在胜利路最繁华热闹的妇儿用品商店站柜台几年,偶尔老鹤会从顾客中冒出来,谈点诗,又将我写在巴掌大包装纸上的草稿带走。某个雨天,商店顾客稀少,我正跟几个女同事闲聊。却见老鹤湿漉漉上得楼来,就向我索要包

街道灰阑记　　017

装纸,我赶忙拿出几张,他看了看,直摇头,问我要涂了文字的草稿。我方明白,他不是要纸揩雨水,而是要看我最近写了什么。

那些潦潦草草用红色圆珠笔或蓝圆珠笔胡乱涂在包装纸上的字,除了我,只有老鹤认得出来,他是有书法底子的。老鹤来去匆匆,后来就消失了。若干年后我在画家熊青家看到他一幅字,跟黄秋园的弟子漆伯麟的画搁一起。我就觉得老鹤书法有成了。只是一直没见过他,隐约听闻他仍是猖狂与睥睨别人的,据说他设法寻过财路,有过曲折,也狂放,也落拓,也傲世,仿佛雨天里一个不打伞的独行客。我虽一直过得平淡,心里却常惦着他,希望他活得好。而妇儿用品商店,我人生的一个重要驿站——我印象里六七十年代南昌商店里有个高台,上面坐着收钱的,收银员一抬手有根线,那线多是铁丝,通向下面各个买货的柜台。柜台店员做成一笔生意,必将发票及钱夹在线上的一个铁夹子上,然后用力往上一推,铁夹嗖一声,顺铁丝飞梭到收银台,收银员收钱,找零,发票盖章,再夹回铁夹,随手朝下方柜台梭去,银货便两讫了。南昌名店荟萃的胜利路,过去的妇儿用品商店,三泰,绸缎商场,我童年进去过,都留有空中飞梭收银的记忆,还有黄庆仁药店。待我在商店做事时,那飞梭已不见了,而今包括那商店的一切皆不存,仿佛一只燕子嗖一下从头顶飞过,旋即消失得没了踪影。

3

刘以鬯有个小说,叫《对倒》,写一个上海移居香港、在回忆中怀旧的中年男子,一个香港土生土长、在幻想中憧憬的青春少女,他们各自在香港街头的游荡、见闻和感受,绘出七十年代香港街头生活:弥敦道两旁,新楼林立,未拆除的旧楼不多;照相馆隔壁是玩具店,玩具店隔壁是眼镜店,眼镜店隔壁是金铺,金铺隔壁是旧楼,旧楼隔壁是士多,士多隔壁是新潮服装店,服装店的衣服上印着 I LOVE YOU;年轻男子穿真适意牌牛仔裤,右手插在裤袋里,裤子是蓝色的,裤袋却是红方格的;年轻女人穿新潮装,牛仔裤的裤脚好像用剪刀剪开的;餐厅放的流行音乐是姚苏蓉的《今天不回家》,四个上海女人在唾沫横飞议论楼价上涨……这情境有些像九十年代末和二十一世纪初的南昌,我偶尔翻看当时有意无意间拍下的一些街道和生活照片,大致如是。那时妻子从日本回来,带来一台索尼相机,是我用的最后一台胶卷相机,因为小,经常放口袋里,见什么就拍什么。后来有了数码相机,我先买了一个松下,后又买了一个索尼,胶卷机就彻底不用了。南昌大街小巷不知拍了多少,后来手机就能拍,家里有个单反,我也只用手机。有趣的是老友树明兄,每十天半月,我们两人或加一个南昌大学的曾教授,会在绿地双子楼下一餐厅小聚。那家港式餐厅墙上有不少城市黑白老照片,灯光情境营造都有怀旧感,座位背后的窗外还有不错的景深。树明兄既是画家,又是影视广告名导,他有视觉敏感,第一次去就说这家餐厅有王家卫电影的影像风格,每回都请人为我们拍一张照留念。树明兄说,也许这里的景没变,但我们随季节变化穿的衣服是变化的,所以这种拍法也有意味。我确实喜欢那家餐厅的情调,人不多,四人座,先泡上一壶红茶,叫上几个对味的粤菜,慢悠悠边吃边聊,都是脑中流动的话语,很艺术,很自我,无关世风物欲。过去我外祖母常说跟人聊天是谈玄。谈玄,是老南昌话,也是古语,有魏晋气,南昌东晋是多玄者之地,谈玄一词或是从那时沿袭而来。我觉得跟树明兄在那间餐厅里,我们真是谈玄。谈玄与聊天,词义上是一样的,但聊天多是世俗内容,谈玄可以完全是无世俗功用的话题,是精神交流。这不是说我们不世俗,而是年岁渐长，已从世俗功用上抽身，回归精神上的自我。王家卫的《花样年华》既是怀旧，也似精神上的自语，是根据刘以鬯小说改编的。其实每座老城市里都有《花样年华》的影子，都有王家卫，南昌也不例外。

住三眼井校厂西巷时，有户邻居主人叫老花，人却生得憨厚。老花是外地人，却仿佛三生三世都活在这巷子里，我总记着老花歪着嘴笑，龇着牙齿说话，用江浙方言骂人。

老花虽姓花，偏没甚花活，剁肉的，实诚得很，却是一把吃的好手。有钱没钱都在吃上做文章，吃蟾蜍、吃野兔、吃山猫、吃老鼠、吃毒蛇。老花每次拎回稀奇古怪吃物，别人皆一脸惧色，躲远他。老花敢吃，他率领老婆孩子一家大小，吃得破釜沉舟、豪情满怀、以一当十、气势磅礴——楚虽三户，百二秦关终属楚，三千越甲可吞吴。如此经典的句子，不挂在老花家可就浪费了。老花边吃边龇着牙说：好吃，你试试？邻居忙谢着往回缩。老花便歪嘴笑出一脸得意之色，仿佛整条街巷，唯独他是一个成功者，一个王侯，一个提前进入小康生活的人士，一个鲁迅赞美过的真正勇士。你们都是败寇，知道吗？都是怯弱的失败者。老花永远能在那张破餐桌上吃出成就感，也就在筷子巷扬名立万。老花二女儿叫古兰丹姆，双眼皮、鹅蛋脸，像个电影演员。邻居小强偷过她晒在屋后的三角裤，藏在被窝里整一个月，无意间被人扯了出来，弄得小强在街上低头沿屋檐走路。老花小女儿有羊角风，偶尔发作，吓得人死。倒街上浑身抽搐，头叩石板，口吐白沫，人莫敢动她，懂的人拿几根筷子让她用牙咬住，避免她咬掉舌头，不一会儿，她起来拍拍灰，对别人说没事，她的额上却在渗血。邻居议论是老花把孩子吃出毛病了。老花的大儿子人老实，后来有了出息，到财院进修，当上了胜利路支行信贷部主任，每周日还会带妻子到三眼井与家人共餐一次。那日，老花一早经过巷口，不知从什么地方拎回一只土鳖，龇着牙说是野生的。人竖起大拇指说："老花，你，能吃！"老花竟突然变得谦逊，歪着嘴说："儿媳怀孕了。"

2018年10月6日一早，我从红谷滩金融街乘22路公交过横跨赣江的八一桥，到南昌晚报旧址转2路公交去三眼井办事。校厂西巷已拆，我从友竹巷经东书院街，穿过象山南路，经东书院街，过船山路，进入禾草街、地藏庵街，去抚河对岸的桃苑。路经的南昌城根三眼井街周边十几条老街旧巷已拆除，连友竹街的高升巷也不存。仅存的张勋公馆，是明代严嵩的府地故址，两栋楼是二十世纪初欧式风格的建筑，因曾为"新四军军部旧址"而完整保存下来。余皆不存。九十年代初，我儿子三岁始在那里上幼儿书法班，每天多由我接送，斜对门是省税务局机关大楼，如在一片瓦屋平房老街巷里突起的大怪物，后来省机关统搬迁红谷滩，税务局大楼被台湾爱玛妇产医院拿下，改为南昌首家私营高档妇产医院，内如宾馆，价格不菲，当时只有富人才敢问津。东书院街原"豫章书院"此前若干年就片瓦无存。记得八十年代初这条街还有许多带天井的老屋，居民密集，我曾无意在一栋老屋里看见了乾隆所题"章水文渊"的匾额。九十年代家住校厂西1号，还常和妻在东书院街一家味道不错的食摊上吃猪血粉。现在仅剩两处老屋，一为两层红砖楼的"明德邨"，门边挂有黑底白字木牌"中共东南分局旧址"，因有这护身符才免去被拆除命运，反而略作了修缮，只是相对粗糙马虎，两扇对开的门刷了红漆，两边放置了两个红石墩。此是住了多户的筒子楼，建筑老特色。另一为南昌第十八中学，原明代豫章书院旧址对面的老屋，灰砖外墙完好无损，斜面入巷，不失明清建筑美学特质。正对街面的改为店铺的门已被水泥封死，一道不锈钢栅栏密匝匝的。墙上已用红漆写明"拆除"字样。此屋就建筑价值与年头而言，应在红砖房之上，也该保存。

东书院街老屋几近荡除，乏善可陈。禾草街、地藏庵街，已是南昌最后两条老街了，街口吊脚楼的老屋和老树依旧，下面随便放着矮桌子板凳，仿佛几百年了，有光头老头闲坐着，虚眼看光线。早点铺门前的牌桌围着七八条汉子大战犹酣。标示着地藏庵街牌的一栋明清老屋，门照例被水泥封死，却挂着白底红字的"文物"牌子，整条街老屋、棚户屋等参差不齐，居民皆已搬空。见我拍照，一个拆迁办雇的保安过来搭讪，说老街就要拆了，总有人来拍照。他指不远一个红砖隐约的房子，说那是过去的地藏庵。我过去看了，就是一般的平房，估计是人私下供的庙，不起眼，绝不惹人注目，不熟悉此处的人绝不知道这就是地藏庵，它就像一条老街的隐秘之地，旁边就是肮脏的公共厕所。禾草街还有一两家"钉子户"，路边坐的一汉子跟我闲聊，说这两条街拆了会改为仿古街。我倒觉得仿古街使所有有年头的老街都死在一个"仿"字上。

裘家厂、干家巷、包家巷、戴家巷、杨家厂、张家巷、甘家大屋，这诸多以家族姓氏为名的街巷，应该皆有兴盛风光的家族史，余下的，是凋零的后代。一栋老屋就有可能是一个庞大家族的兴衰史，但皆淹没在世事流转之中。而那些老屋现今几乎尽拆毁了，那些历史，即便就近几十年的，都少有人谈起，城市的记忆不比乡村，更加脆弱，都看街市变迁，都看手机刷屏，自己的来路，全断片了，如老年痴呆，都是空白。没有顽抗的记忆，都是向推土机、铲车的投降。记忆的投降是可怕的，它使千年的历史没有人气，没有细节，只剩数字与符号。

我父亲当年供职于湾里区委时，一位同事叫作熊墨贵，是转业军人，进到机关，我与他的两个儿子是一块儿玩的小友。在他家墙上，我见到过老熊穿五十年代仿苏制军服挂肩章的放大军官照片，印象中不但上尉肩章雄壮，而且留着一个油亮的包头，头发梳得整整齐齐。老熊转

老光景似乎还在

业了,仍保持着有棱有角的大包头,喜欢穿肩上有搭扣(部队挂肩章用)的旧军服,他的包头和旧军服,好像总是在提示别人,他曾是个军官。但他转业回来,只当了区广播站站长,那是我父亲分管的部门之一。也是老熊的儿子带我到洋船码头高桥商场附近他祖母的老屋,即甘家大屋,七十年代那老屋还完整,我从位于象山南路(即洪客隆商场)的大门进去,里面真深啊,有好多进天井,是我到过的天井最多的南昌老屋,熊家就在里面,不似别的老屋潮湿阴暗,当时觉得甘家大屋亮堂、干燥,周围是发黄的木门、木柱、木板墙和镂花窗,就是一个老旧地方,很符合那个年代,活了多少代人的样子。而我祖母住在杨家厂一个一进的、从一个连体大屋分出来的小院。另外一户是旧资本家,光头老人,有独生女大毛,长得丰美,招了个做工人的女婿良子上门。良子眼睛活,看顾着这个家,与大毛育出一对儿女,小日子看上去很美。我自小跟父亲去看祖父祖母,总见左边厢房大毛夫妻身上还有些早年举案齐眉的味道,便心生欢喜。多少年了,他们也是经过风雨的,是否安好？记得祖父过世,天不亮,是良子从杨家厂跑到象山路北路招待所,敲我家窗户送讯的。父亲那晚守着祖父喝了一碗粥,病危的祖父显出好转,见辛苦了几天的父亲,流露出怜子之情,坚持要他回去睡一觉。不想,那是老人回光返照,父亲回家刚躺下,良子就敲响了窗户。那时我十五岁,感觉祖父离世的早晨,太阳还是照常升起,生命也就代代不息,街对面的建德观菜市场依然人头攒动,吵吵嚷嚷,屋瓦鳞鳞,市井繁杂,人间烟火气息丝毫未减。

4

现今上海叫魔都,是准确的,那里高楼多,妖魔必多。南昌也是妖魔之地,甚至更妖魔。上海名显,魔多且大,必有降魔高人在。南昌城里万寿宫早拆了,许真君也不知跑哪儿去了,万寿宫地界几次大火,也就烧得凶恶,没法师降得住。消防车开来多少辆也压不住大火。

1991年,万寿宫居民区发生了一场特大火灾。坊间传说火灾前两天,有居民看见一个酷似电视里济公的和尚在街道敲击着一个只有一半的盘子的边缘,嘴里直喊:"边盘,边盘!"第二天也就是火灾前一天,那个和尚敲击盘子的速度快得惊人,嘴里说的变成了:"快盘,快盘!"有一位住在万寿宫的老太太在火灾前一天强令家人搬走,结果全家得以幸免。后来别人问她为什么,她回答:"和尚说的边盘就是叫我们边搬('边',南昌方言,意为开始),后来就叫我们快搬。"火灾的源头不详,据说是一家的电熨斗漏电导致的。有人声称在火灾当天看见那个和尚飞进火丛中,然后再没人见过那和尚。火灾将居民住房和无序的乱摆摊设点的集市烧成了一片垃圾场。同年,政府为重建万寿宫古老集市,通过旧城改造带动市场建设,旧市场被拆除,6月正式破土动工,当年12月主体工程即完工,1992年2月基本竣工,1993年3月8日,部分对外营业,5月1日正式举行开业典礼。至此,商城全面盛大开业,一时人山人海,十分火爆,重现了万寿宫洗马池繁荣盛况。新建万寿宫商城,外形取了一点仿宋意味,大体还是古今结合的建筑,形成了一个集娱乐、商业和居民住宅于一体的高层建筑群。可开业刚两个月,即1993年5月13日,万寿宫商城再次发生全国罕见特大火灾,毁坏建筑面积达2.9万平方米,受灾居民156户,许多商户财产转眼化为灰烬。有21个消防队,34辆消防车,350余名消防队员出动对付这场大火。可见其火势之凶悍。全城色变,无不震惊。我有个侄子在里面做生意,大火后,他一蹶不振,再也没了发财梦想。

据相关部门调查:"该商城在设计和施工中,过于讲究商城的商业性，而忽视了防火要求。到过万寿宫商城的人都有一个很深的印象，该商城回环曲折、四通八达。有位官员曾在参观完该商城后大发感慨，我都进得来出不去，初次到此的乡下人不知道会怎么办。万寿宫真不愧是一大迷宫，5万平方米的营业大厅内竟无一块安全疏散标志牌！人们可以头不顶天，仅通过两个很短的货架相连、堆满货物的室内通廊自由穿行于一、二、三区之间。也许这通廊让那些苦于无位摆摊却想在万寿宫商城占有一席之地的个体户们叫绝，也许这通廊给那些来自四面八方肩挑手提的采购者们提供了无尽的方便，商城内货摊一个紧连一个，货物一件紧挨一件，以致买主不知道货的卖主是谁。每个摊位之间，摊位与仓库之间仅用一层铁丝网分隔，以期发挥最大空间效益，电线像蜘蛛网似的缠在一起，营业点的货物码放到距离150、200瓦功率的灯泡只有三四十厘米；商场大厅内满目皆是盛满煤油、停电后备用的汽灯，这些汽灯，就像一条条觊觎已久的火蛇在人们眼前蠕动；室内消火栓更如同瞎子的眼睛、聋子的耳朵，完全是一个摆设——整个商城内的消火栓皆是既无手轮，又未配置水带、水枪，且有很多都被经营者的货物和摊点堵死；这么重要又危险的场所，个体户竟高高地翘起他嘴里的香烟，一脸的得意，再看看走道上，烟蒂随处可见；环顾所有的营业大厅，里面竟无一个灭火器，只在楼梯间看见为数不多的几个灭火器，远远不能满足防火灭火的需要，更不用说安装自动报警和自动喷淋装置了。为防盗窃，商城采用了向外飘出的防盗铁窗，这飘出的部分正好缓解了各摊主空间小存货难的问题，无疑也起到了连通一、二层楼面的作用"。

人们对于金钱的追逐似乎已达到不计生死的程度，也就到了毁灭的边缘，只是人不自知罢了。

这次大火，事先甚至连一个嘴里喊"边盘，边盘！"的和尚也没出现。

为什么？道理很简单，神的警告与预言早出现过了，只是被人欲的贪婪所遮蔽。

射步亭巷的吴任苟，人只叫他狗子，专事为万寿宫商家拉货，商城火起时，他正在里面从三轮车上卸货，一场大火后，他的生计断了，人也有些记事不清，大脑似乎出了问题，从此啥也干不了。这个裁缝之子，老婆是暗娼，后来被服装厂销售科长包养，他们的儿子，邻居都疑非狗子所生，狗子把自己当他亲爹。从火灾里捡一条命，却愈发醉酒，饭不吃，酒也得喝上。有时狗子在巷子里一副落魄样，像是流浪汉，街坊必晓得狗子老婆遭拘留了，没人管，狗子落魄如乞丐。而狗子端蓝边瓷碗站在大门口吃肉，脚穿崭亮皮鞋，一身光鲜，人满目惊讶，狗子便满脸灿烂，笑着说，是老婆买的。人便知道狗子老婆刚出来就接客，用钱打理一家生计。邻居都说狗子老婆，别看小玲是鸡，她仁义，不是小玲，狗子早死了！

她伺候瘫痪的公公，倒屎倒尿。拉上一块布帘接客，不论老棺材，还是疤头、麻子，她来者不拒。她选的不是男人，而是为了生计。她的男人是狗子，憨厚，本分，大脑有病——狗子坐在门口石凳上，面红耳赤，满嘴酒气，舌头生硬，见人就打招呼，仿佛世界对他公平合理，他对谁都心怀感激。射步亭街坊说到吴任苟，都笑他是个痴人。那年夏末秋初，小玲又进去了，据说判了刑，狗子便有些流离失所，人也不知他怎么过活，邻居偶尔见他坐巷口石墩上，目光呆滞，说话含混不清，会端碗饭给他。他不吃，只含糊地吐出个"酒"字。酒铺老周舍过多次酒给狗子。后来不舍了，怕害他。狗子还是死了，在壮年，人说是醉死的。

狗子死的那个秋天，射步亭巷顶靠胜利路的老涂家，几兄妹里失踪二十年的三哥，人叫鬼子的，竟然回来了。二十年，屋拆人迁，他竟还是找到了老妹涂美芝。只是鬼子年过六旬，半瘫，中风。老妹捶打着鬼子痛哭：父母双亡不回，兄死不回，儿女年幼、妻下岗，竟狠下心人间蒸发一般。户口注销，子固路派出所压根已没这号人，可他回来了——仿佛从另一个世界逛了一圈，一个半夜摸回家门的鬼魂。

二十年前的一条壮汉，回到家时只是一个几乎被榨干的中风老人，他已说不清在外面干过些什么。

6

如今的城市，越来越失去了成为故乡的可能性。故乡是旧的，城市照理也是旧的，只是随着不断的拆除，记忆失去了载体。走在仅存的几条老街巷里，常常会有鲜艳的红色油漆写的大大的"拆"字，外加一个触目的红圈跳入眼中，仿佛对一条老街、一栋房子，判了死刑。城市也随之丧失了仅有的陈旧，房子、街道、院子、店铺、桥、广场、路、公园、江畔、剧院，甚至树木，全是新的。仿佛是从异地移植过来的一座新城，没有一丝一毫岁月年轮的痕迹。车行在南昌八一桥上，昌北红谷滩的江边高楼景观像是美国的曼哈顿。到别的城市，也大同小异，万达广场、万达茂、铜锣湾、绿地、万科，如出一辙的楼盘、购物与娱乐中心，都是同一图纸和模式的复制。老城的个性化标志和记忆荡然无存，没有一面墙刻有生命的斑驳投影，反光玻璃正在用空洞的虚无替代城市的千年史，人们都像生活在别处，城市已经失去了成为故乡的可能性。有趣的是，红谷滩新城区，满嘴乡下话的原住民都在，可乡村、田野、河塘已变成了几十层的大厦、行政中心、商务中心、会展中心、天虹、山姆、世茂、绿地缤纷购物中心、金融街、唐宁街、海珀兰庭、银河汇，原本在田野、河流、树林里作业的原住民，现在进入小区做保安、园丁、保洁员，进入写字楼做门卫,进入购物中心做售货员,等等,城市化进程来得太快,仿佛一下就全置换了。

我在商店上班那几年,有个小毛病,每天上午九点,下午四点,都会溜出来,过胜利路与民德路交叉的天桥,经黄庆仁客栈(药店),就是一排邮局的阅报栏。我浏览过报纸就到了邮局大门,自然会进去看看有什么新来的杂志,有对口味的就买一份。邮局斜对面是市电话五分局,我顺便会去五分局老何那里坐坐。

老何仿佛是在二十岁就长成了一副老样貌,瘦着,预先沧桑满脸,尔后任岁月风吹雨打,岿然不变,他仍是那样子。我等,从二十岁到五十岁,由瘦削到肥壮,人说"大人虎变,君子豹变",吾等也由俊变丑,由少变老,仅老何一成不变。

老何写小说,在《百花州》杂志发过几个中篇。五十年代,老何家贫,初中毕业就上班了。他才十六岁,因办文学社罹难,判刑多年。"平反"后,仍爱文学,笔耕不辍,实不易,对此,我是有钦敬的。

老何同事老胡,五十年代大学生,老工程师,一口牙掉得差不多了,脸凹陷,也像历经苦难。老哥俩蜷在一间阴暗小仓库兼办公室上班,倦怠而不甘,皆有些怀才不遇之感,其行迹在一伙整天爬电线杆的人堆里,像两个坏分子,阴着脸,像是心怀鬼胎。闭起门,两人闲来对着喷烟,也斗斗嘴,说脏话。我每去,老何都对老胡满脸不屑,打发他:"去去去!"就谈小说。老胡也争过旁听权利,说我是老大学生,你别当我没文化。老何鼻子一哼,甩起那件破风衣的大袖子,你是学理科的,不懂文学。老胡知趣,不再争,到门外去找架线工搭讪,人皆爱理不理,脸就臭着。

一次,我找老何,才到五分局门口,见老何跟几个人站在那里,抬头往上看看，又指指路面，低声说着什么。门口那楼是他们单位宿舍。见我过来，老何把我拉到路口邮局，脸色阴沉地说："老胡的儿子跳楼了。"我一惊："怎么？"老何幽幽道："从七楼跳了下来。"我不作声了。

老何说："怪的事，又不为什么。"只是当时他家楼上一对夫妻在吵架，男的气不过，跑到窗前要跳楼寻死，被女的一把扯住了，没想楼下窗口老胡的儿子却跳了下去，是做了别人的替身，你说怪也不怪？我听了，望望那楼，仍是阳光普照，墙被染成金黄。再看水泥铺的地面，硬，有些年久失修的凹凸与破裂，车经过，会颠几下。空气中却似有看不见的诡异。

那路叫邮政路，在以胜利路、民德路、后墙路、象山路为热闹地带的环绕中，算是"闹中取静"。有名的邮政路小学与工农兵医院一墙之隔，医院后院围墙一大溜在邮政路上，墙内有一堡垒似建筑，对路开一小门，常年闭着，据说是太平间，且是放小孩的。那一段路尽管阳光灿烂，却也总排遣不掉阴森与诡异。一日中午，从老何处回来，见几个人生离死别般在太平间门外纠缠，一妇人不停哭着唤叫："春春！春春！！"那一幕印象深刻。

后来很久没见到老胡了，老何仍憋着劲写小说，说要冲击诺贝尔奖。后来莫言获奖了，老何便不写了。

老何有个中篇，叫《重新出世》，是他发表的处女作。此前老何最悲壮的一件事，是发誓要买杆猎枪，或雇个杀手，把工农兵医院的大夫老龚干掉。

他跟龚大夫原本是割头换颈穿一条裤子的兄弟，起因不为别的，乃龚大夫跟老何的一个玩笑玩崩了。老何怒火填膺，几次三番当我的面，仿佛咬碎钢牙（其实烟枪老何满嘴黄牙），一副不干掉龚大夫不足以平民愤的样子。我说："别，千万别！"他说："我就剩这件事没干了，不干我

'何'字倒着写!"

原来老何应邀到沿江路茶座搞一个讲座,龚大夫暗中想给老何开个玩笑,找了个有些姿色的女子做"粉丝",在老何当晚讲座时给他递了个有些"崇拜"又"含情脉脉"的条子,文人最吃不住这个,老何自然上了套,且讲座后,那女子又陪老何在路灯下走了一段路。这不要命吗?龚大夫暗中笑得打跌,逢饭局就说这笑话。老何勘破,视为奇耻大辱,与龚大夫立马割席,恨不能手执一杆老枪,把龚大夫轰了。后来老何觉得把老龚轰了,第二就得轰自个,一想,不划算,就作罢。从此二人井水不犯河水,我只觉得一个玩笑拆了一对好兄弟,怪可惜。这世上的事,都有定数,也勉强不得。

我每次过赣江,自城南往城北,乘车从老城区过八一桥,回现在住的新城区红谷滩,仿佛转眼间就把城南的老街巷抛在身后,那些故人往事仍在眼前。而抑或从红谷滩去老城过八一桥,看到两岸这几十年里耸立的高楼,自己还又真成了一个见证者。只是有见无识,仅仅是眼睁睁看着那些楼日新月异而起,却少知道那些新起的高楼背后的故事。我只耳闻着八一桥南端的裕丰大厦,是坊间流传已久的南昌三大"鬼楼"之一。落成时,裕丰购物中心开业,我是去逛过的,或许那是一个傍晚,吃饭时候,我乘电梯到几层卖场都转了一遍,人不多,生意若有若无。原本一个旺地码头,生意似乎也一直没做起来,后来就关张了。裕丰大厦从外表看,也是一栋颇为精良的高层建筑,背有江景,门朝热闹与繁华的阳明路与胜利路十字路口,又扼八一桥头之要冲,是南昌一流商埠地段,然而如同冷宫,关张后,多年无人涉入。另两栋有"鬼楼"之称的青山湖小岛上的五湖大酒店、中山路斜靠东湖的电子大厦,皆先后被拆。裕丰大厦待价而沽,招商良久,无人问津,好端端一栋楼,于前一两年，也没逃脱拆毁命运。

现今江南岸景观地标大厦瑞颐大酒店，此前亦是闲置很久的烂尾楼。其位置邻近千古名胜滕王阁，按规定名胜周边不能盖现代高楼，但滕王阁周边，前有凯莱大饭店，后有瑞颐大酒店，几乎把江南名楼滕王阁的气势压没了。"凯莱"开业之初，滕王阁重建总指挥之一的宗九奇先生就呼吁，为保护名胜，应拆掉"凯莱"。几十年过去，"凯莱"丝毫未动，以壮硕之躯，遮挡了滕王阁的另一面，而瑞颐大厦动工，建到几十层，被叫停，原因是查出了腐败，涉及者被抓，由是遂成烂尾之势，却一直挺立着，因裸露的水泥外体日久发黑，像赣江边一根硕大的火刑柱。当然，此前该烂尾楼不叫"瑞颐"，多年处于无名之状，直到近年才由东家瑞颐接手而复活，乃至拔起为地标。

7

南昌平民的街巷大多麇集，而上层的街巷却经纬分明，过去有明代宁王的府邸在子固路，有清代抚台衙门（老政府）旁的官巷，再就有从民国延续下来的经纬路。

经纬路——南昌的"阿尔巴特街"，又被民间称作南昌的"中南海"，从豫章路开始，省委机关及宿舍大院，省军区，江西日报社及主要以其家属子女就读的豫章路小学、南昌七中（今豫章中学），都在这条路上。与经纬交织的一经路、一纬路至三经路和三纬路，密集的首脑机关办公楼院和省要员住宅及面向街道的小汽车库，幽静，神秘，时见武装守卫的军人。我读小学、初中的豫章路小学和南昌七中与经纬路一墙之隔。两所学校就读的多是"大院"子女，外加周边下沙窝少数"平民"子弟。

我当时住在瑞金北路,还是父亲的朋友在那儿当教师,把我介绍到那里就学的。我的老友段悌南先生自小生活在经纬路,又通文史,他给我讲过许多经纬路轶事。我劝他著文把这条路的事写下来,他果然写了,从中得知:经纬路可追溯至二十年代中期,南昌建市伊始,市区狭窄,街道凋零。德胜门外的上下沙窝一带,荒凉得很。古时候称这里为"龙沙夕照",乃沙丘之地。北伐后,南昌开始拆除旧城墙,随后修建了八条环城马路,并以阳明、象山、民德、叠山、船山等八大先贤命名。1926年,南昌市成立了市政工程处,冷耿光任首任科长,开始规划市政建设,曾设想在德胜门外建"城北公园",但因财力见绌,只得作罢。1934年,熊式辉任江西省主席,从上海请来一批工程学士,搞市政规划,任省建设厅厅长龚学遂为南昌市长。"新城北住宅区"计划被列为重点。新住宅区就是今天的经纬路,在荒凉的沙丘上修马路,开发建房。龚学遂是日本留学生,又身兼数职,身边有一批工程技术人才,如高级工程师、欧美留学生朱有骞、肖庆云、黄学诗等,由他们设计规划。将拆除的旧城墙基脚土地出售或出租,以筹款项;平整荒沙野地,由承包商统一迁坟,每个棺木收二块银圆,加上政府拨款。设计了方圆一平方公里住宅区范围,先修筑三条经路、五条纬路,统以经、纬命名,就是今天的"三经五纬"。这些马路宽度相宜,纵横交叉,呈棋盘状。马路修好后,再规划每条路上的建宅面积、编号、标价等,一条路上可以建宅二十栋左右。由于地处城北,与叠山路、象山北路和阳明路等闹市区相毗邻,确有些"闹中取静",适合机关、住家,因为是新住宅区,要求有"贵族"的派头,所以尽管市府发了公告,鼓励大家购地建房,但一般市民哪敢问津。即便是有条件建房的人也有顾虑,这里是沙丘地,荒凉得很,曾是枪毙人的刑场,不吉利。鉴于此,熊式辉采取一条措施,将这一带宅基以优惠或低息贷款优先出售给行政官员或上层人士。规定少将以上者,均可享受此种优惠条件。因为只有这些人才能有交通工具，小汽车进去，拥有雄厚的资金，所以老百姓称这里是富人区、公馆区。

如今也有人说红谷滩是南昌富人区，都是新楼盘，政府等首脑机构也迁在这边办公，房价高，看上去不错，却毕竟不如城南生活方便，因为只有高楼，没有街巷，没有小商小铺，少了城市人日常生活实惠方便的些微细节。

经纬路兴建时，讲究一个"洋"字，新住宅楼都是由上海等地的建筑商中标承建，而主持设计的又都是喝过洋墨水的，二、三层小洋楼都采取欧式或日式风格，外观新颖别致，或红砖青瓦，或红瓦青砖，色调衬托相宜，配有小花园、石径、筑起围墙、车库，俨然别墅，栽种的树木较名贵，有法国梧桐树、柏树、紫荆等，有的还栽种葡萄，小楼内部也用上了抽水马桶，这在当时还是稀罕物。五纬路西侧（豫章路3号）的熊式辉官邸就是上海建筑商建的花园式洋楼，内部装修豪华自不必说，院内花园、假山、游泳池一应俱全，是名副其实的"熊公馆"。抗战爆发后，南昌沦陷期间，这里又是日本占领军的司令部，整个经纬路驻扎了不少日本兵，有的房子还充当了马房，抗战胜利后"熊公馆"又改由省民政厅厅长刘时范居住。据段悌南先生统计，当时住在经纬路的军政要员和上层人士如下：省教育厅厅长程时烓在二纬路，宅门牌刻有"柏庐"二字，以显高雅；省财政厅厅长文群在一纬路；省保安副司令廖士翘在二纬路；省地矿局局长熊潄冰，丰城专员熊鋆，省保安团长黄新高，省交通银行行长魏云千，省裕民银行行长李德钊，省党部委员、医务处少将处长杨不平，农学院院长肖纯锦，省建设厅厅长、铁路工程师胡嘉诏等人都分别住在一、二、三纬路；另有未在统计之内的军政要员及社会名流等。除了显贵们的官邸，尚有一些颇具特色的民宅服务设施，像阳明路与一经路口的"洪都招待所"，当时建筑规格与全国同类宾馆不相上下，抗爆发初期曾住过苏联援华的飞行员。另像一经路口由上海金融界商人投资建设的银行职工宿舍，就是采取"上海新邨"式样，因为是红砖砌的，所以称"红房子"。三经路北建起的"城北小学"，是由华侨、人称"万金油大王"的胡文虎先生加上其他社会贤达人士捐资兴建的，可与当时的葆灵小学相媲美。五纬路附近的励志社，虽然是军统机构，不对外开放，但是1935年兴建了我市内第一个标准化的游泳池，曾邀请了游泳健将、人称"美人鱼"的杨秀琼来进行公开表演，引起轰动。游泳池一度向公众开放，后因一位市政科长在池中游泳溺亡而关闭。

经纬路新住宅区于抗战前夕基本建成，一些军政要员的官邸建在这里，同时国民党的党、政、军、警的一些大大小小机构也都聚集于此。这就自然形成了政治权力的中心。在这些达官贵人的高墙深院里，政治上云谲波诡，权力争夺的宦海沉浮，表现得淋漓尽致。而对一般老百姓来讲，这里既是"禁区"，又是一个"迷"。例如二纬路老1号小洋楼，是当时保安副司令廖士翘的官邸，但它同时又是戴笠领导的军统机构忠义救国军的请愿办事处所在地，主任是军统江西站的头子谭良谱。1937年12月1日，戴笠奉蒋介石之命，专程从南昌赶赴武昌，"迎候"刚从国外考察回来的杨虎城。戴笠把杨将军接到二纬路老1号后即对其进行软禁，杨将军的夫人谢葆真及幼子杨拯中获悉此事后，即从西安赶来南昌与将军团聚，也一道被囚禁。两个月后杨将军被解往长沙、贵州等地，1949年8月被害于重庆的白公馆内。杨虎城离开南昌后，蒋介石又把刚从苏联回国不久的公子蒋经国送来南昌"拜熊为师"。蒋经国任保安处少将副处长，也住在二纬路老1号内，并不久就将毛太夫人接来小住，蒋经国就是从二纬路离开调任赣州专员的。1947年，五纬路励志社的国民党军官教导团（即省训团）内的地下民革组织，在中共的配合下，进行策反——民革组织的廖超然利用团部秘书职务，以及和少将团长温承袭的同乡关系，发展他和赖秉权等人参加民革组织，脱离国民党。中将教育长郭礼伯有所察觉，他令温立即清洗廖，但温和赖此时已接受地下党的教育，不理睬郭礼伯的"训令"。随着解放南昌的炮声响起，郭仍顽固不化，强令温等人随他逃亡台湾，温承袭和赖秉权等人拒不接受，决心留下来。东方出版中心的老编辑褚赣生先生说及他朋友吴奇伟的父亲吴幼元，乃解放前夕南昌城防司令，电影《金陵十三钗》那个浴血奋战的军官，其原型就是吴幼元！虽说南昌解放时，他参加了起义，但没几年就被捕，直到1975年释放国民党县团级以上军政人员，才重获自由……

在经纬路的旧军政要员中，大多数人都迷途知返，迎来"新世界"。1949年5月22日，二野4兵团和四野先后进入南昌，陈正人、陈奇涵、邵式平等军政首脑随军来到南昌，不久成立了军事管制委员会，陈正人担任政委，陈奇涵担任主任，军事机构就设在经纬路上。当时国民党统治巢倾鸟散，这些达官贵人逃的逃、躲的躲，一些公馆倾时人去楼空，人民政府则区分类型，有的作为敌产没收，有的则采取收购，有的房主自愿转卖。这样江西省委、江西省军区和省公安厅以及改制前的公安军等军政首脑机关就设在经纬路一带，省委设在一经路和豫章路上——据陈公仲先生回忆，1949年"8月份陈正人正式搬进（豫章路3号）办公，一住就是三年"。他说，号称南昌第一楼的豫章路3号，原是熊式辉公馆，熊式辉离开时用了几十辆大卡车搬运东西，从中正桥（八一桥）出南昌城，运完以后把桥炸了。熊式辉在蒋介石时期担任国民政府东北行营主任，其大部分家财在南昌，溃败前特意回南昌把东西运走。陈公仲先生说，这个人大概对琴棋书画都懂一点，家里很多瓷板画像，主要是他本人各种姿态的画像，还有很多珍贵字画。逃跑的时候，他把能拿走的都拿走了，只留下一些瓷板画像、瓷器和人参等东西。陈正人进来后,豫章路3号是个指挥中心,当时警卫排的战士住一楼,又像个兵站,发生过一些意外的事情。一些年轻的司机几次玩枪走火,还把一梭子冲锋枪子弹打在墙壁上,一时弄得很紧张,不知发生了什么事。以为土匪、敌特分子混进来了,当时警卫排都是陈正人从吉林带过来的,大多是朝鲜人,个头高大,南昌人称"高丽棒子",多数不懂汉语。有一次让一个特务混了进来,但特务搞不清领导人住在哪一栋楼里,在院子里瞎闯,被烧锅炉的师傅撞见,问是什么人,这人马上掏出凶器,立即被警卫抓住。陈公仲先生说,豫章路3号还住过很多大人物,像刘少奇、叶剑英等,1951年刘少奇来南昌拍板决定洪都机械厂项目,1949年叶剑英也是从这里赴广东上任。陈正人在江西执政三年一直住在这里,直到1952年奉命入京才离开豫章路3号。

  后来在豫章中学对面的空旷足球场上盖起了办公大楼,又在沙丘地上盖起了宿舍。江西省军区司、政、后机关设在五纬路,利用伪省参议会的旧楼办公,以后陆续盖起了省军区的各大机关大楼。省公安厅厅址选在一纬路及阳明路。有些房屋几经折腾,已很陈旧,新政权都经过了整修,但大量的是利用一些空地兴建新楼房,这些新楼房以苏式居多。政府将一些新老楼房分配给军政高干和一些民主人士,像欧阳武副省长居住在二纬路22号内。当时在四纬路上,先后住过江西省军区的陈奇涵上将、副司令员杨国夫中将、副政委彭嘉庆中将。省军区成立后,司令员肖元礼、贺晋年、贺庆基、邓克明等十几位少将,都分别住在三、四、五纬路上。省委的一些首脑除陈正人、杨尚奎先后住在豫章路18号大院外,像省委书记白栋材、方志纯、刘俊秀、黄知真、刘瑞森等也分别住在一经、二纬、三纬路上。三经路、二经路散落着一些居民住房,住着开小杂货铺、小熟食铺或者以缝纫浆洗为生的普通老百姓——段悌南先生就居住其间,据他回忆:三纬路原13号是幢风格别致的小洋楼,坐南朝北,环境幽静,这里曾先后住过副省长饶思诚(饶漱石之父)、贺子珍,1962年方志纯一家搬进来居住至"文革",后由白栋材居住。这些高级干部,平时虽然深居简出,却与邻里相处甚洽。像贺子珍和方志纯,他们与隔壁14号桂家大院(今已改建为将军楼)住的居民保持着良好关系。六十年代初,贺大姐很热心地参加当地居民的"贴花"(储蓄)活动,而且每次都贴10元,总比别人多贴些。每逢居民干部上门,她都热情接待。有时她还会来大院里与普通居民拉家常。方志纯平易近人,对子女要求很严,几个孩子平时衣着朴素,有时还会参加街道的"除四害"卫生活动。段悌南先生记得,1964年间,有一次方志纯隔壁14号院内一家居民夫妻吵架,男人不慎将一把菜刀扔进了方家院子里,当时引起了风波,公安、警卫都来调查,这对夫妻知道闯了大祸,吓得不知如何是好。后来方志纯得知这件事的真实情况后,便叮嘱不要再追究了。以后这对夫妇逢人便讲:"方省长真是好人,这样的事要是出在过去,还真不知怎样的结局呢!"

日前,我去过一次经纬路,省委机关已搬去了红谷滩九龙湖新区,许多住户也随之搬走,省军区一带大片院落拆了,规划成了极具现代感的楼盘。

8

城市的步伐似乎是用推土机推进的,轰鸣的引擎,强势,进攻型的,把面对的旧物,钢筋与混凝土的凝固体——房屋、院落、街道,几百年、上千年的物体,转瞬即可推倒、碾碎、压平,令它们不复存留,连记忆的遗址也找不到方位——我到过推平的三眼井一带寻找校厂西巷的位置——我曾在那里住过十年,却四顾茫然,平地,空白,抹去,仿佛过往的街道与居所不曾存在,而等待让新的高楼、地标,在这里出现,将老街道完全取代。新的人与事都将在高处的建筑、落地钢化玻璃后面、大理石包裹的内部、垂直升降的电梯里、巨挺如参天之柱或通天塔的人造大物上发生——现在城市的每个楼盘、地标大厦等建筑皆有故事,建起这些楼的开发商,如何拿地,如何筹资,如何动工,主要是跟红、白、黑三道,甚至素民缠斗,都是赌命的现代城市血肉史。如果把现代城市的高楼大厦视为同质化的结果或单纯新旧景观的转换,是不可能知晓而今"一日百年"般变化的城市史的。一直还在农耕文明阶段的城市史中淘"宝"并逗留的人,在当下已不能算一个真正对城市有认知的人。当下中国城市的发展与过去的断裂是必然的。其迅速、其猛烈、其疾风骤雨式的跨越,早已不是渐变,正如钢筋水泥乃至钢化玻璃对于泥土、旧物与空气,都是具有暴力性的。不认识这一点,就读不懂城市。高楼大厦以其光鲜雄峻且冷酷的面目刷新了城市史,不撕开,都是好景观,都可以陡生现代感。再古老的城市,建筑也似纽约了,不输于老外,只是撕开一道口子,内部皆惊心动魄,鲜血淋漓,尤为怪诞与魔幻。似乎一夜之间,城市历史已由街道的外部变化而转为钢筋水泥、钢化玻璃、人造大理石、霓虹灯巨型广告的高楼大厦内部五脏六腑的肌理魔怪传奇。

南昌这些年,多少老街巷拆了,连一块砖瓦都没剩下。有的是建成了新楼盘,有的是瓦砾清除后,圈成了待建的工地。过去曲折迂回、盘根错节的街巷,鳞次栉比的房屋和铺子,水井,晾衣的节篙(又称竹篙),每户门前石凳,炉子,自来水龙头,木头脚盆,竹交椅,早晨倒空后晾晒的马桶,门对门贴的春联喜字,篱笆,街坊邻居的熟脸和飞短流长的闲言碎语,密集缠绕的烟火气息,都灰飞烟灭般,化为空白。仿佛等待翻出新一页,从头开始。老街巷是一座城市历史的活化石,现在快拆光了——街巷的灰阑只在故人的脑海和记忆里,如闪闪烁烁的星火,都是过往的人和事,浮现在眼前,经久不灭。那是过去城市活的肌体,活的街巷,活的老时光。

棕帽巷记：一巴掌里有"江湖"

六月六，晒得鸡蛋熟。

——南昌民谚

1

父母是在1974年回城工作的，还是原单位，父亲回市机关，母亲回胜利路最繁华的妇儿用品商店，我家却住进了临古老赣江百米之距的棕帽巷45号院。棕帽巷亦与道教净明派创始人许真君相关，传说一次他经赣江边，江风把他头戴的棕帽吹落，车辘轳般一溜滚到此地，该巷由此而名。棕帽巷南端出口即章江路，走几步便是子固路，七十年代叫星火路。有星火路小学设在老圣公会教堂那栋有尖顶的建筑里，旁边有一家粮站，先叫星火路粮站，后来老街巷名恢复，就改为子固路粮站。我耐着性子在那里排队打过米。二十斤，木箱量器的漏斗一开闸，用布袋口接住，米像密雨般沙沙而下，细麻绳扎牢，扛肩上往家走。一个少年的背影斜入市井。

章江路有省歌舞团大院，院门居这条路正中，里面破败不堪，有百十年的老屋，墙上有月亮形门洞，有五百年前的老地基和支撑圆柱的基座石。子固路有省话剧团、省京剧团大院，追溯到明朝，这几个大院都连通一体，是宁王府。这几条街在二十世纪七八十年代乃省文艺单位的所在地，那时拿文艺当宣传，很重视，文艺界是很有面子的。在这些门里进出的男女，市民皆艳羡。子固路和章江路却没有文艺气息，都是废旧店、饮食店、粮油店、土杂铺子、烟油小店，以及自发形成的露天菜市场，有卖辣椒的、卖藜蒿的、卖卷心菜的、卖菠菜的、卖青菜的、卖狗肉的、卖牛肉的、卖猪肉的，章江路临赣江，一度以卖鱼的为多，剖鱼剖黄鳝的摊子，总是血淋淋的，如一个小刑场，腥气弥漫。还有卖青蛙的，一串一串，皆用铁丝穿过大腿连起来，人的凶狠是可见的。后来豫章后街变成"蛤蟆街"了，才改用蓝塑料线网兜，一兜袋一兜袋装青蛙卖。圣公会教堂，后撤了小学，改为贺龙八一起义指挥部，门口都是水果摊子，与鱼摊相呼应，苍蝇乱飞，污水漫地。省京剧团门口都是做不锈钢阳台栅栏的铺子，整天不绝于耳的是切割金属的强烈噪声。文艺界仿佛与南昌市民生活不搭界，或者世俗化的力量把他们堵在门内。

棕帽巷45号院不大，正对院门的是一幢二层民国式小楼，住着三户人家，两户是西湖公安分局的头头，一户是个也有些资历的"南下"干部。院内有个木头亭子、几棵高大的梧桐树，院门左墙几间平房原是门卫和厨房，院东北角是个厕所，都是与主楼同期建的，想必当年这幢民国建筑的主人应该是个人物。

我家住的是院内单独搭建的棚户房，适逢胜利路东方红（又叫新雅）餐厅那幢楼拆除重建，房管部门就找到棕帽巷45号院搭了一排棚户，安排居民"过渡"。我家回城，南昌住房极紧张，父亲单位也就趁势临时安排我家住了进来，只是我家那个简易棚户比那一排棚户多了些木板，屋顶油毛毡是两层再盖红色洋瓦的，据说是市里领导特别交代的。

鱼

其意思仿佛对我家的格外关照，又似意味着我家要在这住的时间，亦即"过渡期"更长。但院里的原住户和"过渡期"都看出我家的"不一般"，也就礼待三分。

那些"过渡"人家有学校教师、普通工人、餐厅营业员、基层小干部，也有干体力活推板车的、码头装卸工，等等。原本看似清一色三户人家的别致院落一下成了各种成分的"大杂院"。院里空的地方摆着各家的炉子、煤堆、煤球灰以及杂物，满满当当的，我家门口还有一笼鸡在养着，整天咕咕叫，都肥着，人经过，是有眼馋的，也是开开玩笑。好在大伙都平易，都是笑脸，有几户男人也多幽默，不乏自我调侃，甚是乐观。父亲忙里忙外，常有同事、朋友来看望聊天，偶尔也杀只肥鸡请朋友吃个饭。母亲一向人缘极好，左右邻居关系处理极融洽。只是暗里担心，别人家都"过渡"完了住进了新居，我家房子还没着落，不知"过渡"到何时才是个头。好在没等大伙搬走，我家竟率先搬到了象山北路（又叫瑞金北路）145号市委招待所，这是后话。

棕帽巷离赣江最近，一头通章江路，另一头叠山路，出两头，过榕门路，就是江边。二十世纪七十年代至八十年代初，滕王阁尚未重建，人在路这边，就能看见一张张打满大补丁的白帆重重叠叠，桅杆就像一根根挑着补丁的针。说是白帆其实不然，比作居民家里床上的被单更确切，那时人穷，被单都古旧，睡了几代人，色已灰暗，像阴晦天气，且都是颜色不一的补丁，没法凑到一色的，是布就不错了，好歹能铺床，足矣。赣江边的船帆大致如是，江是万古流，帆显然老旧不堪，与江流一色，不美，铁灰且严峻，这是当年赣江给我留下的印象。

住进棕帽巷那年冬天，我觉得格外冷，一直莫名地腹疼，父母也带我去医院看过，效果甚微。现在我想，应该是那简易棚屋不关风、不挡寒所致。我的双手冻得通红，晚上钻进被窝里，双手就如同在火中炙烤、灼热、疼,夜夜呻吟。而距此隔一条子固路的胜利剧场,省话剧团正在如火如荼排练话剧《洪城第一枪》。当棕帽巷的夏天到来的时候,院子外偶尔会飘过一条蝴蝶般的连衣裙,而院里的女人多是穿红色黄花或紫色明花的短裤。每至黄昏,大家都出来,男人短裤赤膊,女人短袖短裤,或拎水冲凉,或洗衣服,或悠悠地摇着芭蕉扇,闲闲地聊天。小孩们便在大人的夹缝中嘻嘻哈哈地追逐戏闹,偶尔撞翻水桶、碰倒竹椅,冷不丁就挨一扇柄,哎哟一声就惊得跑开了。

我隐约记得院里有个叫萍的高挑女子,肤白如脂,五官也好,腿长,每当她在院中亭子里坐下,背地里总有人低声议论。我也燃起了少年的好奇。萍的弟弟大牛跟我同岁,是个胖子,整个夏天都汗水淋漓,连鼻头上也挂着汗珠,他好在鸡蛋壳上画彩绘,鲜艳而细致,每画一只,必邀我去欣赏。且常在午后,其家人都午睡了。他便撩起白窗纱一角,探手向我招摇。我便踏入他家所住的民国小楼,他家只占楼下进门的一小间,另有一间在院西的平房里,还自搭了个厨房。他父母和两个姐姐似乎更多时间是待在那边,萍是大牛的二姐。我一进这楼,便觉幽静,不似院里和我家住的棚屋,满耳都是蝉鸣的聒噪与暑热。大牛轻开门,样子谨慎,像个特务,我也就蹑手蹑脚。一进门,见他二姐,也就是萍躺在地板上午睡得正香。大牛只用手指做了个吱声的动作,便拉我坐到临窗一角,那是他午睡的领地。这间屋里摆着一张五斗柜,上面有闹钟、收音机、一对蓝色的瓷坐狮摆件,靠墙还有台缝纫机,床被拆了,热天打地铺凉快。大牛朝我挤挤眼,要我看他小心翼翼捏在手上的一只蛋彩,他精细地在蛋壳上用蓝、黄、黑、金几色描了两只蝴蝶。看似笨头笨脑的大牛,竟能如此细腻而不失美妙地描出这般蛋彩画来,我是很惊异的。但那个午后我没太多心思欣赏大牛的"杰作",肚子里只惦记着邻人们对他二姐的传说。这个夏天午后的意外邂逅，催生了一个无聊羸弱少年的初次绮梦，也彻底摧毁了一度病态莫名的冰寒。

2

老五一个夏天都趿着一双人字拖在棕帽巷的石块路上吧嗒吧嗒，仿佛是个少年罗汉。每至傍晚，我们会蹲在院门口路灯下，聊些好高骛远的少年烦恼。老五总是眉飞色舞地谈他一位射步亭小学的女同学，那时才五年级吧，他说那女同学眉毛像煤炭一样黑，总之很动人，对老五喜欢得很，刚上五年级的老五就会把自己吹得像一朵喇叭花似的，人见人爱，以至我都自惭形秽，好像不瞎编点什么都没脸跟老五蹲在路灯下做哥们。除了聊女同学，老五还善于聊巷子一个美艳的女子，老五说她是棕帽巷出名的"雀子"，是大罗汉十根的"钵子"（女朋友）。十二岁的老五以情场老手的口吻谈女人，每有独到之处，仿佛阅遍春色。对于膀大腰圆、牛高马大的十根，老五是佩服得五体投地的。他对我讲十根"打罗"，以一敌四的斗殴史，手舞足蹈，好像他亲眼看见，或也是群殴中一斗士。说到兴起处，老五朝昏黄路灯下空洞洞的巷子飞出一脚，脚丫上的人字拖没吃住，飞了老远。老五忙屁滚尿流追过去找，怕踢丢了，回家不好对老爹交代。一次我和老五到抚河游泳，所谓游泳，也就是趁黄昏在抚河边少人处脱光了跳下水，无师自通地尽情折腾一顿狗刨式，上岸时老五发现自己的西式短裤不见了，那可是条新的，是大姐用半个月工资为他在妇儿用品商店买的，许是路人见了眼热，顺手牵羊捞走了。老五伤心，最终还是待到天黑下来，我捡了半幅破报纸让他伪装为三角裤，再以夜色为掩护，擦着墙回了家。老五不仅挨其老爹的臭揍，还跪搓衣板到深夜。等到老爹睡了,大姐下了一碗荷包蛋煮面为他压惊。老五后来对我说的时候直咂嘴,好像余味犹存。

老五他爹是棕帽巷45号院民国小楼二楼户主,乃属地公安分局的三把手,老五说是分管刑警队的。我原想他爹该是个孔武的彪形大汉,有络腮胡子那种,没想他矮胖,肤白,说话细声细气的。在院里也趿一双人字拖,大裤衩,光上身,腹背如玉,仿佛雪照白马,俨然有耀目感。而他的名声和在江湖上的震慑力,来自抓人之狠,凡罗汉杀人斗殴栽到他手里,必脱一层皮。此君四女,独子唯老五,而老婆又是个病秧子。老五有四个姐姐宠护,他爹偶尔凶他一顿,老五就腿软,其实其爹内心对这个独子怜爱有加,只叫他"小五",全不顾"江湖"上"笑面虎"的绰号。无奈他太忙,顾不上来,也就使得老五疏于管束。一次老五神秘兮兮地把我唤到他家楼上,掀起叠好的被子,让我看他爹藏在里面的一把乌黑的德式撸子手枪。老五脸上满是自矜,全然不想此事若让他爹察觉的后果,好在没事。我既过了眼瘾,他也收获了得意。

老五最丢人的一桩事,是一日晚饭后,发出杀猪般嚎叫,被人拎耳朵从外面揪回45号院门口。拎他耳朵的大汉用铜锣般嗓门大吼,这小子偷看了他女朋友洗澡,被当场抓了"现形"。大汉又吼叫又嚷嚷,院里院外顿时围满了街坊,老五像只可怜的小鸡在人手上,一副上天无门、入地无缝的模样。拎他耳朵的不是别人,正是他膜拜的大罗汉十根。

十根将老五拎到45号院门口,却不进去,当众在街中心嚷:"这么不要脸偷看女厕所的小流氓,家长管不管了?公安管不管了?还有没有王法了?这样下去,棕帽巷整条街的女人都得遭殃了!"

十根的话既有煽动街坊的意思,又明显带有对老五他爹的报复性挑衅,大家是知道的,就看老五他爹怎么接茬。十根的"钵子"也没闲着,在一边绾一把湿发,穿吊带裙,仿佛刚被人凌辱过,在那儿比画着自己怎么刚洗完头,脱了裙子,就发现有人趴在墙上偷看,吓得她魂差点儿都丢了。

十根被老五他爹抓过。

老五他爹上次把十根拎进分局,就是用一只老虎钳般的手,拎十根耳朵,甩也甩不脱,仿佛焊在上面,十根深感其功力。十根打架斗殴,屡教不改!老五他爹盯着十根的脸,猛挥起一巴掌扇过去,在脸上留下测量的印记,人几乎被量晕。

十根至今尤有那种眩晕感。街坊都知道十根是"分局"常客,算不清是几进"宫"了。这回老五偷看他"钵子"洗澡,被逮个正着,十根明摆着就是冲着老五他爹来叫板的。可任由十根怎么骂街吼叫,他"钵子"指天说地,数落着老五的"流氓罪行",大家只讪笑,也不评议,单等老五家长出来。小楼里先下来的是老五大姐,南柴工人,个子大,嗓音粗,是个直性子。一个劲儿骂老五,又朝十根赔不是,说老五年岁小,不懂事,都邻里街坊的,饶他一回。十根一听反红了眼,急道:"年岁小,他强奸的心都有了!还是我出手得早,算救他一命,不然就要到八一桥那边去,被打靶了!"大姐气,说:"十根,你这话就过分了,老五多大,才十一岁呢!"十根就嚷:"叫你家大人来,我要讨个交代,我女人什么都让小流氓看去了,不能就这么完!"大姐道:"那你说该怎么办?"十根问:"你妈呢?"大姐答:"她病着。"十根又问:"你爹呢?"

没等大姐回答,楼里传出一声:"在——呢——"众人抬头看,老五他爹正趿着人字拖慢悠悠从小楼里走出来。十根立马不吱声了,众人也屏息,单等老五他爹如何收拾这尴尬场面。老五他爹不疾不徐行到十根面前,眼眯成一条缝,却针扎似的从十根脸上扫过,落在耷拉着脑袋的老五身上,说:"抬起头来。"嘴里像吐出几颗钉子。老五的头赶紧昂了昂,由于耳朵还拎在十根手里,头就是歪的。老五他爹定定地,盯着老五的脸,像在默读报纸,猛挥起一巴掌量过去。十根先惊得"哎哟"一声,手松开老五耳朵,后退半步。老五脸上自然留下他爹巴掌测量过的鲜艳印记。老五蹲地上,缩一团,他爹一拎他耳朵:"臭小子,走!"就把他拎起来,老五一趔趄,他爹不顾死活,一步步拎进楼。大姐就捡起老五掉下的人字拖,朝众人做了个"散去吧"的手势,人就慢慢走开了。最后留十根站在45号门口发愣,自言自语道:"这就完了?!"他"钵子"拉了他一把,嘴里责怪道:"有完没有!"

事摆平了,棕帽巷还是议论了十天半月。焦点不在老五,而在老五他爹的手量的那一巴掌。看得懂的人都明白,那一巴掌里有"江湖",是老五他爹还给十根的,十根不亏。照理十根的报复,是得了收效,他心里清楚。至于他女人让老五看了也就看了,毕竟是个小孩子。对此,老五却不服气,倒不是因为那一巴掌,爹打儿子,天经地义。只是说老五"是个小孩子",令他英雄气短,仿佛非得爬到电线柱上去,向整条巷的人说明白不可,那就是他已不是"小孩子"。老五把他的"不服"跟我陈述之后,又忍不住得意扬扬跟我分享他"偷看"的成果。我只哂笑。多少年后读到古人的诗"少年一段风流事,只许佳人独自知",只想对着墙壁大笑三声。

3

家住棕帽巷期间,小姨带未婚夫小万过来,给大姐、大姐夫(我父母)过目,当时外公外婆尚下放在贵溪,我父母一向为他们的弟妹所尊

抚河边，吉水仓巷

重。故小姨的未婚夫征得大姐、大姐夫首肯至关重要。记得那天晚饭过后，小姨同小万登门，我父母自然很高兴，尤其见小万斯文，戴副眼镜，说是新建县政府部门做会计工作，人也长得周正，便在局促的棚屋里坐下交谈，小万买来一斤高粱饴。那糖甜且糯，价不菲，在七十年代算高级的，平时能吃到一颗，已属不易，一般孩子，懂事的，还会咬一半，分弟妹吃。大人一边谈，我就一边摸桌上糖吃。那斤高粱饴用牛皮纸包着，放在我家一张圆桌面上。那圆桌是我父母结婚时的主要家具，整个圆桌面为一块完整樟木，甚是珍贵。我佯装认真地坐在桌边，先将手伸到桌上试探性掀开那包糖的一角，抽一只出来，剥开黄色糖纸，塞入嘴，其美可知，接着又摸了几只跑到屋外，给姐姐妹妹。仗着父母当客人面不会制止我的馋样，一而再溜进溜出，大快朵颐。我记得小姨的未婚夫小万腼腆且害羞，回答我父母问话，紧张得很，脸一直红到了耳根。但给我父母留下了良好印象，只是那一晚，我有些恬不知耻地大嚼高粱饴，以致牙帮子都吃肿了，痛了几日，算是嘴馋报应，自此再没吃高粱饴了。

一天，母亲收到小舅舅从贵溪山沟里来信，说被监督劳动的外公胃病复发，十分严重，痛苦不堪，交代他，如果死了就放在柴火上烧掉。母亲捏信的手颤抖不已，读到这里不禁哭出声来，我和姐姐、妹妹，也跟着哭。父亲坚定地说，接回南昌来，到省医院做手术，一定要治！

当我在医院再次见到外公时，他老人家手术顺利，胃几乎切除四分之三，人瘦得很，却精神良好，见到我们，分外高兴，竟一边对我和姐姐说"崽呀，我又活了"，一边跳起舞来，住院室的地板上响起了他欢快的舞步声，那天阳光灿烂。

七十年代，母亲所在商店年终盘点是要加餐的。所谓"加餐"，也不是三餐之后，多吃一餐，而是晚餐那顿，开饭更晚，得各柜组盘点完之后，免费吃一餐。当然是多了几个菜，也不过是豆泡烧肉、猪肺汤、炒粉之类，加几个馒头。可那年岁，已是了不得的"大餐"了。职工们在食堂到齐，领导做年终总结，然后开吃，所谓吃，也是当着领导的面，佯装吃一下，都惦着家里孩子多久没闻过肉味了呢。记得小时候父亲抱着我，总是哼一首南昌街巷里流行的童谣："大头壳，鸡妈啄。想肉吃，望过年。"大人们单位加餐，面对几盘菜和热气腾腾的馒头，自己舍不得吃，都要省下来各人分一点，用平时喝茶的把缸装好，盖严，赶紧带回来，让孩子们吃。记得母亲总是把缸里分得一点热菜，从脖子上把围巾取下来捂紧，哪怕冒风雪，也要赶紧从胜利路到民德路，经子固路、章江路，趸入棕帽巷送回家。见我和姐妹们对那"混合菜"吃得津津有味，她和父亲不吃，却特别开心。那菜在今天看，任何一个酒店里倒掉的剩菜都比之好过百倍。但那是母亲们的一分真爱，孩子们节日般的"美餐"。

那些年，在与穷街陋巷棕帽巷一墙之隔，大门开向章江路的省歌舞团——貌似令人神往的单位，我仅见到老迈的乐队演奏员、矮小的女舞蹈队员和丑陋的民歌手兼风流汉罗先生，以及身高一米六五左右的男舞蹈家沈先生。他们的歌曲却在街道的广播里唱得神气活现，如《挑担茶叶上北京》《扬鞭催马运粮忙》，罗先生的一副嗓子仿佛成天在大街小巷吆喝，运粮的骡马也在空气里忙活不停。但星火路粮站门口，人们手里总是捏着定额粮券排着长队打米，我也常夹杂其中，一排队就是半天，如蚂蚁挪步，好像国人命贱，时间最不抵钱。我常在章江路口看人杀黄鳝，滑不溜秋一桶桶黄鳝，人若买，便捞起来，一条条将头钉在血污腥秽的木板上，用剪刀叉开去，自头扎下去划至尾巴，一刀破肚，剔出肠子牵出一线内脏，剪数截，完事。由是而再，好几、数十条都可由此剐下来。虽血淋淋，围着的苍蝇兴高采烈，我也似那苍蝇，久看不疲。我想人内心自早年就是有杀欲的，抑或这是人原罪之重要一种，为什么孟子认为人性本善呢？他是在回避人性之恶，而少有以理性抑之，老孟是有大缺陷的。

正午阳光下，一个放学少年，怔怔地，站在章江路边上发呆，看鱼贩子将一条条黄鳝剖肚开膛，杀得血珠飞溅，淋漓尽致，他才心满意足像苍蝇一样飞回棕帽巷 45 号院。

城门内外：掌心的迷宫

他们正用我来充满世界，

而我在你心中仍然是一条凹陷的路！

——保罗·策兰

南昌是一座没有城门的城市，过去有过，拆了。隐藏于古旧城楼里的狐狸一哄而散。据说有只老狐藏进城内一老公馆里，公馆的主人曾是滇军的一个旅长，因无兵可带，闲居南昌。一日抽三次大烟，他有七房姨太太，多在滇中老家，独带七姨太在身边，在南昌城里过着上流生活。七姨太经常夜半梦见被重物压身，不得动弹，张开嘴呼喊，却发不出声，拼命挣扎，方觉有重物从被子上坠地之声，脚步细致地离开，旁边的旅长却酣睡不醒。一回旅长出去应酬，七姨太心血来潮，让用人扛来梯子，要爬上去看看收在阁楼上樟木箱内的狐皮大衣。当时正值盛夏，七姨太穿着薄凉的香云纱和精巧的绣花鞋，蹑手蹑脚爬上梯子。一掀阁楼门板，光线昧暗的楼口，却见一白胡子老头伸手抓了她一把。七姨太惊惧尖叫，吓病了。坊间顿时传开，说七姨太是遇到老狐狸精了。旅长得知，便叫了一伙人提枪挟棒，要把狐精轰出来。众人折腾半天，还真见一条白狐闪电般从老公馆房梁上窜逃而出。大伙喝打声一片，甚是作势，却没一枪一棒落在狐身上。对狐精与其神秘传说，人还是有忌惮的。眼见老狐被撵入一涵洞，洞口小，里面暗，不及人身。众人分两头堵着，只吆喝，使劲敲打威吓，里面竟无动静。旅长叫人烧稻草将狐熏出来，让人在洞另一头守候，若狐出，即棍棒毙之。蓝烟灌进洞，狐禁不住，猛窜出。守洞口两人竟吓得惊逃一边，眼睁睁见老狐跑得没了踪影。不久，坊间别处，又传闻有女子半夜被老狐压身吸痰。人说痰里有元气，老狐是吸人元气修炼成精的。

狐精入城，把城门带进了人的身体。

1

古代城市，城门是关键，它是内与外的入口，也是安全与危险，禁锢与自由，道与野，跋涉与抵达，离散与聚合的分界线。远途而至的行者，一路奔波的马车，孤帆日边来的羁旅之人，终于到了城门，一杯浊酒，亦可慰风尘。执戟持戈的门卫，是要把危险阻止在城门以外的。南昌城郊与散原山绵延一体的飞鸿山，因西汉时一代大隐梅福先生在山里隐居修道，而得为后来的梅岭之名。梅福曾做过县尉，人又称梅尉，梅尉不满于时，又犯颜上级官吏，得罪了朝廷，招致对其的追捕。他弃官逃亡，满面风尘，一度隐姓埋名做过苏州城门卫。又唯恐被人勘破，便逃来豫章，当他见到豫章城门时，一定会有自己当门卫的经历袭上心头。也罢，索性不进城，草履粗服一头把自己隐入了城门外的山里。此时夕阳静下，宿鸟投林，一时万籁俱寂。而城门无语，该闭门了。城门守卫者的使命就是将如同夜晚黑暗般不可知的恐怖与威胁杜绝在城外，严禁危害入城。城里有肮脏的酒馆饭铺、客栈、官衙、歪斜的街巷，有密集的市井烟火，有官员、士绅、酒鬼、荡妇、赌徒、老实巴交的手艺匠、商人、郎中、铁匠、酿酒师、书生、屠夫、游手好闲者、灌园人、竽手、乐师等等。这些人就是城市的芸芸众生，就是百姓，就是市井的活力所在，既要得到城的庇护，也要秩序与安顿。而城墙外之外是兼顾不暇的古代的野地，是不被严密掌控的部分，是山深林密与江湖悠远的城市的广阔背景，是野性的自由与蓬勃盎然的次生地。他们都有待找到城市的入口——城门。

城门洞的墙上有潦草而稚拙的涂鸦，那是隐秘的小人和弓箭、歪斜的马车、追赶的鹅鸭，惊惶的鸡扑腾着翅膀，一根羽毛飞出墙外。墙内的石灰里有偷奸者的呻吟，溅血的杀戮化成了赭红色的墙体。城门有蛇和狐狸的影子、老鹰和乌鸦的翅膀，以及鼠洞和蝎子的巢穴。天黑下来，城楼耷拉着脑袋，沉入黑暗，城门有它的梦，城砖的缝隙里有隐秘神经，牵动着城门的呼吸。传说中每至深夜就有狐狸和蛇精潜入巷里的民宅，伏身于酣睡者的榻上吸取精气，酣睡者只梦见久思不得的情人，如愿以偿，飘飘欲仙，而户外的鸡犬却彻夜鸣叫，惊恐不安。天亮时，城门并不是最先醒来的，它也不会为最早的醒来者打开。城门只是以自己的时间规定着一座城的吐纳，它在那里，就是人世的一种隐喻。它逃离，隐喻并没有消失，仍在守着房子、街道、灯火和焦虑。

南昌素有"七门九洲十八坡"之称。"七门"包括德胜门、章江门、广润门、惠民门、进贤门、顺化门、永和门——这七座城门各有特点。"将军凯旋德胜门"——德胜门，古又称望云门，位于今胜利路北端与阳明路交会处，现在的八一大桥在其城门外。王阳明与朱宸濠的战事在樵舍展开，得胜后的王阳明就是从德胜门进入南昌，阳明路也因此而得名。旧时此处还作为刑场，所以又有"杀人放火德胜门"或"凶神恶煞德胜门"之民谚。"接官送府章江门"——章江门，又名古昌门，位于今章江路西端与榕门路相接处，滕王阁前建有"接官亭"，当时往来显官巨贾都是在此上岸或登船，故有"接官送府章江门"或"吹吹打打章江门"之说。"推进拥出广润门"——广润门，又名翘步门、广货门。位于今船山路、棋盘街、直冲巷交叉处。这里钱、盐、粮、"五洋"商店毗连云集，百货、布纱、颜料批发商号大多集中在离城门不远的棉花市、带子巷、塘塍上一带，古庙万寿宫亦在其附近，因其地处热闹繁盛之区，所以有"推进涌出广润门"的民谚。"烧香拜佛惠民门"——惠民门，又名寺福门。位于今船山路与南浦路之处，城门因临近普贤寺和惠民粮仓而得名。民谚中的"烧香拜佛寺福门"或"千船万帆惠民门""挑粮卖菜惠民门"，是说烧香拜佛和运粮的人很多，过往车船络绎不绝。"入仕进第进贤门"——进贤门，又名抚州门、望仙门。位于今永叔路、系马桩交会口附近，因附近有梅尉官舍而得名。以前这一带农田菜地居多，运肥挑菜的人群自晨至晚川流不息。城外又有多处坟山墓地，送丧扫墓者常有来去。故又有"驮笼挂袋进贤门"和"挑桶卖菜抚州门"或"哭哭啼啼进贤门"之民谚。"跑马射箭顺化门"——顺化门，又名琉璃门，位于今八一大道、孺子路相交处，城内羊子巷，城外金盘路，为当时进出城门的必经通道。古时城内有延庆寺，传说在一次基建掘土时，掘得一尊琉璃佛像，移供寺中，人皆来此占卜求签。过去城外有练兵的大教场，所以民谚又有"枪刀剑戟琉璃门"或"跑马射箭顺化门"之说。"冷坊社庙永和门"——又名澹台门、坛头门。位于今八一大道、叠山路、南京西路交接处。因城门距仙人黄紫庭台坛坛址较近，又因孔子门徒澹台灭明亦葬此附近而得名。旧时，这里人烟稀少，地处偏僻，故在民谚中有"冷坊社庙永和门"或"哭哭啼啼永和门"之谓。

"九洲"包括新洲、潮王洲（朝阳洲）、打缆洲、杨家洲、新添洲、黄泥洲、里洲（现已填河成陆）、黄牛洲（并入黄泥洲）、大洲（并入潮王洲）。

"十八坡"包括傅家坡(今傅家坡巷)、凤凰坡(上下两坡合并为一,位于今中山路西端,现凤凰坡小学西侧)、骆家坡(广外茅竹架附近)、戴家坡(今戴家巷)、十家坡(今十字街)、总镇坡(今铁街,位于中山路西段,现铁街东端的戏服店地段)、铁树坡(今十字街)、十八坡(今前进路中部)、槐树坡(后改名槐树巷,今邓家巷)、帅家坡(今爱国路)、乐家坡(今高家巷,位于滕王阁对面)、砧头坡(今犁头咀街,位于广外)、金鸡坡(位于广场东路、金盘路一带,周围有街名为坡头街)、桃树坡(位于象山南路、六眼井以南,都司前街口)、跃龙坡[位于象山南路、古跃龙桥(高桥)南头,今附近有高桥商场]、灌木坡(位于蓼洲街附近,今街名为"坡头上")、煤炭坡(在今煤炭街)、黄泥坡(在塘塍上)。

南昌在汉代初建灌婴城,唐代又西移建筑唐城(府城)。这座古城经过修筑和改建,直至明代才确定为七个城门。这七座被瓮城遮挡着的城门,忠诚地守护了南昌500多年。从明代开始至1928年拆城墙建马路为止,这七座城门基本可勾勒老南昌的框架及城民生态。民国时的南昌城,辖区人口约二十万,可这区区二十万人口的城里,就有二百余家大大小小的茶馆,所以说南昌不仅是赣江边的水城,连人的心思性情也都泡在茶水里。南昌城就像个大茶碗,那一片片浮起的茶叶,就是城里的屋顶。

南昌最古老的城门是城南的松阳门,设于西汉创城之初,志书记载松阳门内有大樟树,这就是豫章,号称南昌的老祖宗。估计很多南昌人早就不知道这回事了,我若不是查阅史料,也对它一无所知。这棵樟树如果不仔细研读各版方志,极难追踪下落。公元前203年,西汉车骑将军灌婴南征,平定吴、豫章、会稽郡。为巩固南方疆域,选定南昌筑城,据说当时灌婴就是看见了一棵枝叶繁茂、根身粗壮的大樟树,才选定城址。关于豫章城,有人往灌婴之前推了推,说是秦朝的原住民豫章邑人首领章文向汉朝的灌婴献出全境之地，才经手建筑了豫章城。豫章生长缓慢，一旦长成，木质坚硬如铁，内部芳香，树围巨硕，枝叶恢宏，仿佛屋厦，是能庇护风雨的，但雷电能击毁一棵老樟，因此南昌人都明白遇雷雨时，不能到樟树下躲避。樟木却是制作家具的好木材。二十世纪二三十年代南昌有豫章公园，公园内有北伐将士纪念碑和中山堂，更有数百上千年的老樟树，那些老樟树应该是南昌城市发展史的见证者吧。我所在单位机关后来也在那里，九十年代拆旧楼扩展地皮建正力大厦，将所剩的一株老樟树伐了，散发沉香的坚硬樟木被锯成了一块一块的砧板，单位当作福利发给了大家。历史的骨肉，痛。

所谓"豫章"，《说文解字》言，豫，乃象中之大者，为兽中之王。豫章即指"树中之王"，是这块土地先民的图腾之物，受到供奉与祭祀。这是豫章城名的由来，后人追念筑城者灌婴，又称之灌婴城。并建城隍庙，奉灌婴为城隍。

城隍庙故址就在现南昌市象山北路145号象山宾馆内。此前该地一度为南昌市委招待所，二十世纪七十年代，我父母"下放"回城，一家人被安排借居在招待所三部，那是一栋规模不小的民国年间建造的四层大楼，时已败旧，墙已满生绿苔，楼上地板完好，只是水管老旧，厕所漏水，总在维修中。我家就住底层，光线虽不好，却是冬暖夏凉，在那里，我度过了从小学升初中，到高中毕业后的时光。那所院子有个安静而颓败的老花园，我在里面读莎士比亚和莫里哀，背《滕王阁序》，开始痴迷文学与绘画，接触到伦勃朗素描和罗丹艺术论。抗战期间，这栋楼是援助中国的美空军飞行队住所，又有说是援中的苏军飞行员招待所。招待所二栋后面是个旧庙，只剩U形走廊和厢房，正殿不存。1976年后期，这里设过有关部门的专案组，有穿蓝灰二色中山服（干部装），衣内佩老式二撸子手枪的人出入，他们不苟言笑，面孔严肃，整天神神秘秘,有井冈山牌草绿色吉普停在二栋门前,人要从二栋正门进去,再从楼梯口一小门出去,才到后院的老庙房。这些老庙房,就是当年供"南昌城之父"灌婴的城隍庙了。

关于那棵豫章的传说仍如草蛇灰线,在有关记载中若隐若现,该树到晋代枯死了,而在刘宋永嘉年间又突然繁茂起来,当地人视为神灵,而一些莫名其妙发生的事,人们也以为是树妖作祟。唐玄宋开元年间来了个叫胡慧超的天师,他兴坛作法,一把火把大樟树烧了,在原地盖起了一座道观用以镇树妖,这座道观初叫信果观,后来又改名玄妙观。唐朝末年,道士厉归真到玄妙观游览,一眼就看到了三官殿里的唐明皇功德像,甚是庄严精美,只是殿梁上栖着鸽群野雀肆无忌惮,把许多白色粪便尽情撒在塑像上,真是佛头着粪。厉归真铺纸挥毫,当即画了一幅鹞鹰图,挂下殿壁上,厉归真画得真实,仿佛能从鹞鹰图上听到霹雳之声,那伙闲野的鸽雀再也不敢栖耍于殿间了。

后人发现玄妙观就在现今中亿大厦到合同巷一带的狭长地皮内,也就是后来万寿宫的所在,有记载索性说道士胡慧超曾与许真君同门修道,认为胡慧超是松阳门内大樟树的终结者。也是这个胡慧超,他成了西山万寿宫的重建者。胡慧超称许真君是他的祖师爷,他后来又与居许真君弟子位的吴猛为师。"万寿宫实际上是灭了南昌城最强劲的信仰大樟树以后的替代品。"原始信仰与一座城的初始是合为一体的,否则城池只是垒起的一堆堆泥土与石头。是神灵使那一堆堆泥土和石头开始有了仪式感并发出了吟诵与尖叫。

由此推测古松阳门应该就在翘步街36号位置,也就是后来的广润门。

广润门,广润,广大、泽润,是好词。像是形容一座巨城,像长安,像罗马,像汴京,但它是属于过去南方外省之地的一座普通城市的城门,准确说是一大码头，面对的，是赣江支流的抚河，内陆河，没有想象中的广大，却是一条可供交通、运输、抵达、泊岸的河流，广润门朝着这些，来去的船只、舟客、登岸与离岸的人、货物——米、木材、夏布、茶叶、瓷、药材、粪、生猪、稻草、杂件，以及一座城市所需的吃喝用度之物，等等。这对于一个居民来说，是"广润"的，否则活不下去，一座城对居民就毫无意义。这种"广润"是现实的，具体而微。

广润门的翠花街、合同巷、翘步街一带，以万寿宫、老教堂为中心，是南昌老城中自成一体的"城中城"，过去南昌著名的宝庆银楼就在翠花街口，也就是繁华热闹的洗马池地带，那是民国南昌闹市的一幢标志性欧式建筑，门面有高大精致雕饰图案，近乎澳门的大三巴。二十世纪八十年代楼下店堂里成了广播电视维修门市部，九十年代初在"城市改造"的波浪中被拆除。原屋主左老板的女儿曾打过电话给我，因为当时我写的一本名叫《豫章遗韵》的书里，曾提出要保护宝庆金号这栋民国时期遗存的相对完整的老建筑，只是她的电话欲言又止，我一忙，也就没了下文。翠花街二十世纪三四十年代是一栋挨一栋的两层洋楼，楼下是店面，楼上住着老板一家。这些洋楼直到七八十年代还在，只是陈旧、颓败，但残留的精致构建依然可见。楼下仍是开店的，歪斜的楼上搭着棚子，一看就住着几家人，街已拥塞，被卖针头线脑、渔线网丝、白铁用具等诸多杂七杂八的小商贩所占据，早没了过去的精致，成了南昌最嘈杂的市井。周边有开花木店的、洗相片的、卖年画和对联的、摆小人书摊的、卖土杂件的、卖寿衣的、卖花圈冥币的、卖爆竹的、卖纸花的、卖木盆木桶的、卖草席草帽和扇子的、卖铁锅铁壶的、卖茶蛋的、卖烟酒的，也有公共厕所、教堂、会馆老屋、水果店、杂货铺、万寿宫改成的南昌最烂的中学，隔三岔五街头就有罗汉打群架，街头巷尾奔窜着追打着嘶吼，这里五花八门，十色斑斓，巷子里内有城门，题额为"金城"。我曾在那些老巷旧屋里转悠,在拆建前拍下了不少旧街景照片。印象中过去繁盛时,此地有些近似老香港的九龙城寨,有一种老旧混乱的活力和繁复奇异的美学味道。

九龙城寨据说首先是日本人发现的一种独特城市审美趣味,八十年代日本人由此开始奇怪地迷恋香港——主要是九龙,是老旧混乱、活力腾腾的九龙,不是那个崭新、现代、以中环价值为主导的香港岛。日本人对九龙的迷恋以对九龙城寨所代表的繁复、奇异美学的迷恋为顶峰。影响最广的是摄影家宫本隆司的著作《九龙城寨》,他从1987年开始拍摄九龙城寨及其废墟。自清朝末年,这里就是香港的灰色地带,平民百姓与黄赌毒混居,无论建筑规划还是社会结构都繁杂如迷宫,宫本隆司拍出了它生如废墟、死如森林的矛盾意象,就如同日本浮世绘大师葛饰北斋笔下纷纷扬扬、喜怒哀乐般的喧嚣,但又因为九龙城寨必然衰亡的命运,一切都笼罩上了宿命的阴影。香港有个老头,每天在九龙到处写字,墙上、垃圾桶上、水泥柱上,无处不写,其字黑拙厚重,如壁上生出之物。警察干预,过后他旧习不改,生命不息,屡犯不止。后来有关方面也不干预了,留下来,自成一景,老头自称"九龙皇帝",实如乞丐。说心里话,我喜欢他的字,像今井有一,把书写、书道,用到了极致。古人过去的书写,不完全是在纸上,纸还是稀少,而墙壁、石板、石壁、木板等,凡可落笔的,古人都会利用。没想到城市化与现代的香港,一个写字成癖的古怪老头,却接通了古风。万寿宫周边老城地带的合同巷、醋巷、万寿宫巷、翘步街等也像是个城寨,庞杂而热闹,老旧、混乱、繁复而具有活力,是接近宫本隆司奇异美学趣味的。现今几乎全拆了,改为仿旧商业街区。类似于成都的宽窄巷子或福州的三街五巷,是现代城市利用过去符号打造的一种新型商业模式。好肯定是好的,只是老旧的趣味全变了。

2

南昌城屡经战火破坏,远的不说,明初陈友谅40万军队打南昌,虽然久攻不下,并终败于鄱阳湖,但南昌城也遭受极大破坏。明正德十四年(1519),第四代宁王朱宸濠反叛,进军南京,一路下九江,占南康(今星子),正在攻打安庆之时,王阳明攻占南昌,迫使朱宸濠回师与之交战,仅43天,宁王兵败。滕王阁在这场战乱中遭到破坏。我的长篇小说《戈乱——皇帝不在的秋天》,即写朱宸濠的"阴谋与爱情"。仿佛一把灰烬在化灭之前妖娆地狂舞,迷离而恍惚。清顺治五年(1648)3月15日,清军围攻南昌。明将金声恒、王得仁为了守城,放火烧毁民房1000余家,滕王阁亦付之一炬。10月,清兵用红衣大炮轰开南昌城城墙,城破,清兵涌入,开始在东湖屠城。金声恒身中两箭,投入帅府花池自尽,王得仁左突右冲地杀到德胜门,杀敌数百,最后被俘后被杀于德胜门外。江西新建人徐世溥(1608—1657)曾写《江变纪略》,记录了当时的血腥与残暴。1853年,清咸丰年间,太平天国军赖汉英攻打南昌,城墙高大坚固,清兵死守,围城93天都未能破城。赖汉英烧毁滕王阁,用地雷炸毁城墙和德胜门,仍然没有攻入南昌城。1926年,国民革命军北伐进军南昌,守城的北洋军阀邓如琢、岳思寅为阻止北伐军入城,下令在广润门、章江门、德胜门一带民房纵火,大火烧了三日,滕王阁在这次大火中又被烧毁。滕王阁也不折不扣是一座倒霉的阁楼,它总被战火捆绑着,一次次遭厄运所挟持。

国民革命军进驻南昌,正式设立南昌市,从1927年1月至1928年12月,开始改建旧城。国民党南昌市长伍毓拆城墙修环城公路,南昌城墙、城门全部拆除，在原城墙地基上改建的马路走向大致是今沿江路、永叔路、船山路、榕门路、阳明路和八一大道。"一九三六年初，熊式辉为了铺张邀誉，粉饰太平，指示市政府建筑阳明、象山、叠山、文山、船山、永叔、子固、榕门等八大马路。奉命之后，积极计划，权衡缓急，分期施工。除规定阳明路宽度40公尺，象山路宽度20公尺先建正式马路外，其余六条马路宽度为15公尺左右，多属沙石路面，一俟财政好转，再行陆续翻修。这八条马路，历时两载，先后粗糙完工。"（傅朝梧《我的回忆》）

固体的城门和城墙推倒了，那些陈旧的砖石和尘埃掉在江水里如同古城的挽歌。只是在每个南昌居民的内心还都保留着一座有城门和城墙的城，在梦里还有透迤的城墙浮现着，张大眼睛仿佛还能看见那些城门，城门里的小街小巷散发出早晨的气息。一只野猫从谁家屋门前一闪而过，它的腰上有老虎的花纹。章江门码头有一阵湿冷的鱼腥味袭来。此番登岸入城的不是南唐的画手，而可能是一个即将在南昌起事的党人。长春殿只剩下辛亥的灰烬，把手伸进去，里面还有革命的余温，它暗示着这座南方的省城具有改变历史的巨大可能。尽管它的市民重复着日复一日"挑桶卖菜"与"推进涌出"的平常生活里的一切细节，白马庙里供奉的关公枣面上色彩斑驳，青龙偃月刀上结着蛛网和灰尘，但只要一通鼓勇，赤兔宝马就会杀过洪恩桥。

我的先人不知是何时入城的，我推断是晚清或民国初年，只是我的祖父他曾靠一把胡琴拉遍了城里的大街小巷，随一个"三脚班"（早期南昌地方戏戏班）从瓦子角、绳经塔到惠民门——后来南昌市采茶剧团的所在地"井冈山剧场"即坐落于此。八十七岁的老父亲至今仍记得年幼时家住厚福巷的情景，巷口有一家"小程烧饼"铺子，一只汽油桶改做的炉子，就立在街边，饼子贴在桶壁里，下面有旺红的炭火，把粉面软白的饼子慢慢烤得焦黄、嘎嘣脆。从巷口经过，桶子里冒出的烤熟饼子的甜香与肉香味从裂开的脆皮缝里冒出来，让人迈不动步子，不停下来掏钱买一只安抚一下味蕾，就走不过去。那条巷子因这家小小的烧饼铺子，每天都吸引了不少人。烧饼便宜，是大众的吃食，不分贵贱，它出自草根，只有寻常巷陌的身份。我的祖父、我的父亲、我和我的儿子，都吃过这样的烧饼，它是最南昌的。我的祖父作为一个胡琴艺人，一生不曾轰烈过，只是平常和安静，但他的生命几乎都化作了琴声，在南昌街巷的砖缝里逸出，在春风轻拂中回荡。南昌人熟悉地方戏的琴声，那琴声里有多少代人的故事和面容。它就像一座城，人就活在里面，那是人生的灰阑。

"一座城的历史，与一个人的生命，竟然是那样息息相关。"祝勇在《张择端的春天之旅》中写道。我又想起帕慕克，置身美国，内心却永远也走不出生育他的城市——伊斯坦布尔。那些留下他足迹的街巷，他永远无法从心头抹去，以至于他在十五岁时开始着迷于绘制这座城市的景象。当他成为一个作家，他用《伊斯坦布尔：一座城市的记忆》这本书向他的城市致敬。他说："我的想象力要求我待在相同的城市，相同的街道，相同的房子，注视相同的景色。伊斯坦布尔的命运就是我的命运：我依附于这个城市，只因她造就了今天的我。"我注意到散文作家祝勇也很有意思，他把张择端在十二世纪的阳光中画下的《清明上河图》，比喻为画家为北宋首都汴京——这座光辉的城市留下的"最后的遗像"。而多少古代的城市，连"遗像"都没留下，就消失在时光的梯度里。剩下的只有城市零件的拼凑与猜想般的推测，让人守着岁月遗漏的棋子，隔代的街景和丰饶的记忆如同浮花闪逝，他在虚构中打量满眼的残局。

固体的城池消失了，而纸上的城邦在流转，描绘繁华汴京的《清明上河图》就是如此,据说后来权臣吾省分宜人严嵩得到了梦寐以求的《清明上河图》,他的府邸就在南昌三眼井友竹花园巷,现新四军军部旧址。"也有人说,严嵩得到的只是一幅赝品。这幅赝品,是明朝的兵部左侍郎王忬以八百两黄金买来,进献给严嵩的。严嵩知道实情之后,一怒之下,命人将王忬绑到西市,把他的头干脆利落地剁了下来,连卖假画的王振斋,都被他抓到狱中,活活饿死。严嵩的凶狠,让王忬的儿子看傻了眼,这个年轻人,名叫王世贞。惊骇之余,王世贞决计为父报仇。他想出了一个颇富'创意'的办法,就是写一部色情小说,故意卖给严嵩,他知道严嵩读书喜欢一边将唾沫吐到手指上,一边翻动书页,就事先在每页涂上毒药,这样,严嵩没等把书读完就断了气。他想起这个办法时,抬头看见插在瓶子里的一枝梅花,于是为这部惊世骇俗的小说起了一个诗意的名字——《金瓶梅》。"历史是吊诡的,城市里的角角落落即便阳光能够普照,也无不带有吊诡的诗意。人的气息、人的命运,在城市的街巷与房屋里无处不在,即使拆掉,推倒砖石,铲除墙根,摆平小街曲巷,而天空中也会倒映着它的光影。

3

历史的细节往往很有意思,越逼近真实,也就越生动。但细节总是被大事件所遮蔽甚至改写,现场感被抽空,看似一笔带过,却是忽略城市史中或许更有价值的信息,或埋葬了人间烟火的一个地标。但总有一些历史的有心人,在可能的情境下,会较劲地为之勘误,校正过去年代发生的历史大事的某一个细节。南昌大士院,我妻的大姐现今所住之地。我经常在大士院地带那些早已过时的、密集的、被称为"拥抱楼"

和"握手楼"间的缝隙里走动。那些兴起于二十世纪八十年代——取代明清老屋、民国公馆,六七十年代拆掉棚户屋而建起的七八层的水泥楼,已经有了时间包浆,楼道熏黑,走廊暗影重重。白天走进这些楼群,四周全是青灰的水泥耸起的峭壁,像个漏斗,头顶的天光仿佛尤利西斯之眼。

1983年,大士院老巷依然,妻的二姐婚后住进了房管局分的大士院一栋老房子,印象中是大士院三十二号,房子二层,有个院门进去,院墙由于颓圮,已很矮了,人脑袋能看见院内。我还在那里搬过一盆妻二姐送的兰花回家,是剑兰,至今尤放在我家窗台上,每至冬天叶子枯萎,春来时又吐出绿来,生机勃勃。关于大士院三十二号,有人写过记忆文字:"1927年7月31日下午,朱德在大士院三十二号南昌市长李尚庸家大摆宴席,邀请敌军的高级军官吃酒打牌……为起义顺利进行,牵制了敌人。"这是在大士院三十二号发生的事。为此有关部门在南昌申报"全国历史文化名城"材料中专门有"红色遗址"大士院三十二号的照片。我留意到一篇张钟、陈志莹写的《有关八一南昌起义一些史实的辨正》,文中提及"八一纪念馆为这个问题(大士院三十二号)做过调查,问过李尚庸本人。李尚庸说,没有在他家请客这回事,而是在离他家不远的一个饭店里。据调查,这个饭店名'佳宾楼',在大士院街口。在'佳宾楼'吃饭之后,宾主一同到大士院九十三号一个妓院里去打花牌。拉送这些人的人力车夫王金证实了这个地点。而且,请的团长等人,也不能说是'高级军官'"。(张侠《南昌起义研究》)

关键词是,出现了早已消失的"佳宾楼"。"大士院三十二号"——当时南昌市长李尚庸的家,并没有上演"朱德请客"一幕。我记得七十年代后期,南昌胜利剧场上演了一出省话剧团的《洪城第一枪》,戏演得热闹好看,其中一场重头戏就是"朱德请客",戏很精彩,有些像《智取威虎山》里杨子荣智斗"八大金刚",尚未脱"样板戏"的味道。"朱德请客"是有的,发生场地是在离大士院三十二号不远的"佳宾楼",而后又到一家妓院(大士院九十三号)打花牌,巧妙地牵制了几个团长。这就是历史的吊诡之处。难得的是八一纪念馆调查时,李尚庸还在,更难得还有小人物人力车夫王金作证,尚能找到,可见即便是距今三四十年前,南昌还不算大。一些史实的重要细节还能经过当事人证伪,然而当一切物是人非,或物不是人已非时,城市和历史的多少细节已不存,或既存的也是伪证。时间会使事物面目全非,文字也靠不住,它一成文就改写了事实,抽象的文字作为一种符号对于事实的还原也只能是符号性的。唯有现场或遗址的存在才能复活过去的场景。

如今大士院那些老房子包括"佳宾楼"早已拆光了,历史的现场和遗址也变为空白。遗址的意义是不可忽略的,本雅明说"古罗马是一个被现在的时间所充满的过去。它唤回罗马的方式就像唤回旧日的时尚"。前年,我有过一次欧洲之行,几乎没有任何先兆地就到了古罗马时代的圆形剧场,大块石灰岩垒成的看台还在,中间是一片土质空地。千年前时光凝固了,人走在土质空地上,看见的都是古董。罗马被称为绝美之城,其美就在于许多建筑都是古董,记得几年前地震,老屋子一下塌了几座,像珍贵的古花瓶破碎,让人又惊心又痛惜。他们又设法把老的碎片修复回去,把老的房子小心翼翼呵护着。这些年我们城市仍是狂拆,多少名人故居不见了,多少历史建筑推掉了,大士院三十二号也罢,"佳宾楼"也罢,早已灰飞烟灭。然而城市管理者的热情全扑在打造新的仿古街上,尽管美轮美奂,却是历史的赝品。小桃花巷仁寿里拆迁之际,黄良楷(画家黄秋园之子)借用别人的话发微信说:"老城里每天都在拆,拆掉记忆,拆掉故乡,不拆就不叫城市。"个体在巨大的国家机器面前渺如尘埃,只有随命运沉浮飘摇,我唯一的愿望是,将来重建,如"仁寿里"这样的地名,能够得以保留,给暗夜里回家的灵魂以点滴抱慰。

南昌万寿宫老街区也几乎拆光了,又圈起来,建仿古街。再仿古做旧,那些老的气息,时间的包浆,不是一蹴而就的,再怎么也只是招摇的幌子,只是这至少比重建一片新的楼盘和购物广场要好一些。或许南昌毕竟不是罗马,绝美的瓷器早已碎了,而且连碎片也消失了。

我很欣赏帕慕克一段话:"奥斯曼帝国瓦解后,世界几乎遗忘了伊斯坦布尔的存在。我出生的城市在她两千年的历史中从不曾如此贫穷、破败、孤立。她对我而言一直是个废墟之城,充满帝国斜阳的忧伤。我一生不是对抗这种忧伤,就是(跟每个伊斯坦布尔人一样)让她成为自己的忧伤。"(帕慕克《伊斯坦布尔:一座城市的记忆》)

故旧,而以忧伤纳入己怀,这既是一种从容,也是一种情深的自处。我们囿于自身的局限,只能从轻风吹过细草时,感受到过往之晨昏与时间的呼吸。

事实上没有谁是全知的,藏在南昌石头缝里的故事,没有谁会比一只蟋蟀知道得更多,但一只蟋蟀的所知也是有限的,南昌那些行政的大事记远不能替代老城砖缝里一只蟋蟀的吟唱,而蟋蟀的吟唱,更微观,更真实,也知凉暖,接一方的地气。

这些年,南昌的楼越来越高,越来越密,那些高楼大厦背后都隐藏着一座城市的罪与罚,一座高楼的从无到有,从打下地基的深坑,到钢筋水泥的浇铸,乃至一层层升起,拔高,超过周边的房屋高度,封顶,每一座高楼大厦的完成过程,都是当代城市史的一个不可漠视的局部。在它背后运作的房地产开发商与土地官员、银行贷款、融资、市场,以及土地前期的拆迁,都是血汗搅拌、灵肉交飞的疼与恨的浇铸。当今南昌哪一个房地产商的个人史不是抵押在一幢幢大厦里?哪一座著名的大

万寿宫老街区庞杂而热闹,鱼龙混杂,有些香港九龙城寨的味道

厦没有一个开发商的惊心动魄的个人史？这些个人史的叠加，就是当下城市史的重要部分，但完全有可能被忽略，被光鲜的宏大叙事所遮蔽。

我每次听到一个房地产商在城市化的浪潮中起起伏伏，或传奇，或荒诞，或跌宕，或腾达，或凋零，都深为感慨。大面积的农民工的际遇，所有的是更多的普遍性，而每一个地产开发商，或稍有影响的、大一点的开发商本人，他的地产项目跟当今城市发展是同步和紧密相连的，他们的个人经历几乎就是当下城市建筑风景的底片。我当然听过他们不少的风光故事，也听到某古玩城开发商被债主的打手逼入绝境，在四面楚歌中，被逼无奈，几欲抱住债主同归于尽于推土机的履带下。南昌某著名楼盘的开发商在借贷到期时，被合伙者釜底抽薪，数度被一步步逼上自己开发的高楼顶层，几欲飞身而下，让高楼成为他的墓碑。还有的房地产商在债务纠缠中被打得伤痕累累，又被构陷下狱，那些盖起的楼盘尽管光鲜，业主拱手相庆乔迁之喜，却不知开发商已商业失败而黯然离场，甚至连自己仅有的住处也被银行拍卖抵债。这样的故事每隔一段时间，仿佛就有一个密集的爆发期，从中似乎能看到一点城市风光里自戕式的悲壮。

4

过去的南昌是一座有很多楼阁的城，诸如滕王阁、环漪阁、秋屏阁、临湖阁、褒贤阁、涵虚阁、夕佳楼、物华楼、避暑楼、绿雪楼、积翠楼、仰高楼、揽秀楼、杏花楼、金波楼等，滕王阁仅是其中一座，如果没有人指出来，那些楼阁就会被湮没在时间里，而让浮在赣江边的唯一一座所取代。

老南昌又是一座很多寺庙的城市，诸如佑民寺、千佛寺、大安寺、普贤寺、延庆寺、石亭寺、章江寺、百福寺、菩提寺、兴福寺、圆觉寺、九莲寺、江东庙、城隍庙、关帝庙、马王庙、火神庙、白马庙、司马庙等，尽管过去人居的城郭都是如此，但这也是需要人来指出并总结的，比如巴黎就有过很多教堂，如维克多·雨果不写《巴黎圣母院》，人们也就把它忘记了，而会强化性地记住其他教堂，世事如此，这本是最寻常的法则。南昌在古代全盛时期有过七座城门，至唐代出现了第一座状元府，众多的楼阁消失后只遗仿建的滕王阁和重修的佑民寺，为全城老记忆的标志物，如同一种提示。

南昌临江，原有的七座城门——德胜门、章江门、广润门、惠民门、进贤门、顺化门、永和门，其中德胜门、章江门、广润门、惠民门四座是临江的，过去没有航空，交通以水路为主，南昌城进出，主要是走水路，水运业算发达的，由江入海，乘长风，破万里浪。

南昌大桥一侧，临赣江处，有江西造船厂，每次乘车从桥上过，都见有几只未完工的锈红色铁驳船。过去南昌造船厉害，尤其是古代很有名。郑和巨舰和当年忽必烈跨海远征日本的舰船皆有南昌船业之工——南宋灭亡的时候，日本"举国茹素"来哀悼大宋的灭亡。元世祖忽必烈因日本此举，且倭主不来朝贡，造大船7000艘往攻，结果船队被台风暴雨所摧毁，日本人从此将此风称为"神风"。"二战"中"神风敢死队"即出自这个典故。那7000艘大船的碎片里，是否有我故乡的海魂？

汪大渊走出老南昌，基本上是个人民间性质的"借船出海"，他的行迹在当时是静悄悄的，但其所航行的足迹从世界航海史上看，都是独一无二的，汪大渊的足迹通过《岛夷志略》的记录，早于"新大陆"的发现者哥伦布抵达澳洲。他在680年前作为民间航海家，足迹已遍及海南岛、占城、马六甲、爪哇、苏门答腊、缅甸、印度、波斯、阿拉伯、埃及,并横渡地中海到摩洛哥,再回到埃及,又出红海到索马里、莫桑比克,再横渡印度洋回到斯里兰卡、苏门答腊、爪哇,经澳洲到加里曼丹、菲律宾返回泉州,前后历时5年。至元三年(1337),汪大渊再次从泉州出航,历经南洋群岛、阿拉伯海、波斯湾、红海、地中海、非洲的莫桑比克海峡及澳大利亚各地,至元五年(1339)返回泉州。自1867年以来,西方学者中有十人研究他的著作,并予以翻译。《岛夷志略》中有两节详细记载了澳大利亚的风土、物产,应该是见著于世的关于澳大利亚最早的文字记载。可是西方学者,不敢承认汪大渊到过澳大利亚,因为在汪大渊到澳大利亚后近二百年,欧洲人才知道世界上有这一大陆。设想一下,如果汪大渊当时向世界宣布他所发现的"南方大陆",那就没有后来者的机遇了。但设想毕竟是设想,中国大陆也许太辽阔了,历史与文化积淀太厚重了,没有扩张意识早已根深蒂固,而且对于本土文明向外的传播意识也是薄弱的。与其说是汪大渊错过了海上的"南方大陆"的"发现权",不如说中国的大陆意识早就主宰了汪大渊的大脑,他只能关注于"岛夷"的"风世和物产",而不会有对"另一个大陆"的发现意识。澳大利亚一词,原意是"南方大陆",来自拉丁文(南方的土地)。早在4万多年前,土著居民便生息繁衍于澳大利亚这片土地上,澳大利亚土著居民总数是41.3万人(2001年人口普查的数据)。1606年,西班牙航海家托勒斯的船只驶过位于澳大利亚和新几内亚岛(伊里安岛)之间的海峡;同年,荷兰人威廉姆·简士的杜伊夫根号涉足过澳大利亚并且是首次有记载的外来人在澳大利亚的真正登陆,并命名此地为"新荷兰"。1770年,英国航海家库克船长发现澳大利亚东海岸,将其命名为"新南威尔士",并宣布这片土地属于英国。

正像哥伦布固然不是最早发现美洲大陆的人，而是哥伦布到达了他认为的他自己没有到过的"新大陆"，"新大陆"只是对哥伦布和西方人是"新大陆"，对美洲原住民印第安人来说并不是新大陆，他们早在4万年前就已经到达美洲大陆。哥伦布的到达美洲只是对西方世界影响很大的到达，印第安人和西方人都是人类，因此是印第安人最早发现"新大陆"，只是他们的发现影响不大而已。不管是哪个哥伦布还是其他西方人登上的美洲大陆，都不是"首先发现"，在他们来之前这里不仅有几千万的居民，而且早在他们之前就已经有亚洲人登上过美洲的土地，只是亚洲人不是为扩张势力范围和掠夺殖民地而来，而是为了寻找生活场所、躲避灾祸、文化交流或商业贸易，是一种和平的迁徙或探险，这和哥伦布与后来的西方殖民者形成了鲜明的对比。不过，新航路的开辟有着深刻的社会原因、思想原因和经济原因，哥伦布的发现成为美洲大陆开发和殖民的新开端，不仅是历史上一个重大的转折点，也对西方文化产生了重大的影响。汪大渊的航海应该归属于"文化交流或商业贸易"，"是一种和平的探险"。世人评价"汪大渊两下西洋，游踪的广远，著述的精深，直到清代中叶以前，还是名列前茅的"。他走得再远，海上游历漂泊经年，最终还是回到了故土，回到了祖先的城市，"大陆意识"的终极生意体验就是"叶落归根"，其不同于"海洋意识"的冒险性，航海家哥伦布和传教士利玛窦都是客死异国他乡，他们的墓地所在之处也就成了一种文化的标识，而"叶落归根"，终是回到原点。

让后来者一点一点刨挖与考证：一个人的故事，或一座城的前世与今生。不管怎么说，汪大渊是过去出南昌城门，走——或者说是"漂"得最远的人。城墙关不住他。城门如同虚设，或只是故乡的一个标志。

5

我早年蜷缩在南昌的街巷里,曾听人说过"鬼打墙"的事。那是一个冬夜,我们在老屋的小阁楼聊天,叙述者吸着便宜纸烟,说射步亭小学原来教室的桌子凳子都是他打的。边说他边下意识看看自己的手表,他说,那时收工晚了,就住到射步亭父母家里。若还早着,就赶紧蹬脚踏车过八一桥,奔往二十几里外的生米街斗门村,跟乡下妻儿过一宿。下半夜起床,摸黑又往城里赶。一回,半道脚踏车破了轮胎,没法骑,只有扶车子步行。天黑,只借星光走,经过坟地,闷头走了很久,竟又回到了原地。好像有一堵看不见的墙把人圈住了,虽心下蹊跷,也不怕,走惯了的,就坐坟头上吸烟。烟吸完一根,再走,又回到扔烟头的地方。这才想到,得从裤裆里掏家伙出来,原地撒泊尿。尿完了,就听见声音,有过路的早行人。就大声打招呼,人就走了出来,天便麻麻亮了——叙述者最后轻描淡写地说:"乡下常有'鬼打墙'的事发生,那是小鬼跟你捉迷藏,逗你玩,伤不了人的。"但一泊尿,就把"鬼墙"解了。

我却隐约觉得那道看不见的"墙"的奇妙,世上还没有这样的城市,有看不见而又奈其不可的城墙。卡尔维诺的神奇之作《看不见的城市》写马可·波罗旅行,向忽必烈陈述他见过的世上存在或不存在的形形色色的城市,仍没写到"鬼打墙"这般奇特的"城",它就是一个迷宫。

"城市"首先是"城",由"城"第一联想到的,是长城,似乎从古至今还没有比这更大的城。它试图把一个国家全圈起来,在地理与意识形态上都成为一个大城。卡夫卡由长城则想到巴别塔"在人类历史上只有长城才会第一次给一座新巴别塔创造一个稳固的基础。因此,先筑长城,而后才建塔"。他想到的是把长城竖起来,成天梯,去天上之城,跟神握手。

但城会颓圮、倒塌、中断,有的城,连城根都不见了,现代人恍若生活于无根之地上,浮着。地球与众星不都在空中悬浮吗？这样想着,走在步行街上,也是"临空虚蹈",小风一吹,就飘飘欲仙了。可总有人觉着诗意地存在,是不踏实的,还得盘根究底。2013年夏天,有民间城市史研究者在城西孺子路上塘塍上(水关桥段)老居民住宅的墙基,发现了一截城墙根。"城墙根高约一米,砌法迥异,上面民国的时候用小青砖砌了墙建了房子","意外地在上楼转角处发现了一块网线纹砖"。这块网线纹砖,给我们提供了一个时间信息,那是南昌古城墙根的遗址。通过观察者在现场的眼睛可以看到:"这栋房子与上栋不同,在离地一米左右开了一个民国风格的拱形窗子,正巧窗子底就是船山路的路面,船山路小学的操场。从船山路到孺子路有一个半米的下坡,从孺子路到水关桥又是一个半米的下坡,于是便造就了城墙根的高度遗存。"有人认为:"南昌明清的城墙位置是极不规则的,这个地方最为典型。1926年的南昌市全图是目前对南昌城圈标示最精确的地图。此图出后第二年,南昌城墙即被拆除。这张图里,南昌城墙自惠民门西北徐徐而上,就在筷子巷一带向城区方向拐了两拐。因为这里有个水关,是城防薄弱所在,需要拐几个弯加强防御。修路当然不必像修城一样注重防御,当然直线而过。所以这段城墙就在船山路里面了。当然城墙必须拆除,不然此段护城河就无物填平以便修路了。这便造就了城墙根位置的遗存。"(宋世钞)我以为这个看似不起眼,也没有引起太多关注的"发现"为今人更是提供了一个回望南昌古城池的珍贵视角。水关,护城河,明清的城墙。远年的,渐为虚化的,一下都推到了眼前,既可视,亦可观,尚可抚摸,还有居民的烟火气息。恰恰是这缕城市的烟火

小巷里晾晒的衣裳总是散发着阳光和童年的气味,从下面经过,就是穿过时光之门

接通了过去与现在。

那些老城砖的发现，像地下突然绽开了明丽的花朵，令人眼睛放射光芒，一下就洞穿了千年。这种感觉是激动的，仿佛生活在别处，而又偶逢故人，并且握住了他的手，历史的，时间的，城市的，与你远隔多少年代的手就这样突然伸了出来。希腊导演安哲罗普洛斯说："我喜爱飘荡，是为了对故乡的渴望。"

过去的城，一个年代一个年代在墟土之下，层层累叠，它们都化成了时间的猎物、工具和不可捉摸的遗址。土层之下，是更加繁复、迂回、冗杂之世。

中国的古城形态是由城墙决定的，其功能在于防御性，而又能划定城民的生活范围，芸芸众生，人间烟火。据记载：南昌明城墙筑于1370年，时至1927—1928年因计划修筑环城铁路而拆除，而顺化门与德胜门附近的城墙没有彻底拆尽，剩下高近一米的城根遗址，尤以顺化门遗址保存最为完好，南起孺子路口，北至新华书店。可惜德胜门城根遗址在1957年修八一桥时拆除，顺化门城根遗址在1969年建万岁馆时拆除。南昌拆城墙时，西面北面的城砖顺势填了护城河，东面南面的城砖由于用去砌筑东南北湖的湖堤，所以东濠和南濠就保留了下来。后来东濠因修建八一大道而被填平，南濠从进贤门到永叔路口一直保留到二十世纪七十年代。这些考证与记录大致勾勒出了南昌古城墙逝去的遗踪。

古城的老城楼传说都会狐仙盘踞，却是从未有过坐实的。童年生活在老城巷密集的旧屋里，一年冬天，却见一伙汉子气势汹汹不停吼叫，他们手拎棍棒，狼奔豕突，却是在追逐一只狐狸，我尾随众人的喧嚣，自己也仿佛是个喧嚣的影子，心里又怕又亢奋，除了众人汹汹，什么也没见到，却是听见说，那狐狸见人多势众，知是难逃劫数，竟突然不跑了，只对人拜了起来，人也忽然静了，仿佛真见了仙，就有人扔下棍棒，放了狐狸一条生路。

居于英伦的诗人胡冬写伦敦城，说："伦敦是狐狸的天下——这并非奇谈。据统计，在伦敦的三十三个大区生活着上万只狐狸——有这么多吗？也许有人要问，或者，远不止这么多？这个数字可能刺激了猎人和皮毛商的想象，但在伦敦人眼里，狐狸的存在就像唐人街有那么多中国人一样合理而寻常。""而伦敦的女王，我们真正的陛下，却是一只容颜永驻的千年狐狸。"

古城墙根的遗址，似乎给城市的前世找到了一个回望之点，南昌的明城墙的七个门，广润门、惠民门、进贤门、顺化门、永和门、德胜门、章江门。这七个门内外都有以其城门命名的街道，现在大多鲜为人知。

广润门——广润门街本来是没有的，原来叫翘步街，因为宋朝的南昌城在这里有座桥步门，因城内有座桥，城外多码头（步同埠）而得名。所以其通向城内的街就叫桥步街，清朝讹作翘步街。民国时广润门被拆，但是人们仍称此为广润门，1987年地名办工作人员来这里做地名普查时，就把翘步街被称作广润门的南段划出来改名广润门街。广外壕边街，紧贴广润门外护城河，南至吉水仓街，北至中山路。今已淹没在高楼下，其东南有通濠街，今亦不存。

惠民门——过去是码头，这一带以仓储为主，惠民仓设在这里，逢灾开仓赈民，无灾便将一船船从赣江入抚河自惠民门运来的粮食入库，是官仓，皇家的"天下粮仓"之一。惠民门外的抚河景象若干年后被人用"千船万帆"来形容，可见有过的繁盛，有如此繁盛而忙碌码头的城市肯定是兴旺的，衙门、庙观、酒楼、茶坊、钱庄、瓦肆、青楼、会馆、书院、街市等，无不俱全。南浦在望，依依垂柳，万千柔情，使这座城市让人待下来就不愿离开。惠民门街很短，东起石头街，西至惠民门。因为原来这里城外有各县粮仓,城内有育婴局等惠民建筑,故名惠民,亦是过去开仓赈灾之处。惠民门与广润门之间有下湾街——老南昌的街有的不过百十米,却分几段,各段又有街名。紧挨下湾街的,自然就有上湾街,还有后街、上河街。

七十年代,抚河边后街马路对面的手套厂,有个白皙丰满、相貌俏丽的女职工姓熊,是小街巷惹人注目的女人,熊女士不仅长得好,也会打扮,喜粉红、果绿色,不俗气,颇领小街潮流,走到胜利路,回头率也极高。熊女士丈夫是抚河工商所的股长,为人不错,人们亲切地叫他老杨。1973年老杨随抚河区迁新建石岗镇,一次上茅房时被雷电击中,不幸身亡。遗下妻子熊女士和两个女儿,老大才四岁,老二只两岁。熊女士带着两个幼女生活艰难,后来跟一位对熊女士仰慕已久的老师方先生再婚。方先生不仅爱熊女士,也对两个女孩呵护备至,细加培养。他让姐姐和妹妹在东湖边少年宫分别学舞蹈、学唱歌——东湖有百花洲,还有娄妃的梳妆台,常令我想到芥川龙之介《中国游记:古琴台》里的文字——"一个留着刘海的雏妓,手执桃红色扇子,倚着面临月湖的栏杆,瞩眺阴霾密布下的水面,疏落的芦苇与荷叶背后阴霾密布下黑黢黢的水面。"声音甜美的妹妹脱颖而出,考取了当时比大学还难考的南昌师范学校,跟我妹妹是同届不同班的同学,她在学校就引人注目。后来姐姐南下深圳开起了音像公司,妹妹也成了红遍全国的甜妹子歌星。两姐妹感恩继父方先生,方先生却因脑出血病故。据说熊女士住在女儿为她新建的别墅里,因为善于保养,仍是丰韵犹存。同在街巷中长大的"老南昌"梅亦平先生坦言熊女士是他童年时的偶像。这个美丽丰盈的女人使我想到意大利电影《西西里的美丽传说》里的女主演莫妮卡·贝鲁奇。是的,过去的南昌老街巷也有它的美丽传说,有的流传至今,令人怀念,当今高楼大厦所缺失的恰是一缕市井生活气息中的浪漫。

帕慕克写伊斯坦布尔,能把记忆写成皇皇大著。阿城旅居威尼斯,每日一篇日记,东一搭西一搭,偶发议论与心得,闲笔逸出,不由叫好。

我有部构思多年却迟迟未动笔的小说,叫《天灯下》。天灯是太阳,是月亮,但在我熟悉的街巷中,它就是电线杆子的一盏路灯。"天灯下"是老南昌皆知的一条街道,1966年天灯下、普贤寺并称创新巷,1973年将通惠桥并入,改称吉安路,1984年改名南浦路。但周边居民仍用"天灯下"称呼,过去船山路、进贤门、禾草街、剪刀口后街是走水路的主要通道,专门运送稻谷、粮食,经广润门、进贤门运进整个南昌城,过去没有电灯,据说每晚三点钟这里就有位老人特地爬上灯塔,给灯加油,照亮道路,便利于行人,这就是"天灯下"的由来。也有的说"天灯下"原是古代地方官在此处张灯结彩之处。我更倾心于把它作为城市的一个隐喻,"天灯"是"上帝之眼",人在做,天在看。我家住三眼井时,"天灯下"一带是必经之处。南浦路与干家巷之间是叠山路,形成十字路口,老"六眼井"就在干家前巷巷口的副食品店门口,被青石板覆盖着,上面铺了水泥。这里周边是高桥商场、洪客隆购物、旺中旺超市、天灯下农贸市场、省赣剧团、樟树国药局及照相馆、家具店、餐馆、服装店、化工用品店、水果店、报刊亭、书店、副食品店等数十家店铺,在很长一段时间是南昌一处热闹的商圈,周边是密集的老居民街巷三眼井、都司前、书院街、友竹花园、石头街、筷子巷、清洁堂等。十字路口晚上有一盏极亮的路灯,远大于一般的街灯,每个大十字路口都是这样。得街灯光照大便利的是一家小水果店和服装店,就在灯柱下。夏天围满了人,有挑水果的,有看服装的,有吸烟聊天的,有骑自行车暂停下来瞅热闹的,凡此种种。而来来去去的汽车、自行车、电动车、行人,川流不息。尤其天灯下菜场从早到晚都是人麇集的地方,各种菜摊、水产门店、卤菜店、肉档,应有尽有,路中央都是卖菜的摊子和三轮,污水流在地上却是亮光闪闪,一年到头街都是湿漉漉的。当时最有名的卤菜店是"博林",出名的是烤鸭、卤蛋和酱黑色猪尾巴,一节节嚼,极香。我当时年幼的儿子尤钟爱它的卤蛋。后来"博林"对面开了一家"皇上皇"(后改为"煌上煌"),也卖烤鸭,两家打擂台般竞争,终使"博林"退出,"煌上煌"成了名吃——我乘飞机去成都落地时,也见人从行李架上拎下包装精美的"煌上煌"烤鸭,一边对手机那头的人说:"我给你带了南昌特产。"哦,"特产"就是这样产生的。从手到嘴,在舌尖的味蕾上掂量来掂量去,认了,它就自动长了脚,烤鸭也生了翅膀,就走街串巷,就飞去别的城市。而天灯下的人还是太阳下的汗珠,路灯下的影子,靠着街道,贴着地面,蚂蚁、灰尘、污水、垃圾、烂菜叶子和鱼腥味混淆着卤沫的气息经久不散。

进贤门——南昌进贤县,是南唐画家董源、巨然老家,还是晏殊、晏几道父子的故乡。可进贤门还不是因为他们而闻名,据说是更早年代孔子的弟子澹台灭明由此进南昌,带来了儒学,为了纪念,设城门后故以之名。进的"贤",就是孔夫子当年说的"我以貌取人,失之子羽"的学生子羽。子羽之"失",是老人家承认的过错。子羽相貌不好,为老人嫌弃,子羽去哪儿了?他南游到了南昌,从进贤门那个地方进来,到东湖边盖了草堂讲学,弟子众多,成了贤者。过去科考由此门至贡院考试,由是亦为进贤。子羽就是澹台灭明,新远中学(原南昌二中)内还有他的墓。子羽入城多年后,人们似乎在内心为他不断举行入城仪式,只是时过境迁,又一而再地被挑桶买菜的市民和菜农的脚步与汗味所修改。

进贤门后来也只剩一条进贤门街——"北至骆家巷,南至进贤门。"1970年与系马桩等街合并拓宽为于都街,1984年改名系马桩街——此街原有一菜市场,我中学一同学长得浓眉大眼、面枣红,常穿一身黄色军涤,善拉小提琴,毕业后却在这里工作,戴衫袖套,齐腰部扎围裙,一手秤杆,一手抓一大把豆角,粗声大气说:"一斤二两!"我当时还羡慕,好歹那也是个国营正式工,我当时还没工作单位呢!几年后我从绳经塔过来,路经系马桩,于都街菜市场改成了数家卖服装、副食烟酒、烧烤、花圈香烛之类的店铺,人起人落,我随众流,被一凶猛声音叫住。我回头,见马路牙边斜靠一警用摩托,摩托垫上大大咧咧坐着一戴大檐帽与墨镜的警察,两脚踏着马鞍。他摘下墨镜,一张枣脸,朝我笑。杨勇!这哥们,当警察了。自此后,再也没见了。我却常在系马桩一带溜达。进贤门——旧迹皆无,只有一小学,还叫"进贤门小学",那年该小学一校长请我为之写一篇记赋文,我让一朋友写了,顺带让他赚点银子。从系马桩、绳经塔、沐英城、书院街、三眼井、干家巷、桃花巷、松柏巷、孺子路,乃至羊子巷一带,我都熟,是我十几年前的生活场,常在那转悠。

顺化门——皇帝希望百姓做顺民,不折腾,不忤逆,不拿反,不要另立山头,不能城上变幻大王旗,这都是犯大忌的,否则悬头城门以示。老老实实被顺化,这令人想到羊,羊的门,就是顺化门。百姓不是羊,也希望活得顺溜。日子顺心,就是随大流,顺着大处走,不走小路,不过独木桥,没有坎坷、曲折,乃大顺。出得城门去,也希望顺利,不惹麻烦,不碰上难事。顺化仿佛是一个方向,都往那儿走,无论出城的或进城的,你老实点、乖点、安生点,这就是过去老城门的某种警示。顺化门外有顺外村,是八十年代初江西最富村,顺化门早没了,顺外村办的顺外饭店在师大对面,当时名震一方,省、市不少重要会议都在那里开。村支书曾荣苟是名人,坐当时地方罕见的黑色大红旗轿车,开进省委,门警都敬礼,过春节,省委书记白栋材都去老曾家拜年。老曾有些猪婆眼,一管裤脚高,一管裤脚低,农民习惯不变,见大人物不怵,擅长的不是种地,是办厂子。搞村镇企业,把地方带发了。顺外一带成了城乡接合部,产生了特色的半边街,私人旅社、地下仓库、违禁书刊批发点麇集于此——是先锋诗人、摇滚乐队、"南漂"、游娼、街痞的出没之地。我在师大读书时，常在半边街转悠，找不到顺化门，只有一架立交桥。顺化门一变也成了街名——"西起邓家巷，东至顺化门"，1968年同三圣庙、延庆寺等并称茨坪街，1973年改名羊子巷。羊子巷与我是有感情牵系的，它是我童年的南昌，印象中就像个杂货店。最近日本有部片子《解忧杂货店》，是根据东野圭吾的小说拍的，现代人内心流失的东西，这家杂货店能帮你找回——僻静的街道旁有一家杂货店，只要写下烦恼投进卷帘门的投信口，第二天就会在店后的牛奶箱里得到回答。这对当下的人们是有吸引力的，我记挂着，想看。也是对消失的童年记忆的一种解忧，却不知那片子是否对路。我内心深处的童年百货店就是羊子巷。

永和门——"永和"这个词已然稀罕，哪有永久的和解、平和、和睦、和气，没有什么是永久的，所以永和门也没了，我小学时有个同学名叫"永和"，他长大了、老了，仍叫永和，只这么多年不见了。倒是南昌有几家台湾"永和豆浆"连锁店，其中两家我光顾多次，一在象山路中段厚福巷口，一在孺子路北。过去国民党有条军舰似乎叫"永和号"，不知是打沉了，还是起义了。"永和"还是一种祈愿，太平盛世，大家都自自在在过日子，哪怕平淡点，不吵不闹，不打不杀，开门七件事——油盐酱醋柴米茶，斤斤计转，掰着指头算开支，也是小百姓的生活，平和就好，冷坛社庙也就有时间去供香火。

永和门，门没了，变街名，永和门街"西起永内谌家巷，东至永和门"。门在哪里，连位置都模糊了，石头、泥土、黑色的柏油、水泥、挖几层墟土，都在的。1951年拓建叠山路，永和门街变了它的一部分。永外正街，即南京西路，现在成了南京西路北侧的小街。

德胜门——若是不矫情，不伪饰，它应该叫得胜门，如同世界著名的凯旋门，西方的凯旋门就是得胜门，那种欢天喜地得胜回城的样子真可谓淋漓尽致。而把动词的"得"——得到、获得、取得、赢得，变成了形容词的"德"——道德、品德、德行，这就有了训诫与做作，将显在的作了隐遁，德胜，求的是守伦之道，反而不伦不类，想想看过去——尤其是冷兵器时代，城门打进打出刀枪剑戟的，守城者哪个不求个旗开得胜，谁还遮遮掩掩把一场多少性命换得的胜利，变成夫子面孔，满脸阴云。德胜门，正大庄严，过去打仗获胜，骑马列队凯旋回城之门，中国没有凯旋门，但过去的城池大致都有得胜门，没打过仗的城也有，叫来喜庆，有昂扬气息，于城是需要的，南昌起于兵塞，多经战火，得胜门是历史的，从唐代到宋代、清代、太平军和北伐时期，都打得轰轰烈烈，当年一颗炮头打在城楼上，卡在城墙里，所幸没炸，是臭弹。城楼留下来，北伐后就拆了，战火也没能熄灭。卫国战争、内战，终是胜了，一条德胜门正街，"南起酱油巷，北至德胜门"——1928年德胜门被拆时，此街与中大街、洗马池等合并拓宽，称作德胜马路，当年蒋介石在南昌发起新生活运动，德胜路遂改名为中正路，日军攻陷南昌后，中正路改为兴亚路。抗战胜利后复名中正路。后来，为了纪念解放战争胜利，中正路又改名胜利路。

  胜利路现在是南昌的步行街，再熟不过了，街中段有条射步亭巷，八十年代初我常往那里的一座连着四个天井的老屋跑，老屋原是一家富人的公馆，后来成了诸多住户的大杂院，我晚上在阁楼上坐，跟女友聊天。女友的大哥人憨厚，眼睛却像猫，有精光，胡子拉碴，我见到他是在冬天。大哥戴着粗黑呢老头帽，夜班回来，端一大碗饭，"嗵嗵嗵"沿陡峭木板楼梯上来，看到每晚播两集《霍元甲》的一个尾巴，又"嗵嗵嗵"抱空碗下去。大哥脚不灵便，我都没察觉，是他小妹告诉我的。有时晚上逢大哥的儿子也在，我跟他小妹一边，他父子一边，便吊主，打捡四十分破一局的扑克。一盏灯照着小小阁楼，四人围桌出牌，是轻松愉快的

我的八十年代

时光。整条胜利路也像《霍元甲》片头曲中唱的那样——"江山秀丽、叠彩丰盈",满是生机,那可是八十年代,那是一个灿烂、喷薄、浩瀚、火热、解放的嘉年华。现在成了火山灰,"我们是被火山灰覆盖的时代,尘埃落定"(欧阳江河)。

八十年代初,住在老南昌街巷里三三两两的男孩,能穿上一双25块钱的黑皮鞋,会是一个成人礼的明显标志。他们会把鞋擦得锃亮,神气活现地走到胜利路、中山路去追女孩子,仿佛亮出了自己的成熟和魅力。鞋底叩击石头马路发出的"笃笃"声足以显示他们的自信。

那些日子,我十七岁的女友每夜饭后约在东湖边散步,从建德观小街走下来,一座石头桥,灵应桥,把一个湖隔为两半。两半中间是水观音亭,原供水观音娘娘的,明朝南昌状元张位,从相位退下来,在旁边造了别墅"闲云馆"养老。宁王朱宸濠也曾为其妻娄素珍在这里建了梳妆台。当时这些遗迹历史皆付之阙如,都是残墙破败之处,堆着垃圾。湖边皆有柳树,虽无人管理,就生得七弯八扭,皆经岁月打熬。白天,东湖岸边除了临墩子塘马路那一段,其余皆行人稀少,岸边有几个建于五十年代的老院子,每院有一二层小灰砖楼,据说老红军危秀英女士曾在那里养老,贺子珍也在那住过。湖边一带是一个空旷的毫无起色的稍大些的院子,破院门柱上挂了个"江西教育"的小木牌,说明是有单位的,周边仍是人烟稀少的样子。到了晚上小月弯弯,虽是黑灯瞎火,湖水反而有了生机,映现了一个澄静世界,风撩一下,那些柳影也就很有些婆娑之态起来。我挽女孩走在湖边,也就有些天真地想到当年佛罗伦萨的但丁和他的爱人贝雅特丽齐,心里自然就觉得有了浪漫。我也是写过诗的,一天晚上,跟女孩别扭起来,女孩哭得伤心,一条白手绢都揾湿了,云开雾散,女孩轻松了,将手绢在风中扬起来,荡着湖面微风晾干,我仿佛看见了白帆。后来正式发表在《湖南文学》1983年第11期上的处女作,即这首《白帆船》。夏夜遇暴雨,东湖边上一个拎高跟鞋的女孩,白色的凉短袖上衣,浅蓝色短裙,经历过八十年代,谁又能忘呢!

那时胜利路东方红餐厅有个掌勺的杨厨师,绰号痂头,上班颠完勺就回家画画。那时南昌街巷里长大的伙伴们都有外号,痂头的伙伴不是疤子,就是柿饼、猴子、驼子、狗子,诸如此类,仿佛是那年头穷街陋巷给孩子们烙下的标志。痂头虽性格腼腆,却内秀得很,画出来的女子,好看,勾人。伙伴们都作兴痂头,他还够味(讲义气),比如柿饼有一次到东方红餐厅买一块钱的辣椒炒肉,在柜台找到痂头,痂头假装不认识,接过柿饼的大钢筋锅子,转身去了厨房。柿饼见痂头的背影——"在火炉前把锅里的菜抛起来,喷火,又用锅接住,噼里啪啦三下五除二搞定,临了,还用锅铲敲几下脆响"(赵树明《船·说》)。柿饼端锅,觉得沉甸甸的,出了餐厅偷偷揭开一看,一大锅辣椒炒肉,那时一人每月才半斤肉票,这一锅该是多少啊!痂头没花架子,对哥们,就这实打实的。痂头素描、速写、油画都过得硬,让人服气。恢复高考,痂头就考上了美术专业,毕业后便由餐厅厨师变成了中学美术老师。不久,又成了报社美编,人也在省城画界小有名气。可痂头身上尚有老街巷的血性,一回去菜场买肉,痂头为斤两事跟肉摊屠夫吵了起来,屠夫欺他白面书生一个,不仅短斤少两,还举油乎乎的巴掌要扇痂头。痂头哪是善茬,顺手拎起肉砧板上剁刀,朝胖屠劈去。幸得闪躲快,屠夫逃过鬼门关,人却吓得跪了地。痂头虽英猛,人却关进了派出所。若干年后,痂头的发小柿饼成了"东方船"广告传媒公司的创始人、董事长,把事业做到了广州、深圳、北京、南昌,痂头也已成名成家,做了省画院院长,俨然一省画界首领。待到柿饼退出"广告江湖",隐居昌北卧龙山瓷板画研究所重拾画笔,某日,一众人簇拥一大佬来视察,柿饼过去一看,忍不住叫了那大佬一声:"痂头!"

两人闪光的金粉自动褪去，现了罗汉真身，那曲折迂回的街巷就像人生一样拥抱而来。

章江门——章水和贡水相合形成赣江，二水相合处在赣州。南昌北朝赣江，西临抚河，章江门在赣、抚交接处，仍是登岸码头，距滕王阁不远。"珠帘暮卷西山雨"，就是这个方向。这当然是个好地方，从章江门登岸，就有接官亭，可以去滕王阁看看，吃杯接风洗尘酒，会对初到此地的人有个较深印象。如果是离任，也可以在滕王阁摆酒送行，章江门也就有了依依惜别的情意。

念中学时，有篇课文是熊述隆先生写的，里面有两句诗仍记忆鲜活——"寄取章江门外血，他年化作杜鹃红。"章江门在旧年月是有血光的，杀过党人，故有其诗。古代章江门是个码头，来往官员在此登岸，然后衣袍上带着水腥味入城。北伐军攻打南昌，岳思寅的守军把章江门城楼当炮架子，又放火以阻挡进攻，大火连烧数日，把滕王阁也烧成一把焦土。北伐军进来，让郭沫若当审判官，把岳思寅几个负隅顽抗的北洋军师长公审枪毙了。章江门被推倒，铺出了一条街，东起棕帽巷，西至章江门，就叫章江门街。至今叫章江路。滕王阁重修起来后，人们自然会想到章江门。前不久，乘车从八一桥往红谷滩过来，西拐，隐约见扩建的滕王阁景区临桥头处有个章江门门头的景观，虽不起眼，也仿佛找到了历史的又一个视点。这个视点而今远低于滕王阁，成了它的陪衬，城楼写着"章江晓渡"，城楼边的高架桥上车如疾箭，来往飞驰。

滕王阁对面的凯莱大酒店，任人怎么呼吁应炸掉，因为按规定在名胜两百米内不能有高于它的建筑。但凯莱就是屹立不倒，生意兴隆。一度南昌每年举办金秋经贸节，为外商指定酒店，全由主办方买单，且有关部门必定要请到一百位外商，所以有些外商来了往往住到活动完了，仍拖着不肯走。好吃好住的贵宾待遇，在城里逛都像爷一般，谁不愿多享受些日子。那年秋末，我接到省文联郭蔚球老师一个电话，说美国的诗人谢青来南昌了，住凯莱，我刚与他见过。谢先生是纽约江西商会会长，这次随外商代表团来了，郭老师说，他正为《两岸诗选》组稿，你们年轻诗人带些给他，也可交流交流。郭老师是长者，希望我们也通过跟海外诗人交流开阔视野。我当即约了治川、牧斯、建葆等，并往裤袋里塞了两纸打印短诗，按郭老师给的手机号，跟谢先生联系好晚饭后凯莱相会。谢先生是前辈老诗人，又是美国来赴会的客商，出于礼貌，我们自是先至。谢先生参与的官方宴会尚未结束，我们就在大堂等候。良顷，一西服革履老者从宴会厅大门走向大堂——想毕谢先生怕我们久等，宴会未完就先出来。建葆兄眼尖，屁股弹离沙发，朝那边挥手，热情招呼——谢老！那边谢老没有热情回应，施施然过来，我们说明是郭先生叫我们来的。谢先生说："好、好，我也想见见你们年轻诗人。"就领我们乘电梯，进门，刷卡，没反应。哦，是我将房卡跟手机放一起，消磁了。去前台，办理好。一起到了楼上他的房间。建葆为人热情、机敏，出于尊重，上楼过程始终对谢先生小心照应，一口一个谢老。岂知谢先生反而不领情，坐下来就说："你别叫我谢老，在美国你开口闭口叫人家'老'哇'老'的，是对老人的歧视！我虽上了年岁，但身体好着呢！我夫人比我小二十岁。"谢先生这么一说，都明白了，这就是文化差异，像建葆，从三十岁开始，人就叫他老杨，是尊他为人老成，待到七十，人们肯定把"老"挪姓氏后，叫他杨老，以示尊敬。若照谢先生言，在美国就犯忌了。得，为了扭转文化差异，轻松气氛，我打圆场说："谢先生，你的情况跟他一样，夫人都小自己一大截，且相得益彰。"听我一说，谢先生神情一振，看建葆眼神为之一亮，赶忙上前双手相握，仿佛他乡遇故知。建葆亦故作激动，如遇知音，相互抖手。其实建葆伉俪相当，恩爱得很，我是调节气氛，编了个由头。接下来谈诗、谈生活，都轻松顺畅多了。

谢先生说他当年在台湾和洛夫一起办诗社、诗刊，后来他去美国做生意，在纽约有了一幢楼，现办江西商会，在《纽约华人社区报》开辟"华人诗刊"，并再三叮嘱让我们给诗，他会在美国登江西诗人的作品，并告之百花洲文艺出版社钱宏委托他正在编《两岸诗选》，也叫我们赐稿，他说在南昌用的手机都是钱宏提供的。总之，谢先生说得真诚，我们开心。临别，他还对建葆大有惺惺相惜、依依不舍之感，再次安慰建葆并轻声和蔼地要建葆向太太转达他的问候。建葆表面诺诺，暗中瞪我数眼，我和牧斯、治川皆忍住笑。待乘电梯从楼上下到大堂，皆大笑不止。步出凯莱，滕王阁已被夜色笼罩——当时还没有景观照明设施，不似当下繁华亮眼。此后，当我已忘了美国的"谢老"，却收到他从纽约寄来的一纸白信封，里面有两张八开的新闻纸印的"华人诗刊"，是《纽约华人社区报》的两个版，我的两首小诗，挤上面，占了屁点大版面。谢老似乎还说明《两岸诗选》泡汤了。哈哈，一个可爱的老头。从此无音信，于今若健在，也九十上百岁了吧！跟他同辈的诗人洛夫老先生，两年前也过世了，仿佛转眼世事已如烟。

当年南昌在滕王阁办过几届"华人作家笔会"，入住的也是凯莱，后来青山湖建了五湖大酒店，又移师于彼。洛夫那年来南昌是住在凯莱，此前我写过一篇洛夫的诗评发在《人民文学》，就跟老先生有了探讨诗艺的书信来往。为此有关部门还过问了，以致我主动中断了与洛夫的书信，他的长诗《漂木》出版寄我，扉页上写明"我急于听到你的意见"，我竟没回复。内心一直是有歉意的！当市政府请他做嘉宾来南昌参加"滕王阁笔会"，一下飞机就向《南昌晚报》记者问到我。我便约了几个文友一块到凯莱去拜会他，见了我，老人激动地握着我的手，我们交流了对诗的见解，相谈甚欢。只是他和余光中一样，登了滕王阁，却都没留下诗。确实，钢筋水泥并装了电梯的滕王阁，与王勃骈文中的"滕王阁"是大有异趣的,正像新建的章江门,也只是个小小的摆设——它们只是暗喻着城市过往的岁月。

6

南昌不是佛罗伦萨,这里没有达·芬奇,也没有美第奇家族。这里不吃面包,喜爱藜蒿炒腊肉,吃辣椒爆炒螺蛳。这里有过的宫殿是宁王府,地处子固路,现在隔成了省歌舞团、话剧团、京剧团的院子。京剧团是没落了,里面是个家属院,却砌了个不小的门楼子,上有二字"京门",金粉闪烁,在南昌老城门皆毁弃多年的当下,甚是豪华。南昌没有美第奇银行,却有金融大街,街两旁有高楼在建,相对金融二字而言更多还是有待填充的空白。南昌没有贵族,却有很多有钱的乡下人(他们因征用土地、包括祖居地、耕地、祖坟地而有了钱),他们喜欢买红谷滩中心地段的住房,开豪车,喜欢在圣廷宫酒店请客吃饭,他们喜欢在公共场所说普通话。我楼下的绿茵路,晚上常有高档跑车疾驶而过,疑是赛事。

> 寒山,纽约赛马场上,一匹马的绰号
> 它跑在七八匹前面,在偏左侧位置
> 领先一个半身位,五号它追上来了!"寒山"赢了。

"半身位",跑马专有名词,一群马奔在跑马道上,你领先半个身位,也就赢了。南昌没有跑马场,过去没有,现在也没有。开跑车的"拆二代",只能在夜晚人稀的绿茵路过瘾,却扰我清听。我在香港坐车,车旋上一个坡,侧窗下倾,看见一个跑马场。现代都市,过去没有跑马场,好像就慢了,不说博彩,赌马,仅仅一种都市汹汹的象征性,南昌是慢的。去年在青海茶卡边一小镇,看过一场野地上彪悍的跑马。人骑马跑起来,跑进尘土里,尘埃弥漫,绕数圈,尘土里冒出来一匹,又一匹,头一匹是赢家。铁青色的马,我挨近它,想照个相,马后腿甩起来,吓我一跳——两千两百年,南昌从没在时间中沉沦,也没有陷入黑暗安静宫殿中的密语阴谋。在老城圈界定和老城门锁定的地盘周围,南昌已扩大了数十倍,天上地上交通网络发达,都可以远行与回归,城门内外全一体化了。但南昌相对北上广,是外省城市,名义上划为二线,实质上是二线以下的三线城市。我没必要把它同一线城市,甚至世界名城捆绑在一起,但这又是一个写作者可以任性使用的权力,甚至可以说,罗马有宗教,佛罗伦萨有艺术,南昌有梭泡客(即说假话、吹牛的人)。南昌建城两千两百年,没有人能活过这么长的年岁,如若能在世间活上三百岁,在南昌曲里拐弯的街巷里兜兜转转,也早已成妖成仙了,何况我等皆凡人,生不过百,也要好好生活,做个在南昌活过一生一世的像样的好人儿,不一定要活得荡气回肠,活色生香,韶华极盛,活得平淡而实实在在,也就是对上苍的一个交代。

在一个熟如自己手掌的城市里游走,是一种不为人知的旅行。我在南昌就常有这种感觉,平时从家到单位,两点一线上班,几乎成了规律,所走的路,经过的街道、店铺、建筑、公交站、地铁口,都一成不变。双休日抽半天进老城看望父母,顺带在回返的路上去一两家大型购物中心转转,再乘地铁回家。因此,一个城的更大空间在日常生活中几乎从不涉足,尽管在这个城市土生土长,所谓熟悉更多是以往若干年里积累下来的记忆,记忆有时就像伸出的手掌,自己的手,多么熟悉,摊开掌心,那些掌纹仍如迷宫,我们的城市就如自己掌心的迷宫。偶尔得空,一个人随意走动,离开常规的两点一线,确有一种暗自旅行之感,只是这并非异地,而是故土。故土虽是不断重温,却有着变迁后的陌生与新的发现,而我常在睡梦里走在一条熟悉的老街上,又往往在老家的店铺里发现一些既亲切又不为人知的事物,有时在一条街上走着走着,一看两边,都是古物。赶忙用手机拍,里面竟是空的。这似乎都构成了一些不为人知的旅行,都有些奇妙。卡尔维诺在《看不见的城市》里提到,"每到一个新城市,旅行者就会发现一段自己未曾经历的过去:已经不复存在的故我和不再拥有的事物的陌生感,在你所陌生的不属于你的异地等待着你"。我是认为"故地"也有"不复存在的故我和不再拥有的事物的陌生感"。

人与事

后悔录

我家搬到三眼井校厂西1号,已是二十世纪九十年代了。

成家后几年,原里洲的住房因到新单位交了公,就和父母姐妹住在三眼井的房子,那套房虽大,四室两厅,却是冬冷夏热,父母将最大的寝室给了我们,唯独这间冬天还能射进一点太阳。到了夏天,房间每个角落都热,妻从日本带回一台空调,原打算装在客厅,客厅近四十平方,一家人可共享。父亲说还是你们留着,等有了自己的住房再用。可南昌的夏天热得实在受不了,空调放了一年多闲置在那里。我就自作主张请人将空调装在寝室里,妻的意思,晚上开空调,一家人就打地铺,房间也大,够让大家睡个好觉。不等我将这意图说出来,父亲见装了空调很生气,认为一家老少挨热就你享受,房门一关,也不通风,根本不为全家人着想,太自私了。那天晚上天气尤酷热,热,人就暴躁,一有不顺,易大吵,南昌热天街巷吵架的人家特别多。没想到这里轮到了我家,父亲是动怒了的,没容我分说,他就举起一只凳子作势要赶我出去。我用手一挡,父亲竟经受不住,摔在地上。父亲根本没想到我会回手,他爬起来就往我这边冲,母亲和姐妹赶紧拉住,妻把我拉开,幼小的儿子从没见家里出这阵仗,尤其对他疼爱有加的爷爷摔在地上,便被吓哭了。我哪里敢向父亲回手,完全是不经意或本能地伸手挡了一下,没想父亲竟轻飘飘摔了下去。我突然一阵心痛,父亲老了,那年父亲该在六十多岁,我也在而立却未立之年,心里那种痛当时就有刻骨之感。我一是没料到自己已是强壮之人,可能是一辈子最健壮的时候。二是没料到平日忙忙碌碌的父亲已是一个老人了,我稍伸伸手,他都禁受不住,或许他根本就不是真的举凳子打我,那只凳子很小,也很轻,只是做做样子。我回手,可能真是热昏了头,暴躁使我有了冲动而不自觉,令我将父亲摔倒在地。我当时心里就产生了负罪感,仿佛说一万个"对不起",也解脱不了这种"罪"。那天晚上妻把我拉出去,我们半夜才回来,父母已安顿好儿子睡了。家里灯是黑的,我摸到父母房,叫了声:"爸爸,对不起!"父亲忙说:"去睡吧。"仿佛早原谅了我,我在黑暗中哭了,但忍住了声音。父亲是原谅了我,可我一直是悔恨的。

老　方

老方是住我楼上的邻居,有"南下"资格的"离休"干部,计划经济时担任过市商业局副局长。我见他在楼里进出,矮墩墩的个子,上下一般宽,像个整天练扎马步的武僧。是时老方也六五望七之年了,还保持当干部看报纸习惯,每天早上下来取一份本市日报。再上楼做早课——如厕所、漱口洗脸、吃早饭。老方有三个儿子,都孬,靠爹混口饭吃,凭爹当年的十六级干部身份,都讨得美妇,为校厂西一条巷街坊侧目,亦

家父,一个善良而外柔内刚的南昌人

为穷汉垂涎。老方本质一介武夫，年轻时是"四野"一个扛机枪的，却仅仅扛着，打机枪的班长是个瘦高个，老方矮壮、有力，有汗马功劳。他死后档案袋里仍有他屡犯赌博的检讨。老方估计也意料不到，那一叠在战争年代写下的发黄的字迹歪斜的检讨在他看不见的档案袋里竟伴随了他一辈子，就像他光鲜背后的一个疮疤。

七十年代，老方记得战争过来的首长还在，在家里再舒适的大弹簧床上也睡不着，叫警卫员安排吉普车，不要轿车，司机立马知道，首长要睡了，开车载首长兜风，专捡石子路，车子一颠一颠，兜哪儿是哪儿，首长不管，坐上车，一开动，就像战争年代转战南北，打起呼噜来。好，下车，又精神抖擞，可以指挥千军万马。老方在家里也是有威风的，三个儿子虽人高马大，老方说一不二，像个首长。校厂西巷居民自然也对他有些仰望，尽管老方的五短之身只有一米六，唯他的胖孙子可以爬到他的头上戏弄，老方反而乐此不疲。老方小儿子在税务局，每天骑个收税的带斗摩托下班，在校厂西小巷马达轰鸣，横冲直撞，居民皆避让，有时刚搬个条凳出来，又赶紧往回搬。老方在小巷行走也仿佛龙行虎步，不慎踩到一坨小孩粪便，就大骂，语多粗野，与村汉无异。人赶紧拿笤帚来扫，一边说，忙着给孩子揩屁股，不及扫，就让你踩着了。老方火气更盛，手挥卷筒报纸大叫大嚷，像是人家故意设了埋伏，非教人低头赔礼不可。这里左邻右舍都过来，好不易把老方劝上楼。一会儿，见老方伸出头陀般的脑袋，朝下面吐一泊浓痰，仿佛不如此，恶气无法下咽。老方三个儿媳如花似玉，小儿媳尤美，五官精致，身材均称，说北方口音普通话，估计也与老方家门当户对，是"南下"子女。小儿媳新生了女孩，身子就丰美起来，穿衣也很随意。初夏日有时下得楼来，只一件Ｔ恤，里面也不穿内衣，街坊都看在眼里。校厂西1号对门楼里剁肉的老蔡看得尤为仔细，他每日两顿饭，皆坐门口吃，一凳屁股坐着，一凳上放一碗五花肉，一瓶酒，独饮。他对人说，老方儿媳他看得透彻。老方大儿媳妇偶尔也来，相貌像外国女郎，与意大利电影《西西里的美丽传说》的女主角莫妮卡·贝鲁奇有几分神似。老方大儿子长得粗蛮，像个便衣公安，却是在一国有企业当副经理，后来企业改制，便拿了一份钱在三眼井开了个小饭馆。大儿媳是银行的，还稳定，穿着也时髦体面，每次来都戴宽边大遮阳帽和墨镜，露出线条很清晰的脸和较高鼻子及两片搽了口红的嘴唇。老蔡在巷里传言，每回老方大儿媳眼圈都是青紫的，老方大儿子打老婆也就在校厂西出了名。老方二儿媳在中山路邮政门市部，一度在书刊专柜，也是美人一个，在繁华街头的邮政门市部，既打眼也悠闲，我每周只买杂志，却没正式打过招呼。她与老方二儿子住在单位宿舍，也少去校厂西老方"总舵"蹭饭。老方二儿子我几乎没印象，据说是三个儿子里最斯文的，像老方戴金丝眼镜的老婆。老方由于自身资历和三个儿子兼三个惹眼的儿媳，在校厂西俨然土皇帝，是有些霸道的，没人敢惹。他的小儿子一次摩托蹭破了老蔡的腿，他反而打断了老蔡家的门框。老蔡是"天灯下"菜市剁肉的，照理也是狠得的主，但他不敢摸剁肉刀唬对方，只有认怂，从此校厂西被老方一家"踏平"了。校厂西1号五层楼的住户，有好几家是托老方马屁的，唯我家与对门的老李家不屑老方家。

　　老方死后，他一大家族也就垮了。老大的饭馆经营不下去，老三也离了婚，就争老方四室两厅房子的财产，闹得不可开交。老二索性与两个兄弟也就断了往来。老方妻子伤心，不久也过世了。直到校厂西拆除改建，老方一家就彻底散了。但偶尔我还在中山路遇见老方的大儿媳，没戴遮阳帽和墨镜，穿着配上装短裙，白高跟靴，仍似莫妮卡·贝鲁奇。

　　中山路还是那条中山路，尽管两边的店面几经变换、光怪陆离，但总还有美人层出不穷，其实是代代更新，人老珠黄已退出了大街。"那些老器物，如今肯定还在边上/窗户边的那张床/午后阳光曾将它的一半抚摸。"（卡瓦菲斯）只是很多大街背后的老街老巷消失在楼盘的丛林里，新的钢筋水泥的大厦收割了"老街之死"。

法国医院

父亲住院了，发病急，我和家人就近连夜带他到"三医院"挂门诊，这样家人来去照顾也方便。所幸及时，医院也重视，住了二十多天院就康复出来了。出住院部前，我回头看了一眼挂在走廊上的电子钟，时间是上午"9点零6分"，9是"长久"，6是"顺"，我心里一喜，这是个吉祥时辰，父亲出院就会长久顺利，无病无灾，长命百岁。出了"三医院"，是南昌仓和前进路交会口，院门还是几十年前的老院门，记得儿子两岁时，家住里洲新村，儿子感冒半夜发烧，我和妻总是抱着他插小巷经南昌仓路到"三医院"挂门诊，白炽的日光灯下，医生一针打下去，就退烧了。天擦亮，抱着儿子往回走。

"三医院"，父亲跟他的同辈只称"法国医院"，是南昌最早的西医医院，由法国教会所办，南昌市第三医院前身圣类思医院建于1917年，是南昌教案（杀江令案）的产物。原建筑据法国档案馆藏南昌进贤门外圣类思医院全景老照片，样子非常壮观洋气。可惜八九十年代旧城改造拆建为现在的水泥楼，现存前进路口的法式建筑，本来不属于圣类思医院的地皮，建筑年份应该比医院主楼晚，有人认为是医生住所。原圣类思医院主楼相当于十栋现在该楼排在一起的规模，蔚为壮观。多年前我就听说有人建议将此楼建为利玛窦纪念馆，或建成南昌教案纪念馆

南昌"三医院"前身是"法国医院"，这是仅存的法式老建筑，现在是居民楼

乃至"三医院"院史馆。父亲没亲自去看过现存的楼，住在三楼病房里只对我说这一带有几栋法式建筑应该还在。我就趁这些天频繁跑医院的路上，抽空到周边转了转，果然发现几栋西式二三层的老房子，还好没有拆除，前进路口的还进行了修缮，这是可喜的。几栋法式老房子旁边，有条巷，叫"耶稣堂巷"，追溯起来，利玛窦当年在南昌最早设的教堂就在这条巷子里——1595年，利玛窦由韶州北行，欲赴北京。及至南京受阻，来到了被誉为"东南都会"的南昌，居住三年之久。在南昌期间，他倍受江西巡抚陆万垓赏识，又与分封在江西的朱姓皇室建安王、乐安王友善，南昌知府王佐及一些地方官员，更是与他过从甚密，这无疑为他以后结交京官，出入朝廷创造了条件。他还与南昌的一些文人学士应酬往来，由此进一步熟悉了中国文化，为他的翻译工作打下了坚实基础。利玛窦在这里创立了卓有成效的"南昌传教模式"。距耶稣堂巷不远有地藏庵街，原有地藏庵。南昌人原本是排斥西方人在本地开教堂传教的，利玛窦便打了掩护，教堂外面也没设十字架尖顶，看上去也像个本地小庙，但里面供的神是"耶稣"。利玛窦在这里也给南昌市民看病，做了不少好事。我钻进耶稣堂巷，发现里面居民密集，店铺一户挨一户，有卖肉的、卖鱼的、卖服装的、卖粮油的、理发的、维修电器的、美容的，十分热闹，市井气息扑面而来。利玛窦在中国待得时间最长的地方除了北京，就是南昌，作为"西学东渐"的代表性人物，利玛窦对南昌有着非同寻常的意义，他在札记里用相当的篇幅写了在南昌的经历和见闻，他所写的文字——"带有一种圣经式的史实与虚构混合的味道，一些是他们看到的东西，另一些是他们认为他们看到的东西。"至今为止，利玛窦在南昌的遗迹几乎不存，松柏巷天主教堂勉强算一处，但教堂是后来建的。我倒是倾向于将现存的前进路口老法式建筑，改为利玛窦纪念馆。当今的南昌市长应该尽快做成此事，没有任何理由与借口推托，否则，是失职的。

那些天我一般都是早上六点半乘地铁，到八一馆站，从天虹购物中心钻出来，再转5路或25路公交车，至前进路口下车，步行至"三医院"。一天，见耶稣堂巷口拥了一圈人，人脚跟立着木板牌，上书两个粗黑蛮壮的大字"山猪"，猪肉是时价暴，已四十好几一斤。猪肉也令人格外眼热，我穿过马路过去，见一胡髭连腮的黑汉手挥板刀闷头砍一片大肉，那肉红润润，鲜艳得煞是诱人。围的人有抢着买肉的，有瞅热闹的，有人看人的，我匆匆瞥了几眼，仍往医院赶。医院斜对面每早都排一溜人，歪歪斜斜，却是一个紧挨一个，队是插不进的。这里有家"江鹰包子店"，味道不错，犹以肉包子吃香，排在稍后还买不到。我好奇，排了几次队，父亲吃了也叫好。出院时我专门买了几十个，回去让家人分享，也算庆祝父亲出院。

住院期间，父亲的老友龚叔来看父亲，龚叔是父亲的老同事，两人友情长达半世纪，父母都叫他老龚——老龚从省公安厅下到湾里，跟父亲共事，又到区检察院当副检察长。那年"严打"的时候，气氛是不同寻常的，那些日子既忙且紧张，老龚抽空到我家来跟我父亲吃茶，腰里还别着一支手枪。老龚是老大学生，典型的书生，人又干瘦，一把枪吊在腰上铁沉，皮带都往一边坠。我在一边都为老龚累。老龚吸烟，不时摸下枪，好像唯恐它不翼而飞。我跟姐姐、妹妹暗笑。父亲住院，老龚也八十多了，从红谷滩的"名门世家"楼盘小区跑来看父亲，我问你怎么找来的，他脱口而出："法国医院嘛，我熟啊！"他仍将市第三医院按旧称叫。他和父亲在一起，聊的话题却广，包含着八十载人世的经验与感悟。送他出来时，他告诉我，"法国医院"后面的里洲小区住宅，毛远新曾被安置在那儿"保外就医"，秘密地住过七八年。我说："是吗？"我八十年代末结婚时就住那儿，那时称"里洲新村"是南昌最好的样板房，当时

人与事　　103

耶苏堂巷口见一人剁山猪肉，甚是勇武，围者甚众，都好奇，说没吃过

新村建筑的设计师沃祖全后来还当了主管市政建设的副市长。老龚说："没错，就是那段时间，因为保密，便于他养病就医。"所以当时没人知道，即便遇上，谁也不敢想这是毛泽东的侄子。

父亲在"三医院"住院虽非大病，对老人却折磨得厉害，刚入院那晚排尿不出，每两三分钟就要上一趟厕所，尿急胀得全身战栗，一整晚到次日都在痛苦中度过，所幸插管排尿后减缓，撤管又有一次反复，等治疗半月后方慢慢有些好转。这时父亲就想出去走动，那日天气由热转凉爽，午睡后，我扶父亲走出"三医院"，经前进路到象山路，过书院街，到三眼井。我们家住过的校厂西巷及江西赣剧院一带全拆了。新建的"绿地，井象中心"已作为南昌的"城市客厅"，打造大致完成，我原先看到的广告，这里的定位是南昌的"兰桂坊"，显然是套用香港"兰桂坊"的模式。这次见到的实体，还是令我有些惊艳的，这里汇集了南昌各处三十来栋老建筑，这些建筑有"老会馆""土库屋"等，都照原样重建，格调既雅致又现代，然后汇南昌的赣剧、茶艺、瓷板画、饮食等诸多特色品种，仍照原街巷走向，分为条块。父亲站在校厂西1号原址，见这里重建的是一座带院子的老南昌民国式小楼，既熟悉又新鲜。父亲很兴奋，只是这一带刚建成，除了我们父子，房子、院子、街道，皆空空荡荡，父亲突然有尿意，而四下根本没厕所。我说："索性就地解决。"老父亲也像顽童般在墙角，畅快地撒了一泊尿，他是因尿堵而入院的，这次他到故地撒出这泊尿后，病症似乎就彻底好了，把"法国医院"扔在了后头。

当我早上起来不是急匆匆奔往"法国医院"照护父亲，而是循着老路，出了红谷世纪花园，从绿茵路来金融大街，经丰和大道等一条条每日重复的老路上班的时候，内心安详而充实——所谓步入生活的正轨，就是每天沿着老路上下班，每天照常吃饭、散步、交往、娱乐，每天有规律地写作、画画、读书、看电视、睡觉，没比这更好的了。

江纺莽子

二十世纪六七十年代南昌最有名的大企业有三家，"洪都"（洪都机械厂）、"江拖"（江西拖拉机制造厂）、"江纺"（江西纺织厂）。"洪都"造飞机，"江拖"自然造拖拉机，那时城里运输物资的主要也是拖拉机，前头竖着一根醒目排气管"突突突"冒烟，拖拉机手身穿褪旧的蓝工作服，精神头十足地坐在驾驶座上，仿佛比过去的骑马者更有优越感。"江纺"多是女职工，女职工多，多中选优，找到美女的可能性就高，南昌很多机关的小伙子都到"江纺"去找对象，也就多成良缘。那时候这几家大工厂举行的篮球赛事，是很引全城瞩目的，"江纺"篮球队有个身高二米多的大块头，人称"江纺莽子"，一时成了南昌名人。有人在街头偶尔与之邂逅，见他不但头大，身子大，而且手大脚大，便如见"外星人"，回到所住街巷，必对左邻右舍大加谈论。"洪都"最有名的是出了一个"造反派司令"万里浪，在工人群体里很有影响和号召力，他又是那个年代的"狂飙诗人"，擅长在人头攒动的集会上，慷慨激昂地手举喇叭筒大声朗读自己的诗，那些诗里都是大词、虚词、红色名词，多年以后我在谷雨诗会上见到此人，他沉默寡言，穿件西装，给我儒雅印象，这是他被判劳改十几年出来之后了。而"江纺莽子"是此前南昌街道偶尔会有的一道移动"奇景"，便是南昌人视为"巨人"的"江纺莽子"。每次"江纺莽子"在街头出现，都会引起一些"轰动"。那时成人的个头普遍不高，男人一米六左右都是标准的，上一米七就算高了，而"江纺莽子"便似会走路的电线柱子，走到哪里，哪里就立马有一大堆人围观。一双双眼睛尽是惊讶与好奇。事后街谈巷论也就有了。人们猜想他的脚有多大，穿多大尺码的鞋,商店肯定买不到,要到鞋厂定做;睡的床有多大,坐的凳子,家里的房门肯定矮了;等等。我小时候也听到坊间大人类似传闻。江西纺织厂是五十年代苏联"老大哥"帮助援建的大厂,在南昌影响很大,我母亲也是最早的"江纺"女工之一,后来调到商业部门工作。据人回忆,当年"江纺"篮球队一直在南昌非常有名。建厂初期,"江纺"还直接在上海挑选了几个篮球打得相当好的青年进厂,他们稀里糊涂地来到南昌,改变了一生的命运,但也迅速提升了"江纺"的篮球水平。篮球比较出名的还有江纺人都熟悉的涂大林,就是人称的"江纺莽子",当年他可是在国家篮球队被贺龙元帅接见过的。"江纺莽子"饭量也是常人的两倍,有人还记得与他一起在青山湖摸鱼贴补油水的时光,别人要头潜入水里才抓得到鱼,而他只要弯腰把手伸进去,感觉就像希腊神话中的海神波塞冬。后来他老了,驼背严重,身材就像一个巨大的"问号",走在"江纺"的路上就像是一道孤独的风景。南昌人知道的"江纺莽子",就是涂大林。我似乎跟父母上街,见到过一次,那时街上车辆稀少,但见一个人长身长手长脚,被一群人追着,为了摆脱围追,他不得不穿过马路,走向人少的另一边人行道。众人虽有不甘,口里兴高采烈地叫着"江纺莽子",却是跟不上长脚的涂大林,他一步抵人两三步,脚大得惊人。面孔的骨相也异于常人地凸显、扩张,眼神是冷的。或许怀着好奇心围观他的人随时随地都困扰他、冒犯他,那种把人视作"怪物"的好奇是极具伤害性的。所以"江纺莽子"的眼神冷冷的,透出一种防卫与反击。他的脸部因颧骨突出显得有些夸张,嘴唇厚实,仿佛关住了雷电,而脸上有着愠怒的隐忍痕迹。他穿着的褪了色的蓝布工作服奇大,两条电线杆般的腿,从市区马路上走过,真会刮起一股旋风,有点像电影《金刚》里的金刚出现在纽约街头的情景。尤其在当时还是个孩童的我眼里,街巷、房子、车、成人,一切都是大的,突然在街上看到一个"巨人"，惊奇、讶异、目不转睛，留下了深刻的印象。

德国牙医

"德国牙医"章俊理，瘦长身子、白脸、鹰钩鼻，不苟言笑，一眼看去，似有外国血统。八十年代初，内地人普遍不乏崇洋心理，章俊理以德国牙医的身份，在中山路热闹地段皇殿侧八一保育院旁边（原南唐长春殿遗址）楼上租一层楼，用全透明的立体玻璃将他牙科诊所的工作间，展现在路人面前，那白色的躺椅及凌空的诊牙治牙仪器，皆夺目，比用老虎钳拔牙的医院先进一百倍，算是打了大大的广告。章俊理的面孔也为他被冠以"德国牙医"身份帮了大忙。据说他的治牙医诊费奇高，那时南昌已有"万元户"了，或许章牙医正是服务于有钱人，使他几乎是成了南昌第一个拥有私家车的人。他的车也是德系，但章牙医绝非德国佬，这是笃定的。他那辆轿车深黑色，车顶上焊着一块不锈钢包边的白色塑料板，前后皆有醒目大字"德国牙医章俊理"。看上去不伦不类，把一辆高级轿车好端端的美感全破坏了，但章牙医不在乎这个，他让轿车每天从胜利路、中山路招摇过市两遍。那时南昌除了官员轿车外，几乎没别的轿车。车顶高调标明车主身份，让人觉得它在传出两个信息：一是这车不是公家的官车，是私人的，证明车主有钱；二是为章牙医的诊所打广告，证明德国牙医的高级具有某种莫名合法性。那时南昌还没有出现广告牌，人们还没有广告意识，章牙医是南昌第一个有广告意识做自我推广或炒作的人。由于那车经常在街头招摇，且保持缓速行驶，几乎成了强行植入市民视线的流动一景，"德国牙医章俊理"也就强行植入了南昌人的大脑，他的目的似乎达到了。钱自然赚得更多。我去广场书店经过羊子巷口，发现章俊理诊所已移师更接近广场的羊子巷口的大楼，正对中山路的诊所大门欧式装修，完全敞开，那些看似高级的牙科治疗设备投入熙来攘往的行人眼底。章牙医穿白大褂的瘦长身影时时在那里晃动。转角还有一颇显豪华的客厅，有高档沙发、欧式桌椅。一日午间我见两三个打扮入时的少妇与章牙医围坐在精致的欧式餐桌上用餐，这一切仿佛在告诉南昌人，他章牙医不俗，具备"德国"式的优越感。他的问题是出在一次给贵妇人洗牙上，贵妇人一结账，五位数，惊叫起来，章大夫说，洗不起就别进来，进来就是这个价。他不知道这位洗牙者不是一般的贵妇，而是某领导的夫人。接踵而来的是工商部门，继而是公安，"德国牙医"的身份被戳穿了。再看到章牙医，是在南昌台电视新闻上，章牙医一副寡脸在接受审讯。南昌人对"德国牙医"早就看不顺眼了，不排除带有一定的仇富心理，你章俊理凭什么发那么大财，又那么招摇显摆，哦，原来是打着"德国牙医"的幌子骗人。但我以为在特定时期，"德国牙医"在南昌出现就像姜太公钓鱼。自愿上钩的鱼，能怨钩吗？何况还是直钩。弯钩钓小鱼，直钩钓上的还是大鱼。

群艺馆

老群艺馆在一交路，师大老校区旁边。江西师大原为中正大学，是南昌，也是江西的首个大学，为三十年代江西主政者熊式辉趁蒋介石在庐山开会，他与之在花径散步，向蒋提议的，蒋当即点头同意。我要说的不是老师大，而是位于师大旁边的那栋不起眼的四层灰楼——市群艺馆。1981年我经画家阮诚的儿子争翔介绍，和一朋友老曾（其实与我同龄)在群艺馆做临时工,协编《画报》。蔡先生,是个自学成才的画家,敦实,一腿跛,戴一缠白胶布的黑框眼镜,走起路来吃力,骑自行车飞快,人机灵得很,当时是市群艺馆编辑室主任。该室四个人,两个三十左右的年轻正式编辑,男的姓翁,女的叫小周,还有一脾气有些臭的老编辑姓陈,主编一张《音乐报》。广州有张《周末》画报,当时发疯般能卖几百万份。受其影响,蔡先生担纲也搞了一张,全国一发,销量也几十万,于是要加人手,我和老曾就进了编辑室。老曾跑征订,我编连环画脚本。正式工小翁、小周比我们大个十来岁,很少来,办公桌老没人,老曾就坐了小翁桌子。我在角头独有一张。小翁一来就喜欢跟小周开玩笑,献殷勤,有追求之意。小周个高,肤白,不无高雅之气。小翁有点死皮赖脸,剃头担子一头热。当时除了我和老曾每天早上准时到,整个群艺馆二楼几乎没几个人正经上班,就觉得在这儿若是正式工真好。冷天,小翁似"五四青年"般围个大围巾,跑办公室看看,不见小周,蔡先生却在。小翁掉头想走,蔡先生就会叫住他,以领导口吻,为他好,说几句。小翁就到走廊中间的房间,弹一台木头风琴,唱美声,很高亢,似咏叹,也很空旷,仿佛有种说不出的失落。小翁极少跟别人说话,除了小周,小周人好,会应答他。小翁平时一脸霜打般悲凉面孔,才见笑意,他是个敏感而悲观的人,有点神经质。一段时间没见他,蔡先生说是去北京进修了。一次我去水文印刷厂的路上,把一期老陈编的《音乐报》稿件夹在自行车后座上,估计是经"三医院"门前那段失修路面时,车颠簸,竟丢了,回来去找,风大,早吹散得没影了。老陈是责备了我的,我很内疚。总负责的蔡先生似乎没说什么。过不久,见蔡先生匆匆忙忙去了北京。小周说,小翁自杀了,从北京进修的地方跳了楼。蔡先生是代表单位去帮小翁处理后事。想蔡先生急急忙忙,一跛一跛地跑去京城的身影,真是不易。

蔡先生后来到省画院做了掌门，成了一省画坛的首领，画价高得很。一年我去北京开文代会，闭幕之夜，在按惯例举行的与中央领导的联欢会上，各省画院院长合作一幅丈二整张的"欣欣向荣"牡丹图，由作者各牵一角上场送给中央领导，一前一后的院长个大，中间的个小，手几乎是撑着画的边幅，才不至于被画掩盖，我见那小个子一直在尴尬中努力用手将画往下掰，方勉强能挣出半张脸，转眼脚往下一沉，脸又消失了，仿佛在海面沉浮。那张脸，戴着大眼镜，没缠白胶布，面目的浮沉起落，肯定跟脚有关——是蔡先生。毕竟是中央领导面前，"央视"镜头对着，哪能错过这露面机会。沉在画纸后，又掰着，还得努力把脸送出来，满面春风。

现在群艺馆搬了新址，那灰楼还在，一个时段外表五颜六色都是广告，偶尔我乘车经过那里，那幢楼就会从我眼前闪过，可那记忆、那青春、那与死亡和失落交织的生命乐章还在耳畔响起。

水　殇

又是六月，端午时节，赣江水浑黄，是山洪从上游下来的，天气闷热，老街巷居民房潮湿、发霉。门框木缝里，经强烈阳光一射，会有一群白蚁飞出，有的透明的翅膀稀里哗啦断落，灵活的身子就拼命在木头缝里钻进钻出，让人瘆得慌。胜利路有白蚁防治所，有时会见人用灭虫喷雾器东喷一下、西喷一下，喷药的人戴着白色大口罩。那种口罩当年作为单位福利，每年冬天会发一只，大人舍不得用，天冷就给小孩戴着，一蒙，就把眼睛也罩过了。男人一般不戴，年轻女人戴，是那年头可怜的时髦标志。总之潮霉、白蚁出现的时候，是每年南昌颇难熬的季节之一。热天也就开始发威了。

那年六月,孩子还小,放在射步亭2号他外婆家带,我和妻也在那里吃饭。多亏了岳母,既要带小外孙,又要做饭,当时妻姐一家三口也在那里。闲时我就跟大姐夫老彭下棋,日子虽过得颇为不易,也有简单的快乐。时间仿佛还是过得很快,妻姐的儿子昆昆都十五了,比他爸老彭还高。端午一过,急剧升温,星期天中午,一大家在岳母家吃饭,我仿佛突然觉得孩子们都大了。我摸着坐在凳子上吃饭的昆昆的头发,说:"硬,像刷子。"大家都笑。老彭说:"马上就要考高中了,吃完饭就去'亨得利'眼镜店给他配眼镜。"我们饭还没吃完,就有同学在门外叫昆昆,他就先放下碗,往外跑。妻姐叫也叫不住,一下就没影了。午饭后,人疲倦,老彭倚在床头竟眯着了。醒来,就听人的拖鞋在天井石板跑得辣响,我和妻一家人都闻讯而动:昆昆出事了,跟同学到赣江玩水,人下去,就没影了。

同学报信时间是三点,昆昆一点不到就出去了,显然同学害怕,挨了些时,才来报信。说是在簸衣闸。天杀的! 老彭和妻姐不要命地跑出门,我和妻紧随其后。

簸衣闸是赣江与抚河交汇的一道闸口,以防涨水季洪水涌入抚河淹及城内,位于滕王阁下。附近有些沙滩,挖沙船常在此作业,挖过沙后,平静水面下有无数深坑,所谓"静水流深",最是险恶。前一脚还在浅滩,下一脚可能就是深渊。不会游水的人,尤其是懵懂少年,最是凶险。

我们在滕王阁下沿江边沙滩与防洪乱石,一边呼喊着昆昆的名字一边寻找,簸衣闸过了,江面空旷,水色凄黄,我和老彭跑在前面,既张皇又急切,妻姐在声嘶力竭地哭着喊着儿子的乳名,几近晕厥,妻子扶着她,一步一踉跄。我们前后隔着几十米。突然看见前面水上有漂浮物,距岸数米,老彭大呼一声"昆昆",我没拦住,他就冲入水中,我跟着冲了过去。孩子面朝水下,背朝上,在水面浮着,翻过来,果然是他。我们不知是怎样把孩子弄上岸的。

这时妻姐哭喊要奔过来,被妻子死命抱住,哭晕在地。沙滩上,十五岁的孩子赤身裸体,从水里捞上来,湿淋淋的,我这时才发现昆昆身体有这么高,有一米七五吧,早超过了许多成人。老彭跪在儿子身旁,仰首面对漠漠苍穹,怆然悲呼:"天啊!"我动手擦去孩子身上的江水,老彭说:"等我来,这是我的儿子。"我只有看着他,用汗巾为孩子擦身,一点一点,擦得那么轻,那么细。从婴儿始,为父者就一次次帮孩子洗浴、擦身,而老彭这是最后一次为自己的孩子擦干净身体,擦去赣江带着软腥味的水珠。在赣江边,跪在沙滩上的父亲为水殇的儿子擦拭身体,没有比这更绝望的仪式。王勃的灵魂若在滕王高阁上,一眼就能看到此情此景,何况这正是"落霞与孤鹜齐飞"时分,而"秋水共长天一色"该是如何伤心的颜色? 公元676年,二十七岁的王勃,也是落水而逝的。他离开滕王阁溯水而行,正是行在死亡的路上,而滕王阁一站,令其灵魂不朽。

当殡仪馆的车门关上,一阵风般把昆昆带走,老彭身子歪斜了一下,我赶紧扶住他,老彭倔强而又好意地推开我的手,望着殡仪馆的汽车消失在夜色中,他嘴里念叨着儿子的名字。路灯昏黄,老彭歪歪斜斜地往回走,那是我见到的最悲伤的身影,像一张揉皱的纸在人行道上被风吹动。这时妻姐过去,一对刚刚被无情赣江夺去爱子的中年夫妻相携着走在夜色中,那段人行道是平坦的,但对他们而言是世上最陡峭的。人悲伤到了极点,语言已经无助,安慰也如空气。我只对妻说,把我们仅有的三千元拿出来,帮他们办孩子的事。

那一晚,我们是陪着妻姐、姐夫在他们位于赣江畔塘子河街的家里,坐到深夜,都无语,希望有魂灵,希望昆昆的魂灵回来与父母告别,安慰一下悲痛已绝的父母。天仍闷热异常,后半夜一阵风从阳台窗吹进来,帘子动了一声,老彭叫道"昆昆",赶过去,却什么也没有。

昆昆是我看着长到十五岁的,从小就生得可爱,父母疼爱有加,人见了都喜欢。妻子也特别宠这个外甥,昆昆小时候总是抱着到射步亭门口,过路的人见这么漂亮的孩子都会笑着打招呼,多看几眼。昆昆走后的那几天,我见妻洗澡时,身上有一道道青色印痕,我当时觉得奇怪,又不敢说破。我是听说过人爱的孩子死时,会在爱过他的大人身上显现抱过的印痕。不几日,妻身上的印痕就消失了。

每年六月,赣江涨水,报纸上总会出现未成年人在赣江溺亡的消息,赣江在南昌很多人心上都是一道悲痛的水殇。它看上去很美,两岸再美的风景也掩饰不住那道伤口,只是强行忽略或暂时遗忘,我们还要喝赣江的水,靠它哺育我们的生命,我们还要爱并且恨着这条江——它是南昌人的生死书。

老 彭

老彭是我的连襟兄弟,生得天门高,人未到中年就谢了顶,头顶中间一片很亮,是南昌人说的那种聪明绝顶的人,这在与其对弈中可见。眼看他的棋路已陷绝境,常人只能认输,推倒重来,他一番沉默不语后,却能走出一脚好棋,使之绝处逢生,杀成平手。更有趣的是,四十岁的老彭,还引起射步亭巷一个十七岁情窦初开少女的追求,她公然说喜欢老彭,每天在门口守老彭出现,老彭自然是笑笑,拼命躲那女孩的。人说那孩子不正常,有神经病。其实那女孩父母是医生,知道孩子有些问题,也退了学,成天坐在家里,就到射步亭二号大杂院来玩,不知怎么就看上老彭了。

老彭肤白,个子也算高,有些不修边幅,留胡子,偶尔像几分美髯公的样子,夏天敞着怀,有些胸毛,增添了些许不羁与剽悍。其实老彭性格是有些黏糊的,较吝啬,钱看得重,在"江拖"上班,技术活漂亮。厂里却常没活干,就三天打鱼、两天晒网的。他也与老同学合办过"野鸡"小厂,却没赚到钱。好在妻姐收入还稳定,一家人也便过得去。老彭自然抓家里财权,锱铢必较。凡事宁肯出力,绝不出钱,岳母家有好吃的,他必闻香而至。岳母的几瓶好酒,他分吃了一半。过年时,名义上他拎瓶酒来是孝敬岳母的,开饭时,他先开了瓶喝起来。说来也是个可爱的人,我觉得发迹前的汉高祖刘邦就是老彭的样子。人小毛病多,也就亲切,这是上帝埋在人身上的伏笔。

老彭自然是爱吃的,跟不少南昌人一样,收入不多,吃还舍得,逢着哪天,他没来岳母家吃饭,估计就是他买了几样好菜,亲自在家下厨,不等妻子下班、儿子放学,就自个先啜起小酒来,于他这是神仙般的乐事。那时我还有些狐朋狗友,三两日少不得饭局,老彭就有些讪然,说:"我比不得你,我交的都是穷朋友,没饭局,只有自己请自己喝酒。"其实"喝酒"于我,纯是空名,尽管每顿饭局少不得好酒,我却不善饮,偶饮半杯,如吃药。有时真想带嗜饮的老彭去代喝几杯,却脸薄,又不好意思。

老彭看似粗豪,对小家财务独断,过紧日子,我也常见他待妻待子的温柔一面,每称妻,皆单唤名中一字,满含爱意;对爱子尤胜性命,经济虽不宽裕,却是什么都舍得,但也仅是看上去穿着比别的孩子要光鲜一些,还提前给他买了一辆自行车上学。那时我们两家晚饭后,常结伴而归。由于住房紧张,老彭、妻姐一家三口一度暂居在绳金塔下航运公司老宿舍,跟他父母住一块。老彭的父亲原是船老大,年轻时在抚河、赣江、鄱湖漂流，很少回家。老彭说跑船的人是江湖佬，薄恩寡情，抛家不顾。他对其父是有怨言的。而其母勤劳持家，拉扯七个孩子，有一个早夭。还有一个已近成年，却也病殁。别看老彭平日笑嘻嘻，内心是有伤痛的。其母忙完家务还到街巷去捡破烂，卖到一点钱，贴补家用。而老彭父亲退休，据说是很少拿钱给家里的，多半是用来自己喝酒。我也见过他到射步亭来，是专门买了点心送给孙子吃的。可见老人家尚独怜其孙。

冬天傍晚，我和妻带着小孩，两辆自行车，老彭、妻姐和他们的孩子，三辆自行车，逆风在象山南路樟树下那段上坡道上吃力地蹬着，当时昆昆往往骑在前头，回头朝我们挥手，笑着，绛色长围巾飘荡在风里——那年冬天的灰尘都有了一抹色彩。

妻说当初姐姐找老彭，岳母是不同意的，主要是觉得老彭兄妹多，排楼梯似的，家境负担重，恐女儿嫁过去吃苦。可两人还是有缘，走到了一起。虽然生活不易，有了孩子后，我们也看到了他们的幸福。

我佩服老彭的手艺，会干的东西很多，修自行车，自制工具，器械，无不拿手。工厂无收入时，他傍晚拎个工具箱摆在胜利路口修过车，打气筒、扳手，都是他自制的。我偶尔车出了毛病、破了胎，他一出手，轻松搞定。若我自己修理，非搞得蓬头垢面，还未必如意。故我对老彭是打心底佩服。我家阳台上巨大的铁衣架都是他先行裁截焊好，然后肩扛着骑自行车送过来，也不要我帮忙，他自扛着偌大铁架上楼，我只见他剽悍的身形稳稳当当在楼道上回旋，干完活，拍拍手，走人，烟也不抽一根，这就像亲兄弟。

昆昆没了，老彭一下就垮了。亲友也鼓励过，再生一个。他们也做过努力，但不见效。老彭就有些酗酒，抑郁，不久就病了，住院，日重一日,且医疗费因厂里效益不好,报销有限。最可怜的是妻姐,同样承受丧子之痛,还要陪伴病重的丈夫。那年冬,妻姐总是顶风冒雪赶在赴医院的路上,有时摔得头破血流,一个人坐在路上痛哭,到了医院当着丈夫的面,还要装得尽量轻松。岳母与妻对她都挂怀不已。我也抽空去医院跟老彭说说话,破解他的郁结。可他还是不回头地追随其爱子而去。令人痛惜!

多年以后,三眼井校厂西1号,老彭做的铁衣架还伸在巷口,他的力量仿佛打在石头里,还那么健壮。可他人已不在了。

肖芳香

一个普通的名字,我的文字不可能使她不朽,可她是一个传奇——旧时代军官的妻子,五个子女的母亲,我的岳母大人:肖芳香——新建生米人氏,如花似玉之年嫁入斗门曾家村,丈夫公子哥的秉性,吃喝嫖赌,做了宪兵,入赣州军官训练团,上庐山为蒋介石守门,有了相好的,要休掉原配。她没有做错什么,只是死也要争口气做夫家的人,死也要为曾家生儿育女、光耀门庭。她可以有第二次选择,可她还是选择了做历史反革命的妻子。她大字不识,不知道阿赫玛托娃,却拥有了与那位俄罗斯女诗人近乎相同的命运。游街、挨斗、做苦活——一个身材弱小的女子拉大板车过八一桥,只为三毛五分钱,辛勤养活一家人。车上的煤是黑的,地上的雪是白的,这个女人的汗是红的。终于熬过来了,八一桥全长两公里,我们空手走过去说累,散步走一回像吃错药,起风走一趟怕刮歪嘴,没有谁知道一个女人曾用她的血汗,一滴滴量过它的长度。我是她的小女婿,她的女儿都是美人,她的儿子都是负担,她为他

人与事

们操心操肺换回的仍是一把老泪、满腔悲情,她带大了五个孙子,两个外孙。她一生抽烟喝酒,重男轻女,子孙高于一切,女儿视如草芥。而女儿都成了花朵,儿子命途多蹇。八十高龄她还身矫体健,出门有女儿陪同,回家有女儿伺候,人家都说她有福。她笑眯眯的眼里掠过一丝忧愁,小声对人说:"女儿都是假的。"她为儿孙付出一切,唯一的心愿就是上天召唤她时,最终能在儿子家离开这个世界。她一直和大女儿生活在一起,却觉得生活在别处,说临终不能死在别人家里。大风之夜,日本海啸影响南昌,推墙倒户的声音仿佛要拆毁整个世界。我看见六个医生抢救技穷、回天乏力,生命征候仪上还有微弱的一口气,我们都知道那是老人在坚持,她不愿死在外面。儿女们都哭着喊着要把娘接回家里,我问大哥:"接回到谁家?"大哥缄口不语。大姐说:"到大士院我家去!"——八十六岁的老母亲寿终正寝在儿女的哭声里,她的白发上挂满了泪水——永远是飘在我脑海中的一面银白的旗,或许这世界真没有一面,能比辛劳一辈子的八十六岁老母亲白发更伟大的旗!

我的岳母大人,她对我有恩,她最钟爱她的小女——我的妻子,她最喜欢她的小外孙程玥——我的儿子。她对我关心备至,我生病时她为我熬药。我每次在沙发上睡着,她都轻轻为我盖上被子。每当有我的信来她都如获至宝交到我的手里,哪怕是一封退稿。在她生命最后的半年里,几乎雷打不动每天中午,记着铺好床开好电热毯,等她的外孙程玥从出版大厦抽空来午睡一小时。她总要关好卧室门,守在客厅里,再为外孙倒好一杯茶,洗好一个苹果,等他起床后吃了去上班。出门时她总要再三叮嘱,要从从容容。从从容容,这是她的名言,也是她对后辈的遗言。然而她去了,我的儿子跪在地上抱着逝去的外婆号啕痛哭。窗外的大风推墙倒户,我的岳母再也不会给我轻轻盖被子了。

我的玥儿再也没有外婆为他铺的床，我们都再也听不到老人从从容容的叮嘱，只祈祷她老人家从从容容步入天堂，在天上她老人家一切安好！

她大字不识却彬彬有礼，清贫持家却克己待人。当年家里揭不开锅，有客人来了，她却要想方设法向邻居借半斤面，款待客人。乡下谁家有难，她死活都要凑钱去接济他人。我们都说她是联合国的慈善大使，射步亭二号也就成了乡下亲戚驻昌办事处和医患中转站。去年玉树地震，街办干部才捐款二十元，没人通知她，她却到社区捐了一百元。有肉下锅，端起来的碗都是送到别人手里的，她没有长嘴。退休金有近两千元却省吃俭用，宁可存着留给子孙做遗产，也舍不得拿出分文为自己去做白内障手术。我庆幸好歹做通了她的工作，让她在晚年享有过一年多白内障摘除后的光明，她能看电视剧《借枪》《京华烟云》。在生命的最后几天，她关注日本大地震，看着摧枯拉朽的海啸，她心痛了一夜。次日，120把她送进医院，我闻讯赶到，在接受抢救时，她还歉意地说："弄得你也请假来了。"医生在臀部注射，我为她翻动身子，她与死神搏命当中还为我帮她翻身感到不安。她一生都在被别人麻烦着，却从不麻烦别人。从上午九点进医院，至晚上十二点，她就与世界——也和她的所有亲人——做完了痛苦的告别。她走得匆忙，邻居都说老人家福气好，其实她是不愿给亲人添麻烦。人或许永远没有准备好告别世界的这一天，这一天真正降临，谁不感到突然呢？哪怕活到一百二十岁，或者老天再借五百年，只要这世上还有一个亲人——我们就会留恋。

杨先生

他是我父亲那一辈的人,却客气地叫我"先生"。我哪敢受领?就总是惭愧着。现在他又要出书了,嘱我写几句,我是不好拒绝的。正好趁此,把"先生"这一称呼,奉还给他——杨先生。认识杨先生时,他已是地方上的一个领导,人却谦虚、乐观得很。我是时还未到三十,在奉新的一次会议上相识。记得吃饭时,桌上有一道菜,荷叶包着一块肥肉,叫"核爆炸"。很多人都不敢吃,杨先生满面红光,吃了一块,大呼好吃!叫我吃,我跟着吃下一块,满嘴炸油,确有核爆之感,甚是过瘾。杨先生哈哈笑着吃了第二块。事后他告诉我,他血压高,吃药多年,若在家里,老婆是绝对不让沾肥肉的,却又忍得难受,这回算过了一回瘾。事隔多年,我们见面常提这事,皆开怀大笑,印象至深。

杨先生大高个,眼大,面赤,典型南人北相,日前我去济南,发现传统的"山东大汉"都少见了。杨先生八十多了,仍不弯不驼,立在那儿,就像传统的山东大汉。杨先生是地道的南昌县黄马人,早年干过民兵营长,带上千人担土修堤。想象一下当年那种场景,东风浩荡,红旗猎猎,杨营长一马当先,在大堤上一挥手,千军万马,是何等壮观,确乎不亚于战场。杨先生性格豪迈,有军人的身板和容貌,但除了年轻时干过民兵之外,没做过军人,我觉得是个遗憾。如果他干军人,说不定会成一个相貌堂堂的将军。他虽有一副将军的外貌,却是在县政协副主席位置上退休的。每回他来我办公室坐,他的目光首先像探照灯似的在我桌上、书架上、身后的书刊堆上扫射,我知道他在找他需要的读物,凡看中的,皆拿走。如果此刻有同事进来,认识他的,人叫他"杨主席",他会点头"嗯嗯",目光仍在书刊上扫射,不看人。若是个女的,恰好年轻,也好看,他会主动回头,且搭讪,那眼光尤其活泛,活像有些女人的眼睛,带着眼风。须知,这是个七十多岁的老先生。可以想见,杨先生年轻力壮时,应该是招女人喜欢的,但他最终选择了一个长辫子大眼睛的姑娘,极似老电影《柳堡的故事》里的女主角,杨先生的眼睛肯定掉进了一双比他更大更深的眼睛里,这双眼睛使他更加红光满面,精神抖擞。

一个古代将军般魁梧的汉子,若是生在三国时期,肯定是要手舞大刀或方天画戟的。可杨先生喜欢拿笔,虽没上过几年学校,却好学不倦,家里有几壁的书,从年轻时舞文弄墨,文章写了不下千篇。应该说是个"奇迹"。如今年已八旬,总还打电话来与我探讨"文事",我劝他少动脑筋,多注意身体,不妨"封笔",多多娱乐身心。此后我们通话,也就多谈养生。时间过得太快,转眼我也快六十了,"保重身体"自然是我们共同的话题。杨先生每年一半时间住在北京儿子家,一半时间住南昌。前不久他来电话,说自己犯了"疝气",折磨得很,去医院想割了,北京医院虽好,却又太负责,觉得他年纪大,怕出意外,虽是小手术,也不肯做,只有忍受痛苦。我也为之唏嘘不已。日前,杨先生又来电话,说"疝气"割了,是回南昌做的,大好。我为之高兴。杨先生说,原是打算在北京医院做手术的,但他们太认真,对身体检查个没完,有的检查还得裸体,我一脱光衣服,心就紧张,血压就上窜,人就把我推出来,如是多次,皆是血压不肯下来,手术就做不成。回南昌,医院都是老熟人,检查删繁就简,我血压就正常,割"疝气",小手术,也就立马成功。现在恢复甚好,杨先生说得轻松快乐,像是又回到了壮岁,可以横刀立马于河堤之上——仿佛老将黄忠是也!

人与事　121

南昌·慢

> 现在时间和过去时间
> 也许都存在于未来时间
> 而未来时间又包容于过去时间
>
> ——艾略特《荒原》

彼得·阿克罗伊德在《伦敦传》开篇即言明"本书的叙述本身是一座迷宫,在时间里纵横驰骋,唯意所之"。我尤赞赏其所言的"唯意所之",他道明了写作的真谛。那种线性的呆板传体叙述对更高明的读者或对叙述主体而言,已经失效,事实上相对于一座拥有千年历史的城市,它的前世今生早已被时间塑造成了迷宫,而即便线性叙述,线性时间本身也是人类想象力的虚构。何况像南昌这样一座城市,虽有两千两百多年的历史,至今却没有留下什么千年的城迹。就如滕王阁、绳经塔、佑民寺这般有千年历史的文化地标,也仅仅是重建的名胜,而不是古迹。

我也想写一本《伦敦传》那样的书,但南昌不是伦敦,我不是彼得·阿克罗伊德。南昌没有伦敦的恢宏万千,我只有写不算恢宏的南昌漫长时间里"唯意所之"的斑斓光影。这与那些呆板僵硬的记载相比,或许更有"意味深长的信息"(彼得·阿克罗伊德)。

1

犹太人沈石蒂二十世纪二十年代逃难到上海开了一家照相馆,至五十年代后期他才离开,到以色列定居。临终前,他将拍摄的两万多张上海老照片交给以色列驻沪领事馆,说这些照片是属于上海的。沈石蒂谈到对二三十年代这座城市的印象时说:"上海是个很不寻常的城市,充满了变化和喧嚣。这又是个熙熙攘攘的城市,有骗子,有小偷,有妓女,有奴隶。这还是一个有着无数种色彩和无数种气息的城市,又脏乱,又绚丽。所有东西都那么有趣,那么令人称奇。"他用相机记录下了动乱年代里衣香鬓影的老上海——为后来的人们搭起了一座桥,让我们得以穿越迷雾,真切地触摸那个年代,窥见所谓的"民国范"是怎样的雅致与精彩。这种"脏乱与绚丽""雅致与精彩",往往是城市最真实和最有生气的体现。当下城市里这些东西正在流失。"文明"只是浅表化的。

我梦见南昌一条从未去过也不曾有的老街,仿佛"帝阳下的溃烂"——古老的房子,黑色门柱,有门牌标明"朱滨巷",我似乎是在一条熟悉的街头,好像是交通路,老省府门口有人打架,随人群踅进这里的。巷里有很多不明身份的人在窃窃私语,天是灰色的,我伏在一张摆在人家门口的绛红色木桌上匆忙地记着什么。忽然有人说死了人了赶紧走开。我心怀恐惧地离开这些人,深入巷内,人迹罕至,我见巷里有一处三个门洞的庭院,便欲进去看看,被一个黑衣女拉住,说别进去,里面原是皇帝住的,他死了,门对面栅栏里是皇帝的墓。我好奇,南昌哪来的皇帝？见女子圆脸，眼大而亮，唇红，戴大耳环子，衣饰有些像彝人的。我问，你是哪里人？她说我住在巷子里，并友好邀我去她住处，巷子空空荡荡，走了一段路，发现有个时尚女子的影子在一处院内，手举喷火器烤炙什么。黑衣女说，那里有三个种花女，那是其一，在做干花。我颇感神秘。再往前走，见几个旧门，她拿出钥匙去开其中一个。隐约见有个门虚掩着，里面有辆锃亮的黑色轿车，一个白衣男子正在小心揩拭着。女人说，那是个老板，有钱人，他买了一大栋几层楼老屋，重新装修了，住在这儿。说这话时她颇忌惮，有不便把我引入其私室的意思。我想再次向她打听那位皇帝是谁。这里左右无声无息的房子里竟出来了很多人，都兴致盎然地为我解答，还有人从我手里接过纸笔铺在桌上又写又画。我探过头去看，画的是幅明代南昌府治图，依稀有章江门、进贤门、广润门等，还有绳经塔。他却说皇帝和墓都是汉朝的，并在图的白纸上端写下一句——"帝阳下的溃烂"。我疑窦重重，从梦里醒来，梦里的情景还很清晰，随着记录的过去，又逐渐消失。

我又梦见马家池巷口坐着一排女性，小而精致，打扮入时，像在招徕顾客。巷内则停着一板车一板车虾一样透明而湿漉漉的外星人，它们的腿脚还在动弹，但显然不知怎么回事，会被一车车贩运到南昌的这条巷子里来。它们对人的理解力显然极弱，就像一只只大龙虾，根本不知道人是什么。再往里走，一口口大锅在炉子上，正在煮着大龙虾，细看之下，那些龙虾正是外星人。这条街原本是有名的粥街，现在改食外星人了，却叫龙虾街。我从巷口出来，见邻居老万在街头废弃的公用电话处拼命打一个借钱电话。我佯装没看见，竟从衣袋里掏出一打各种揉皱的车票，找一张刚乘坐过的从浙江开化返昌的票根，想告诉朋友自己刚从外地回来。这时我一位老哥嬉皮笑脸地凑过头来，说一些不三不四的事，好像也是要向我借钱去粥街请客。我示意手上和口袋里只有一把废票,没一个钱子儿,并对他说:"粥街改了,不吃粥,吃外星人。"老哥说:"胡扯,那是小龙虾,只是个大一些。"我说:"你没见街口那些姑娘,她们都是外星人。"老哥说:"是吗?那我要去看看。"这时老万穿过马路,从废弃的公用电话处过来,我告诉老万,我刚从开化参加朋友的一个画展回来。朋友很奇怪地在一幅几十米的布上画了一片蓝天,周围都是黑的,挂在一幢两层楼高的墙上。画布正蒙住楼梯,透过蓝天,可看见许多人在上上下下,形成奇妙效果。朋友对一群来参观者介绍画的创意,说那画蓝天的颜色灵感来自青海。所以准确地说,是青色的。我便想发言谈对青海印象,朋友却待以冷漠。我剃头担子一头热,就回南昌了。我没坐飞机,居然是从天上飘了下来,避开电线和一些横叉在空中的尖锐物,好不容易顺一条红布广告语,落到嘈杂而潮湿的马家池巷内。醒来后我发现之所以做这个梦是睡前吃过小龙虾,又从微信上看到朋友画展消息,而且与多日不见的老万说过话,于是在梦里一锅烩了。梦的神奇在于它有机的编码能力,令你半信半疑,又异常真实,梦里的景象都有感官的质地。

摩洛哥城市里的老城叫作"麦地那",错综复杂、崎岖蜿蜒的900多条巷子是个让地图沦为废纸、让GPS导航彻底死机的地方。于是当地的专业带路者这个职业应运而生。满眼皆是传统手工业作坊,街上挤满了售卖铜盘、地毯、皮具的小店,铜匠在当街叮叮当当地锤打着。北非炽烈的阳光在狭窄的街道上投下一道道生动无比的影子,使我想到我上中学时,每天要走两个来回的翠花街,敲白铁的、做鱼钩的、开锁的、织尼龙绳的、卖针头线脑的,热热闹闹把一条老街拥挤得窄小了,自行车经过须不停打铃,且嘴上还得吆喝,像赶驴,才能从人与摊档的曲折缝隙通过。

南昌·慢 125

2

我生于1962年,我生活的城市概念是在我三四岁时出现的,一条简陋的像裤带似的巷落。之所以称巷落,是因为这是一条巷子(羊子巷)内部歪斜出去的一个局部。那时南昌的很多巷子都有这样的局部,使它形成一个内延,并发生细节。有的是一个院子,像小金台巷内有后来变为居民杂住一块儿的地方,就是清朝大戏曲家蒋士铨的藏园所在地,而今被密集的住宅楼填堵死了。我是从羊子巷里的一个局部"巷落"开始"遇见"南昌的。我现在想那时遇见的南昌,包括了世间所有城市,因为是人生之初,这个"巷落"也是所有城市的细节与局部——它在发黄的光阴下,一边是由断砖破石修砌的凹凸粗糙的墙,那里面是邻居的家,另一边是排列不一的几个门,都是棚户平房,我外祖父外祖母就把一家大小安顿在其中一个门里。房子是前店后坊式的,前面是正街,开着土产店,当时的土产不是食品,而是土锹、草帽、芭蕉扇、扫帚、土箕、篓子、草纸之类。屋内地面是泥土的,因潮湿而油黑,每家都散发着阴湿的霉味。人大都居家在后半部平房,住家皆从后门进出。

过去外祖母在前店开过米铺,邻居就叫她米铺老板娘子,外祖母叫邻居豆腐铺老板娘子。豆腐老板娘子背佝偻,仿佛负着生活重压,身穿褪色蓝布斜襟褂子,一年四季腰都扎着围裙,小脚,步态却坚定,我外祖母辈就是如此。印象中外祖母不是小脚,每年却要用线粉琼面,仿佛在脸上用弦弹棉花,又用蓖子蓖头发,再盘扎起来。外祖母能干,吃苦耐劳。外祖父此前在旧军队里,戎装在身,人又俊,也好风流,家里事,一概甩袖不管,全由外祖母操劳。母亲是老大,下有七个弟妹。外祖父外祖母哪养得了这么多儿女,便将一对双胞胎女儿和老幺,拨给了乡下人家。鼎革后,外祖父由于是旧军官,去了劳改。回来后无业,遭监督扫街,主要是扫羊子巷。我那时也没见到监督者,当时的人都警惕,眼光毒狠,一见身上有划明负面成分的人,皆自动盯死你,这就是群众监督。米铺早不能开了,皆归国营,外祖母的店铺也成了国营土产店,与私人无半点瓜葛,只留一条狭道,地常潮滑,可通到前店。外祖母持家更难了,早早就一头白发。我母亲十五六岁就去青岛参加了纺织培训班,然后在"江纺"做了事,赚钱帮衬一大家子。我四五岁时,邻家仍在卖豆腐豆干。半夜就听到隔壁在磨豆腐,那时对豆腐感受很深,豆干、豆腐、豆腐块、豆渣、豆干皮子、豆干渣子,其形状、色泽、气息、味道、触觉,皆鲜活。

我和姐姐偶尔手里紧攥着外祖母给的几分零钱,跑到金角铺买一小包黄豆吃,金角铺周边是"沾满泥巴的老旧卡车,因岁月、灰尘和无人光顾而更加昏暗的小杂货店",卖扫帚、草帽、锹、草纸、香烛、蒲扇。那昏暗的光线里像有很多细小的粉虫在飞舞,外祖父经常念叨,"一寸光阴一寸金,寸金难买寸光阴"。我当时就想着,那有很多粉虫飞舞的光线,就是"寸光阴"吧!那时的光阴因为在昏暗中出现,就更具体,更可感,更缓慢。

童年给我留下的深刻记忆就是"慢时光",仿佛每分每秒都会在老街巷的墙上留下痕迹,"慢",现在想来,是个好词。人的本性是喜欢慢时光的,尤其在快节奏城市生活的当下,欧洲式的那些老城,甚至威尼斯水上悠悠的行船,伊斯坦布尔散发古老气息的香料市场,布宜诺斯艾利斯老酒吧的舞者踩的音乐节拍,反而显得如此迷人,颠倒众生。老成都、老昆明、老南昌的生活情态,市民气息,对时光和生活本身的厮守,仿佛也成了今人的一种不仅是怀旧的缅想。城市的发展与人性想要的

"慢生活"都是必然的,却又是悖论性的。现代人是喜欢待在节奏慢的城市里,与亲人、朋友相守的,享受生活的点点滴滴,即使平凡、平淡,都是生活本味,也是好的。在一所旧的透亮的屋子里,晒着金黄的老太阳,读读书,听点音乐,用鸡毛掸子掸掸案几和瓷瓶上看不见的灰尘,或者和几个老友打打麻将,有一搭没一搭地聊聊街坊间巷的琐事,天地之大,无非你我他,身边左右前后,就都是了,若又知足,还是很惬意的。"惬意"藏在"慢"里,而"快乐""快活"是消费性的,一闪而逝。南昌还是属于惬意的城市,不是属于痛快的"消费性"城市。总体来说,南昌人收入不高,物价却不低,也就给想从消费中获得快乐,带来了难度。南昌有一条好江,赣水绕城而过,抚河入城,又形成东湖、西湖、青山湖、象湖、艾溪湖、碟子湖、九龙湖。南昌又有一座好山,西山又称散原山,梅岭离城区近在咫尺,又是历代贤士高人隐居之处,且由西汉一代大隐梅福而得名。

这一江一山,消却了南昌的多少浮躁,却没有降下夏天的酷烈高温。隐者的心待到中年乃至晚年才会生出,那就是安顿;南昌是以"慢"的方式,来安顿人的心态和生活。南昌"慢",这个"慢"里应该有"过去""历史"的意味,也可动词作名词用,比如"传",南昌是拟人化的"传主",所谓"城市传",亦是传可传之事,传可传之人。我是较欣赏路德维希《尼罗河传》和阿克罗伊德《伦敦传》的。而"扬州慢"作为词牌,"慢"与曲牌"梅花三弄"的"弄",既是动词,又可作名词。但我觉得"南昌慢"和"苏州慢",都是美的,都是迷人的。如果换成了"南昌快"或"快南昌",人倒会焦虑,更会不安。赣江是安静的水流,西山是沉静的山,道家选定此处修道,佛家来这里禅悟,自然是看准了它的"静"。就是八一起义选择在南昌,也不排除是静中的"动"。

"慢"是回忆性的,也是过程性的,细细体味一下,也是当下的、及物的,不像"快",一闪而过,只是汽车后视镜的匆匆一瞥。生活是具体的,城市是具体的,过去南昌从一座古要塞发展过来,到屯兵,形成城堡,形成集市,形成居民区,形成街巷,形成万人几十万人至数百万人的都市,出现了现在的高楼林立,历经了2300年,这个过程,肯定是慢的。"慢"才是历史,"快"不是;"慢"才是活着,"快"不是;"慢"才是积淀,"快"不是;"慢"才是经历,"快"不是;"慢"才是叙事,"快"不是。

3

想到"南昌慢"这个词,心里有点激动,它是我生造的,有"老时光""时光慢"的意思,有岁月的浸润感,空间和时间融合为一体,我喜欢这个词。也不能说是我独创,宋词有词牌,叫"扬州慢",是我偏爱的南宋大词曲家、江西鄱阳人姜夔先生(约1155—1221)的自度曲。现在南昌街头时尚食店,多挂出"春风十里"的招牌,就是取自姜词"扬州慢"中的"过春风十里,尽荠麦青青"——满目望去,尽是原生态的种植物。此词首起"淮左名都,竹西佳处,解鞍少驻初程",写的就是扬州,写得太好。如谁人这般写南昌,我是会击掌的,为其词采,亦为其将一座城跃然而出于文字间,令人着迷。近期我也盘算将一些写南昌的文字,出一本书,斗胆就叫《南昌慢》[①],应该不会产生歧义吧。其实南昌和中国所有城市一样,这些年有目共睹,都在城市发展的快车道上疾驰,马路、街道、地铁、动车、高楼、摩天轮、跨江大桥、湿地公园、新型地标建筑、国展中心、国体中心、西客站、万达茂、双子塔等,几乎奇迹般出现在眼前,新

---

① 已于2021年3月由南京大学出版社出版。

的对旧的替代率与淘汰率,是惊人的。新物出现的速度和密集度,令人几乎疑是置身异乡,两千二百年的城市史,如同宋词的意境一般,仿佛忧伤地终结在崭新的钢筋水泥与巨大玻璃的建筑里。

巴黎,我不久前去过,不用多说,它整个城市都是人类文明的地标。对照看北京这座满是珍贵古建的城市,它毁于拆建,是令人痛惜的。我在北京迷失于它的现代性雷同的高楼与复制的楼盘,仿佛它是经历了浩劫之后重建的城市。

由此使我日觉恍然,过去的南昌,是记忆中的,几乎停留于老城,而老城中的老街巷,尤其是老巷,也快拆光了。老街的老建筑也几乎换了新的,但我的童年、青年,乃至二十年以前的时光,都还是行走在略有年代感的街巷里。即便四五年前我去三眼井街回父母家,仍要经过"天灯下"、干家前巷、校厂西巷,这样一些颇具市井烟火气息的老街巷,现在都拆了,在规划新的高层楼盘和购物中心。我的过去,似乎也是随南昌的过去而更新的,只是我年龄在变大,人渐老去,而城市已把它的千年岁月变戏法般藏了起来,或不知所踪,所以有时我就想写一部类似帕慕克《伊斯坦布尔:一座城市的记忆》的书,把那些被戏法藏起来的城市记忆,付诸纸笔。然而掂量自己半个世纪的人生光景又有多少能与自己所生活的城市有互动感,或者被观照,皆有光影的痕迹,我自问无非都是"生命之轻",而我对这座城市的接触与感受更是盲人摸象,所知甚少。唯有肉身的生存体验与困顿,使每一个人都像一块砖镶嵌在他所生活着的城市的缝隙里。恐怕对于一座城市而言,人的生存经验远大于空洞的城市史。它毕竟是有温度的,具感官性的,而不是虚无的对望与细微的半是推测与猜想的蚂蚁考证。我写的城市,应该是一个主观的感官世界。当然,也并不排斥"他"视角与"他"世界。

我又想,过去的年代,南昌肯定没有现在这么光鲜挺拔,也没有这

公园的夏天,一盒冰淇淋的记忆

么富于色彩,即使二十世纪八十年代,南昌的建筑大多都是灰色的,大片大片低矮的房屋,如同破破烂烂的补丁。人的穿着也少色彩,以灰色、白色、黑色居多,街道似乎也是枯燥且单调的。儿时趴在父亲背上,天下着雨,又是夜晚,走在象山路上,马路上没车,黑的,人行道一截是水泥拌沙子卵石的方块砖,一截是黑土,雨一下,泥土路就积水。父亲背着我不时得大步跨过水洼,路边偶尔有黄色灯光射到积水上,碎金般亮。那是零落的店铺,老工农兵医院不远有一处卖些简单零食和酱油与盐,门里摆着紫色的大酱油缸。帕慕克写童年记忆时提到一幅摄影:"古勒有幅摄影作品,捕捉了我童年时代的僻静街巷,街巷中的水泥公寓和木造屋并排而立,街灯空茫,明暗对照的黄昏——对我来说它代表这个城市——已然降临。"看来人生的童年经验并非完全隔膜,总还有相似之处。

过去的南昌在我的印象中就像黑白电影,至少像七十年代后期解禁的老电影,有的虽是彩色,但已泛白发黄,没了那种鲜艳。其实生活本身是有固定色的,一把青菜,几千年,绿油油的叶子和白的茎,颜色是不变的,无论在宋代、清朝、民国或是当下,千年一色。一条鱼的鳞与其白色肚皮,其色与质感也是不会变的。而一座城市的整体感觉与印象当然跟我们的生活阅历直接相关。有时我也想到,过去年代里,那些到过南昌、在南昌驻留过的人,利玛窦、蒋介石、张恨水、傅抱石、高行健,他们眼中的南昌,以利玛窦的札记最为直观,几乎还原了数百年前的南昌一些街道景观,比如他写到南昌有很多牌坊,贡院考试时人山人海的景象,等等,立马令我想到老贡院所在地的系马桩街来,以及那里的教育出版社的宿舍院子。而北伐南昌、设"南昌行营",甚至一度想迁都南昌的蒋介石,与之有关系的省图书馆和少年宫("南昌行营"原址)、江西大饭店(蒋介石曾在这里吃过饭)、蒋介石的官邸所在的北坛(滨江宾馆一

电线杆、老树、旧屋

带)、蒋介石与宋美龄做礼拜的子固路礼拜堂(今市民俗博物馆)等,那些曾经的民国遗存建筑我都见过。与蒋介石相关的民国人物汪精卫、白崇禧、戴笠、宋美龄,也都熟悉南昌那些地方。张恨水少年在南昌读过书,高行健也一样,家从赣州搬到南昌,他在这里念了中学。傅抱石在南昌出生,一辈子到南昌的次数不会少,从民国年间在南昌街肆见到八大山人的画,到后来住在江西饭店,在广场南昌画店观画,问店员:"这是谁画的?"店员答:"黄秋园。"估计傅抱石还多问了一句:"他是干什么的?"店员会说:"南昌银行的职工。"

在这些"他者"眼里,南昌是否是黑白的呢?抑或已经成了褪色而模糊不清的老胶片?我写过一本书,系统地见过一批集中呈现二十世纪三十年代南昌影像的老照片,自然是黑白的,我感兴趣的不是那些现今大多已消失的老建筑,也不是指认现今仅存的几栋遗楼,而是黑白照片上留下的当年的人物,他们大多是不经意留在照片上的,比如电政路的几个黑乎乎的行人,有点冬天的寥落感。建德观街道铺子里好奇地朝着镜头的几张脸,虽有讶异,但表情仍是转换的呆滞,少有灵气。还有一幅几个人拉乐器演奏的照片,一个专注拉二胡的平头男人,黑中山装,也许是靛蓝或藏青,照片是黑白的,衣服颜色一深,都似黑色。男人坐姿,双目平视,眉浓、唇厚,抿着,脸上光线很足,却很板。一些摆弄乐器的实实在在的人,他们手上的音乐是轻的、空灵的,他们的脚跟还是接着地气的。近期我也见到一些那个年代的彩色照片,主要是人物,男人、女人、军人、平民都有,色彩一有了,人就活了,会发现那个年代的人也是有魅力的,也是妖娆的,那个年代的服饰、妆扮、时尚,也美得合理,一点不比现在的丑。那年代的人活在属于他们的年代,照样有欢喜、悲忧与情爱。城市、街道、房屋,都是因人而存在的,因人的生活、境遇、肉身的安顿与出走、浮世的忧欢而设置,非此,别无他用。

4

我想,城市即人,否则就是砖石泥土加上钢筋与玻璃等的混合物。被人遗弃的城市,不上百年,就成了垃圾。我写南昌,就是在写我人生的记忆。在这一点上,与奥尔罕·帕慕克写《伊斯坦布尔:一座城市的记忆》是相同的。因为除了我的记忆与思想以外,别无合理的优势。

人脑的记忆是个储存盘,人又像个摄影机,所经历的一切,有时想起,立刻就会显现于大脑,经多少年,都在,当然有褪色,有陈旧,也有局部的、细节的清晰与光亮,它们可能碎片化了,但一拼接起来,仍然动人,乃至惊人。

进入二十一世纪,南昌也开始国际化,举办大型国际化文化活动,呈现一种挺进国际姿态,世界动感都市,这样的标签随之出现。2006年向外宣布举办国际军乐节,这是南昌一桩创举,全世界还没哪个城市办过这事。届时将有各国军乐队环城奏乐,场面壮观,满城为之期待。只是军乐节如期举办之日,天公不作美,各国军乐队着装整齐,皆展示着本国军容,正当敲着军鼓、吹着军号、奏着军乐行进在沿江大道时,大雨倾盆而至,把各国军乐队浇成了"落汤鸡",这应该是老天对军乐队的一次考验,战场上炮火连天,军乐队都得激励士气前进,一场雨岂能阻挡军乐队行进!各国军乐队没有因此偃旗息鼓,虽然老百姓的"看点"打了折扣,没有预想的那么壮观,尤其有的国家军乐队高矮胖瘦不一,步伐也不整齐,只管抱着乐器吹奏,样子看上去还有些吊儿郎当,但可贵的是大雨中,都没掉队,仍是奏着乐,走完了全城。我从本埠电视新闻中看到,发自内心为之鼓掌。开局不易,局总算是开了。南昌国际化的科技展、艺术展、文化经贸论坛等时至今日已颇为频繁,国际化大酒店的高楼也比比皆是。

每天步行来去两趟的红谷滩丰和中大道,由建设大厦、星河汇、翠林大厦、唐宁街、唐宁酒店、中国移动红谷滩营业中心、南昌农商银行、省国资委大楼,到地铁大厦、天使金融广场、博能金融中心、绿地双子塔,直至江报大厦、红谷大厦、政协大楼的一段路,大理石的黑,把庄重砌起来,金黄色的光泽在高处,象牙白的柱体支撑着某种恢宏,金属玻璃穿透事物的内外,这是当下城市的建筑叙事,也是当下城市"史"的一种特质。我每天早上步行去上班,走在人造大理石铺的林荫道上,飞鸟与绿叶相互招摇,香樟、梧桐、桂木、茶树、柚子树,在道旁与我同行。柏油马路,宽广而汹涌的是汽车的河流,一道白色铁栅把来去车辆隔开,醒目的是各式小轿车,黑的、红的、黄的、绿的、白的、蓝的、银灰色的、米黄色的、褐色的、紫色的、驼毛色的,这是城市最有活力的部分,如果没有十字路口的交通红色警示灯,好像它们就会一直车轮旋转着沿路狂奔不止。城市、国家,都装上了汽车轮子、动车轮子、地铁轮子,看得见的和看不见的无数轮子都在加速奔跑。行人在为汽车让道,房屋在为汽车让道,城镇在为汽车让道,乡村在为汽车让道,坟墓、农田在为汽车让道,山河是顽固而骄矜的,也露出谦卑的神色。沿着树木生长的方向,劲拔的高楼,一座座摩天接云了,通天塔已不是神话,仿佛每座楼的天梯都可以一站式抵达天堂,人可以由此跟天神握手致意。房子建得再高,也都安全无虞。这就是当下的城市,也是我走在当下的南昌。我一再提醒自己,这是南昌这座城市最好的时期,也是以"过去"或"历史"为界限划定的城市陈迹湮灭的时期。

人类文明的所谓标准,第一是文字,第二是工具,第三是城市。有人说,从一座你睡够了的城偷渡到另一座新鲜的城,待在它"天鹅绒"一般的肚子里,你就仿佛"出轨"了。我毫无这种感觉,中外很多城市都去过,除了罗马的"陈旧"与巴黎的"不变的雍容"令我惊艳,怎么也跟"出轨"搭不上架。而恰是当下的南昌,我每日穿行红谷滩高楼的峡谷中,使我有"柏林的苍穹下"的感觉,我总想象那些白翅膀的人形天使就孤独地待在高楼屋顶上,俯视着下面行人如蚁的街道,就像黑白电影的一幕幕。

我所看到的再不是"竹西佳处"与"解鞍少驻"的古老"名都"。它是现代的南昌,恢宏而益发庞大,以空间压缩时间。"秒杀""闪逝"这些对时间之快的形容,在日常生活里成了锐词和热词,消解了"慢"。好像"慢"是可耻的,是城市之伤,是人间之病。我对故国般城市的变化时时有电流击身的感受,我甚至认为所谓"美好天堂",不在彼处——那不可望也不可及的地方,它就在此处、此时、此刻。我走在早晨上班途经的丰和大道,是美的;我晚上同妻子散步走进庐南大道"铜锣湾",是美的;我们到"万达广场"购物,即便什么也不购买,只是逛一逛,看一看,满目的物品繁华,是美的;王勃一千多年前就说南昌"物华天宝",是有夸饰的,多有形容性的,不及物的,现在我看到的是具体的,触手可及的,只要有足够的钞票,甚至可以买下一座"天堂"。我当然是时有惊疑的,并佯装做出一种判断,仿佛人们已经活在了人间"天堂"。这时再流连"慢",再说"慢",像是保守的、落后的、过时的、报废的、耻与为伍的。

物的世界里,唯有一样东西不能太快——生命,它不应被快速消费与"秒杀",对的,我是说,这样一种"速变"和"惊变",似乎也会让人感到岁月不居,人生飞逝,又不由不在时光的河流中做出回溯与返顾。

老派文人尤擅闲笔,话到紧实处,一笔荡开,看似无关,却妙从中来,委实厉害。就是要把叙述的速度节外生枝地降一降。今人多不擅此道,皆累得慌。其实人不能太忙,若有闲,便是大自在。我写文字,如长肉,慢慢地,一点一点生长,假以时日,总会骨肉均匀起来。

5

1595年,当传教士利玛窦和万寿宫信徒们在翠花街狭路相逢时,利玛窦所信奉的上帝与南昌城的保护神许真君相遇了——当利玛窦说出"阿门"时,遭到了五百年前南昌人的抵制,利玛窦身体虽然从意大利进入了南昌,但他的神(基督)被拒在城门之外。如何让他的信仰入城,这是当时利玛窦最费脑筋的事。以此上推265年(1337),当南昌人汪大渊走出城门,在当时距南昌最近的出海口,被马可波罗誉为"光明之城"的东方第一大港福建泉州,两度搭乘商船出海远航。汪大渊由航海所及之处所写的《岛夷志略》有100条,其中99条为其亲历,涉及国家和地区达220余个,他与利玛窦在南昌的一出一进,意味非凡。紧接着汪大渊航海不出百年(1405—1433),明代的"三宝太监"郑和开始率领当时世界上最为庞大的船队从福建长乐,七下西洋。外国学者称郑和船队是特混舰队,"甚至同时代的任何欧洲国家,以至所有欧洲国家联合起来,可以说都无法与明代海军匹敌"。当代美国的学者路易斯·丽瓦塞斯这样说:"郑和船队在中国和世界历史上是一支举世无双的舰队,直到第一次世界大战之前,是没有可以与之相匹敌的。"郑和宝船号称巨舶,其主要造船地为南京。《龙江船厂志》记载:"洪武、永乐时,起取浙江、江西、湖广、福建、南直隶(今江苏)滨江府县居民四百余户。"据统计,在郑和大航海期间,全国共造大小海船近4000艘,船场遍及全国各地;永乐年间,明朝海军拥有3800艘舰只,其中包括1350艘巡逻船,南京新江口有400艘大型主力舰。因此,英国著名历史学家李约瑟断言:"在1420年前后,中国海军也许超过历史上任何时期的其他亚洲国家,甚至可能超过同时代的任何欧洲国家,乃至超过所有欧洲国家海军的总和。"自古以来,中国就是造船与航海事业相当发达的国家,到了明朝郑和大航海时代更发展到一个崭新的高峰。《明史·郑和传》记载:"宝船六十三号,大船长四十四丈,阔一十八丈。"相当于现代船身长约138米,宽约56米,这种巨型海船充分显示当时中国造船业已经遥遥领先于全世界。我到江苏太仓,是一座距上海几十分钟车程的江南小城,这里的刘家港,是郑和宝船的起锚地,当地在一个公园里以1:1的比例复制了一艘郑和宝船,放在当年绝对巍峨壮观,我看了也吃惊。

传教士利玛窦名气是大的,他在中国待过的最重要的地方,一是南昌,一是北京。但南昌三年几乎被人忽略,他在南昌的三年也被当地忽略,没有一座标名他行迹的遗址、纪念地,传说现松柏巷教堂与他有关,但似乎也没正式标明,有些遮遮掩掩,没有确证,利玛窦的名字在南昌城里好像不存在。而在他的札记里,他在南昌的点点滴滴都被文字所定格,这真令我诧异得很。

至于名气这种东西,有些看不见也摸不着,何况时间(明朝)、空间(意大利)隔得又那么远,南昌人自然不在乎。而地方上,多以官名产生影响,也只是一时,过后,曾经的市长是谁?百姓也不知道。而要以文名,现今几乎不可能,除了为文者,没人知晓。南昌在江西当然是大的,放外省,同类省会,它就不算什么。跟邻近的武汉一比,小了,跟长沙一比,力有不逮。但我一向认为南昌人不可小觑,普通的街巷里会冒出一个很厉害的人物。北京我是不喜欢的,其浩大得令人茫然,所以圈子多,没混入关键的圈子,就只有漂浮着,这种悬置的状态,仿佛是一座大城对个人的惩罚。北京自然藏龙卧虎,热天胡同里闲走的一大裤衩大爷,没准就是个名大如雷的狠角。但京城无隐士,多是成名人物或想成名者。不似江西,因其偏,本属忽略地带,不用隐逸,自然就埋没了,要说不露形迹的高人,还不知多少。对看不起江西,看不起南昌的外地人,我是不屑的,即便他是京城名流。所在江西,所在南昌,地域的局限性固然是明显的,就拿本土作家而言,作品再好,名难出江西。为什么?其一江西人不在乎自己的作家,其二江西以外更没有"江西作家"的概念。要成名,待在江西怕是不行的,不去京城弄出些响动,江西本土不会注意你,江西以外更不会。在北京弄出了名堂,各地都知道了。北京没有地域的局限性,反而事半功倍。以我个人的经验,北京出了名的作家不足畏,江西那些蛰伏着的文人才可怕,只是外人不知道这种可怕。仿佛埋没等于不存在。由此我又推想——如果当年利玛窦不去北京,不在北上路上受阻,迫不得已在南昌滞留三年,也无法把教堂建在北京,更得不到晋见皇帝的机会,仅是终老于南昌,那会怎样?但历史没有推想。

6

黄山画家吴大千兄每次到南昌来,都相谈甚欢。他早年美院毕业便骑一辆自行车,踏遍千山万水壮游写生,发宏愿要画遍中国的山山水水。他走了几年,直到把一个英俊后生走得胡子拉杂、瘦骨嶙峋,形同乞丐。走破的鞋就有三百多双。他画了几百米山水长卷,囊括了国内大大小小的名山大川,媒体称之为"画坛徐霞客"。他送我一卷复制稿,我见那山,就像上天造化的高楼大厦,没有重复的。可见大千是见到过真神的!现今城市的高楼大厦都千篇一律,像复制品,使自然环境失调,这是很危险的。城市便往往有病,人住在高楼大厦里接不到地气,不似住山里,山再高,也是接着地气的,人也就有元气在身。我对大千说,你还得提着这股气,使劲画下去!艺术家宜小富即安,安心于艺术,别为金钱权力指使,讨得更多实利去画。只有真正师法自然,好风水都在身上,你肯定会有大千气象。我说我也不轻易夸你,对有大抱负的艺术家,夸你就是给你设了圈套,好话都是绳索,相信你不需要。正如我写的文字,肯定会流传下去的,只有在这里记你一笔,算是朋友的勉励,你的画应有大自在。

有一年,西川和斯洛文尼亚诗人托马斯·萨拉蒙一起登黄山,萨拉蒙说:"上了黄山以后,我知道你们中国人为什么不需要教堂了,因为黄山就是你们的教堂。"西川当即吃了一惊,中国人自己看黄山,不会想到它跟教堂会有什么关系,细想却大有道理。对于中国人来说,黄山实际上也是一种精神的存在,与西方的教堂也有某种相似之处。"仁者乐山,智者乐水",中国的山水自古以来就是道德化的。我倒以为此说有些异想天开,否则中国千百年来还要修那么多道观和庙堂干什么!

利玛窦跑到中国来绝不会像这位斯洛文尼亚诗人一样,登了黄山,就觉得不需要教堂了,他却不明白南昌的小巷里也藏着一座座山,是肉眼看不见,一个隐形的南昌,仿佛潜伏在那些慢时光里,只是如果有一天那些小巷都拆除了,剩下都是钢筋水泥堆积物。一而再,再而三地,立在那儿,那不是山——具象的,看得见的光鲜,都是速朽的,就像高新区的办公大楼,设计新颖而美观,可还没有旧,就爆破掉了,说是它的使命完成了,得盖新的。在爆破的那一刻,许多人去拍,要让它刻在记忆里,不被抹掉。那一刻也就由"快"变"慢"了。

饭局记

我还真不是饭局的热衷者，极少张罗饭局，一度却推不掉朋友的盛邀，跑了几年饭局。后来身体有些状况，也就多了一个婉拒饭局的借口，就乐得自在多了。那些年身边除了固定的文友圈外，周边还有多个圈子，每周雷打不动都少不得四五个饭局之邀。有时一天就有七个，这于我这样一个不善应酬的人而言，实在是个负担，只有找个借口，七个饭局全婉谢了。我是佩服那种一天赶多个饭局的人，一入夜，这种朋友往往如穿花蝴蝶，从这个酒店赶往那个酒店，酒桌上敬过酒了，就直奔下一桌，直到夜半呕吐而归。我把这种人视为"酒桌英雄"。这种人以每夜赶"场"为乐，为人生成就，为存在感，一日无饭局，便浑身不自在，就自己组局邀人。

那时每至下班，就怀着"喜看稻菽千重浪，遍地英雄下酒店"的欢喜，去赶饭局。有时就几条街之距，有时要跑半座城。

南昌饭局的"黄金年代"，亦在二十世纪九十年代末及二十一世纪初。每入夜，灯火初上，大小酒店无不热闹。象山路、孺子路、珠宝街、东湖畔，诸如"一得鲜""老门槛""老南昌""蓝边碗"酒家几乎是南昌文友们出入的"据点"。这些酒店在南昌与高档不挨边，但都有本土气息，尤以东湖畔的"蓝边碗"别有情趣。那房子是民国年间遗下的二层小楼,原是一"老干部"独家独院的专属,老人故去,房子成了后代遗产,就租给人家开了小酒店。酒店内部全用民国风格,老地板、老楼梯、老物件,墙上是民国黑白照片、手绘海报、"美丽牌"和"老刀牌"香烟广告,角落里摆着古董电唱机等。尤醒目的是重点包房里主席有一张靠背扶手高两米的红漆太师椅,似乎暗喻"靠山"高,一时此包间十分抢手。人坐下来,对窗一望,就是湖畔夕照烟柳,水观音亭尽收眼底,据说唐伯虎曾在那里教过娄妃书画。也就于人在酒香中有了一些风雅。只是"蓝边碗"菜品油味偏重,味道一般。但环境闹中取静,文友饭局多不愿嘈杂酒店,吃酒、海聊、读诗,"蓝边碗"就成了首选。此地的首推者为老李,老李几乎是本地文朋中饭局的"局长"。每次他看中一个"点",便先做东组局。此后别人做东,也便预先由他跟酒家订好房,然后开列邀人名单,核心好友通过,老李就提前几日下短信通知,有因事不能出席的再补充新人选。老李这个"局长"尽职尽责,有时还会出一两瓶好酒,并且会带来几个"插花"美女,由此大受好评。凡有人要组饭局就到老李处挂号,老李乐此不疲,会张罗得妥妥帖帖。后来人见老李跟酒店老板是多年老哥们,就开玩笑说老李是否也是酒店股东。再之后"蓝边碗"停业了,就转移到象山路的"一得鲜",这里距"蓝边碗"一箭之遥,也是老李的地盘,自然朋友们每有饭局,也由老李张罗。老李任重道远,力排非议,仍激情投入,每每替朋友张罗饭局,皆有好酒,有好段子,有"插花"养眼,有"梭泡"与"诵诗"并举的繁花竞艳,局散时,皆依依不舍,有人自告奋勇,约定下一局。

那些年"柴火大队""江湖味道""八大碗""柴米油盐""辣椒炒肉""饭时间"等酒家,也是常作流窜,只是在李"局长"鞭长莫及之地。若论各人组局(含点菜)风格,老杨是此道中的天才,组局人选各方兼顾,即便是个有诉求的局,也藏得巧,主宾、配角,都觉察不到压力,杯一举,尽

饭局记 143

南昌人的饭生活,活色生香

兴就是。老杨的菜品也点得恰到好处,一桌满满当当,都是堪配大酒的硬菜。老杨嗜肥肉、肥肠,青椒炒油渣、肉烧豆腐泡也是少不得的。每开局,老杨先夹一方肥肉下肚垫底,然后以笑话、彩色段子、方言诵诗、京戏佐酒,精彩不断,高潮迭起。老杨激情澎湃,长袖善舞,酒事毕,所求之事也拜托到位,皆大欢喜。老忆组局,多无明显目的,只为快活,只为聚义,只为哥几个饮马江湖,弹铗而歌,吹牛梭泡,老忆性情尽显,不藏不掖,放开肚皮不把自己灌醉誓不罢休。老忆点好一桌酒菜,大鱼大肉,自己横刀立马,招呼一声,总是率先一双筷子杀入酒菜中,吃个面红耳赤,在吼歌、骂人、吐诗过程中人仰马翻。老徐是酒桌上摸爬滚打出来的老江湖,审时度势,组局有讲究,开局有招数,自己和朋友都吃喝得高兴,他老哥有板有眼,都在掌控中。记得多年前,灵应桥边开了一家"环球酒家",哥几个巧在湖边踱步,老徐抬眼一瞧酒店门匾,就冲着"环球"二字,他胖手一招,请哥几个进去入座。酒至半酣,老徐发现囊中酒资招架"环球"似有所缺,也不告诉众人,私下出门打电话,叫老婆送储备金来。吾等得知,大为感动,直赞老徐有大家之风也。

  老王是个好同志,虽自己挑食,凡组局皆为朋友考虑周全。考虑不到的,就委托给"李局"调度,他买单就是,这样的同志已是打灯笼难找了。我不记得是谁组局,某年夏,南昌大热,众人钻进大士院街"二室一厅"的空调屋里,端来一箱啤酒。刚拧盖,酒瓶爆炸,一玻璃碎片飞嵌入俺右臂,血汨汨外流。老杨搓碎几支"阿诗玛",才用烟丝堵住创口。酒局中有趣与闹酒的,唯推老忆。老忆每三杯白酒下去,尽显话痨本色,且眼界高于灯泡,往下看,都不在话下,指点处,仿佛灰飞烟灭。老忆酒疯,受害者甚众。有一次,他在电梯上趁酒劲抓住老傅强抱,在人嘴上猛咬一口。老傅痛得鬼叫,出电梯落荒而逃。又一回,深更半夜酒劲未散,他拉着我在八一广场陪他梭泡。时夜雨,老忆不退,硬拉我在雨中

饭局记　　145

陪聊。还有一阿毛,每酒必撒野,且往往没来由朝人泼口滥骂,谦谦君子熊先生是德才兼备的高士,某回酒桌上竟莫名其妙被骂了个狗血淋头。文联老李一次在小兰主持活动,酒桌上正陪当地领导,阿毛拎一酒瓶过去,点着老李鼻子,当众大叫板:老李,老子不作兴你!闹得场面十分不堪。尤其在德隆酒家,阿毛借酒装疯,又扯住不沾酒的老王灌酒,令老王不住作揖,老忆看不过去,挪座,使出一个扫堂腿,阿毛一屁股落地上,方让扶回原位,下半场才老实了。老南昌晚报社对面的"柴米油盐"是原电影机械厂老厂房改的酒店,一度文友饭局也常设于此。诗人北城组局,每酒必朗诵《将进酒》。一次在"柴米油盐",情诗圣手老良兄不闻人在声情并茂朗诵,仍跟美眉言谈不止。北城登时大怒,猛吼一声:"再叽叽咕咕,老子揍你!"老良兄立刻无语。老良兄是修炼有道的,诗场、官场都是个人物,却总是一副老顽童的样子,人缘极佳。一回老忆酒后在财富广场老杨工作室揪老良兄不放,要人脱裤子,当时还有几个女诗人在场,老忆硬是不依不饶,老良兄好定力,歪着头,叼一根烟,不急不躁周旋,终是挨过一"劫"。次日酒醒,老忆轮着给每人打电话抱歉,发誓痛改前非。下回酒局又故态萌发。任谁也压不住!酒局上大勇者,当属老杨,老杨一瓶啤酒的量,却游刃有余,酒场转战下一酒店,临行还含笑频频地带走一未及下嘴的肥蟹,令俺崇仰有加。仿佛关公单刀赴会,全须全尾,来去自如。一次老郭组局凤祥春酒店,哥几个将五斤装的原浆汾酒往盛洗杯水的钢筋脸盆里倒,我只作壁上观,不住劝大伙悠着点。众人脸盆端将起来,豪情万丈,轮着就喝开了,那回都晕了,也没谁念诗,大酒喝到这份上,都不认输,诗算个啥呢?酒后下楼,都有些歪着身子走,出门打"的士",作鸟兽散。次日得知,老郭将一只装了几万块现金的皮包忘了带,好在人家酒保觉悟高,没黑下来不认账,原物奉还。

南昌人说的"打平火",就是现在的"AA制"

珠宝街是南昌至今尚存不多的几条老街之一，北接中山路江西大旅社老建筑（即八一起义纪念馆），南接孺子路，中间是带子巷，横穿过去就是万寿宫。珠宝街中间地带尚有一些破旧的老房子，多已开了店面，连着有数家"牛肉汤粉"店，是小有名气的。"老南昌茶楼"在南端，连续数年，一帮文友常聚于此。先吃酒，再喝茶，每聊天至半夜三更。这里好在给我们时间的宽容，所有包间都黑灯了，服务员给我们留下几瓶茶，下班离开，值班老头也不管催，任由我们喝下去。哥们张况从佛山来，几个兄弟喝到凌晨三点，扔了一地烟头和啤酒瓶，出门都醉了。我不知道老德是怎么开车把他送到住宿地的。好在当时尚未禁"酒驾"，老郭送我回红谷滩，一过八一桥，都分不清东西南北，在寂静的街道上转来转去。我也头一回喝晕了，一点也认不得回家的路，只记得那回吐得一塌糊涂，胃沉如铁砣，直往下坠，难受得很。一个本不善饮的家伙，却喝了十几瓶啤酒，其醉状，可想而知。人醉矣，如古人所说的"玉山之将崩"，这厢边竟成了踩到西瓜皮般，倒矣！倒矣！倒得稀里哗啦。

系马桩原有洪都无线电厂，厂子后来成了空壳，院子里就成了住家和酒家的所在。几年前，南昌常在一张桌子饮酒梭泡的十几个哥们，卖弄风雅自号"豫章十友"。这"十友"是虚数，兴旺时，有二十几个，早期仿佛是我和"舵爷"刘勇、"太医"杨建葆、"金牌调解"王治川、"野墨"徐小荣、"愚石"余小平、"玉面"朱宇、"下半夜诗人"老德、"文化民工"邱建国、"大版面"杨少华、郭豫章、邓涛、"情非"文向滨、"财主"杨北城等，从城里这条街喝到那条街。一次杨建葆发现系马桩洪都酒家有道菜叫"金边猪头"，一声吆喝，"豫章十友"立马啸聚系马桩，那道猪头，是腊货，蒸得熟烂，香喷喷的，未下筷子，就令人馋涎欲滴，只是量少，刚好垫平一大瓷盘子。十几人，酒喝了多少瓶不记得了，腊猪头大概每人只吃了一两块,不是太过瘾,又不好叫再上一只。哥几个只说,下次,下次再聚。出得酒家,凉风一吹,系马桩街灯下,影子都有些东倒西歪。系马桩跨过孺子路街角有家民间饭庄,九十年代很有名,老同学张云兄自海南回南昌,召一班老友聚于该饭庄,吃了什么菜不记得,酒是喝了不少。那是个雨天,湿冷,张云穿件黑皮大衣,带着后妻和一子一女。我和治川、邱建国、牧斯、徐明明先后到了。饭庄门口有只大缸,煨汤的,齐人高,颇引路人注目,是为民间饭庄一标志。后来这种广告路数多是跟风。张云豪爽,我、治川与他,八十年代在大学读书时一块办过《大陆诗报》,治川自诩吾等为"拼命三郎"。"三"个"郎"中数张云能喝,邱建国、牧斯也是酒国中人,黄明明也善饮,戴副眼镜,穿双排扣西装,那回是初见,很热情一个兄弟。多年以后,民间饭庄早没了,张云兄也驾鹤西去,邱建国去了杭州公干,在南昌的几个见面也愈发少了。系马桩的大酒算喝过了,只剩兄弟们老去的老去,未老之身却在天南海北地念叨。

那些年下来,赴过多少饭局,还真数不胜数。圈里圈外的,有些吃过就忘,真像人说的"吃了不认账"。我组局极少,是惭愧的,好像光吃别人的。尽管每回赴别人饭局,多是迫于情面,不好推辞。依我性子,是一个饭局都不愿去的。当得知有了糖尿病,便有了个最好的婉谢饭局的托词,这样推托几次,人也明白,就少约了,感到特别自在。老友偶相聚,两三人,只小酌。十人以上饭局,绝计是玩不动了,耗精神体力,事后,皆空虚。而今过去饭局的兄弟不是老了,就是带病,南昌呼朋引类的声势浩荡的饭局几乎星散,只是昨夜的酒,偶尔还在心里热着。曾经一帮跟我赴汤蹈火的兄弟——汤是酒汤,火是柴火大队(一酒家名),皆久经(酒精)考验,一荣俱荣,一损俱损,而今皆人酒俱老于豫章,海量亦衰,似赣江中游露出了浅滩,不复往日酒桌上沧海横流的豪壮,想来颇令人伤感。酒局相逢,一杯在手,四目相顾,都带着"吾老矣,君知否"的狮子般的悲哀。罢了,罢了,少饮为最,各自珍摄,皆体恤。

近年,树明兄已从北京回来,归隐卧龙山工作室画画写作。我们间或聚一次,先定点在绿地双子楼下的一间粤港餐厅,墙上是老南昌图片,背景纵深处是立体玻璃外的繁华艳影,很有些王家卫电影里的感觉。树明兄每次让侍应生给我们拍一张照,说等我们老了,这些照片就是我们的年轮。后来那家餐厅关张,我们转移到双子楼下的红餐厅,每月一两次,多为我、树明、南昌大学的曾光兄,每回吃得少,聊得多,放松而开心,仿佛就在这么慢慢变老。

一个人的南昌志

有一个人,他在提琴中等我。

发现了一个世界,好像埋在地底下的塔。

——聂鲁达

皇殿侧

……旧皇殿的哀伤里,百货大楼极尽奢华,是南唐宫廷也无法比拟的。财富广场"双11"也不打折,后主的词在澄心堂出品的"黟川雪"宣色上愈加凄婉。八一大道和中山路以及东湖已经删改了他的词意。消防队的大楼或许再高二十层,就能看见金陵逶迤而来楼船的彩旌了。李璟肥白的躯体挨不过南昌的酷暑,脂粉气息的汗珠跳在董北苑的画屏上,金光一闪。散原山停顿着一棵久远的孤松之影,该是如何的抱残守缺啊!

建德观

这条街,再怎么也追溯不出东晋"华丽血时代"的年代感,道教观院了无踪迹——其旧址也被不同年代的民居一次一次覆盖、深埋,只有水泥电线杆几十米再几十米地拉出一条街道,直到它把岁月云烟敛入炙烫的铜锅,慢慢烹饪出市井厨房的烟火气息。由此,顶着"火锅一条街"的名号,从"老五酒家"开始,蔓延出巴山蜀水的浓艳麻辣与滚烫——那些在锅鼎中跳荡的红干椒与肉片及酱色沸汤,仿佛乱红覆盖下的一江春水,在铜皮包裹的江湖世界里急不可待地沸滚、激越而奔突,偶尔溅射出来的汁色,在短暂的疾行上扮演出沾于袖口的一泊霜血。以至把东湖防疫站和南昌画院都泡在火锅的重口味中。"建德观"只是象山北路的一座牌坊,它的影子和向度倾于象山宾馆和工人文化宫斜对面。三建公司的办公楼还是三层,一个女孩从窗口朝左边戳了戳指头,她的手势像鸟一样扇开了薄羽,转眼飞入了建德观街边食铺里,那里有个戴圆框眼镜的白净小伙刚好在临窗的二人座上落下屁股。

子固路

(曾巩,字子固,唐宋八大家之一,南丰人。)

……金属切割之声冲着"京门"尖嘶不绝,没有一管嗓子敢吐出青龙偃月宝刀,从京剧团冲出来迎战。路人捂着耳朵,不锈钢门窗一具具在噪声中锃亮成形,被"边三轮"拉出了子固路。话剧团的对白关闭在小剧场，如同白脸人的窃窃私语后扔弃的纸屑。圣公会教堂的钟楼上仍然凝固着1927年的弹药——对治愈豫章的酷夏带有流火的药性。蒋将军携美妇做礼拜的圣坛，安置着贺元帅的铜像——她高耸的盘髻颤动着日光碎影——一只蜻蜓悬在光中，像是忘记了飞舞。元帅金属的目光在雕花木床、马桶、秤砣、长命锁、花轿，以及老南昌城模型上逗留不去。218路公交车一路砍伐人行道的树影，停到了民俗博物馆门口。

海　昏

希腊诗人侬努斯的古诗"西沉的永远是同一个太阳"，即"海昏"的隐喻——古豫章昌邑王城沦陷在时间的淤泥里，稻青色的田野、土岗、沼泽，裹挟着荒草野蔓的狂流充斥视域——王的冠冕剥夺在长安，一匹马驮着残破的灯笼踏风而行，金子、简册、帛书、漆器、雁鱼灯，最终凭一枚玉印确证了主人的废帝身份：刘姓者，贺。像西沉于水的最后一抹金黄，散乱而破碎，我仿佛听到了一丝夹杂着裂帛的优雅且极具感伤的琴声。

绳经塔

一座城市的通天塔，接近神的另一种方式。读诵金刚经，读一页如登上它的一级阶梯——七级浮屠，塔高七层。在唐朝，南昌没有比它更高的建筑，高出凌江巍峙的滕王阁，高出西大街的布政司，高出章江门

子固路

的宁王府，高出瓦子角的上谕亭，高出东湖西岸的钟鼓楼，高出杀进杀出的德胜门，它是神赋予的，人只能膜拜、攀登，与神对话，通往神殿的阶梯，永远向上伸展，瞭望台、望火塔、彼岸。同是为神迹而生，绳经塔没有大雁塔有名，大雁塔藏着玄奘从印度取来的佛经，绳经塔基挖出了神圣的铁函、三百舍利、四道金绳，以及驱风、镇火、降蛟三把古剑。是先人所藏，还是造塔人所编？都不重要，关键是炒作一座塔的名声。南昌和尚唯一没有长安玄奘和尚有名，这里没有来过比玄奘名气大的和尚，这里来过日本兵——"在泛着黑光的墙壁上，至今犹在恭恭敬敬地礼拜佛祖的唐朝男女们，是何等之端丽"（芥川龙之介），有飞盗爬上去试图盗取塔上的金顶——那金顶像个光头，苍蝇落在上面也要挂根拐棍。

我怀疑那顶不是金的，房地限购了，国人正在疯炒黄金。塔顶不过是几层水泥刷上金粉，地宫里重新封存的也是些不值钱的东西——我熟人的一幅字、工艺所的一幅瓷板画，还有一套市政府编撰的建设成就年鉴，上有书记、市长、官员若干照片与签名。现在，"天高"夜总会比绳经塔高出七层，锦峰大酒店比绳经塔高出十层，海关楼比绳经塔高十二层，邮政公司大厦比绳经塔高二十层。在周边建筑中，绳经塔是个矮子，只有梅瞎子的米粉和张驼子的狗肉，还算地道。

杏花楼

楼前楼后也找不到娄素贞的裙带飘香。梳妆台下的波纹，已经爬上了妃子的脸颊。一张皱纸的前身，也曾美艳得惊人。大学士的书房里堆着北窗进来的闲云，钤印——"张位鉴藏"。美人的发髻散乱时，墨已在石碑里刻画了屏翰。我在楼上跟一个跛子论艺,又顺柱子溜到了娄妃的后院。一株柳树在东湖的岸边弯下身子,仿佛某种遗世的美,顾影自怜。

都司前

拎菜篮子走过这里,恰好可以到新安会馆买"坛子鸭"。与石头街保持着T形姿态,就能呼吸到农贸市场的恣肆和鱼腥味,听见屠夫的刀光劈开空气的声音。南昌二十中的考生背着画夹去火车站写生,撞上一个叫石达开的人——他腰里别着天国的宝刀,红着脸朝大渡河而去——宝刀柄端的绸带掠过街市,像一朵带着闪电的云。土库公馆内民国的飞天拐子熊式辉有上将之衔,领省主席与上海警备司令之职,使都司府也矮下七分。流浪的磨刀人从门前经过,呛啷一声吆喝,满街喧嚣都随下午的蝴蝶飞逝,如阳光下一撮比纸更轻更脆薄的灰烬。

民德路

经济大楼旋转餐厅在城市头顶如飞碟旋转过后,东方豪景酒店在婚宴中开张。市政府的花篮还在半道,花枝招展的新娘已以裙裾的一路香尘收服了步行街。老邮局又砸下了数枚邮戳,发往巴黎的夜航船星夜启程,笨拙而缓慢,仿佛旧时光曲折迂回。真真照相馆前老板陈菡舟,隐藏着民国少将身份,一家人全是京戏票友,掏钱请客,齐刷刷登台,"陈家班"唱、念、做、打——演一出《御碑亭》。

擒龙巷

最后的龙影也消失在六眼井,许真君空握着五花剑在古玩城出汗。擒龙巷在西湖区旧城改造的瓦砾里了无踪迹,几个小记者的香烟头将"晨报"地方版烫出了三个洞,漆黑地延伸到三眼井社区,没有人不知道樟树国药局,一出《擒龙记》,预计会出现在赣剧团破旧的排练场,主演是那个开皮鞋店的黑脸二老板。

铁柱万寿宫

他乡客、意大利人、天主之子利玛窦抵铁柱宫,以手对胸画十字——不跪,不拜许真君。香客皆嗔,广润门的赣江水手跳将起来,撸袖子,挥舞老拳,为他完成了特别入城礼。利玛窦困顿,惶惑于豫章窄巷,制自鸣钟与地球仪——把上帝安排的时间与空间对应物以精妙的隐喻——献给总督(江西巡抚)陆万垓,易服示人,结交士子与王府贵胄,为弋阳郡王测日食——破解"天狗吃日"之谜。游走于街市,给故友写信:南昌富丽堂皇,面积广大,比翡冷翠(佛罗伦萨)大两倍——"铁柱宫景色宜人,值得一观。院内有根巨大的铁柱上缚毒龙,传说是许真君用法术降伏了为害百姓的毒龙,给江西人带来了幸福和吉祥。"(利玛窦《利玛窦中国札记》)

翠花街

  颓废破败的老洋楼挂在我的记忆里,像一块块破布,带着民国旧城遗韵,滴着岁月的残漏与嗖嗖的风声;又仿佛舞台布景,一拉开就是敲打着破铜烂铁的街巷,像地下党活动的场所——瓦尔特保卫萨拉热窝,盖世太保追着追着,人就混入小市民的生活,大隐隐于市,大抵如此——鸭舌帽下,那人蹲着敲白铁(未成器形的白铁皮内,藏着扫射敌人的乌黑锃亮的卡宾枪),敲铁的熟练动作,仿佛他须臾未曾离开手中的活,可以追溯到前世,他就做了学徒。一下一下敲着,铁器的声音在闪耀——闪过万寿宫的碧瓦,闪过许真君的五花剑,把记忆越敲越远,把身份越藏越深。白铁行当的技能,也许能掩藏他三世前飞刀侠的旧案——辛亥年火烧长春殿,砍三人后投胎二十年,加入党人,软磨硬泡,守住翠花街一爿洋铁铺,身为伙计兼老板,眼看着地痞马卵糟手舞杀猪刀,从宝庆金号杀到小惠花店,熊拐子和梅瞎子架也架不住。左掌柜的四小姐被他划破半幅旗袍,失色的花容使一条街发出尖叫——这个杀千刀,老程骂一声:"若当年俺的飞刀可饶不了他!"——转眼数十年,翠花街仅存的宝庆金楼被拆毁。坍塌的记忆压垮了半座古城,三丈地底下,传来呻吟。

青云谱

  1926年国民革命军北伐攻克南昌,击败孙传芳军,为纪念攻城阵

笃定,表情,小街口

亡将士在青云谱修建纪忠塔。塔基高出地面,拾级而上有西式三孔拱形门水泥牌坊,趋前平路向前,又有台级而上,为塔坛,塔立其上,高九层,为水泥砖石建筑,正面有颜体"纪忠塔"三字,似蒋中正字,却不知何人所书?塔下有亭,翘角飞檐,可以钩住飞过的飘忽不定的云裙,仿佛岁月的布施或仙女失落的衣衫。有人说,1962年游青云曾在此塔游玩。1984年市话五分局的连保兄告诉我,幼年时他常与一班小鬼在纪忠塔爬上爬下,后来拆除时,水泥巨石结实得很,用了炸药。记得当年广场拆主席台,听说也是炸掉的——过去的水泥好像比现在的要结实。

筷子巷

虽有半边街、扁担巷、一人巷,宽度再窄,绝对比不过筷子巷。一日把逼仄的巷道拆为休闲广场了,小男孩在水泥地面的广场中央狠命朝旋转的陀螺抽了一鞭,晴空里,下起一场雨来。象山广场湿漉漉的,窜过猫的影子——我突然想到一部法国新浪潮老电影《去年在马里昂巴》的镜头,还有导演和编剧罗伯·格里叶,以及玛·杜拉的《广岛之恋》。

射步亭

那年,我对家住射步亭的女友说:"若我获了诺贝尔文学奖,就到射步亭巷口东湖花木店的位置,盖一座诺贝尔奖大厦。"那时我写作对外通联的地址都是"射步亭2号"。后来莫言获奖从斯德哥尔摩归北京,人提问他奖金打算怎么用——这是常人惦着的事,我记忆中不少拿了

射步亭2号拆之前,我和妻专门在老屋拍了照,仿佛是跟过去的岁月作别

诺奖的作家都面对过此问。莫言对人说,诺奖的钱,尚不足在京买套房子——他巧妙避过了问题,又让人别惦记着那笔钱——也就是说,而今在中国那钱已不顶用。若干年过去,我去步行街,都会到射步亭巷口溜达一下,见花木店的老房还在,只是刷了层涂料,像个脂粉妇人。

宁王府

穿过月洞门时,它颓败如逝去已远的王朝——白石灰剥落,青砖红石都残缺、松动,好像隔夜行将倒塌。年轻时,有几个骚动的暗夜,我像个武林高手一般,潜入宁王府的遗址——省歌舞团大院——幽会丰腴美人。那时,我根本不知道五百年前,明宁王在这里踯躅、徘徊,在痛苦与焦虑中磨亮了叛逆的刀剑,而其后院——应邀而来的画师唐寅,却在教授他的爱妃以绘事。帐幔秘帏上,投影着讳莫如深的双重隐秘。

乌石桥

不把这座桥写出来,它就一直堵着,让你血流不畅,中途塞车,进城出城都不方便。不把它写出来,它就像要债的主儿,软磨硬泡,不依不饶,蹲在门口——我当然是说乌石桥,昌北到新建,必过此桥。最近一次经过,是清明扫墓。岳母生前经常提到乌石桥,仿佛那是她回乡的门槛,既亲切又陈旧,一下迈过去,就是前世今生——那年官兵杀土匪,尸浮桥下,肚生白蛆,官府告民,土匪坏到肠子里。百十里乡人跑到乌石桥围观,岳母年轻时是其中一人——一双水清的眼睛在惊惧与好奇间波光涟漪。八十岁后告诉我她发现的秘密,她看见匪人的肚里露出的不是白蛆——是被杀前吃过的新建石埠乡米粉,细条条白嫩嫩的,原来乌石桥杀害的是一批党人。乌石桥在岳母嘴里从此非同一般,没有载入南昌市志、新建县志的史事——仅限于在她嘴上流传。去年岳母过世,返乡安葬,眼看过了乌石桥,那段史事就要失传,我逮住风逝的记忆,燃起一把把纸钱,让她老人家入土为安。

打缆洲

一条烂草绳般的小路,把我牵过抚河:东至三眼井,西至书院街,北到瓦子角,打缆洲路,抚河区最后半条老街,守着位开小店的老者,就像末路好汉枪管里仅剩的一发子弹,或者前朝遗留的一代侠隐,市井眼看不存——市井、侠隐,他会不会破壁冲天?每回傍黑路经老者店门,昏黄的灯泡描摹着那副凹陷的脸。我不买烟,也不沽酒,没在他手上做过一分钱生意。有时,很想跟他搭讪,只抬了抬手,又咽了回去。老者总是笑笑,半条街已陷入昏黑,仿佛梦里晃动着暗影。

辛卯年冬,雪落过了头遍,老店门前停着漆黑一副棺材,像官长门口崭新的轿车。三两后生蹲在旁边,抽烟、烧纸钱,都憋着,不发一言。拆迁办工作人员屋前屋后走动,指指点点……

洗马池

如此热闹的都市街头,怎么也不会想到——神话纪,天神的女儿会飞到这里的河水里洗澡——河流直通不远处的赣江,闪耀着"沉重而妩媚"的光泽——被一个青皮后生偷窥到光泽内部的隐秘,他任由本能的放纵,窃取了人家一条裙子——那是鸟的羽毛——仙女的羽衣。后生拿走了仙女的飞翔,用粗布裙衩迎娶了透明的神体。当一群女子叽叽喳喳在这里淘米捣衣时,小河就有了个香艳的名字:浴仙池。此后一位将军飞马而来,把它带进了创城纪,将军金盔上顶着太阳般的灼灼流苏,助他征战取得不世功勋的宝马屁股上,混杂着斑斓的苍蝇和泥浆——浴仙池为马匹适时提供了减去疲累的抚慰之波。若干年后有一个住这里的人,弄到了个官位——"太子洗马"——而浴仙池"光泽内部的隐秘"在马匹的污垢中早已消失。

大士院

二十年代,"扬州帮"已在南昌这座大街小巷充斥着赌鬼、酒徒与嫖客的城市里开起了妓院。一个叫王金的黄包车夫在八月初的闷热之夜,拉着一位神秘的客人——后面跟着同样由几辆黄包车拉着的几名军官,从杨家厂鸿宾楼出来,一路喷着酒气、嘻嘻哈哈地奔大士院而来。神秘客人叫停车,王金一看门牌:大士院93号。接了钱,道声谢,走了。神秘客人带军官们进门上了楼,王金知道那楼是这座城里当红的"扬州妓"的窑子——"窑姐摇着蒲扇,驱散火烤般炙热的空气,将臀部移向吱扭发响的黄旧藤椅内。"

半夜,城里出了大事,江西大旅社里杀出了义军,直冲守备指挥部、驻军的上营坊、省府等要地,到处都是枪声。离大士院不远的子固路更有水压机关枪哒哒哒地响着。大士院打"花牌"的军官们知道中计,为时已晚,他们的兵见不到头,早乱了。多年以后,精瘦、长腿的黄包车夫王金在仲夏火焰的阴影里,眨着眼睛,每眨一下,都像回到了当年的一幕场景,王金对过往的人事记忆犹新,他说那神秘客人头大、嘴厚、宽肩,龙形虎步,一看就不是凡人。

中山路

历史是一把锁,许多门都对我们关闭着——皇殿侧,南昌行营,江西大旅社,一条街经过南唐、民国再到当下,沉重得让人迈不动脚步。长春殿留给了史页,李璟,煜,后主,明日黄花不成朵,南唐只遗伤心色——董源,北苑副使何在?江山唯剩一卷晦色《潇湘图》。颓败的行营,关闭着一个凋残的梦。美龄的香骨。捡不起那页历史。中正在颓然中老逝。纪念馆祭起的血与火烧破了蒋家的旧册,历史没有答案,岁月尚在路上堆砌、重叠,像一片树叶压着另一片树叶。

瓦子角

这地名牌仍戳在市区热闹地段,如一老妪,干瘪乳房下垂,仿佛时光漏逝的沙袋。那些老旧的年头,烟散的繁华——南宋、元明、晚清、民国,一个旗袍女性,妖娆一些、瓦肆一些、勾栏一些、杂剧一些、昆曲一些:魏良辅一折、汤显祖一折、蒋士铨一折,便不能再石凌鹤了。也曾烟视媚行,也曾楼头斜倚,也曾任由改造,终褪不掉前朝脂粉——7路车、228路车、25路车,皆在此停靠,来去多少客人——见臭豆腐下车,见

"南天布艺"下车,见化工原料铺下车,见迪欧咖啡下车——就是没人见三百年南昌的旧精魂。

一个古典的女鬼,在瓦子角车站,苦等三百年,守候:一个不肯下车的薄情人。

瓷器街

唱戏人在皮影里哭泣,瓷器街的雪花碎了一地。公交车开到棉花市,上下班的人都掩着面,口罩流行的大年初一,傅抱石在戌子牌书铺与八大山人不期而遇。一纸摹品至晚年仍在回忆——"余41岁,客南昌,于某日旧家得见朱雪个小鸭子之真本,钩摹之。至75岁时,客旧京,忽一日失去,愁余,心意追摹,因略似,记存之。"

乌遮塔

密集的字迹被乌鸦之翅覆盖,东湖的水洗了一遍,柳枝轻描淡写着它的摹本,脱落与光影的漫漶,不是唐伯虎来过之后就明了的。它仿佛还是湮没在时间的淤积层里,没有谁能唤醒,断碑的裂纹里藏着打碎的声音和元代的乌啼。

高　桥

北京有天桥,南昌有高桥。北京是天子之都,南昌是高士之城。高桥即高士桥,桥为纪念东汉徐稚(字孺子)而名。老徐有才学,有德名,请他做官的马车停在巷口了,他拒之千里。老徐惜的是一身清白布衣。得知其授业之师江夏大儒黄琼过世,他花甲之年仍一路为人磨镜赚温饱,抱病跋涉千里来到恩师墓前,献出一束生刍(青草)——《诗经》有这样的句子"生刍一束,其人如玉"。

多年以后,沧海桑田,高桥早不见了。我家住三眼井时,坐5路公交车到六眼井站牌下来,便是高桥旧址,有家老店就叫"高桥商场"。那建筑像"泰坦尼克"号轮船,人又称"洋船头",俱是老名号。南昌最推崇的两个古人,一为徐孺子,一为许真君。满城就数跟这二人相关的建筑物、地名最多。徐稚:孺子路、孺子亭、孺子桥、高桥。许真君:万寿宫、棕帽巷、生米街、落瓦。徐稚是隐士,许真君是道士。

个山园

黑暗中有一灯招引,挨上去,方看清了,是个山园设计师倪老板的脸——这位朱耷的易代邻居,戴民国样式的圆眼镜,能画一手好墨竹,喜欢交友。他在画里盖了一座园林,招城里朋友过来小饮,论书,切磋字画。程风子的字爬在他的墙上,肆无忌惮地撒欢,一些野逸的山水气弥漫整个山园——省三(孙庆佶)涂抹的钟馗像在天宫做弼马温的孙猴子,顽劣不驯,耍泼得很。他说林峰的笔墨尚缺慵懒之气。又对老维说,你下笔时,线条速度可以放慢一点。转身,他去了厕所,我摸黑出来,一脚高,一脚浅,看见身后有盏红灯笼,像有个管家在送客,可靠而周全。

天灯下

"天灯下"是城西的一条街,如此大名目,其实难副——也就是一条路,两边有几幢老屋,灰墙黑瓦的,几根木头电线杆歪歪斜斜,街道便有了纵深感。晚上路灯昏暗,有积水,大块阴影,夜猫一蹿上了墙头,喵喵叫春,缠绵而哀婉。年轻女性,尤其身材惹眼的,夜班路过此地提心吊胆,白色的确良短袖、超短裙、丁字形皮鞋,容易引流氓盯梢。没准行至破墙阴影里就遭毒手。治安差,联防队员的烂警棍管不住天灯下的暗影。那些年,几个后来打靶的强奸犯,当初都在这里作案。皮革厂的青工老七见义勇为,被天灯下罗汉打折了腿,拄着双拐在街头溜达,像断线风筝。厂里说他为女人争风吃醋,通报处分,医药费不给报销,恋爱一年的对象告吹,从此就没跟女人好过,仿佛有仇。活到中年,守着街口一爿水果店,旧城改造来了,政府要强拆,老七红了眼,手攥一把西瓜刀要跟城管拼命。派出所想铐他,没谁敢挨边。众人在天灯下围了个好大的圈,老七挥舞雪亮西瓜刀,口里嚷:"你们别想逼我,别——想!"所长说:"先缴他拐杖,看他还能飞天?"老七瞪狗血似的眼睛,咒道:"狗日的,老子死也不会放过你们!"谁也没料到,老七的西瓜刀竟挥向自己的脖颈——多年后,天灯下改为菜市场,一马长廊,都是菜摊,上半条街满是鸭屎臭味,下半条街鱼腥弥漫。地上一年到头潮湿、污浊、烂菜叶子随处都是。博林烤禽店在这里出了名,煌上煌烤鸭在对面叫阵,南昌食客闻风而动,谁没尝过这两家店的滋味?谁又会留意,那个拄着双拐的沉重身影,尽管衰老了,仍在天灯下踽踽独行?

万岁馆

江西展览馆前身——万岁馆——是六十年代举全省之力,为向领袖表"忠心"所建,位于南昌八一广场(仅次于天安门广场,号称全国第二大广场)旁边,气势恢宏,外形与首都天安门广场旁"军博"相似。馆顶至今仍有一硕大立体红色五角星,背衬圆形托部。据当年设计万岁馆的健在者透露:五角星后面包裹的是巨大的领袖头像,为景德镇烧制彩瓷极品——其面积之大、技艺之精湛,古往今来无所逾者,乃真正的"镇馆之宝"。而万岁馆前两组大型群体雕塑,一边为全世界无产者联合起来,另一边为工农兵群像,亦为难已超越的雕塑精品——我印象中八十年代初,去广场书店时出南门,还在雕像下的阴影里避日晒,吃冰棒,不知不觉便不见了。

生米街

二里长,跋涉了千年之河——包括乾隆品豫章茶点的松柏园、曾记米铺、鞋庄、杂货店、若干酒馆和饭铺、四家花楼——18根扁担挑着新碾的稻米担子,脚下生风,一股劲,挑到了赣江码头——1941年,军统特工筹划暗杀生米街日军伍长丰田寿夫,遭到脚行18根扁担——18

上午十点钟，老街记

个年轻力壮的码头挑夫和其"把头"——我的一位前辈亲戚的舍命阻拦。距生米街五里的塘南,因杀日本兵遭报复性血洗——占领军宣布若再有士兵被杀,必致以毁灭性报复。18根扁担死命相抗——阻止生米街的毁灭性劫难发生。是夜,月明星稀,江风舒软如绵,带着鱼腥和稻火的气息——丰田寿夫沉匿于花楼香帐,18根扁担环伺于楼下,并将潜行于夜色的军统杀手一举击杀——一支烤蓝的德国造驳壳枪悄无声息地扔入古井,如同一个滑向深渊的记忆,被模糊的暗影裹挟着,越来越紧。丰田寿夫性命苟延至日本投降,平安回国——投降军闷着头却仍是咔嚓咔嚓地从生米街青石板走过,顽童的碎瓦土块奔突地击撞到兵士的脑瓜、肩胛、腰背,皆跌落下地,冒出尘埃,直至复归泥土的静谧。我那位前辈亲戚为护18根扁担独自担罪,遭国民政府以"汉奸罪"处决。国民政府在大陆垮台了,新政府追认他为烈士,因为他杀了军统特务,保卫了地方——生米街无恙。多少年之后,南昌兴建九龙湖城区,生米老街周围被楼盘与工地包围,推土机、铲车日夜轰鸣,老街危在旦夕——而此刻南方冬寒未尽,我所触及的静物,沉厚,冰凉,内藏隐忍的纹理。就像我在写作的小说《生米街》——时在2020年2月5日,新型冠状病毒肆虐各地,感染者已破2万,南昌149人确诊感染,早晨防控应急指挥部急令南昌市所有村庄、小区、单位,实行封闭管理。全城街道灰寒一色,空荡无人,只有冷雨寂寂。

砂　霸

昌北不远的新建刘家村,现在是红谷滩新城区丰和大道的建设大厦。村子早不见了,"刘家村"也就成了一个公交站名。地铁二号线开通,这一站叫雅苑路,刘家村连名字也彻底消失了。我住的红谷世纪花园距刘家村不远,旁边尚保留着一处城中村地带。原村民做的房子都是二层楼,也有高层,下面都开了酒店、旅社、麻将馆、台球室、沙市小吃、煌上煌烤鸭店、中国电信收费点、五金门市部、旺中旺超市、驼子茶馆等,俨然成了人聚闹市。屋与屋之间自成街巷,路旁有个肉摊,老板德子,原是刘家村的。每经过,皆招呼我称肉吃。三来二去竟跟内人扯上了一点亲戚关系。这其中牵涉的中间人物就是原刘家村村长——通常称村委会主任——刘兴业。我过去从岳母嘴里多次听到"兴业"这名字,岳母总念叨兴业有"义"。不像她的一些侄儿,有事求上门,事后不认账。刘兴业是岳母妹妹的女婿,也就是说兴业的老婆是我内人的表妹。得知这层关系,肉摊老板德子竟亲热地叫我"表姐夫",渐渐又把"表"字减了,干脆直呼"姐夫"。叫得我有时不买他的肉,都油然而生出些惭愧来。

我想说的不在德子,是兴业。说白了,兴业在地方上是一"霸",原是昌北赫赫有名的"罗汉",当年没他摆不"平"的事,曾有两支枪,一长一短,多次进"局子"。人提他,都忌惮三分。

那些年城市发展快,建房修路什么都需赣江的砂石,地方各处就出现了"砂霸",垄断一方沙石开采及市场。当时兴业带村人在赣江采砂、运输、供销"一条龙",几乎垄断了昌北的沙石。为争江边的采砂地段,他提着自制土枪,率村人跟别的"砂霸"火并,是打出了地盘的。村人也跟着他干,便致了富,这富的第一桶金自然像《资本论》里说的——"每个毛孔里都流着肮脏的血。"村人尝到甜头,自然选致富带头人兴业当了村长。那会儿,赣江边有他的采砂船日夜运作,江里有运砂的铁驳船满载着不停跑,城市愈发展,他的生意愈兴旺。兴业的对头眼红,不死心,跟刘家村占采砂权,争不过,几次花钱买凶,要"做掉"兴业。为防不测,兴业雇了保镖,其中一个是他妻弟强哥。强哥身高人瘦,却猛悍,身不离刀。对姐夫极忠,尽得兴业信任,常带他接触各方老板谈业务。强哥有心,都记下了。清明时节我同妻去岳父坟上扫墓,每回骑自行车过昌北,经堤上一红砖二层楼前,见一女子不是在洗衣,就是在扫地看护孩儿,那正是妻的表妹九莲。彼此招呼,就要我们进屋坐坐,妻往往问兴业在吗。九莲只说他忙得很,少落屋。我们是要赶路的,有时只站路边扶车喝口茶,便谢过继续赶路。回来再经过她家门时,门开着,人却不见了,妻笑道,九莲该是又去别人家打牌了。后来扫墓走的还是那条路,那红砖房竟不见了。原来兴业已砌了新房,距堤上路头有着隐约距离,隔着树林,经水塘中一条土路方可到他家。妻问过九莲房子怎么建在那种地方。九莲大大咧咧,说兴业怕人找上门来杀他,他坐楼上便能看见路上来的是何样人物,以便防备。据说杀手没找上门,乡派出所刑警却从那条路上扑了过来。兴业早瞭望到,赶紧下房拎一管土手枪从后门小路溜之大吉。晚上从电话亭打电话给所长,你收我对头的钱,找我麻烦,我杀你全家!所长大惧,知兴业是不要命的罗汉,答应彼此各

砂霸　173

肉铺,南昌不是吃素的

放一马。兴业大摇大摆回来,开始驾一辆藏青色桑塔纳,再开丰田,又玩上了黑大奔。保镖强哥也开上路虎了,兴业就冲他说:"嘿,你比姐夫还吃价!"强哥堆笑说:"不都托姐夫的福嘛!"兴业就嘿嘿笑。

印象中1980年代我在射步亭岳母家是与兴业打过照面的,他骑的红色摩托停在射步亭2号门口,车轮上满是黄泥浆。兴业戴墨镜,西装,颈脖子上粗黄金项链,个不大,与传说中的凶悍不搭架,倒像个县城小阿飞。谁知道他却是昌北大名鼎鼎的罗汉。见我岳母,他极恭敬,行晚辈礼,跟九莲的口径一块叫"姨爷",这"爷"字很有意思,过去我只听过叫"姨妈",没听过叫"姨爷"。"姨爷"是对姨妈的隆重尊称。曾经一度兴业带人械斗,杀坏了人,他跑到岳母家避风。岳母是仗义人,也没告诉儿女,那时她已七十多了,儿女各已成家,她老人家一人住射步亭。兴业投奔,她大度收留,避过风后,我们才知道。从此兴业更敬我岳母,每年过年,必让九莲带些好东西给姨爷拜年。九莲总是"上七"之后来,避掉乡下人。九莲开朗,跟表姐们也话多,每次叽叽喳喳个没完。她跟兴业有三个儿子,两个参了军,老幺跟兴业做"生意",兴业近期又从外面"抱了"个女儿。说是有人放在门口,他看着喜欢,就抱进了门,也确实喜欢。九莲推断是兴业跟相好的生的,也不计较,当亲女儿养。九莲勤快持家,唯好打牌,输到不小的数目了,被兴业发现,挨一顿皮带,打得面部不成人样,被赶出来,又不敢回父母家。九莲老爹李蹲街,即我妻的姨父,也是一老罗汉,以赌闻名,吃食讲究,死物不吃,死鸡死鸭瘟猪肉绝不沾筷子,这在乡下已是少有。他扬言"三里之内有女人他不去,十里有赌博他必脚底抹油——赶得去"。妻对我说姨父李蹲街赌赢了,带钱回去,姨母必煮一碗肉丝面犒劳;铩羽而归,必被姨母撵兔子般从前屋打到后屋。兴业当年打架收监,老罗汉李蹲街也因赌被抓了进去。李蹲街一眼看上了小罗汉兴业,出来后死活要女儿九莲嫁他。兴

砂霸 175

业当了村长,李蹲街跟着得意,逢人就炫耀,说我没看错兴业这罗汉,九莲没嫁错人。这话就堵了九莲的回头路,无论老公兴业如何,她都得认了。九莲挨了老公的打,回娘家李蹲街是肯定不会接纳的,就只有找到射步亭,投奔姨爷哭述。姨爷心疼外甥女,一边责备她赌牌,一边说下回见了兴业要骂他。过了十天半月,兴业骑个摩托车,车轮子带着黄泥浆停在了射步亭门口,仍是戴墨镜、粗黄金项链,手里拎着点心进来。先给姨爷问安,说家里小女儿等娘,要接九莲回去。姨爷口气硬,说你发个誓,再不打九莲了,吃个饭再走。兴业说,只要九莲不赌,我不伤她。姨爷就叫九莲表态,九莲嘴里诺诺,兴业放下点心,带着九莲,饭没吃,就摩托一阵屁响地走了,姨爷只觉九莲脸上飞红着一片喜色,就叹了一声。

我后来从妻嘴里得知,九莲回去,好了一阵,赌瘾又犯了。兴业照打不误,一次狠过一次。九莲也出走过,兴业就找岳父李蹲街,让他交人,强哥也劝姐姐。九莲无奈,只有回老路。一边赌,一边打,终被兴业赶了出来。九莲说兴业变态,生意被人抢了,他用烟头烫她。不伤她脸,她一撸袖子,都是一个个烟头烫伤。兴业把外面的女人带到家同居,怀疑强哥跟人勾结,"黑"了他,生意江河日下,砂船也抵了出去。强哥跟他翻了脸,自立门户,红谷滩九龙湖大开发,他成立了一家公司,名义做房地产,实质是帮人搞拆迁,帮人要债,摆平烂事;又用原村里的几块空地做了物流、大市场,自己也成了集团董事长,家资几亿。一次我同妻去看李蹲街,他重病,说到这个儿子,颓灰的面孔突然有了得意之色,有点老太爷嘴脸,再提及兴业,他只鼻孔哼了一声,不屑得很。李蹲街还是死了,他早年跟我岳父交好,七十年代初一同倒卖过布票、手表票之类。岳父过世得早,没见过李蹲街熬到老太爷份上,两人只在一块度过了苟且偷生的岁月。九莲离家一直未归,兴业不允,扬言若进家门就杀了她。九莲说,那罗汉真做得出。三个儿子里一个跟人合办了"驾校"、一个跟部队师长做警卫员、一个在外面"混",小女儿读了大专。九莲却在杨家厂一富人家做"家政"服务,租屋住。偶尔大儿子会来看她,叮嘱九莲别回去,说兴业躲在家闭门不出,整天昏昏沉沉,扬言要杀这个、要杀那个,其实已成了废人;还透露,估计他吸粉,身边还有支枪。

我现在上班都得路过刘家村原址,九莲家的房子早已杳无踪迹,这里只有建设大厦、国资委大厦、雅苑地铁站、天河汇大厦,前面就是绿地双子楼,十几年前的人和事,仿佛前尘。我只有从肉摊老板德子每日早晨潦草的脸上,才依稀看见兴业曾有的一丝讪笑,如同光线里藏的刀。

拳　师

早先听说南昌民间练武的，打字门拳、小洪拳的多，也有打福州传过来的六合拳的。过去，我一小学同学王小哥，矮小如猴，就是打小洪拳的。记得他外衣一脱，露出里面破洞百出的酱红色绒褂子，就在冷清的路边，腾挪躲闪般，打起拳来。这位小哥儿打拳多在夜晚阴郁氛围，不是阳光锃亮时刻，一套拳打下来，我顿觉他精神抖擞，英武非凡，就有亮光，便每觉自惭自卑得很。在我上课的小学，他打架功夫第一，都知他会几路"活手"（拳术），没人敢碰他。我似乎居二，靠韧劲和灵活扳倒过学校的"打架王"。王小哥家住我家所在的市委招待所旁边的"科技情报研究所"——那也是一幢阴郁的两层灰砖旧房子——我问他拳是跟谁学的，他只说"师父"，却从不说师父是谁。一度我以为他师父就是他爸，他爸有张赤面，冬天也穿件天蓝色褂子，袖里藏一瓶没牌子的白酒。后来得知他爸是赣江驾船的，纯粹一酒鬼。我自是也想拜个师父学一手拳的，无奈王小哥门堵得紧，不吐露半点乃师口风，断了我的念。我有心偷学他的手段，他似有防备，每次打拳极快，我只觉得眼花缭乱，没及看清招式，他已收了拳，有点炫耀的意思。我脸薄，觉着没趣，也就没跟他玩下去。只是"师父"一词，脑中记得稳，且神秘，只认是玩武术的高人。至于厨师、理发师、木匠、裁缝、泥水匠、棉花匠等"七行八作"

"三十六行"里头,也认师父的,我一概觉得与武术师父都没法比,在我脑海里,只觉"师父",是武行专用名词。

近日我从民间资料里看到一些流行于本土的拳械情形,似乎江西的拳械甚多,变化亦不少,其中以字门、法门、硬门历史悠久,开展普遍,最为流行。当然,少林、武当、峨眉等拳种也有渗透。兹列如下,也算满足一下兴趣。

1. 字门:包括残字、推字、援字、夺字、牵字、捺字、逼字、吸字。还有练头、袖珍十八法、八法缠丝手、对练等。2. 法门:法门即赵家拳,有大盘、小盘之分。主要套路有单贯、双贯、二防、溜马、大金丝、小金丝、顺开折、反开折、连环步、三角抖、五虎穿裆、五马破槽、开胸破槽、蝴蝶扑地、木牛分筋、拉弓出杀、落地开花、走马圆滚等十八个套路。还有练头和十多个散手。通过走三角、打四方、踏六点、开八卦等走马形式来练习,主要用于实战。3. 硬门:硬门即岳家拳,主要有四门、勾白、大田门、小田门、八卦拳、猛虎拳、八门解锁、白菜切蔸、猛虎下山、五虎下西川、落地金钩剪、卧地割韭菜等几十个套路。4. 南拳:鹤拳、青龙拳、七子摇衣、七子梅花、流拳、五虎三经拳、练步拳、捆仙索、蟒蛇拦路。南拳诸种器械主要有刀、枪、剑、棍、流星、板凳、耙头、扁担、鞭、铜、狼牙棒、盾牌等。5. 少林拳:大洪拳、小洪拳、梅花拳、六路拳、查拳、三四五路心意拳、八卦拳、八极拳、潭腿、九滚十八跌、形意连环拳、少林脱战拳。少林拳器械:大刀、春秋大刀、青龙偃月刀、梅花刀、梅花双刀、四门刀、八卦刀、滚裪双刀、马单刀、三叉单刀、八卦剑、青萍剑、一二三路三才剑、夜行剑、杨门花枪、锁喉枪、劈挂断门枪、青龙棍、盘龙棍、滚堂扫子棍、四路查棍、猿臂棍、梅花棍、峨眉刺、虎头双勾、粉花双勾、九节鞭、三节棍、绳标等。6. 太极。7. 形意。8. 八卦。——有关暗器,乃是南、北两派拳种都使用的器械。主要的暗器有:飞刀、飞标。各种拳师在练习中,有一种共同使用的形式,就是对练,如梅花双刀对大刀、大刀对花枪、三才剑对练、白手夺刀对打拳、八极拳对练等。

少年学武找不到师门,几十年后,当我邂逅武术家万师父,心里是小有激动的。万师父是南昌城里的大拳师,弟子众多,武林中玩陈家沟太极拳的,应该多少都知道他。万师父的太极是柔中寓刚,藏着厉害的技击功夫。万师父的身架像香港功夫演员、成龙的大师兄洪金宝,但万师父不能叫万金宝,只能是万师父,这才好区别他是打太极的,且是不虚的高手。二十世纪九十年代的某一日,我正忙着编一张机关报,编辑部小,在机关二楼一间仅容两张办公桌的房里。每天来找我的人却是四面八方,是这家机关里最多的。包括来的电话,编辑部和人秘科合用一部,铃声一响,总是找我的。坐电话机前的小张几乎成了我的话务员,弄得我每次应声过去接电话时都有些歉意了。万师父就在这时被朋友引了进来,他龙行虎步,明显与旁人区别开来。

儿时听长辈说武林掌故,神乎其神。少年读《水浒传》,豪气满怀,那时没机会看到《三侠五义》之类,金庸武侠是后来的事。我早年是把《水浒传》当江湖与武林看的。林冲的枪术、棍术,武松和鲁智深的拳术,杨志的刀术,燕青的相扑术,花荣的箭术,无不令人神往。再诵及东坡"会挽雕弓如满月,西北望,射天狼",也都视作武人写照。每有神往,禁不住就想跟人动武,捉对厮杀。武从何来?便早晚和三五劣童,耍棍弄棒于庭前。及至读初中也是常干架的,侥幸得胜,突破重围,靠的都是乱拳——俗称"乱拳打死老师父"那种,无招无派,其时最大渴念,就是巴望突遇高人。扑通跪倒,口呼师父,纳头便拜。可从羊子巷、棕帽巷,到小金台、下水巷、豫章路、系马桩,除了见举石锁的傻汉、打闷棍的蛮贼、玩三角刮刀的罗汉,哪有高手的影子?及至岁长,也不知怎得,自己却成了个舞文弄墨之辈,少年侠气似乎消磨殆尽。偏偏此时,朋友引见了万师父。

据个人经验,貌似太聪明者,多聪明在小处。大智或身藏大技者,往往貌浑朴,甚至看似木讷。民间所说"真人不露相,露相不真人"。时见万师父,五十挨边年纪,壮实,厚重,却有张富家翁似的笑脸,尤其一双眼,笑成一条缝,有佛相。我握其手,绵软,如一掌笑意,极舒服。是时天热,万师父白衬衣,蓝长裤,衣下摆不像常人那般都扎腰里,显出些罗汉肚,衣摆仿佛带风。

待坐下,我提了个幼稚问题:太极拳是否算武术?——我见他名片上有"江西省武术协会"称谓。万师父说就是武术,且是用南昌普通话,我们称"塑料普通话"说的。进而问:"能技击吗?"他说:"太极的特点是以柔克刚。"我一开口,万师父就知我于武道十足外行,但他答得庄重。脸上虽是笑,话语间已见严谨。出于对武道好奇,我竟天真如孩童,净问些肤浅之事,仿佛又回到了劣童之年,万师父一一作答,端是大气。

弄文的人,十之八九懒散,少运动,多静。坐下读书写字,多是不知世上尚有"疲倦"二字。人到中年,就有不适处。尤其颈椎,每伏案,头颅沉重。万师父劝我赶紧动起来。朋友说万师父每周六在人民公园授徒,意思让我不失机会拜师。万师父也笑道你想学只管来就是。

我听人说,北人彪形,身高腿长,于拳之中多擅腿法。比如北派螳螂拳中,"扫堂腿"也是很厉害的。吾南人身材相对矮小一些,故重在贴身短打。手法严密迅捷,尤重于施寸劲的瞬间爆发力。

我起过跟万师父学拳之念,终因起不了早,机缘也就错过。记得那次与万师父分手,他赠乃师武术家马虹所编的《陈氏太极拳拳理阐微》二册给我,其中有写他拜师学武经历的《八千里路寻师记》。我当时郑重接过,嘴里说一定好好拜读,后来单位搬红谷滩,书却不见了。但我从朋友处看到万师父参加深圳国际武术大赛的录像,他在擂台上将三百斤的俄国大力士摔倒的精彩过程尽在其中。所谓过程,也只是瞬间,只见万师父转身出手,就把大力士放于地下——使的就是拳术中寸劲的爆发力——外在绵柔而内隐金刚——一位诗人朋友这样形容太极。我才明白万师父是真正武者本事,不是虚的。现今武者,不是在江湖道上混,跟流氓打打架那种,是实打实在擂台上,两不相认,出手就知是真功夫的,高手对高手,实打实比拼,看谁站着,谁躺下的那种。

万师父到云居山参拜虚云与海灯法师同堂坐禅讲经说法之地,极虔敬,在千年古刹名山真如寺走架,俗称"打拳",他打的拳是陈氏太极拳正宗老架(大架)头二套,由世传太极拳第六代祖师陈长兴将太极拳开山第一代始祖创编的太极拳5路、炮锤1路、长拳108式,精炼成太极拳拳一、二路,由父传子一脉递传到第十代掌门人陈照奎,最后定型,完整传出,即马虹整理的《陈氏太极拳体用全书》《陈氏太极拳技击法》《陈氏太极拳拳理阐微》,近数十年来陈家沟太极拳发祥地又把这承传四百年,历经十代宗师不断发展、创新、完善并保持固有传统技击特点的老架头二套第一路83式、第二路炮锤71式,也作"新1"——由太极拳第十代掌门人陈照奎传人马虹大师亲授的传统绝学。万师父边走架、边体味,在云居山的佛学气场中幡然大悟,"练拳万遍功,灵犀一点通",从中领略到太极拳正宗拳术的无穷魅力,令他的拳术又获精进。

过去以为挟武技者,多是少文,万师父虽是武痴,却精于文道,苦研武学精要,每有领会,皆形之于文,发表于《武林》及美国《太极》诸刊。我读其文,亦是佩服。万师父六岁开始习武,先后师出胡方锡、马虹等武术家,其擅长江西岁门拳、法门拳。南昌老话说"练武不练药,到头痨病壳",万师父自是对伤科丹药亦有研究,注重对陈氏(照奎)家传老架大架头二套及推手研究,多次赴石家庄、陈家沟并请马虹到江西传拳。万师父亦屡组队领队,作为教练参加国际太极拳年会赛事,获金牌14

枚,银牌8枚。过去习武者,求名,亦怕出名,名声在外,自然引人上门比武,不死即伤,也无处可告。哑巴吃黄连也得认。万拳师于武林中的名声自是远播,有没有人登门叫阵,他没说,我也没问,虽然心里有好奇,却也不敢过于唐突。我与万师父相识时,他正在盛年,和和气气,真一派气定神闲。他藏着一身功夫,又有这么一副沉潜得住的好涵养,都是过去武学中人所强调的,他都有了,是不可能轻易与人动手的,即便出拳,也是在光明正大的赛事擂台上。南昌不远的靖安,有宝峰寺,宝峰寺主持一诚大师是继赵朴初做了佛协会长的,宝峰寺亦是中国佛学院所在,万师父受邀做了宝峰寺武术总教头。他的弟子做东,请我们聚过数次,见其弟子各种身份者有,亦不乏为官者,皆对万拳师执礼甚恭,如对严父。老武林人的规矩在他们身上都在,一个"逝去的武林"俨然仍活在民间。每与之聚,万师父跟我们饮酒,谈书法、气功、禅宗、八段锦——他坐在我对面,气定神闲,如一座小山。我就想像我这样的,就加上在座的圣兴兄、养空,也扳不动他敦实的身板。他的拳术,让对手绝望。万师父也盛请我和朋友去宝峰寺玩,终因各自都忙,没去成,也就逐渐疏于联络了。只是每有所念,会想到这个朋友,心里总是有暖意的。庚子年春节,新型冠状病毒于武汉暴发,肆虐各处,人不外出,以防感染,天天宅在家里。翻到一本2004年第12期的《武魂》杂志,内页已发黄、脆弱,封面赫然就是万拳师白衣飘飘,马步云手,威风凛凛。内有其探讨武学之文——摆战"长蛇一字阵",管中窥豹话"单鞭"。

　　于今算来,万师父也年近七十了吧。应安好。

大　叔

　　好多年没骑自行车了,那天经过豫章后街,我仿佛看见两个人,各骑一辆车,一前一后飞快地从老南昌晚报社门前的马路穿过,掠过原电影机械厂(现柴米油盐酒家)——这家厂因有"电影"二字,当年曾给我太多联想,而"机械"二字,又硬实地把我拉回现实的地面,就是制造机械的,跟一般工厂没什么差别。我疾驰而去——两个熟悉的影子,一个是父亲,一个是我——那是二十多年前的幻象。在这个幻象里叠映着叔父秋璋清瘦的面容。

　　叔父秋璋是个能人,和大姨父一样,都是老一辈大学生。大姨父在"江柴",叔父在"江脂",都是技术出身。一个做工程师,一个做"总工"。这两家厂,七十年代在南昌都是有分量的单位,地处城北偏东地带,一在青山路立交桥这头,一在那头。青山路在工业年代是南昌许多大厂所在地,"江柴"(江西柴油机厂)、"江化"(江西化纤厂)、"江脂"(江西油脂化工厂)、"江纸"(江西造纸厂),乃至"江齿"(江西齿轮厂)、"江纺"(江西纺织厂)等都在这条沿线上。与城南青云谱地带的"洪都""手拖""江东"等大厂分庭抗礼。这些大厂多创办于五十年代,其人逢人说普通话(是外地迁来的)。那时一些厂区的工人及家属在南昌似乎都自觉有些高人一等,找对象谈恋爱要求也高。工厂的蓝色工作服是当年的时髦装束,无业青年、知青、下乡回城者,都以能有件工作服穿为荣,仅次于黄军装。现在青山路那一带老厂房改造成了"樟树林文创园区",却也冷清,只有几家酒店在营业。叔父家原住在青山路立交桥头一幢六层红砖房的顶楼,是二十世纪八十年代单位分的宿舍,正对马路。那时南昌住房紧,能分到这般上好的单位房,多是单位首脑。我家一度住过青山路与阳明路及八一大道交叉路口旁的一幢楼里,记得一年冬天,南昌大雪,我在胜利路妇儿用品商店上班,每天骑自行车来回。那日下班我到射步亭女友家小坐,她父亲从农场拉了车大白菜回来,当时蔬菜供应紧张,女友让我将一颗七八斤重的大白菜夹车后座带回去。天寒地冻,路面积雪成冰,不时有人滑倒,我扶自行车夹着大白菜,一出射步亭巷子就连车带人滑倒,大白菜砸地上滚老远,我从胜利路、叠山路、阳明路到青山路——一路上不知摔倒多少次,几乎连滚带爬才将车和大白菜带回家。我家搬离青山路口不久,那幢楼就拆了。而当我骑自行车或坐公交偶尔经过青山路立交桥,大叔家还在那儿,我都会仰头往那看一看,看见阳台上有几盆花,晾着衣裳。一次也没看到叔父或其家人身影,后来,都不见了。

家父排行老大,有四兄弟,秋璋叔排二,我们却叫他大叔。大叔程秋璋似乎从没胖过,总是一脸笑,身子看似单薄却精神。记得我们家下放松湖时,大叔下乡来看我们,送给我一把能将子弹打出很远的左轮玩具枪,是从上海买的,黑漆崭亮,造型毕肖,两颗子弹是插进枪管的长杆,头带皮吸盘的,打在木门上砰的一响,子弹就吸在上面。这种玩具枪,当时是很高级的,价格不菲。印象中那时的大叔还是小伙子,正值谈恋爱年纪。我六岁时,一次站在锦河边放了一枪,精贵的两颗子弹的其中一颗,我眼看着它直射而出,飞出一道弧线,落在河里,消失了。那情景至今记忆犹新。

老墙、岁月、光与影,它要拆掉了。阳光下空荡而寂静的午后我拍下了它

早年大叔，印象中他喜戴鸭舌帽，穿对襟棉袄，骑一辆半新的二八自行车，人有些风风火火，忙来忙去，说话也快。跟父亲说话总是带笑的。父亲对他多严肃，仿佛在大哥眼里这个弟弟嬉皮笑脸的，总是不靠谱。哪怕他是大学生，做到了工程师、总工程师了，仍觉他不踏实。大叔自不计较，他几兄弟从小都是大哥带大的，知道大哥一向对兄弟从严如父。而他们的父亲——我的祖父是不管家事的，他在戏园做琴师，白天泡在茶馆里，晚上在戏园操琴。家里事务（包括祖父的哥嫂一家，当时他们兄弟两家住一块儿）全由祖母操持，十分不易，所以父亲兄弟几个都由大哥，也就是家父照看着长大成人。大叔秋璋个性活泼，按南昌话说，就是"得转"，但这仅相对父亲几兄弟内向的性格而言。除了大叔话多，父亲和三叔、四叔单独坐一块儿，几乎都没什么话。大叔能找话说，且总能说个不停。父亲就说他"白雀（话）"。大叔乐观、豁达，人却傲气，开起口来，两片薄嘴唇刀一般风快，可谓能言善辩，他在化工专业上也极钻研，能力极强，四十几岁就做到江西化工厂总工程师。父亲却说他这个化工总工程师连块肥皂都做不出来——八十年代后期南昌居民日用肥皂紧缺，大叔所在的化工厂生产的"洪都肥皂"是市民的"翘首"货，求之难得，是故父亲当时有此说。

大叔、婶婶是大学同学，都在一个厂子，大婶也是搞技术的，两口子知识分子气息浓，家父虽也读了不少书，却是典型那个年代的干部，看不太惯知识分子那种"小资"生活习气。婶婶不做家务，家里做饭抹洗由大叔全包，家父对此是有责备的，意思是他忙里又忙外的，一个大男人太宠老婆了。大叔只是嘻嘻笑。七十年代，父亲被"隔离"，大叔经常会来看我们——那时的日子总像是天空灰灰的冬天，很漫长——大叔、姨父、大舅舅们在艰难年代给了我们亲情的温暖。

大　叔　187

大叔、婶婶在单位都是有些知识分子傲气的人，尤其大叔与厂长不太和，人家都不太"待见"这位"总工"。到了九十年代，各地都在谋发展，挖人才，大叔也成了"抢手货"。广东数家厂子都开出高价要他去，他没跟父亲商量，就毅然"南下"——接受了江门一家企业聘请，带着儿子去了广东。一年后，我的堂弟（大叔的儿子）来豫章后街芭茅二巷找上门来，告诉家父，大叔病重，危在旦夕，已回来治疗，在"江化"厂医院。父亲当即同我各骑一辆车赶过去。当自行车骑出老街巷，穿过南昌晚报社，过马路到电影机械厂，飞驰上阳明路，时正年轻的我竟跟不上五十多岁的父亲脚踏车的速度。

见到大叔时，他躺在医院的床上，人消瘦得不成样子，人处于昏迷谵妄状态，眼睛时而紧闭，时而睁开，嘴里却在喃喃自语地重复一句话——"每个人都有最后的时候……每个人都有……"——我至今记得很清楚。父亲极难过，不停地摸大叔的头。我不发一言。堂弟和他姐妹守在身边。我不知那次是怎么离开的。次日得知大叔好转了许多，我和父亲又去看了，他能认出我，跟父亲说了不少话。我担心他是"回光返照"，医院说不是，可能是药效对路了。回家的路上，父亲心情明显轻松了一些，但还是埋怨大叔不该任性去广东，他分析大叔患病原因一是在广东过于劳累，二是水土不服。我也认同。十几天后，大叔病情看似稳定了，就回家养病。他急切地要儿子回广东上班，还叫一时因企业停工、暂时赋闲在沪的四叔过来照顾自己。大叔让儿子买了两箱苹果，准备带去送给广东的合作伙伴。他不放心一路上儿子怎么拿得动这两箱苹果，就躺在客厅的床上，欠着身子，仔细教儿子怎么打包、怎么背，最后让儿子拿起来在客厅走一遍，自己才放下心来。

四叔在南昌照料了大叔一个月，大叔担心四叔上海的家人记挂，让他回沪。临别，他将自己一套没穿几次的西装，一双新皮鞋，要四叔穿上,并叫他在客厅走走,让他看看。四叔照办,大叔看着,露出满意的笑容,说:"我现在瘦成这样,已不能穿了,你穿去吧!"四叔说:"身体恢复了不就能穿了嘛!"大叔只是笑着,摇摇头,硬要送给四叔。四叔也知道那是他最好的东西了。

不久,我又跟着父亲急匆匆各骑一辆自行车冲出豫章后街,从南昌晚报社前的马路穿过,飞驰上阳明路,朝青山路急奔,父亲踏着车又是奔在我前面,拉出一箭之地,他拼命地踏着车,风中是大叔秋璋病故的消息。

保 义

步行街再也看不到一个腿有点跛，戴一顶长檐帽，弯着身子，闷头修着破碎路面的老头——他专注的样子，仿佛裱画匠在修复古画，钟表师在修复时间——往来的人群像是不存在，天空没有鸟飞过，那些华丽的腿，各色运动鞋和皮鞋，带起的轻尘，混合在他抽的劣质烟雾里。他偶尔揭掉帽子，头发如一把乱草，满脸沟壑，眯缝着眼睛，享受一下吐出一口烟圈的快感。这时人会看清——他是射步亭巷的保义，我叫他大兄。这一带街巷很多人认识他，都是几十年的老邻居，但不跟他打招呼，就像他不存在一样。在这条街上，保义是卑微的，卑微到了尘土里。他是步行街的护理工，他可以从早上天亮就出工，直到晚上天黑得实在看不见，街灯也照不到他要修理的沟槽缝了，才收工，像个日出而作、日落而息的农民。

保义说他命硬，做木工出身到做泥工，手里都是提着刀斧的。保义跟我说过他下乡遇到"鬼打墙"的事，被他一泊尿就解决了。保义说，人走夜路，肩上有两盏焰子，是保佑你的，头上有月，一盏天灯照路。若突然有两只脚搭夜行者肩上，千万莫回头，你一回头，就会被咬断脖子，那是狼呢！我记住了。

保义早起一出射步亭，就能碰上一个嘴里唱着"大跃进"时代歌曲的驼背老妪，人取外号"三面红旗"的——"三面红旗"一度在胜利路颇有名气，她家的故事也广为人知——"三面红旗"过去是给人做童养媳的，后来翻了身，有了四儿一女，老大在建筑公司当干部，余三子参军。当公社敲锣打鼓地欢送"光荣参军"队伍到她家门口时，她见此情景，一兴奋，人竟神经出了毛病。她感恩，编歌谣整天在胜利路上唱"旧社会，真可怜，穷人没钱被人嫌。新社会，真开心，拿着布票买新棉。每天都像过大年"。"三面红旗"天不亮就起来，跑到胜利路一边口中念念有词，一边唱歌，直到天黑才回去。我曾经在胜利经常见"三面红旗"一人在人行道上自顾自地说着唱着，那时她已满头白发，一身洗得泛白的老式布褂，眼神空洞，似有白内障，据说她已看不清什么，但闭着眼她也将烂熟的胜利路走无数个来回，并且词不离口，歌不离嘴。但都是过时的词和歌。时间过了多少年了，"三面红旗"还仿佛停在那个久远的年代——人们都叫她"疯婆子"。而保义一天从早干到晚，有三十块钱收入，这样的活，也不是每天有。但他每次拿到工钱，都一五一十交给老婆，贴补家用——保义的老婆，唉，也不容易，是一农妇，没来南昌前一直在乡下管家、种地、带孩子。保义在城里上班，一周回家一次，有人旁敲侧击保义，让他多看着老婆。保义每天下班后就连夜骑脚踏车赶回乡下，天不亮又返城上班。辛苦了多年，孩子们渐渐大了，考虑出路，保义索性将一家子都拉进了城，挤在射步亭一间老屋逼仄的房子里。

保义长子兵兵到星火路（子固路）菜场支个小水果摊，每天起早，骑保义那辆破车，去城东果品批发市场，搭回一箱苹果，支在射步亭西头的菜市场，卖几个算几个——兵兵旁边有个水果摊，是对年轻夫妇，女的叫小周，每天出摊，还带着一个两岁的长得脸儿似红苹果的男孩儿。先是兵兵跟小周老公小王一块去打货，回来再支摊。小周人好，让兵兵将昨天没卖完的先端过来出摊，由她一块看着，多少也能占个早市。这

一日,楚入小巷竟发现民国年间的"石泉别墅",细辨门牌,胜利路355号,但它位于胜利路背后一条拆改后的无名街巷里,其别墅背后更有故事。我从隐身于门侧的居者表情里仿佛能读出什么

样兵兵打货不至于耽误。我此前就在小周摊上买过水果,她长得不俗,做生意麻利,谈吐都不错,一个孩子整天在菜市场跟着父母转,却也穿着洁净,小周不时教他说话识字。小王样子本分,穿黄涤军衣,大个子,能干,肯吃苦。小周得知我写作画画,她说自己也写过诗。后来据说小王由摆摊卖水果改为出租水果冷库,越做越大,算是发了财,两人却离婚了。此后我也接到过小周一个电话,说她在老"师大"旁边开了画店,可免费为我裱画,我似乎答应着,却没去过。保义的二儿子学了开车,其实是帮跑长途的司机打下手,赚口饭吃。老三学泥水匠,也只赚饭,不拿钱。老四到汽车站扫地,一月有个十来块,偶尔低头扫着扫着,也能捡到几毛钱。老婆在家做饭,也接些别人家的衣服洗。一家大小勤勤恳恳,苦着累着,都在卖力,备尝日子的艰难。保义是木匠,有过单位,好像是木器厂,小集体的,后来倒闭了。邮政路小学校长知道保义本分、勤恳,做事踏实,请他做了一段时间教室课桌椅的维修工,后来校长退休了,没人罩他,保义像一泊痰,被人吐了出来。他在学校修了两年桌椅,打了无数条桌子凳子,临走只带回一只用边角料做的,平时坐的小机子。射步亭公安宿舍有个女政委,怜悯保义,就在宿舍大门口焊了一扇铁门,聘保义守门兼收发,让他有点收入。胜利路改为步行街,人造大理石路面,走的人多,不知是人踩的,还是石料差,没几个月,多有碎裂,像武功高手用脚跺裂的。设在步行街中央射步亭的管委会就物色修理工,有人推荐了保义。找到保义,问干不。保义有些为难,说要问公安宿舍的女政委。人家说让你老婆看门,你出来做不就行了吗?保义点头,他老婆就到公安宿舍楼门口小门房支了个炉子,看门兼做饭。人进出扶自行车,碰到炉子,就骂得难听。女政委听到,就叫保义收了炉子,到门房里接根线,用电饭锅。保义是感激的,从长子果摊拿几斤苹果去谢,人家不收。逢周日,儿子们都来吃饭,门房小,坐不了,就在门外架了几个凳子,保义割了猪肉加豆腐泡红烧,一家或坐或站吃着,香气也诱人。邻居老黄过来就嘲笑:"保义,你家小康了。"保义就说:"托福托福!"

保义老婆,我见到是叫大嫂的,人不坏,对孩子和邻居都好,却对婆婆刻薄。婆婆看着儿孙的面,忍受百般委屈,尽大力帮他们,保义老婆总觉得是应该的,天经地义。一次挑衅,竟把老人打伤住院,邻居都看不过意,劝保义给老母亲赔不是。保义却倔,夜晚拎根绳子跛着腿,在天井中走着,指着灯骂:"我赔根绳给她上吊!"人都知道保义怯内,却没想到会到这种地步,便说他浑,吃了朱砂。保义有个弟弟,长得一表人才,人叫他喜子,住在城东朝阳,是个义气人,给人以耿直印象。保义母亲更喜欢小儿子一些,喜子来看她,两人喝酒,母亲给他先筛一大碗,自己一小杯,有说有笑。母亲对身高一米七八的喜子叫"细仔",是含怜爱的。保义老婆打了母亲,喜子操一把钢棍伞就要跟大哥拼命,好在我闻讯赶来,把他强行拦住。事情平息之后,保义渐渐也有了些开窍,喜子也就不计较。毕竟是兄弟,喜子也知道大哥保义遇事头脑往往不清醒,当年父亲被划成不好成分游街,车过胜利路,保义拎一根木杆从射步亭冲出来,像条疯狗,要抢下被押着游街的父亲,被民兵用枪把子打个半死,扔在街上,是喜子哭着把哥哥背回来,一条腿从此跛了。原先一个喜穿红毛线衣的李家巷女子是看上了保义的,保义跛了,这事也吹了。父亲押回乡下生米斗门村改造,顺便给保义结了一头乡下的亲。保义的命运也由此低在尘埃里。

保义一家似乎就是在人的怜悯与鄙夷中过着,四个儿子有三个成了家。老四也成年了,跟着大哥卖水果,城市开展"创卫",菜市场卡得最严,街巷露天的眼看要被取缔,老四就急。人说景德镇有事做,老四挟几件衣服就去了。一个月后,邻居拿《江南都市报》铺在保义面前,说上面登了一桩案子,死者从楼上被人推了下来,没有身份,样子有些面熟,像老四。保义一看,老泪纵横。跟长子兵兵去景德镇认了尸,当地公安只说跟人打架,不慎自己从楼上掉了下去。跟谁打架?是谁住的楼上?疑点甚多,回答就说你儿子吸毒,自找的!保义被挡到八丈远,当地叫他赶紧签字把人火化了,保义就抱着小儿子的一坛骨灰回了南昌。一条命,就这么不明不白没了。我去看保义,保义闷头吸烟,半天才说:"小四有点任性,我跟他娘虽宠他,但打死他,他也不会吸毒的!"说罢,又跛着腿,推起一袋水泥,去步行街修路。我随他走到巷口分手,我的心,隐隐作痛。

步行街照旧人来人往,谁也没注意到保义的存在,他甚至还不如街上的绿色垃圾桶那么显眼,但保义老了,他的影子越来越小。忽一日,就消失了——他去另一个世界寻找他的小儿子了。

遗忘记

> 不必担心被遗忘,我们是从遗忘别人开始的
> 那些如花似玉的名字也会衰败
> 何况你我,一些微不足道的尘埃
> 大地终将收回所有足迹,只有天空会留下星辰
> 它俯视众生,仿佛神的眼睛,一眨就是千年
> 那些后代子孙,都是以遗忘为代价,剩余的财产
> 如同祖先的泪水,在故土上荧光闪闪
>
> ——《遗忘》

近年经常在家忙碌的事,就是找书,有时记得那本书明明放在那里,可一去翻时,竟不在。十几架书,这一架找到哪一架,这间房找到那间房,这堆书找到那堆书。床头、书案、茶几、电脑桌、沙发底下、走廊、杂物架、衣柜上面,看似该找的地方都找遍,就是不见。找书虽烦恼,却让你将平时日积月累的书山都过一遍,虽是两手灰,有的书从买回来数年都没动过,早就积尘已厚,不是找书,甚至都忘了,便有意外惊喜感,这是找书派生出的乐趣。比如这时写《南昌记》,几乎天天都在找书。累了,烦了,才坐下来写两笔,一本书有时是在找书中完成的。比如这

时我竟意外找出了布考斯基的《苦水音乐》,克洛德·西蒙的《三折画》和他的《农事诗》,有的买来就没看,有的还想再看看。许多人和事,也是这样,有些不去回顾与重温,就真会忘掉,忘掉看似轻松,其实是损失,是人生链条的断裂,要修复,甚不易。我的写作,往往是在重温中再度经历人生,它使过往有了或深或浅的刻度。尤其所历经的人与事都像一本本书,也是故国命运的烙印。我会遗忘,却不敢遗忘。

有个笑话,说一胖子,体量大,爬楼,狠着劲一层一层往上,咬牙爬到顶层了,放下一粒芝麻,又下去了。开发商码楼也像如此,负贷爬楼,一层层上去了,却没那么容易下来,烂尾楼往往让开发商待在顶层,下不来,跳楼就见血。

现代的城市似乎是阴郁的,如同伯格曼的电影,他拍的影片《芬妮与亚历山大》中有相当精彩的表述。瑞典十九世纪的小说和戏剧大师斯特林堡神秘主义的叙事手法使伯格曼受益匪浅,无论是《野草莓》《第七封印》,还是《与莫妮卡在一起的夏天》《假面》,打破时空的意识流、繁复的隐喻和象征、交叉蒙太奇的运用,都创造出迷宫式的神秘氛围,使观众有犹入镜中之感。城市日益成为现代人生活的精神迷宫。人们变得阴郁而恍恍惚惚,如同巨大建筑与冷然的钢化玻璃上的镜像与投影,而那些玻璃与马赛克、大理石,又如同无所不在的哈哈镜撕扯着人们,把人们扭曲变形,仿佛城市人的无情嘲弄与反讽,人类创造了城市,又被城市所迫害——房贷、求学、就业、爱情、婚姻,人们在城市中苦苦求索,遍体鳞伤。无所不在的都市恶之花盛开在人造天国,伯格曼最后逃回了他的法罗岛,仿佛永远躲避城市与人群,隐居并终老在那个岛上。

我想起波德莱尔的两句诗,就像是写给伯格曼的赠言:"我独自一人继续练习着幻想的剑术,追寻着每个角落里意外的节奏。"

南昌人一向叫外祖父为"阿公",外祖母为"阿婆",祖父为"公公",

祖母为"婆婆",且多半小孩都是在"阿公"家,由"阿婆"带,我和姐姐从小就亲"阿婆",几乎由她老人家一直带到六岁,记忆里都是"阿婆"的慈爱。"阿公"是个乐天派,且有童心,他用手影在纸糊的壁上做鸡做狗,活灵活现,还模仿鸡狗叫,逗得我们直乐。我最早是从他嘴里听鬼故事和"七侠五义",尤其侠客飞墙走壁的本事是令我神往的。在我童年的想象中,羊子巷的小店铺和板屋该是侠客的出没之地,阿公的豆棚瓜架正可以让侠客施展飞檐走壁的本领。当然那只是童年视角,那时南昌街巷居户多是低矮瓦顶平房,现在看,人若攀上跳下并不难,想必古代的侠客就是在这样的矮屋上蹿上蹿下,那种飞檐走壁似乎也不难。远不及现代人的"蹦极"与"跑酷"厉害。但过去散发着霉气与潮湿味的板屋南昌只能给我的童年提供矮墙平瓦房上的侠客想象,那是属于夏天傍晚与冬日深寒之夜的意外慰藉。而羊子巷有个家里卖瓜子的男孩魁佬因善翻跟斗,善跳跃,被市体工队发现,成了运动员,拿过冠军,在羊子巷轰动一时,其家人与有荣焉,让老邻居们高看了很多年。直到魁佬年纪稍长,腰子硬了,玩不动竞技活了,便改行做了一家五金厂工人,后来效益不好,下岗了,他又承其父业,卖起了炒盐瓜子。邻居们打牌,输了的就乖乖去魁佬那儿买半斤盐瓜子,供赢家吃。

记得小时候,天下着雨,又是夜晚,走在象山路上,马路上没车,黑的,人行一截有大路面水泥拌沙子卵石的方块砖,一截是黑土,雨一下,泥土路就积水,父亲背着我不得使大步跨过水洼,路边偶尔有黄色灯光射到积水上,碎金般亮。那是零落的店铺,老工农兵医院不远有一处,卖些简单零食和酱油与盐,门里摆着紫色的大酱油缸。

六岁时,我随父母下放到新建松湖公社的兰溪,正遇上公社治血吸虫病。附近查出病的,都集中到村大队部的新瓦屋统一治疗,铺金黄稻草,男女都打地铺,自带米煮饭吃。我等屁孩哪儿热闹就钻哪儿,整天在大队部人缝中挤,见地铺无人,就打个滚,快活得很。记得有一邻村少妇,个高,肤白,着浅蓝新裳,抱婴儿哺乳,屁孩们都傻傻围一圈看。又见她在用几块砖搭的灶上置一锅,打一鸡蛋下去,竟然铺了一锅金黄,炒出一大碗来,馋人得很。大队部门口的石槽上,闲时人就坐一溜,东拉西扯,人的眉目话语都透着南方农民式的憨厚而狡黠,各有面貌。后来治疗结束,大队部剩一地稻草和尿臊味。

过去,一句"七门九洲十八坡"就把南昌说尽了。而今七座城门是早就不见了,在赣江与抚河间若即若离的九个小洲,八十年代还能见到几个,我去造船厂得坐渡轮到洲上。九十年代打缆洲上还有轮胎厂和渔户遗下的破船骸,进入新世纪,这些洲与洲之间的河流几乎填平了,仿佛无缝连接,开发起了楼盘,落户了江西电信公司、"独一处"酒店、"花样年华"夜总会、桃苑住宅区、外国语学校、百树中学、公安住宅小区、区委、区政府、东方巴黎酒店、洪城大市场、省武警总队等。"十八坡"在城中最典型的一段,是位于三眼井路口樟树下的那段马路,属于瑞金南路上自洋船头经樟树国药局(江右樟树,中药材集散地,有"药不过樟树不灵"之说,国中药都,与本省景德镇瓷都并称于世)、省赣剧团(赣剧以演出明代乡贤汤显祖"临川四梦"之《牡丹亭》,享誉华夏)。有一个叫陈俐的名伶,其俏丽扮相与唱腔优绝江右,恍若绝响。到三眼井与都司前街(元代都司衙门遗址),在十八坡眼前横陈的历史仿佛一下就拉到了中世纪。路口老邮局那一段,邮局有个报刊亭正设在高坡顶端,像个哨所。我一度住在里洲小区,拼命将自行车蹬上那个数百上千米的马路高坡,总要在报刊亭前停下喘口气,买一份《读者文摘》之类的报刊犒劳一下自己,上面总是登一些德国漫画家的小幽默画,常令我一笑再笑,那是一种可以连通世界的简单的快乐,它使我在城市马路上看到绿色邮筒和邮局都会面带笑意。少年时期我更喜欢骑着破旧的二八

遗忘记

老自行车从那段坡上面飞驰而下,享受风一般的感觉,"赣剧""元代""药都"在我两侧呼啸而过。我好像穿越了历史,瞬间经过几个时空,这是城市的魔幻,尤其是南昌这么一座历史悠久的老城。象山南路樟树下那一带大多是三四十年代的受欧式风格影响的老建筑,被门前人行道上枝叶繁茂的法国梧桐遮掩着,那些朝街的店铺有年深日久的老照相馆和化妆品小店、涂料店、化学用品店、家具店、小卖部、摩托车维修部等,待到新一轮旧城改造开始,人行道上的一排法国梧桐被锯倒,人们才发现那些街边老建筑原来有那么精致的轮廓与欧式雕饰,南昌似乎把它们遗忘了。那些老建筑居然保留了那么久,成为二十一世纪南昌拆除的最后一片街头连体的三四十年代老建筑的一部分。而在此后我曾在南昌妇儿用品商店知青门市部打工,每月须蹬三轮车途经此高坡到石头街的十八坡酒厂去拖十几箱酒到门市部,每回一车玻璃酒瓶在简易木箱里哐当作响,声音不绝于耳,在透迤起伏的路上,摇晃着青葱岁月。

八十年代,南昌"小香港"王家巷的"锅灌里"(个体户)走私过来的苹果牌牛仔,男式二十块一条,女式十八块一条。我穿的第一条牛仔裤就是在那里买的,港货,拎回家,沾沾自喜。老爸不屑,蔑视之,牛仔裤硬壳般的劳动布,两只直通通的裤脚,直裆短,腰长。老爸说:"那条裤子要躺在床上穿,两脚捅上天。"哈哈!果如是。

人人都想风光,而风光,恰恰是不能长久的东西,转眼即逝。

从朱耷,到陶博吾与黄秋园——在南昌我遗憾没接触到这两个人,一是下水巷的陶博吾,我家住瑞金北路145号时,他住的下水巷就在我家斜对面,那时是七十年代中后期至八十年代初,陶先生该在七八十岁,却是创作旺盛期。另一是系马桩小桃花巷的黄秋园,我家九十年代搬到三眼井,距桃花巷近,我去广场书店,经常从那小巷插过去,抄近

石头街最后的送信人，像是一阵风吹过，这条街不见了

路,只是斯时黄秋园先生已不在了,他的大公子良楷兄我们是熟的,他一度请我为其父写《黄秋园传》,我不敢答应,虽想写,却怕唐突了先生,不敢动笔。也就是说,我起过意写"豫章三人传","三人"即朱耷(八大山人)、陶博吾、黄秋园。他们的命运都乖张得很,我多年前就对老友傅侃先生说过,我想像罗曼·罗兰写的《名人传》(米开朗基罗、拉斐尔、贝多芬)那样,每人三五万字篇幅,必须诗意刻骨,且有里尔克《论罗丹》的隽永。此意不知能否实现,只是目前尚未列入写作计划。

一度主管市地方志办的老罗,行伍出身,曾经是个脾气暴躁、板着脸的家伙,做事也果决,在他手上将拖了若干年的南昌地方志各卷编全出齐了,我翻过,都是官样文章数据。有趣的是,老罗后来竟变成一个成天咧嘴笑嘻嘻,好像每天都在赔笑脸向别人表示道歉的人。我一次在抚河桥遇见他,他脸色仍是黑的,却隔着十几米就笑脸可掬地弯腰跟我打招呼,仿佛他欠了我似的。我记得的一桩事,是当年他在我谋饭的机关做领导时,就报纸的用稿问题,我是跟他拍过桌子的,他身为我的顶头上司,反而先笑着给自己一把梯子,下了台阶。隔几日,又问我愿不愿去个风景如画的地方,休息两天。我去了,是参加一个在梅岭"情人湖"办的学习班,神仙似的,很舒服。老罗毕竟老"江湖",也给我下了台阶,从此一笑泯恩仇。后来听说他走了,是肺癌,老罗是烟鬼,抽烟太凶。老罗是干部,在部队算写公文的笔杆子,转到县武装部当政委,又到市某机关,再到政府管地志办,他是军人作风,还有悍匪与江湖之气,哪懂地方史呢!

人类努力把自己的家园牢固地扎根在地上,却又渴望在空中建起乐园,以此摆脱大地引力的束缚,获得在一定高度的生命愉悦的飞翔——这是一种对天堂模仿式的追求,对彼岸的另一种补偿性抵达,所以楼越建越高,帝国大厦、金茂大厦、双子塔的复制、翻版,层出不穷。

人试图通过楼梯,不,通过电梯,甚至一站式电梯直达天堂。

过去城里人跟乡下是有藕断丝连的关系的,南昌人多有南(即南昌县)、新(即新建县)两县乡下亲戚,每至过年,必做好接客准备,这客就是拖枪挟棒的乡下亲戚,进门一大群,老老小小,驮笼挂袋,挑担提筐,里面装的是花生、红薯、冻米糖,筐里还有一正在屙屎的花母鸡。小气的,袋里塞着一把瘪不拉叽的干豆角,或几把红薯片。说是做侄儿侄孙的进城来给大姑拜年了,却是进城来蹭吃喝、逛街玩耍的。城里大姑不含糊,家里再穷,也要向邻居借鸡蛋,割猪肉,怎么的也要折腾出一桌一年里最好的饭菜。大年三十晚一家团圆饭往往凑合,鱼肉都是做做样子,是不能吃的,留着待客。小时候我就懂这规矩,仅一碗热气腾腾的糊羹,可以完满地吃下肚,心里美滋滋的。初一说是"清肚",吃素,大人说大年三十晚肉食吃多了,得清肠肚,故不能吃荤,其实昨晚将就得很,知道是将好菜留下来待客。待到初五、初六乡下亲戚上门拜年,从大到小,每人先得吃两个白糖水煮"秤砣蛋",这一敲下去,往往就是一筐鸡蛋,平日眼睁睁瞧着心热的,都落下锅到人家肚里去了。我等屁孩若获大人信任的,可按吩咐帮着端到乡下亲戚手里,乡下亲戚也穷酸,样子可怜。白瓷蓝边碗端在手里温热,里面两个白得晶莹的"秤砣蛋"煞是诱人,糖水甜香扑鼻,狠咽一喉咙口水,跑回锅边,里面已空荡见底。回头,乡下亲戚正吃得稀里哗啦,受用得很。大人恐屁孩垂涎得难受,便打发出去。外祖父常挂在嘴上的一句是"大人吞口痰,细伢子吞口血"。话虽如此,南昌的细伢子在乡下亲戚面前,还得让路,仿佛"乡下客"为大。但乡下人对"城里客"是另一番模样,自然也大有"客气"且"舍己"的,我到过一家乡下人家里"拜年",吃饭时,桌有鱼无肉,仅盐菜、青菜、霉豆腐,鱼还是放了很久的,已有异味,却完整,没动一下。新建县一带乡下,过年时桌上的鱼,是"听事的",不能对它动筷子。我发现桌下隔板内却有黄豆芽、烧豆干等还算好的菜,乡下人吃食固然省俭、抠门,可这家人显然对我等"城里客",还是留了一手的,透着乡下人的狡黠。乡下客吃"城里人"的,像吃大户般,总觉得你命好,下嘴也就实在。

蛋吃完了,乡下人便成群结伙出去逛街。这头就得张罗午间饭菜,大年三十晚上不能吃的鱼肉和新弄的菜都端了出来,待乡下人回来,大小都上桌,唯城里家人一边待着,大人即使是长辈也不上桌,只在厨房忙着,端上一盘热菜出来,大声招呼乡下亲戚吃,别客气,攒劲吃!乡下亲戚认为城里人好饭菜有的是,闷头狠劲吃。我等屁孩在一边心里苦,这下完了,桌上必风卷残云,什么也捞不着。这边人吃着,那边人正将一些可怜巴巴的"土产"从乡下亲戚的袋里筐里掏出来,换进去家里年前备的"年货",那多是屁孩眼馋已久却不能到嘴的寸金糖、酥糖、大麻枣、沙琪玛之类的"高级"点心。这样算是给乡下人做"换财"带回去,如若乡下人送来鸡的,还得夹上几块钱到里面,绝不能亏待乡下亲戚。大人的这等"作派",是一直遭孩子们"恨"的,谁家都一样,但也没办法。那年头,南昌城里人都是从乡下来的,谁也不敢忘本,尽管没有怎么翻身,城里日子也穷得很,但毕竟顶了个"城里人"名声,不能辜负了乡下人,且尽管乡下人对他们没有恩,甚至还抠门寡情得很,可南昌人竟如出一辙地大度。我小时候住羊子巷外公家,对邻里街坊这种情形烂熟,后来在射步亭,见岳母逢年仍是如此,乡下人就要挤破门,都是来自新建生米一带的亲戚。我祖上也在生米乡,却是上五代前就进城了,老家一个亲戚也不认识,来岳母家拜年的亲戚就热心为我提供线索,多不着边际。我听母亲说,过去祖母家住杨家厂,也就少不得乡下亲戚来的,祖父在戏园,家事皆甩手,一家老小人本就多,祖母还要在外找事做,家里吃饭都成问题,根本没法跟左邻右舍一般年年待客,乡下人来,只有清汤寡水,人渐渐也就不上门了。乡下关系也便断了。父亲一直当干部,很早就独立,对几代前的乡下颇不搭界,祖父、祖母过世后,我就更弄不清乡下的事了。按说,我家离开乡下早已过了"五服"。现在生米乡已是南昌省级机关重镇所在的九龙湖区域,皆高楼大厦,高铁西客站、国体中心、巨型青花瓷万达茂等都在那里,乡土早已被现代化城市覆盖,岳母故世所葬的坟地也被征用开发,建起了仿照瑞士的卢塞恩小镇,游人如织。

过年了,想买南瓜打热汁喝,妻说,过年家里有南瓜都要扔出去的,怎么还去买?我突然明白了,"南"谐音"难",南昌人过年家里是不留南瓜的。

"魏晋人物晚唐诗",南昌的墟土下是有着一个出彩的东晋的。一位朋友对我说,几年前,他在位于滕王阁下的古玩市场还淘到一只小玩意——玉斑马,是从南昌东晋古墓中出土的,不知怎么流入了市场,他说只花了六百元,算捡了漏。他还强调说,一般人不识,以为是仿品做旧的。在他手里,一匹不足巴掌大的玉斑马,使一个遥远的时代呼之欲出,如在眼前。最近我完成的一部长篇《浮灯》是写由东晋发生在南昌的事件引起的故事。将军渡、棕帽巷、万寿宫、青云谱、西山、笛圣桓伊、谢灵运、王羲之、许逊、温峤、郭璞,都是东晋的,可以说东晋时期是给这块土地盖了深深的戳印的,南昌当年从建火车站挖地基发现东晋大墓开始,到"旧城改造""城市改建"的过程中不断挖到晋墓及东晋贵族墓群,一个沉潜在地下的时代也许可以从逸出的一只小小的玉斑马中找到开启的钥匙。

这本书连头带尾写了两年,都是命中注定要写的,不写就放不下,像欠了的,写出来,心里舒坦,生命也开阔了起来。

蚂蚁的记忆

> 我仿佛从一开始就
> 成了某人的一个梦或呓语
> 抑或陌生镜子里的映像
>
> ——阿赫玛托娃

1

我儿时似乎是从趴在地上玩蚂蚁开始的——"蚂蚁子蚂蚁子,拖拖!拖到窝里,拖拖!"我好奇地注视着一只褐色的蚂蚁拖着一粒沾满灰尘的粮食,左右腾挪着在黑乎乎的泥土上移动,我的视线由此跟着移动,直到发现一个细小的洞穴入口,那里有三三两两的蚂蚁进进出出,异常忙碌。对于城市的记忆,我也仿佛由此找到了入口。是的,那是蚂蚁洞般的,我的记忆,也如蚂蚁的记忆。

早年记忆里的南昌就是几处生活过的街巷和院子。那时的南昌居民生活和出入的街巷都是破旧的,带着岁月风尘,甚至一堵鲜艳的墙都少见,我之所以说"鲜艳",是因为那时的墙多是红砖,没有灰色水泥或白石灰抹外表,都是裸墙。有的些街巷甚至人迹稀少,夏天流淌着滚烫的老太阳,春天只有羊子巷财金厅的院子里才有清晰的绿叶和潮湿空气,而小巷和晦暗的居民屋里,都是霉味。而漫长的冬天,水缸、水沟,都冻了,东湖水面有薄冰,屋檐都挂着冰溜,孩子们都用竹篙去敲,用冻得通红的小手接住,哈着冷气往嘴里送,牙齿咬着,嘣脆作响,想象是在夏天吃冰棒,一阵喜悦掠过心头。这是我当初喜欢冬天的原因。喜欢下雪,但真留在记忆里的是漫长的融雪过程,屋顶、街道、院落的积雪白天阳光一射都在融化,夜晚温度下降,又冻结起来,行路极难,有的积水,有的冰滑,屋檐又不停滴水,泥土、垃圾和污雪相混,肮脏而泥泞,外祖母是绝对不许我们出门玩耍的,只有傻愣地站在堂屋内,看门外的污雪一堆堆逐渐变小,消失,地面干晴起来。

　　在那个缺吃少玩的贫瘠年代,穿开裆裤的屁孩坐红石头上,一泊鼻涕搭过嘴,寂寞地念叨"没什么吃的,没什么玩的",眼睛只对着换鸡毛的、磨剪子的、打箍的、修脸的、剃头的、弹棉花的、修灶的、补锅的等等,五花八门穿街走巷的挑子迎来送往,尤其对鸡毛挑子格外垂注。都知道一把鸡毛鸭毛外祖母能换几根针,也能换一块糖饼。可那年月,一把鸡鸭毛也并不常有,正如一块糖饼对屁孩来说何其难求。但屁孩们早便明白了那种物与物的原始交换法则。眼见戴草帽的鸡毛挑子走来,又一头没入一人巷的阴影里,失望的眼神还没从后背上消失,又被身后一声"换鸡毛啵"给牵住——挑了一头鸡毛箩子,一头糖饼箩子,是转不了头的,草帽自有办法,他顺势换个肩,头转过来,照旧仍往前走,又回到了灿烂的光地上。屁孩眼中腾起惊喜的芒焰,袖口一抹鼻涕,咂着嘴,从红石头上一跃而下。外祖母手里那把蔫不拉叽的鸡毛仿佛已变成了金灿灿的糖饼,而不是银光闪烁的缝衣针。

　　现今我从中山路经过羊子巷口,一眼仿佛就能看到童年,与另一个我相遇。羊子巷是我从一岁到六岁生活的地方,以此为中心,朝周边地带辐射——百货大楼、万岁馆、服务大楼、博物馆、八一广场、中山路、东湖、八一公园、百花洲、工人文化宫、江西宾馆,以及母亲工作的胜利路妇儿用品商店、父亲工作单位市委及父母所住的市委宿舍大院,大院前门的阳明路及阳明路商店,马家池巷口的照相馆,侧门的墩子塘路,祖父母居住的杨家厂桂旺巷,就是我童年的南昌。尽管当时所涉地带有限,但觉得神奇如迷宫,一条羊子巷感觉异常宽广,藏着无限秘密,还有那么多户邻居,从外祖母家左右算开去,每家都藏着故事,虽然绝大多数我去过的人家都简陋、贫穷,但大人都少言寡语,也许他们对孩子们没什么话说,都少交流,除非大人吵架,孩子挨揍,才会发出大动静。我的记忆里,那个年代——二十世纪六七十年代,孩子遭家暴几乎是再平常不过的事。我外祖父就从他扫街的大扫帚上折下一根竹篾,偶尔在我脸前一扬,威胁道:"若你不听话,就请你吃一顿夹鳅子煮面。""夹鳅子"即鳅鱼,又滑又烈,意指竹篾,夏天在光皮肤上暴抽一顿,就是"夹鳅子煮面"。

  我顽皮,可为了逃避"夹鳅子煮面"待遇,在外祖父面前,表现还是不错的,也颇得他老人家喜爱,常接受他以手抚头的待遇。而我有个形影不离的玩伴——邻家男孩,外号"老耷",不但顽劣,而且不断闯祸,就经常在家享受"夹鳅子煮面"待遇,隔墙有耳如我者,每听老耷遭胖揍的鬼叫,皆心惊胆战。外祖父又不免提示,看吧,这就是"夹鳅子煮面"。这事都是发生在夏天,冬天破棉袄一穿,老耷如披战甲,一泊鼻涕搭过嘴,是不惧"夹鳅子煮面"的。

  那时候,外婆家务活从早到晚干不完,偶尔忙里偷闲,她会随手拖过一只小凳子,先坐下,唤在地上扑苍蝇的我过来,我会乐颠颠跑到她老人家跟前,外婆把我圈在膝下,顺手从凳子边上的缝衣筐里取过一把

热天的棕帽巷,远年的回声只有蝉鸣

小剪子，那把剪子应该是古董了，从清朝用下来的，绣迹已成了黑色，成了发亮的包浆，只有两条剪口雪亮，不知磨过多少回了，铁嘴已磨得很瘦条了，却是外婆的爱物。她得空就用这把剪刀做针线，也用它为我剪指甲。我双手几乎每日在地上捉蚂蚁、扑苍蝇、捡瓦片、堆沙器、乱涂乱画取乐，十个指甲全是黑乎乎的，满是尘垢。外婆会细心地把它们剪掉，边剪脏指甲，边告诫我别玩脏东西。我一边应着，一边继续逐一伸手指，享受外婆的细致修理，她会轻柔地、细致地、一点一点，把粗剪过的指甲，再行修整，直到圆润、光滑为止，我总觉得十分舒坦，我每次都很乐意外婆叫我剪指甲，尤其享受外婆精心修理的阶段。一日，外婆给我把黑指甲粗粗剪掉后，说："崽，把指头到墙上去磨吧，我看不清了。"我当时不过三四岁吧，但至今记得当时突然感到难过，外婆视力模糊了，说明她老了，我很伤心。墙上是残破的砖头和麻石，我用指甲在麻石上磨着，心有痛感，那是我平生第一次有这种感受。现在我的眼睛也老花了，且出现了飞蚊症状，老已将至，内心反而坦然。我想外婆当时也是坦然的。

我仍然不会忘记，我在童年的早晨醒来，头边是外祖母扔过来的酱豆干圈（一种便宜且好吃的小食），我一把抓过来，咬一口，反复品咂着其咸香的滋味。从床上爬下来，照着射入堂屋的阳光，出门就见了羊子巷的小伙伴跳跃的身影。女孩和男孩，细长橡皮筋像阳光一样，一晃一晃，孩子的身影像在树枝上蹦跳的麻雀，极有弹性。而外祖父用一把竹制的大扫帚在扫大街。街两边摆着一个个菜摊，人来人往，六十年代的早市开始了。幼年的玩伴老奔，扭着身子，背向热火朝天的菜市一隅，开裆裤外的屁股一抖一抖，地上一块黑湿，老奔的尿，尿在一泊冒热气的猪尿上。我一拎他后领，老奔转过头，吸了一下鼻涕，龇出笑来，我们立刻没入早市的人流中。

早市中常见的是捕自赣江的银光闪闪的细条的小铲鱼,用竹编土筐装着,挑到街上卖。肉是稀少的,隐约在街面瓜子铺门口有一家卖肉的,铁钩上零星挂几条,少有人问津,居民吃不起。蔬菜以青菜为主,兼及白萝卜、豆腐、白豆干、茄子、南瓜、丝瓜、豆角等。有买煮熟红薯的,兼及糯米圆子,干蒸的,白,微甜,很耀眼,我们叫"照子",多好的名字——是居民孩子们的爱物,虽几分钱,却少吃到。人穷,外祖母挂在嘴边的一句话是"一分钱,也要掰两半用"。吃个"照子",对屁孩而言,是奢侈的。我跟老舅在早市跑上跑下,看到白色软糯的"照子",涎着脸,站一边,自咽口水。等到没趣了,我就去看人剖鱼,剐黄鳝,一砧板的血。直到早市渐散,才跑回来。会吃到外祖母从厨房端来一碗特意为我做的盐炒饭。而舅舅、小姨们及其他家人只能吃清汤寡水的泡饭。那时粮食紧,餐餐干饭,原是不可能的。我早上就能吃到干饭,还有咸味,就是外祖母的格外宠爱了。

后来摊贩禁绝,羊子巷没了早市,仅有一国营菜场,不大,水泥柜台,水洗一样,一天到晚没几根菜,夏日午后,人热得昏昏然,只想午睡。忽然菜场一胖妇报喜般大叫一声:"来鱼喽!"周边居民疯忙爬起,拎菜篮赶往菜场排队。所谓鱼,有一三轮车,都是死得烂肚皮的小铲鱼,五分钱一锹,也不用秤称,轮上的就买,排在队后的,就空手而返。臭铲鱼回去捏干肚里的屎,洗净放竹筐上晒,阳光下引来苍蝇乱舞,无聊屁孩就守着臭鱼空手扑苍蝇取乐。我无师自通,是一群屁孩里扑苍蝇的高手,每有斩获,必面现得色,一时在屁孩中也博得少许声望。人一提"老维",就知是羊子巷空手扑苍蝇的童子。那时,白豆干也很少,像肉类般得凭票到国营菜场排队买,每日一早供应有限,有时要连夜站队,人就各放一块石或砖就能一路排下来,次日一早去,都还守规矩,没有人会趁无人之机,把石头扔开,不认可石头这排队的位次,只有人和人排在

蚂蚁的记忆

一起才偶有插队引起争执,却多会遭众人谴责。我所在机关的谢先生,原是老市长张云樵的秘书,他回忆当年就排队为张市长家买过豆干。市长家吃豆干,也要排队买,如今就像"天方夜谭",但那年头,人还算平等。

我犹记得当年羊子巷老街坊们亲切而熟悉的称呼——南上子、乡巴佬、老满、老耷、润根、香兰、萍萍、小琴、小红、小平、小文、橘子皮、秀清叔……

2

下雨天,不能去巷子里溜达,只能在昏暗的堂屋玩,玩物不外是板凳和蜷缩在桌下的几只老鸡,也常是玩得鸡飞狗跳。

外祖父在堂屋边搭建厨房,又称"灶下",为了这个厨房,是付出了惨重代价的。金蛾姨的父亲,即外祖父的三哥,我母亲又叫"三爸"的,丢了性命。厨房几乎是破石头和黄泥垒的,也就几个平方。街巷没有黄泥,得去城外挖。外祖父是时也在壮年,便随他的三哥推着独轮车带着家伙去挖黄泥。黄泥坡早被人挖成了浅浅的土窟,仅能容一人在里面挖,另一人在外面接。三哥自告奋勇进了洞窟,外祖父在洞外准备接应,只听得锄头的响声。土陆续运出了几筐,待三哥转身进去时,土窟坍了,三哥没来得及逃出,胸部以下全压在土里。外祖父拼命挖,才把三哥挖出来,人已奄奄一息。外祖父赶紧将三哥放在独轮车上往回推,一路大哭,三哥不高兴,骂了声:"哭什么?没出息的短命鬼。"推到羊子巷,人就断了气。后来厨房还是盖成了,母亲姐妹弟弟却觉得欠了"三爸"一条命。"三爸"的妻子,母亲唤"生英母"的,辛苦地将一双女儿金蛾、银蛾抚养成人。我母亲姐妹也一直跟她们来往甚密，尽量关照。

只是金蛾姨命途多舛，她是风风火火性格，麻辣、能干，乐于助人，属于当年的"积极分子"，和一年轻有为的乡长恋爱了，全家人为她高兴。不料年轻乡长一次夜晚去开会，乡下夜路难行，他举着火把走前头开路，不幸被"五步蛇"咬伤，中毒而死。金蛾姨悲恸欲绝，发誓不再爱别的人。直到大龄了，组织上看不过去，劝其成立家庭，并介绍一位"红小鬼"出身的"老八路"，促成了她的婚姻。"老八路"照理是我姨父，因其年龄大金蛾姨不少，家人背后都叫他老秦。印象中老秦当时级别不低，住在省委大院。后来因屡犯男女关系问题，一再降级，被逐到莲塘镇电影院当负责人，最终又以诱奸之罪被判了刑。金蛾姨念其对寡母"生英母"好，一直等他，独自抚养四个子女，两个儿子因无严父管教，在叛逆与顽劣中成长，不是跟人打架，就是拆人门板，没少闯祸惹麻烦。我少年时三天两头见金蛾姨跑来家里诉苦求助，耳里听到的都是她两个儿子——颈疤子和小平的烦心事儿。可见金蛾姨的艰难。难道这都是命吗？还是由于她早年丧父，埋下了艰难人生的伏笔。这是否都与外祖父搭建的那间可怜的厨房相关。所谓"苦难"，在城市底层平民简陋的生活中，并不是以"忧伤"来呈现了，生命与活着的粗糙感早磨平了"忧伤"，忧伤已成了奢侈，底层人的生活没有忧伤的时间，无非是一场大哭，大哭过后，粗糙的生活汹涌而至，把一切都淹没了。

外祖父在厨房外用残砖码了一个圈，将建厨房的余土填进去，下了一些菜籽，冒出几根秧苗，夏天浇水，就有两根藤疯长起来，外祖父先是将藤往低矮的厨房瓦顶上引，那藤偏不将那儿走，一意孤行。外祖父不得不专门搭了个毛竹架，由它生长，不觉藤儿缠缠绕绕，爬满了架子，其叶绿且硕大，如猪耳。藤上也开出了一朵朵金色喇叭花。毛竹架上藤叶牵绕，就形成自然凉棚。我们在下面玩耍，晒不到酷日，快活异常。

而渐渐竹架上结出了南瓜，我们又叫"北瓜"，也吊下一条条丝瓜来。祖父大慰，仿佛一夏的功业，尽在于此，辛勤浇灌栽出了南瓜和丝瓜。他又开始在瓜棚下养起鸡来，这就给我带来大的乐趣。尤其孵出鸡崽，我是大有兴趣的，那几乎是三四岁的我的活的玩具。我当时已被舅舅率先称为"老维"了，巷子里的屁孩就跟着叫，仿佛我一出生就是这称呼。苦的是那些被老维捉弄着玩得不亦乐乎的鸡崽，为此没少挨过骂，却屡教不改，趁大人没注意，又捉一只在手。或许这是小孩对一种小动物爱的方式，那种毛茸茸、热乎乎的小生命，令屁孩如我者爱抚小生命的手，总是欲罢不能，怎么也管不住。

羊子巷内有一个财金厅院落，老木门破败，一半立着，一半塌了，好像永远那样。院门内空旷，少有人，两栋红砖房，蹑手蹑脚进去，阴暗，凉凉的，不知哪儿刮来的风，地板走廊，也不见人，出来艳阳高照，不妨大呼小叫，这院子是我等屁孩的乐园。只记得院里瓦砾遍地，间有玻璃碎屑，夏天赤脚走生痛，得穿人字拖鞋去里面玩。红砖房后是废弃的花园，树下杂草丛生，多虫类，有上树的蝉蜕，我和老奔常去捡，又用柏油糊在竹竿梢上来粘鸣蝉，最不济也能粘金金虫（甲壳虫）。晚上，月照下的院落，屁孩们东躲西藏捉迷藏，满地都是流窜的影子，仿佛在夜色上飞舞。那些晚上，都不知道是疯得怎么回家的，好像是个有始无终的梦境，它只结束于残酷的成人世界。我在长篇小说《浮灯》里写到过这个院子，院子里有一辆只剩车头的满身锈迹的美式道奇卡车，车胎瘪的，像个瘸子。我跟玩伴老奔常是去财金厅后院——从树上捉雀到转战垃圾堆扑苍蝇、抓蚂蚁，上天入地穷玩，天天都是一身灰尘。这样的童年即便回望，也更多是卑微如尘埃的生活，毫无诗意可言；也没有一丁点儿高贵气，不似帕慕克，他一写到童年，帕慕克家公寓前后左右都可牵扯出一大串王公贵族的后代来。

我的皇室邻居也有，两百米开外，出羊子巷对面的市保育院，过去是南唐李璟的皇宫长春殿遗址，继位的儿子就是南唐后主大词家李煜。只是当初活在此地的居民包括保育院院长都不知道这里曾是皇宫之地，也不知道李璟父子其人，他们已逝去千年，与六七十年代枯叶老屋旧街巷的南昌人的日常生活了无关系。那时的南昌多是平房，低矮而简陋，勉强能使一户户人家不挨到风吹雨打，能放置一些坛坛罐罐。人说，那些家庭用具，包括被褥，一搬到阳光下，就是破烂。的确如此，每逢六月六，南昌人作兴抖落出家里物件，拿出来晒，羊子巷各家门口都牵起了一条细绳，平常用杈子架竹篙就够了，但六月六这都不够，每户都将被子、棉絮、被褥、棉袄、棉裤、围巾、棉帽、棉鞋、虫蛀的毛皮、鞋底等，翻箱倒柜，有的干脆连百年的老樟木箱一块搬出来晒。这时看，竹篙上、绳子上、屋顶上、柱子上、墙上，在强烈的阳光下挂的、晾的、铺的、倾斜的、靠着的，老绿的、军黄色的、晦旧的、暗红的、灰的、沉黑的、白里泛黄的、烟熏色的、褐色的、褪蓝的、酱色的，棉布类的、木头类的、陶瓷类的、软的、硬的、纸质的，从羊子巷居民的家晾出来，都散发出霉味、潮湿味、樟脑味、腌菜味、汗溲味，混合在一起古怪气息的破破烂烂，尤其被子里的棉絮，多半又黑又硬，睡过几代人。有的人家的棉絮已碎成了"猪油渣"。只有光着脚或趿着拖板子在街巷的晾晒物中戏耍穿梭的孩子是鲜艳的。只是守着这些破烂物件活命而度过春夏秋冬的人们，嘴上还挂着一些古雅的地名：算子桥、老贡院、灵应桥、系马桩、书院街、状元楼、洗马池、戊子牌、徐家坊、马车站、高士桥等。但一到那里，都乏善可陈，全是破旧不堪。这就是我们曾经的城市！过去的街巷是灰色的，少有色彩，跟所能看到的老连环画一样，黑白为主，单调线条，人穿的衣服多是灰色，陈旧。巷子里的房子几乎都是乱石砌的或木板、黑色油毛毡的墙，灰瓦片，人字屋顶，屋檐低矮，顽皮的孩子吵架，吵不过，拣一枚石子趁人家不注意，朝瓦上一扔，啪的一声，瓦片炸裂一块，又骨碌碌从高处往下滚，屋里大人就一窜而出："谁在打屋瓦?!"——人早躲远了。帕慕克也写到他童年时见到的一些房子"由于贫困且无人照料，这些房子从不上漆，岁月、尘土和潮气的结合使木头颜色渐渐变深，赋予它那种特殊的颜色，独特的质地"。我深有同感。

3

童年记忆里的四季，只有冬季和夏季印象尤深，夏天打赤脚、吃冰棒，去财金厅后院的苍蝇树上捕知了，捕知了的方式也是土方法，一根细竹竿，竹尖头上沾一坨糯软的黑柏油，瞅准树上趴的知了，伸竹尖过去一粘，知了惨叫，扑腾蝉羽，背已死粘住，只有被我们束手就擒。屁孩如我辈也恶劣，将知了玩得半死不活没声了，便三五人从垃圾堆里捡些废纸，垒几块破砖，将奄奄一息的知了煨熟来吃肉，个个叫香。然后鼻涕一抹，又去扑苍蝇、捉蚂蚁，在灰土里玩得不亦乐乎。外婆在那头喊："回家喽！吃饭喽！"便一身灰一身土跑回去，难免一顿呵斥。饭后，一手握铁钩，一手拿铁环，出低矮的门槛，头一低，铁环落地，铁钩一推，就唰着发出铁器摩擦的刺耳声音，推着铁环一路往小街跑去。漫长的夏天也就像一轮轮老太阳在铁环上旋转。以羊子巷那帮孩子的本事，跑再远也不过一两百米范围。出了羊子巷地带，跑到算子桥巷，就过界了，保不准会遭那里土孩们欺负，弄不好没由来招一顿胖揍，打得屁滚尿流逃回羊子巷搬救兵报仇。所谓"救兵"，一般是有哥哥的搬哥哥，没哥哥的搬舅舅。哥哥大多会出头，舅舅多半会去讲理。而哥哥们上阵，也是双方哥哥对阵，架就打大了，便牵扯出两方大人，大人总是明白事理的。我方老耷是惹祸种子，每每率我等屁孩犯人巷界，又被人打得铩羽而归。老耷哥哥小文，人如其名，较文弱，不似老耷悍猛，老耷每每以一敌众，挨一头包回营，哥哥小文看了又怒又痛，咬碎银牙，跑到算子桥讲理，被人家大哥蛮不讲理呵斥得灰头土脸。老耷的老舅叫老满，个大，力猛，额头是有伤疤的，有道金光，煞气重。得知两个外甥遭人欺辱，单人提腿冲到算子桥，一脚就把人家大哥踹翻在地，再将脚踏人屁股上，那脚穿着运动鞋，叫"白飞力"，是那年头难得一牌子货，老满是市体校同学穿旧了给他的。"白飞力"虽破旧，一脚踢出去，却有大威风。人家不得不叩头求饶。老耷大仇已报，我辈恶气得出，凯旋而归，羊子巷街道扬眉吐气，仿佛闪着金光。人就唱："太阳疤子闪金光，走到哪里哪里亮！"那个夏天也就罩在疤子的金光里。

至于冬天，人穿着臃肿且黑乎乎的棉袄棉裤，行如笨猪，丑拙得很。下了雪，几场雪仗是要打的，也有得痛快。若无大雪，街巷灰重，屋黑，到处灰不溜秋，乏善可陈。七十年代，平民生活的城市角落，凋敝，阴冷，街道破落得没有城市尊严，仿佛一味地沉溺于自暴自弃。如一位朋友回忆当年所说："巷道里影子般游荡的少年，随时可能掏出尖刀，像群秃鹫一样地扑向某个仅仅望了他们一眼的陌生人。"

帕慕克写道："我一向喜欢伊斯坦布尔的冬季甚于夏季。我喜欢由秋入冬的傍晚时分，光秃秃的树在北风中颤抖，身穿黑大衣和夹克的人们穿过天色渐暗的街道赶回家去。我喜欢那排山倒海的忧伤，当我看着旧公寓楼房的墙壁以及斑驳失修的木宅废墟黑暗的外表——我只在伊斯坦布尔见过这种质地，这种阴影——当我看着黑白人群匆匆走在渐暗的冬日街道时，我内心深处便有一种甘苦与共之感，仿佛夜将我们的生活、我们的街道、属于我们的每一件东西罩在一大片黑暗中，仿佛我们一旦平平安安回到家，待在卧室里，躺在床上，便能回去做我们

失落的繁华梦,我们的昔日传奇梦。"(帕慕克《伊斯坦布尔:一座城市的记忆》)

那时的南昌,即使有"排山倒海的忧伤",但人们是不喜欢的,帕慕克的视角关键来自他的童年仿佛就怀有一种深沉,他似乎在童年就有了一颗写作者的心。

王的遗址

南昌没有王气，在过去一直是较黯然的。中国南方城市最有王气的自然是南京了，尤其胡兰成还这么说："南京是个英雄美人的地方。"这话一下就把好处全占了，那南昌是个什么地方呢？我想了很久，还是得出，南昌是个隐晦和偶尔出锋芒的地方。一个"隐"字，包含自觉归隐、被动放逐、藏身避祸、韬光养晦等等，古往今来划归此类的大人物可列举一大溜。藏久了，自然压抑，找到个口子，就会锋芒毕露，历史上南昌多次露出过出人意表的峥嵘，是别的地方远为不及的。

一部南昌的城史起始于公元前203年汉颍阴侯灌婴所筑的豫章城，汉高帝四年，设豫章郡，筑城140年后，汉武帝刘彻的孙子、山东的昌邑哀王刘髆之子、西汉王朝的第九位皇帝，也是西汉历史上在位时间最短的皇帝刘贺遭废黜，流放到豫章郡海昏县为海昏侯。海昏是豫章郡十八县之一。海昏，一个看似天高皇帝远的卑湿偏僻之地，却成一位坐了27天皇位的被黜者的放逐之所。

这位曾经的昌邑王、皇帝，沦落的海昏侯刘贺，他的王城、千年海昏侯国都就在距今天南昌六十公里的昌邑乡游塘村，时称"南昌邑"，出土的汉简中其字样一清二楚，而将其故地山东的世袭王城昌邑称为"北昌邑"。因此这也成了今日"南昌"城名的一个由来。油菜花飞金的季节，我探访了刘贺的昌邑王城。此前我写了长篇小说《海昏：王的自述》。对于这位史书记载极少，而文物在南方之地出土之"巨"——尤其海昏侯墓考古出土的大量马蹄金、金饼，亮瞎了人们的眼睛，震惊了世界。这位沦落的谜一样西汉君王，被放逐南方的海昏侯，我和出版人都抱有一种"唯有灵魂酬答于光阴"般的莫名"乡愁"。海昏侯刘贺在两千两百年后的今天，因盗墓贼的一次失之交臂的盗墓，而惊现于世，不但填补了过去南昌历史上从没有出土过的帝王墓，而且还如此完好地呈现了一个埋于地下的帝王侯的生活与传奇。在司马迁生活的时代，"江南"地方穷僻落后，开发程度很低，因此江南侯国封置数量有限。我们知道汉文帝时贾谊任职长沙国时的抑郁，就是来源于"闻长沙卑湿，自以为寿不得长"。海昏侯国的环境，也不免"地势下湿，山林毒气"。刘贺来海昏时年未足三十，四年后病逝，不排除北人南迁有不服水土的原因，据有关零星记载推断，刘贺来海昏后患有严重的关节炎，以致行动不便，只有长期卧榻。而《汉书》卷二八《地理志》提供的汉平帝元始二年和《续汉书·郡国志》提供的汉顺帝永和五年两次户口统计数字，138年之间，豫章郡户数增长502.56%，人口数增长了374.17%。两汉之际，公元2年至公元140年之间，全国户口数字则呈负增长的趋势。当时，位于今湖南的零陵郡和位于今江西的豫章郡位于中原向江南大规模移民通道的要冲，都接纳了大量的南迁人口。正是由于自两汉之际开始的由中原往江南的移民热潮，江南地区逐渐成为全国经济的重心。可以推想，海昏侯刘贺家族对豫章地区自西汉晚期至东汉初年的环境开发和经济繁荣是有贡献的。《汉书》卷六三《武五子传·昌邑王刘髆》记载，刘贺"就国豫章"时，"食邑四千户"，户数较昌邑汤沐邑二千户成倍增加。"海昏"地名，原意为"鄡湖以西"，王莽时改称"宜生"。有人认为或许这里是豫章郡生存环境较好的地方。

天汉四年（公元前97），汉武帝的儿子刘髆颁封为昌邑王，立国于山阳郡（今山东境内）。七年后，刘髆死，他的儿子刘贺继承王位。元平元年（公元前74），汉昭帝去世，膝下无子，经大将军霍光策划，由皇后出面召昌邑王刘贺来长安继承帝位。仅27天，又有说不到三个月，霍光等又以刘贺"行昏乱，荒淫迷惑，失帝王礼仪，乱汉制度"为由，把他废掉了。宣帝即位后把刘贺改封为海昏侯，食邑4千户，送到偏僻边远的南国江西，并在南昌附近建城，城西南有一口塘，人称游塘，故又名游塘城。在海昏侯墓内，发现有大量书写"昌邑九年""昌邑十一年"字样的漆器。元康三年（公元前63）三月，刘贺是被剥夺了皇家宗室祭祀资格，被视为"天之所弃"的"嚚顽放废之人"，废黜到海昏是受到地方官员严密监控的。其中"扬州刺史柯"和"豫章太守廖"就是负有监控使命而定期举报其言行，或关心其继嗣。刘贺曾因言语之失，"有司案验，请逮捕"，汉宣帝裁定"削户三千"，以致在抑悒与疾病中早逝。

海昏侯墓与现今被称作"紫金城"的海昏侯古墓群遗存，已划为挖掘与进行考古的范围，而刘贺在海昏生活的游塘城似乎却被冷落到了一边。我觉得如果将古墓与古城纳为一体来考证，无疑能够揭示海昏侯国特殊聚落史的演变，从而对汉代南昌生态环境与经济状况有进一步的发现。

我们在昌邑乡文化站张站长引导下来到了刘贺当年生活的地方游塘村，一眼望去，油菜花开得灿烂而忧伤，像给大地打造的一件黄金盔甲，又像对于黄金的模仿，令我对刘贺故地的寻找有了一层迷离与恍惚。春风像三月昂起的马头，飞扬在金黄的田野，又舍弃黄金，追逐灿烂和忧伤。鄱阳湖与赣江在昌邑的周边不声不响地听从神的旨意流

王的遗址

淌。我似乎看见江岸上有王的影子在行走,而水波云影收走了他逝去的光芒。

游塘村西临赣江,东依恒湖、联圩,距昌邑街2公里。据清朝的《一统志》和《新建县县志》记载:海昏国的原址就在新建县昌邑乡游塘村,当地居民仍称之为"昌邑王城"。王城为方形,地面平坦,面积约2平方公里,据说当地老百姓经常在翻地时,时不时翻出两千多年前的瓦片和碎瓷,前几年有户人家建新房打墙基时,还挖出一把青铜古剑。二十世纪八十年代,省考古队还在此发现一些汉朝时期的古墓群。在游塘古城,还保留金銮架的说法,水田中央高而平坦的土堆曾是王宫的旧址。游塘村很小,看似只有十几二十户左右人家。春节过后的三月,或许年轻人都外出务工去了,几乎见不着人。张站长说,村里刘姓极少。他把我们带到村西,见到一口古井,有标牌注明是刘贺当年手下军士取水之用的,井口小,井下大有十几米。张站长引我们走到一处荆棘与杂草相生的村边荒地,说这是刘贺的宫殿所在处。村廓金黄一片的油菜地历历在目,再就是大片水田和水田上几个不同方位的土阜,张站长说那土阜是昌邑王城东西南北四门的位置,二十世纪八十年代这里发现古墓群,省考古队在这里挖掘古瓶等文物。我们沿着逼仄的田塍,接近一座土阜,土阜四五米高,满是野生植物,一时找不到可攀上去的途径,张站长在阜上泥土里挖出带纹线的瓦片和断砖,说这是昌邑王城的遗证。我手里拿着未经考证的"汉瓦"与残砖,举目四望,满目怅然,沧海桑田,油菜花替代了黄金,河流替代了山冈,古老王城已潜藏在一片金黄里。古老的盔甲,仿佛依旧金黄闪亮,而这里仅仅是河流的遗址,两千年的河流仍然在流着。这里是春风的遗址,它仍在运送芬芳。这里是王的遗址,它已空空荡荡。田野沟渠地时见土螃蟹在爬动,一副刑天舞干戚的样子。

游塘遗址现在还仅仅是县级文物保护单位,这无疑是不够的。据介绍,昌邑乡历史文化积淀深厚,历代文人骚客多有题咏,还有红山文化新石器遗址、五代十国的鹿苑寺、龙兴观、三官殿、白马寺等,这应该引起更高的重视与关注度,我向张站长和昌邑乡陈乡长建议,要赶紧在海昏侯王宫的原址上竖起石碑,标明文字简介,在王城四个城门的基址同样竖碑,予以文字说明,尽快在原址上请专家进一步考证发掘,制订修复汉昌邑王城的规划,以期再现汉代王侯南方的生活形态。将海昏侯生活时期的用品如雁鱼灯、制酒器、博山炉等与昌邑古老民俗戏曲的走马灯、下河调相结合,充实其文化内容,将一座古老的王城重现在世人面前。

面对湮没在荒草、沼泽、水田下的昌邑王城,怅望千秋,遥想当年刘贺被命运之手从繁华的长安帝宫抛弃到这水乡泽国,满腹汉简无人诉,也不敢诉,有人监控呢!门外就是金色的油菜花,散碎如金。而湿润如水的空气中有游鱼,鱼是自由的。每次府里的用人端上捕自鄱阳湖的煮熟的鱼,他不忍下箸,好像一下箸就肢解了一湖美好的水,肢解了游动的身体。因为他是不自由的放逐之身,朝廷在监控下由他自生自灭。令我们欣喜的是,在乡文化站看到了昌邑乡申报获得"省级非物质文化遗产"的传统走马灯。它是跟过去的"灯戏"为一体的视觉娱乐发明,中空燃烛,灯身四围红纱,上画骏马六匹,各做奔驰状,灯身做圆周运动,马奔跑不停,煞是活跃可爱。刚从沉沦于泥沼水田的王城遗址过来的我们,也轻松起来,想象一位忧悒的王,流放到偏荒的海昏,所幸还有走马灯相陪。走马灯古称蟠螭灯(秦汉)、仙音烛和转鹭灯(唐)、马骑灯(宋),常见于元夕、元宵、中秋等节日。灯内点上蜡烛,烛产生的热力造成气流,令轮轴转动。轮轴上有剪纸,烛光将剪纸的影投射在屏上,图像便不断走动。因多在灯各个面上绘制古代武将骑马的图画,而灯转动时看起来好像几个人你追我赶一样,故名走马灯,汉朝《西京杂记》就有记载。宋词人范成大在《上元纪吴中节物俳谐体三十二韵》中,有"映光鱼隐现,转影骑纵横"。南宋鄱阳人姜夔《感赋诗》有"纷纷铁马小回旋,幻出曹公大战年";元代谢宗可咏走马灯诗云"更忆雕鞍年少日,章台踏碎月华明"。还有王安石著名走马灯对联——上联:走马灯,灯走马,灯熄马停步;下联:飞虎旗,旗飞虎,旗卷虎藏身。

设想当年的刘贺在海昏以西,太阳落在水中后,盯着燃起的红色蟠螭灯(走马灯),驰骋其脱缰的想象以自慰。而包围着跑马灯的,是更为广大的黑夜,神秘莫测的夜色中闪烁着监视者鬼火般的眼光。他的库房里则储藏着耀眼的马蹄金,那是他预备着为了等到恢复参加宗祠祭祀资格后,以便献酬的。皇帝可以不当,王的身份也没有了,一个耻辱的海昏侯梦寐以求是想重回祖父汉武帝皇族的怀抱,恢复他最基本的皇族血统荣耀,这种身份的焦虑,越来越残酷地折磨着他,为此他不惜向长安一书再书,以陈情他的愿望。而又将他在海昏的际遇与心情留在未发往长安的汉简里,直到一堆堆汉简在墓穴里腐烂成乌黑的淤泥。任考古人员在小心翼翼的清理中为突然发现"南昌邑"的隶书字样而惊喜,又为更多无法清理、腐烂成泥的汉简而痛惜,那里面有多少海昏侯和汉代的信息皆无情湮灭。

昌邑王城是典型的四方城。我能找到最早南昌城的图形是刊于1525年江西通志上的明代南昌城图,城墙所圈,时曲时直,既有蜿蜒如河流处,也有直如修岸处,城的形状更近似一个人面朝东方的脸孔。也就是说它不是四方形的。这是由南昌城的地理位置决定,依势赋形而成。而现在我眼里的昌邑王城则是沼泽、荒芜和一片一片金灿灿的油菜花,有诗人写这普通得不能再普通的油菜花:"它是被君主流放的妃子,在民间走一走。"

私人史:流光片影

> 光的作品击打黑暗,比流星更惊人。
> 不可理解的高大城市占领了荒野。
>
> ——博尔赫斯

我的童年是敞开的,1968年随父母下放农村时,我六岁,农村的田地、池塘、村庄、河流,乃至乡人的坟地、山岗、树林、草木虫鱼,都展现在我眼前,这是一个可看见、可触摸、可亲历的世界,比一条羊子巷宽广多了,也仿佛比我出生的南昌市丰饶,我的天性与其说是打开,不如说是回归,并越发接近没有拘束的野性。因为从城里出来,加上农村的视野,我比乡下孩子和城里孩子都多了一个天地,所以没有土孩的木讷与城里屁孩的刁蛮。这仿佛成了我意外中获得的一点小优势。直到如今我骨子里的不羁与狂野,与童年的成长经历有莫大干系。

到了读小学年龄,我家随父亲的工作变迁,搬至湾里——现在是南昌的一个区。原江西省一把手程世清,民间又叫他程大麻子,军人出身,当年为搞"备战",提出"拆掉南昌建石岗",石岗没建成,便再转一个弯,入山,建湾里。把南昌的工厂都往湾里搬迁,下放到乡村的干部,也向湾里聚拢,我父亲也由此到了湾里区指挥部。由于湾里是程世清打造的样板，这位五十年代获衔的少将、省军区第一政委兼省革委会主任，就经常披着军大衣坐着米黄色伏尔加轿车往湾里跑。他落脚的招待所距我家住的"干打垒"相邻，我家住的"干打垒"是湾区指挥部领先在两个显眼山坡上建起的样板之一。皆两层楼，外立面是赭红色，是土壤的原色，用白石灰刷正楷大字"备战、备荒、为人民"，一幢是指挥部办公，一幢是干部宿舍。招待所是指挥部与梅岭管委会合并为区委后建的，一前一后顺山势也是两幢，都是煤渣砖建的，先前的一幢是灰色平房，门窗皆绿漆，玻璃门推进去，放着绿色乒乓球台、几把藤椅，靠墙有双人皮沙发的会议室，两边是四间房，内有床及办公桌。后门左耳房是单人厕所，右耳房是单人洗澡间，此为招待所一部。二部即穿过一部会议室后门，拾级而上的一幢两层楼，有阳台，比一部晚一年，也高级一些，由于俱在山里，平时少有人，就静得很，只有我等住在旁边"干打垒"的小鬼把这里当作上好的玩乐之处。招待所有两个年轻的女服务员，相貌姣好，有一男管理员，是个矮子，穿黑中山服，上口袋别钢笔，嘴里镶一金牙，捣乱的小鬼，偶遭其呵斥，金牙一闪，顿皆哄散。这时，多半是有首长来了，这就是少将程大麻子来了。

一次我潜进停在山下黑色柏油路上的米黄色伏尔加轿车，当时湾里井冈山大道的柏油路铺到招待所山脚为止，再前一点的干部宿舍山脚公路仍是黄土路。所以从指挥部转弯入山的那几百米柏油路似乎就是为这辆伏尔加专车铺的。我对这车自是好奇，一般是有程少将一全副武装的警卫员守着的，所以没人敢靠近。那次恰巧不见警卫，我壮着贼胆上前伸手一摸，啪一下，竟被麻得全身战栗，原来是放了电的。后来我得知，放了电的车，一般有根线搭在地上，且地上湿黑，传电。因此每想接近首长高级轿车，必先趴地上，瞧瞧车肚子下是否放了一根地线，否则是会吃亏的。谁知后来区里一辆破旧的苏式吉普也放了电，我跟一帮小鬼像往常一样大大咧咧打算开门上去玩时，都被麻翻在地，像误吃了蒙汗药的好汉一般，半天才回过神来。天哪！有可能破吉普的司机是跟程大麻子的专车学的。

至于程少将本尊，我也与之有过邂逅。是我从指挥部后山下来，平时没课，我总在山前山后晃荡，见球场围了一群人，中心是我熟悉的伏尔加。一个穿军装披军大衣的面黑的首长正在与两个手拿一卷铜线的女工人交谈，旁边有不少指挥部的大人。我挤进去，见黑脸军人问铜线是做什么用的，女工便解答。我觉得这军人尽管跟人说话看似随意，一黑脸却自有一股威势。车开走了，人说，这就是程政委。当时场面上人都这样叫程世清。

我家有几年住在象山北路老市委招待所，时在二十世纪七十年代。父母干部下放刚回城，其他亲戚也都在以各种名目的"下放"中。比如外公是旧军官，便携外婆及小舅下放到鹰潭市山区乡村，我去过。下了火车，还得走很长的路入山，山里土地贫瘠，只种芋头和红薯。山下水塘，一潭死水，夏天下去洗澡，天一黑，就拖住身子，上不来。祖父是采茶剧团乐师，乐器是一把二胡，一人留剧团里，家住桂旺厂2号老屋。祖母所在工厂迁到湾里山凹中，四叔和大舅，一在浒矿，一在景德镇，皆是随学校从南昌外迁的。每逢休探亲假，四叔和大舅就会错开时间回城，其时我父母身为各自兄弟姊妹中的大哥大妹，我们家自然成了两家的大本营。

"大本营"虽只两间招待所里闲置的房间，原为堆家具的底层杂物间。虽然暗，白天得开灯，尚是宽敞的居家之所。父母和姐姐妹妹一间为卧室，我独占一间饭厅客厅兼卧室。四叔或大舅回来，就从别的杂物间再找一对床架，一张绷子床（招待所有的是弃用的床架、椅子、茶几等乱七八糟家具,简单,清一色),往墙边一摆,中间是饭桌,正好与我隔床而睡。

四叔、大舅自然跟我感情颇深,每回他们轮流来,一个假休完,我总得随他一早起床,推自行车驮行李为之送行,天还没亮,出房门,院子里树杈上挂着黑色的冷风。

这个院子,往日天不亮就有住在附近小金台巷的同学万小航、"江报"子弟胡脖子、家住"科技情报研究所"的王迪龙等,跑来一块"练武"。所谓"练武",也就是在一堆沙上胡来,彼此摔打,翻跟斗,搬五块砖站在井圈上往下压腿,手并五指插沙,又握拳打鹅卵石,常打得两手血迹斑斑。近日偶尔会沉湎于对那一段青葱少年岁月的回忆,或是二十世纪七十年代后期俺初读《水浒传》,遂产生常邀一班小友聚义习武之念,也便有些张扬了,就使另一伙占巷为王的青皮眼热,时尚十四岁,无意打架,只求修身结义,没想"义"没结上,常被那帮青皮手攥铁棍,腰掖菜刀"剪径"。俺到胜利路书店,花两毛五分钱,买来十几页一册的《太极拳谱》,一帮小友照拳谱比画,实战中全非蛮横青皮对手。剩下足智多谋的俺,每回只有靠智慧脱险,又少不得"以一对七"大战,打倒为首青皮,喝退喽啰,贾以余勇,赶紧闪人,是所谓落荒而逃也。可见男人少年不打几架恐怕是不能成长,也成不了男人的。而我血脉中是有勇武质地的,于今老矣,常揾英雄泪,或以诗画抒"英雄"末路之怀。

金娥姨家是住小金台巷的,我推测她家所在的那个有十几户人家的大杂院,应该是清代戏剧家蒋士铨的"藏园"遗存,虽残败得几乎不成样子,但我在1976年前后还能见到一些长长的廊房,以及老院墙和残存的花园砌面。只是金娥姨一家住进来是家道中落的结果,她的"老八路"丈夫已因错误而被逐出省机关大院,金娥姨身为其家属也由地方上流生活阶层而沦入平民区,她的两个顽劣的儿子却如鱼得水,在穷街陋巷出没,仿佛夜游神。大儿子"颈疤子"有一张白皙俊美的面孔,如果没有颈部幼年时因碰翻开水瓶严重烫伤颈部的一大溜光亮的疤,完全是个美少年。我不知道当时女孩子怎么看他,但我表哥"颈疤子"在小金台那一带似乎是以打架闻名,而不是以"风流"闻名。其弟小平有些调皮,不仅闯祸厉害,招惹女孩也是个好手。他们那个"老八路"的父亲老秦,却是不折不扣的老不正经的好色之徒,其风流劣迹屡为其光荣的革命功绩抹污,其人生亦屡挫于此。这就使金娥姨的生活成了噩梦。好在她的大女儿还争气,嫁了一个刑警队长老公,可以略为约束一下两个弟弟。金娥姨有时对儿子怒极,会让女婿用铜手铐将儿子铐上,押上双轮摩托,把他带到新祺周住处,禁足一段时间,不让他混迹于小金台。多少年过去了,我隐约还能听见当年路过小金台时,金蛾姨的老母亲"生英母"呼唤外孙回家吃晚饭的声音。我记得老人家一头白发,围着蓝布围裙,一双小脚,从院门走出来,从嗓子里撕裂而出的声音格外悠长,在记忆的街巷里回荡——"小平呐,回来吃晚饭喽!"

天麻麻亮,送大舅回景德镇,走在通往火车站的象山路上,偶见的人影也都缩着脖子,沿墙根挡风处走路,不是下晚班的,就是上早班的。那一路的梧桐树又高大,又凄凉。城市就像一块块阴影般的大大小小的补丁,咳一声,在清冷的黎明时分,像摔碎一个玻璃罐子,脆裂之音,自街头传到巷尾。

大舅说,他们工厂开始作为农业建设兵团待在乡下,晚上站岗,冷得死,挟杆枪,在稻垛边晃,又不敢蜷缩到草堆里,只有牙齿打着战直到换岗。

路过豆腐社,能看见昨夜就摆放在那儿排队买豆干的一队砖头。每一块砖,代表一个人,也就是一个家。每家按人口供应紧缺食品,豆干列入其中。黑亮的水洼间，一块块排列有序的砖头。象山工人浴室门口也有那熟悉的砖头。每回我扶着驮行李的自行车，与大舅一路步行，他话多，故事多，且绘形绘色，我自是听得快活。从象山北路走到中山路，再从八一大道到老福山，沿站前路达火车站，路不近，要一个多小时。

这几条路，都是南昌的大路，皆有来头。象山路南北走向，得名于宋代理学家陆九渊的号，始建于二十世纪二十年代时任省政府主席熊式辉之手的"八大乡贤路"之一。

父亲有个吴姓朋友，我叫他吴叔，五十年代大学中文系毕业，写得一手好文章，曾是《南昌晚报》的"名记"，后入机关，为父亲部下。吴叔得意时气宇轩然，说话高声大气，每与父亲聊天，也是抑扬顿挫。时年我虽是毛孩，也有极深印象。吴叔在那个年代就出版过一本散文集《春笋》，是写南昌城郊梅岭的，有小资的抒情，混合着革命的浪漫主义色彩。我读后，便有了些崇拜。当时我沉迷美术，自然对出了书的人是有敬畏的。那年头，出书者凤毛麟角，吴叔在南昌自是算个文豪吧。我现在想，幼时这些接触应是影响了我的。后来我画了一本自己创作的连环画，有120多页，吴叔看了，竟惊为天才。对我父亲说，要推荐到出版社出版。

吴叔一度为《中国妇女》杂志开专栏，因写一电影剧本《后代》为上海电影制片厂看中，引起江青重视，指定由刚拍过《春苗》的谢晋来导演，为那年国庆重点片。吴叔是时刚从"上影"回来，满面春风，将打印剧本给我父亲看，说到描写的一个坏分子，得意之笔在于始终没让人物露面，每次出现，只是镜头特写到他生有六指的手部。他描述，那是一只特殊的手，是一只表情丰富的手，像人的一张脸。谁料政治形势剧变，吴叔因剧本受到江青赏识，人就下了狱，审讯，交代，是少不了的，后来就关到原单位报社印刷厂一间不见天日的黑屋里。出来后,吴叔生动比喻,那就是关基督山伯爵的孤岛上的黑牢,自己连死的心都有了。

吴叔外向,才情形诸言表,是那个年代一个清澈的有激情的知识分子,关心时事,很理想化,恨不能以一支笔加入那个年代,所以吃了不少苦头。他娶了一个小集体工厂的朴素女子为妻,育有二女,家庭应是幸福的。

记得小学时,我听老师讲过马克思与夫人燕妮的故事,后来在《连环画报》上,见到燕妮的画像,惊艳得很;再看到马克思的情诗《致燕妮》,便将他视为导师兼情圣,五体投地。早岁读书也浅,却也得出浅论,一个伟人必有美人为妻。就暗里寻思,我若此生能得一美人,则伟业已成其半。而今,追到手的美人渐老,仿佛大业一半早成,另一半尚在路上,似无止境。

象山路上还有市广播电台,那时电视没普及,收音机在每户,也算大件,要用手钩的白色蕾丝纱巾来蒙着的,听时揭开,像揭新娘盖头。广播电台这等新闻机构就在一条路上占很大比重了。另有一幢二层楼民国建筑,为江西科技情报研究所,极破旧。一楼住家属,二楼办公,走廊如香港鬼片里的楼道,墙皮暗影重重,仿佛多有幻象,家属皆穷。我有一同学王迪龙家住于彼,每去玩,见楼里大人小孩个个都像穷人,不似搞科研的知识分子,那个年代就那样。再过来就是我家所寄居的市委招待所,且是"二部",不知"一部"在哪里?

象山路中段是工农兵医院,斜对面是阴森的殡仪馆,传说距此不远某单位有个男子夜晚值班,接到陌生女子电话,自报姓名,约他到殡仪馆门口见面。男子去了,没见到人,一打听,得知叫那名字的女子是个下午刚送进殡仪馆的死者。

殡仪馆旁边是厚福巷,过巷口就是市电影公司,门前立着大幅电影海报,印象深的有王心刚演的《侦察兵》,王心刚画得不像,还有《十月风云》,一张重获自由的老干部的脸,李仁堂演的。我喜欢的是罗马尼亚电影《斯特凡大公》和《橡树,十万火急》以及《甲午风云》的大幅海报画,尤其是演邓世昌的李默然那张脸,我曾站在对面马路上,用铅笔画着临摹素描。过十字路口前面就是爱国电影院和省赣剧团。象山路是南昌真正的南北走向的中心路段,路长却冷清,很多年也没繁华过,而与象山路并行的胜利路是一直热闹的。后来我结识了一位在爱国电影院画海报的兄弟赵树明,仿佛一下找到了组织,打进了电影院内部。在枯寂的年代,电影院就是人间天堂啊!虽然放来放去就是几张片子。像我童年时反复看的是罗马尼亚的《海岸风雷》,初次看是在文化宫电影院,进场已黑咕隆咚,跟着大舅舅屁股后头,却能见到黑白银幕上,伴随紧张激烈的音乐,一个地下党被跟踪了。后来又看《多瑙河之波》,第一次发现一个外国新娘穿着白婚纱,可以美成那样,还有一个戴大盖帽的,脾气暴躁又柔情似水的船长。再就是阿尔巴尼亚电影《地下游击队》,记住了高鼻子、尖下巴的游击队员阿克隆,他当街刺杀了一个法西斯分子是该片最精彩之处。——阿克隆迎面带两名卫兵的刺杀对象走过去,紧张的音乐伴随街面的脚步一阵紧似一阵,待音乐骤停,阿克隆在街头拦住那人,开口道:"麦克力先生。"麦克力胡子向上一翘,傲慢地说:"是我。"阿克隆递上一张纸条。麦克力一看纸条大惊失色,阿克隆掏出左轮手枪对他宣布:"我代表人民,判处你的死刑!"连开数枪。

这个"桥段"几乎在南昌街头巷尾,每每为拿木头枪的屁孩再三模仿,乐此不疲。那部电影也就百看不厌。这些电影几乎就是对我辈的另一种洋化革命浪漫"启蒙"。而这些"启蒙"大都是在南昌的那几家电影院里完成的。

那些年,电影在印象里驻留的,不是彩色片八个"样板戏",而是黑白布幕上的"地拉那的雪"——地拉那的冬天洁白一片,地拉那的冬夜没有路灯;地拉那的女播音员说着普通话,带北京口音。那是最好的长春电影厂的女配音演员向隽殊配的音,长春冬天的雪,也大得吓人!地拉那的青年好打篮球。一个男人,个子很高,肩膀宽宽的,他对一个金头发双眼皮的女人说,他要出差,到乡下,到比地拉那雪还厚的地方去架电线,他是电工,一个很有敬业感的工人……乡下的雪真大呀,埋掉了羊、变压器和田,压倒了一根根木头电线杆,我记不起那场老电影的名字,我记得那场雪,很大很大。地拉那的小汽车很小,阿尔巴尼亚是个小国。那里女人的个子也小,像精灵似的美丽,男人个大,好像一脚就能从城里迈到乡下。阿尔巴尼亚的男人都是地下游击队出身,那个叫阿克隆的,拿一把左轮枪,在街头杀了麦克力先生,一个意大利军官。噢,男孩都崇拜阿克隆!

……地拉那停电了,整个城市漆黑,再白的雪也被黑布包着。小个子女人在家里守着一支孤零零的蜡烛,小个子女人打电话问篮球赛的消息,小个子女人像个精灵。离城市很远的深雪里,男人在架线,阿尔巴尼亚的男人很少,地拉那漆黑一团,只等这一个男人架线。……地拉那的灯亮了,却没有架线男人的消息。人们举着火把在旷寂的雪原上寻找,跟着歪歪扭扭的脚印,人们的火把,照到了冻得结成冰的、在电线杆上架线的男人。

地拉那的冬天很冷,地拉那的雪,很大很大……

看电影,记忆里还是南昌那几家老影院,"人民""爱国""洪都""儿童""胜利"等,出入最多的就这几家,眼前皆不存,却成了"万达"等购物中心里的影城,说是影城,不及原影院十分之一,只能算放映厅。过去看电影是节日,提前几天就买了票,也高兴好几天,哪怕是一场平庸的说教性的故事片。有的已是看过无数次了,里面的人物台词都滚瓜烂熟,说上句,就能接下句,仍无倦意。

现今电影多了,网络上的各国影片是海量的,根本看不过来,只能挑剔。日前,朋友问我看了什么片子,有什么片子可推荐一观。我一时无语,朋友知道我是片狂。我真的无语,我确实看了很多,有空就看。但都是嘭嘭嘭嘭的,枪战片、科幻片、动作片。看完,大脑空空,隔日就忘。知道每年都有几张好片,但由于不"嘭嘭",节奏太慢,便也不愿拿出一点空去艺术中沉浸片刻,甚至不愿去给自己一点感动。那些仿佛都是过去,看艺术电影、人物传记、历史片,欣赏某人表演,为一个细节,一丁点细微的拿捏而不放过,而赞叹。现在不行了,越老越少耐性,眼下看的片子如稚儿,好像看热闹,人人赞叹不已的反而不看,自己看的,都肤浅,羞于说出口,看了等于白看,纯属消损光阴,但无记忆与思考负担,也可说纯娱乐,这就是电影。你在消遣它,它也消遣你,两不负,也算公平。有些片子,人家没想深刻,你也别去深刻。如果要我去戛纳电影节当评委,我认为是个难事,那么些片子,都要耐性子看下去,不管怎样,我都得脚底抹油,开溜。不过,近期看了一部传记片《胡佛》,很喜欢。迪卡普里奥,简直是第二个白兰度!

当年从我家去火车站过了象山路必经中山路。

中山路像一支箭,有疾风骤雨的历史穿街而过,其东西走向的路径,又似一树繁花,也是赣江从抚河泊岸的平民大码头,一度商贸频繁、密集,又邻近昔日香火旺盛的万寿宫。中山路西有胜利剧场(市采茶剧团所在地),我祖父在这个剧场拉了一辈子胡琴。他习惯称剧场为"戏园",我听起来,按书面语解,像"戏院",那是老的叫法。一次祖父领我和姐姐去戏院,将我们安置在幕后观看,他却到乐队席去了。戏演的是《红色娘子军》,刚开场,有工作人员在幕后走过来,黑着脸驱逐我们,情急之下,我报出祖父的名字,人家便放了两个小孩一马。

剧场斜对面是八一商场，繁荣很多年，后来垮掉了。洗马池地带有民国年间的江西大旅社，是当年南昌最高级的旅社兼宴饮之地，图纸照二十年代上海建筑打样，由当时城里几大老板合资打造。民国年间有数不清的大人物在此出入。几年前有一本颇火的书《平如美棠》，是九十高龄的饶平如老人手绘笔写对自己爱人的回忆之作。书中写到他二十几岁与爱人美棠结婚时，就是在江西大旅社办的婚礼。现在这里有一块闪光的牌子：南昌八一起义纪念馆，里面陈列着一段轰轰烈烈的史话。我前不久进去，发现这是南昌保留得最好的民国建筑，虽建于近百年前，屋内厅堂高敞、精雅而大气，人一下就静了。如果不是许多戎装图片陈列和刀枪说明，难以将这一室雅静与历史的雷电联系起来。即便与屋外市尘喧嚣，也仿佛两个世界。对面原有人民电影院，是七八十年代最拥挤的地方，很多老电影，我都是在那里看的。隔壁是中国银行南昌分行所在地，是个老建筑，过去有金库，驻一个班的解放军守卫。日本投降后，南昌地区，在这座建筑里举行受降仪式。

东湖南岸中山路一段背湖而建着青少年宫，原是工人武装部，省图书馆，即蒋介石当年设立的"南昌行营"。五次"围剿"，他坐镇于此，把南昌当作了仅次于南京的"首都"，和夫人宋美龄在这里发起了影响全国的"新生活运动"，民国几乎所有大人物在那时跑南昌都成了家常便饭。东湖的水折射和收复了那些紫陌红尘，将一场不安与动荡归于平静，滋养百花洲的一畦菜地，乃至一袭杏花烟雨。百花洲电影院这一段直到百货大楼，原为南唐皇宫长春殿出门的御道，叫鸣鸾路。南唐中主李璟御驾马车的鸣鸾一直沉没到了水底，化身为鱼，东湖一度有过红鲤，但我只在沿岸看到头尖、腰细、尾长的"小铲鱼"，啄着垂于水面的柳，在南昌，那是很平民化的鱼。近年什么鱼也没有了，湖却愈发寂绿，底下是沉沉污泥，泥下几层，埋葬着南唐的华丽与凋落。

中山路出口即长且宽直的八一大道，这条路是南昌的长安街，五十年代主持修此路的江西省长邵式平对朱德元帅说，若是打仗，飞机直接可以从这条路上起飞。元帅点头，肯定了邵省长有居安思危的备战意识。八一大道经广场抵老福山，山是假想的，可能多少年前有，是城里的垃圾堆起来的，"老南昌"原先都叫老虎山，老虎是要吃人的，据说过去有监狱，有靶场，是枪决犯人的。后来改为老福山，化凶为吉，把一切旧时期的凶迹抹光。若干年后，有了顺外村盖的鄱阳湖大酒店和政府的南昌宾馆，架了大型立交桥，桥下花木葱茏成了街心花园，供闲人玩乐。

我送大舅去火车站，都是起大早，第一班公共汽车尚未发车，那年头也没出租车，全凭两条腿，边走边聊些远近故事，也不觉累。拐过老福山就是站前西路，很远就能看见火车站的建筑，我记不清当时我们是否在车站附近的饮食点吃过五分钱一个的包子，每次却是见大舅进了灯火通明的火车站候车室的门，我方溜起自行车，一撩腿蹬开来往回奔。黑乎乎的南昌，像布景在我身边拉动。老街长巷也就快速地——掠过。

早年外公住八一广场"万岁馆"后的羊子巷，我和姐姐小时候是由外婆带的，隔壁邻居有一女孩，父母在武汉工厂，她也是寄养在外公外婆家。一次她拿一个旅行袋，指着上面的轮船对我说，她要坐轮船去武汉了。武汉不在南昌，武汉很远，到底在哪里，是不明白的，只知要坐船去，坐大轮船。那时有种流行的手提行李包，人造皮的，包上就赫然印着"东风"轮昂然下水的图案。"东风"轮是当时国内首造的大轮船，是件了不起的事，仿佛跟南京长江大桥建成同等重要。大桥下是江水，岁月如流，都是捉不住的影子，如幻象。

那就是布宜诺斯艾利斯
给人们带来希望和黄金的时间
却给我留下了一朵枯萎的玫瑰
一团乱糟糟的街巷
重复着我祖先古老的名字

——博尔赫斯《循环的夜》

城圈记

老城圈下都埋着闪电的骸骨，不见踪迹，仿佛两千年都成了无功的徒劳，后人的寻觅与推测也显得神秘而怪异，他们的行径如同在虚构一种并不存在的事实，一座比过去庞大几十倍的大城正覆压着消失的故城，五百多万奔忙的车辆的足迹早已改写了南昌的一切。城里和城外已经没有了界限，市县之间，有如母城与子城，如南昌县、新建县，几乎已无缝对接，新建改为南昌市的一个行政区。

南昌市之宗要追溯到汉代的豫章郡城，可其城圈与城门之处至今难以确定。从某种意义上说，如果将南昌放置于世界城市史而论，它是无名的。因此研究南昌城市史从来就没有摆上真正的台面，那些博得些名位的学者也无心在一座这样的城市上下功夫。我注意到的反而是有少数几个民间城市研究爱好者年轻的身影，时或出现在那些即将拆迁的老城区街巷里寻寻觅觅，他们没有完整的城市著述，却将自己田野调查的点滴发在帖子上，与同好共享。我认为他们是真正深爱这座城市的人，他们默默无闻，只是将对湮没在时光褶皱里城市遗迹的细微发现，都当作纯粹的研究兴趣，他们眼里往往能看到不为人知的城市史的细节，这相对早年干巴巴的史料古籍更有鲜活的现场感。我对此是心怀敬意的。

关于南昌老城圈的定位，历代方志皆认定整座城的位置在老城区沿江，三湖之内，城西垣有研究者得出："以榕门路为基础西移30步而已。"因为明代大都督朱文正为防止舰船攻击南昌城而将城圈做了收缩。这之前的唐宋元城沿江，应该是以汉代豫章郡城为基础不变。其次是北城，《水经注》说明："东太湖……北与城齐。"旧三湖的水系，靠北端的是墩子塘，再北边的是沙坝里（龙沙地域），研究者认为，"汉代成湖之类不太可能，则北垣为大士院至右营坊一线"。另一位南昌城史研究者应宗强认为，"南垣初定在船山路拐角沿线"，后来因为一位名叫刘诗综的研究者提到，万寿宫商城发现了唐墓，就定至中山路一线。而汉代西湖水域应该比现在大很多，不能以今天的眼光看古代，遂有所动摇，中山路地下又出土过巨量绳纹汉瓦。宋世钞便认为在中山路稍南，南垣大概在江西大旅社天井一线。城的东垣暂定渊明路和象山路之间区域，渊明路当为古万柳堤遗迹，"因为渊明北路诡异的弧度绝非故意成之，而是天然形成"。几位城市研究者如此一番推论下来，一个老城圈大致能够在头脑中浮出，尽管它还不一定是绝对准确的定位，却已是十分可贵了。

南昌在我个人经验里，它只是几条熟悉的街道——胜利路、厚墙路、中山路、阳明路、象山路、子固路、民德路、叠山路、孺子路、青山路，以及翠花街、系马桩街、豫章后街、书院街等。几条巷子——羊子巷、棕帽巷、三眼井巷、王家巷、甘家大屋巷、校厂西巷、友竹花园巷、松柏巷、射步亭巷、李家巷、大士院巷。几栋楼房——射步亭2号、象山路145号市委招待所（今象山宾馆）、棕帽巷52号、校厂西1号、绿茵路368号，以及儿童电影院、人民电影院、爱国电影院、洪都电影院、文化宫电影院、胜利剧场、井冈山剧院、百货大楼、妇儿用品商店、三泰商场、大众购物中心、黄庆仁栈、工农兵医院、正力大厦、市政协办公大楼、民德路邮局、洪客隆购物中心、万达购物广场、天虹百货、百盛购物中心。我生于南昌，自小在这里长大，几十年过来，城市于我的活动范围与熟悉度不过如此，其余的都是庞大的、被世事所命名的背景。没有谁能够说他是一座城市的全知者，局部与细节，才是真实的、及物的、可感知的。现场，身临其境，都在局部和细节中。对一座城市所知甚少，是常态，也是真诚地面对。即便借助于史料的阅读和道听途说的间接经验，乃至田野考察，大抵对于过去的、消逝的，那个占岁月比重大到远超于个人生命经验的感知能力的部分，我们徒有盲人摸象。就我所知，对于鼎革前后的城市世象，曾经几位公认的"老南昌""南昌通"，他们有的是过去的老报人，又历经鼎革与多个时代的波谲云诡，应该是洞悉此城之事，可他们对各人记忆的同一件事，都相互指谬，说法不一。这是个人经验使然，如果两人不约而同，反而可疑。那种普遍的共同经验少了一些生命的温度与质感。那些以"全知"视角指陈城市史及其无死角的人，我以为是真正的伪知者，是可疑的，只有承认自己所知甚少，局部视角，城市才是广大的。

新开发的南昌九龙湖（原新建县）仅存的一条近两公里的千年老街生米街，是一条由古代繁忙水路赣江码头直接上岸的街市，生米街也是当年江西四大名镇之一。可现在这条古街在崛起的小区高楼的围逼下随时可能被拆毁。不久前我参加《南昌晚报》一个"诗歌下基层"活动，专程到那里探访。

美籍华人作家王鼎钧先生散文中有一段话，他说："所有的故乡都从异乡演变而来，故乡是祖先流浪的最后一站！涧溪赴海料无还！可是月魄在天终不死，如果我们能在异乡创造价值，则形灭神存，功不唐捐，故乡有一天也会分享的吧。"我祖籍新建生米，妻子的老家也距此不远，曾听岳母经常谈论生米老街兴盛时的情景，岳母年轻时在生米街开过店铺，她的不少亲戚都曾是这条街的生意人。

街道是城市人生活的舞台,它真实、坦诚、原汁原味,没有任何面具,每天都在演绎着人生故事

岳母一个唐姓表弟，我和妻都叫德根母舅的人，他们家在二十世纪三四十年代有半条街的店铺，开米店卖糖卖肥田的枯饼，常听他对我说生米街的老故事。说到抗战时期，南昌大量人员撤到泰和，县政府也撤走，生米街仍然不减码头街市的热闹，日本人虽会出现在这条街上，但国军那方的人员仍会来这里，在德根母舅的讲述中，我依稀觉得那年月生米街是个人头攒动、身份庞杂的模糊地带，德根母舅口述道，国军便衣在街上饭馆开枪除奸，现场日本人还没反应过来，便衣便转身消失在人群中。那种热闹兴旺的景象仿佛历历在目。

德根母舅有个叔伯兄弟叫"疯子"，"疯子"读书读出去了，休掉街上的女人，留女人守了一辈子店铺，却找了一个姓贾的女同学，在青云谱十三中教书。土改时工作队把"疯子"吊在房梁上，逼他交出财产，他吓疯了，人就叫他"疯子"，以致少有人知道他的原名。生米街唐家、东（城）坡塘李家、斗门曾家、战坑程家、渡口下陂曾家，这些家族岳母耳熟能详，过去异姓联姻，有钱人是要配棺材的，将两副黑漆漆的棺材，扎上红绸，随同嫁妆，欢天喜地地抬入夫家的大门，寓意"升官发财"。至八十年代初期，家族之间也为利益争执发生过械斗，被叫着"打大阵"，或"杀大阵"，小时候听来，恍若是"打大城"。大姓若打小姓，小姓是不敢动的。要打大阵的，是须全姓动员，有人出人，人抽不出来，是要出钱的，要打造梭镖，练习布阵，选定年轻力壮身手好的排前锋、打头阵，这种民间械斗打法是古代战争对阵的遗留缩影。政府是严禁械斗的，但难免暗流汹涌，多半是还没打起来就被制止了。我仍记得曾家德字辈一些名字，岳父是德柳，其同辈还有德仁、德彪、德璋、德万、德金、德义等。这些上辈人及其叙述，在我的眼前影影绰绰，挥之不去，仿佛一片久远的心灵故土，其实就在城市边缘，时时修正着拥挤的高楼大厦和我肉身所出入的钢筋水泥的丛林。城市昔日的底片与乡野之殇就像潜藏在水泥丛林里的老虎,即使偶尔扑出来,也失去了以往的斑斓与凶猛,只是落寞独行,又转身消遁。

这里有必要提及战坑程家——已过世的德根母舅曾对我说过,小时候她去江边的战坑程家玩,记得有石狮、石马,唐代这里打过一仗,有个"王"死在这里,后来涨洪水将石狮、石马淹了,多年后已无踪迹。我到生米街也做过探访,老人多知道战坑是由过去打仗而得名,也说不出个所以然来,至于"王",人也听说过,却不知是谁。我凭借对南昌周边多年的游走经验私下推断,死在战坑的是唐朝的叛王——唐玄宗第十六子,永王李璘。李白在庐山受永王征召,一志追随,并为之赋《永王东巡歌》十一首,安徽的南浦村也是李白去过留诗之地,我也去考察过。永王兵败之后被杀于乱军之中。史书记载永王李璘死于大庾岭之战,我姑且做一次大胆的假设性推断,就实地来看,永王李璘也可能死于战坑,所以葬也葬在距之不远的现今南昌县广福乡永木黎村。李璘墓尚在,墓基周围有李白的刻诗碑,皆古物。九十年代我去察看,都完好,且得知永木黎村村民都是原永王李璘部下守墓人的后代。天真的李白当年也由误随叛王而落罪,把妻子留在庐山做道姑,自己在南昌留下《豫章行》后流放夜郎。

我来到梦魂萦结的生米街时,为老街旧建相对完整的形态和面临的危境而震惊,街上的房屋十室九空,店铺关门闭户,有的早已不是店铺,多为危房,有的已颓圮,仅有门和墙,好的房子住着人的也漏水断电,但正是在这条古街,还可以直观地看到古老的店铺、石板路上深凹的车辙、完整的花楼、乾隆皇帝曾经小憩的松柏园,可预想当年的繁华。老街建筑破败而直观地存在着,孤立无援的寂静中,是深沉的历史固态物。这是古老与现代的对峙,老街破败而弱小,虽然仅剩的一些老街居民在屋里无所事事地打着麻将,盼望尽快拿到拆迁款,住进新的高楼,这种愿望毋庸置疑,但千年老街毕竟是城市的珍贵遗存,老街岌岌可危的命运也没有必要让原住民来承担。令人担心的是千年老街在铲车与推机前不堪一击,危如坠卵。如果拥有两千两百年历史的南昌再失去了生米街,古城的实证将丧毁殆尽,千年的城市史荡然无存。我跟镇长再三陈述保留并修复生米街的重要性和开发古镇旅游价值的必要性,该镇长原是一位市领导的秘书,尚有一定眼光,但对城市拆建性扩张趋势下生米街的命运也露出爱莫能助的神情,不由得令人感到铲车与推土机的轰鸣正在逼近,一场灰飞烟灭就要发生。难道历史就是灰飞烟灭的轮回,即使和平年代也以"发展"为由,而理直气壮甚或是实用主义地把昨天的一切都扫荡殆尽?那些城市史研究者零星而孤独的身影将在全新的城建上,对千年街道遗址再度找寻与考证,并再度在钢筋水泥的丛林里迷失,同时推断和思考城市的来龙去脉。在此,请允许我自私地想象一下,这里或许就是我的根的所在,这里曾活过我的祖先。我甚至自私地写下了这样的诗句:

祖先

祖先肯定在生米街走过,是否气宇轩昂
是否年少英俊,被楼上美人抛花上身
顺势转弯,撩帘而入,快活吹灯
动作十分熟练,俨然一熟客,入座会仙坛

祖先是否邂逅京都来的微服私访客
在松柏园跷二郎腿聊天,有眼不识泰山
跟人称兄道弟,又打酒谈女人,露了赣江老底
被鱼咬了一口,赶紧住嘴,吃花生,饮酒

祖先是否遇到许家推米的细叔
独轮车歪倒一边,米洒一地,那人不管不顾
奔向天边,一片火红祥云,载着房屋鸡犬
如波音767航班,从街西缓缓飞天
许真君是古代飞行员,坐驾驶室朝下扔彩霞

祖先是否正中头彩,骑马戴花,春风拂面
在街市招摇,被唐家大屋纳为乘龙快婿
洞房花烛,撩开了美人的面纱,妙笔题诗一首
又从码头登船,赣水烟波,一去千里
或读书求仕,或赴远方以远,我不得而知

一千六百年过去
我从街头走到街尾,随手抓一把,都是往事
祖先从生米街上走出,我茫然若失

生米街之行,使我再度强烈感受到,古城老街的历史文化遗存不仅仅是到了抢救关头,而是面临灭顶的十万火急！看看进逼过来的高楼大厦已形成合围之势,仿佛滔天巨浪,四壁如万仞峡谷,眼看就片瓦不留了。我将在生米老街拍的一批照片以"让我再看你一眼"为题在微博贴出,希望引起更多人对老街的关注和保护,并让人知晓——江右文化珍贵遗存、具有一千六百年历史的古镇生米街(尚存两千米左右)面临拆除,这里与道教净明派创始人许真君(一座万寿宫、一条生米街)不可分割的部分,现位于市中心的万寿宫街区在重金打造,而原生态老街生

米街却面临拆除的命运。为此,我发出呼吁,保护生米老街,保护故园,生命有所寄,乡愁有所托!请文化学者、有关专家、旅游资源开发商,尤其是作家、画家、摄影师带着良知、带着爱护文化与家园的情感,去生米街进行田野调查,搜集创作素材,举起镜头摄影,挥起画笔写生,留住时间凝聚了千年的美。旧时之美,千年老街,是拆除,还是凤凰涅槃?!

对城市诚恳一点,是必须的,这诚恳往往在一个老城市人的"抱怨"里,外地人只是好奇,看到的是它的表皮和过去的文献,按图索骥,过去和当下一考量,"骥"早跑了。北京一位朋友到成都,进窄巷子见"白夜"酒吧老板翟永明,"翟永明来晚了。成都已经和这个国家的所有大城市一样,喧嚣,拥堵,越来越不方便。她住在三环外,那里几年前还是成都的偏远地带,进城要一个多小时,不过现在,那里成为天府新区,也变成了一个中心地带。她说,她对这座城市的变化,已经有些不知所措了。虽然从小在这里长大,但是现在很多时候,她也找不到路,就像一个流亡者刚刚归来。很多熟悉的地名也被一笔勾销了"(仲伟志)。南昌的新城圈随着子城的纳入在扩大,它是动态的,不固定的,而母城的老城圈早已埋没在原地,是凝固的故址,或存于几层墟土之下,虽然表面被不同时段的建筑物遮蔽,但它仍在那里。犹如造物主早就划定的一个圈,谁也推不掉,踩不塌。奥尔罕·帕慕克说:"康拉德、纳博科夫、奈保尔——这些作家都因曾设法在语言、文化、国家、大洲甚至文明之间迁移而为人所知。背井离乡助长了他们的想象力,养分的吸取并非通过根部,而是通过无根性;我的想象力却要求我待在相同的城市、相同的街道、相同的房子,注视相同的景色。伊斯坦布尔的命运就是我的命运:我依附于这个城市,只因她造就了今天的我。"(帕慕克《伊斯坦布尔:一座城市的记忆》)

老屋记:瑞金北路145号

> 我房间的窗户——
> 这房间属于悄寂无闻的众生之一
>
> ——费尔南多·佩索阿

瑞金北路145号是七十年代南昌市委第一招待所的大院门牌号码,老屋指院中的第3栋——招待所三部,是院里一幢民国建筑。此楼年代与原"江西大旅社"(现八一起义纪念馆)相近。"江西大旅社"建于二十年代,市委招待所三部建于二十年代末三十年代初。我家是二十世纪七十年代中期——1974年住进去的(1985年搬离),这幢楼高四层,临街的一面外敷水泥,灰色的墙,绛红色的门窗木框,位于瑞金北路(今象山路)与建德观路的转角,其L形在两条路上各占一半面积,当时在整条瑞金路都算得上有数的大建筑。面里的院内部分是青砖墙体,没敷水泥,一至二楼墙上都由于生着青苔而呈暗绿色。搬进去的那天下午,金黄色的阳光照耀着瑞金北路,我在院门口站了一会儿,只见人来人往甚是热闹,尤其对面三建公司的办公楼大门,临街分立了两排标语栏,一层纸压一层纸地贴满了大字报和漫画,吸引了路人作驻足观。高大的梧桐树,不时有手掌般大小的叶子飘下来,像是印着阳光的传单。

瑞金北路145号院内有三幢楼,分别为招待所一、二、三部,一部是一座带办公性的两层小楼,下面有个大会议室,摆满了双人和单人的布衣沙发,这在当年是显得有些奢侈的,一些较高级别的会都在这里开。与会议室相对的是两间办公室,一为书记和所长办公,一为财务,楼上为招待所单人房,一般供领导会间休息。二部占地面积仅次于三部,此楼亦为两层,毫无特色可言,属于六七十年代的典型建筑,长方形,中间过道,两边房间,多为双人间,亦为机关干部开会住宿。其非同一般之处在于,二部的地基是过去南昌城隍庙故址,食堂原为城隍庙大殿,五十年代市公安局在这里,大殿成了公安局礼堂(会堂)——南昌城隍供的是灌婴。

我曾写过一首《城隍》,为那片瓦不存的庙宇:

  豫章城所供的城隍　乃西汉某将军
  率五千铁骑逼杀项羽者即是,项羽乃吾心中大神
  吾视弑大神者为宿仇:灌婴弑项封侯　是否心存不安
  功劳簿上固然滴着英雄血　成者王侯　败者寇的定律
  是由刀剑写成。罢罢罢
  俺没赶上群雄争锋之年,一腔豪情狂灰飘散
  看灌婴平江南　定豫章　坐飨城隍供奉千年
  把他抬上神龛的是我祖先
  拆他庙宇的是他后世的六亲
  我没为城隍上过一炷香,只在豫章史上反复诵读他的大名
  英雄时代的铁血悲风拂过大神的面影
  城隍有幸应该认得坠落的天神

1

招待所二部后院,七十年代中期尚有城隍庙最后的残存,一圈带廊道的厢房,供招待所家属住。记得食堂有个矮壮瘸腿炊事员一家住在那里,他有个痴傻的儿子,个子大,手弯曲着,有残疾,冬天带个护耳的蓝布棉帽,跟着一伙女孩后面跑,直淌口水。瘸腿炊事员每天要在院子里直着喉咙叫几遍儿子吃饭,我经常见他半是关爱半是责怪傻儿子的举动。后来他的傻儿子突然不见了,据说是走出了院子,瘸腿炊事员到处找,均无踪迹。那是个灰暗无晴的冬天,我和家人都听见了瘸腿炊事员绝望的哭声,像受伤的狼嚎,浸透着寒风里的悲伤。母亲说,说不定哪一天他儿子会突然回来,也许还带回老婆孩子一家子呢!——这真是发自一个无比善良的母亲心中的美好设想,充满了对于悲凉绝望心灵的抚慰,但母亲没对瘸腿炊事员说。她只是在家里一边做家务,一边喃喃自语。我想她是被传来的一个丢失孩子的父亲的哭声打动了,并为那个残了一条腿又丢失了痴傻儿子的父亲而伤心,她的喃喃自语不是安慰别人,而是抚慰自己为别人难过的心。

瘸腿炊事员是怎么残掉一条腿的?不像小儿麻痹的遗障,隐约听说他参加过抗美援朝,也是炊事员,退伍后分配到机关招待所食堂。整天只见他围着条褪旧的蓝围布,上面总是湿黑的。他的那条腿是在战事中负伤?我当时尚无询问意识,而且那个年代街头巷尾的傻子、神经病,以及各种残障的人似乎不少,也就没有谁太关注他们的疼痛史。瘸腿炊事员在院子里是个好管闲事的人,招待所的家属到锅炉房打开水他总要管，我不知道他家打不打。姐姐总是趁晚上摸黑去打一瓶热水，白天怕碰上他。我也见过打热水的家属白天拎着热水瓶跟他对骂，瘸腿炊事员就嚷着去所长那儿说理。人便唾口痰，悻悻然走开。

二部后院的几间房曾为专案组临时办公点，几个身穿"蓝保涤"（七十年代保卫部制服）办案员曾与寒冬合谋，行迫害之能事。在那里鬼鬼祟祟地进进出出，其中有个白头发的中年汉子，穿着"蓝保涤"，板着一张脸，腰间鼓鼓囊囊，好像还掖着一支手枪，神气活现的，仿佛他眼里都是审查对象，包括我们这些孩子。现在想起来这世上就有一些人是天生恶棍，只要有一定气候，他们就会充当打手，以害人为乐。在城隍庙里行恶事，竟不知头上三尺有神灵，宵小尚敢蟹行，想毕难有善果。元曲里有这么几句："料此身未得长存，为什么急急忙忙，作几般恶事，想前世俱已注定，何必不干干净净，做个好人。"

我想瑞金北路145号院的意义指向其一显然是城隍庙，古豫章——也就是现南昌的城市保护神灌婴庙所在地，估计于今少有人知道了，现在人们只晓得那里是象山宾馆、工人文化宫、茶馆和健身房，还有一度是婚介所、停车场，等等。城市的内在史早已被芜杂的世相遮蔽得不明去向。我要说到的三部——灰色民国建筑，它的前身在民国年间是国军空防军需供应站或物质调配站。后来是合作化供销社门市部、市委招待所、象山宾馆、KTV歌厅。不同的年代这幢楼充当了不同的角色，我家住的市委招待所第3栋灰砖四层楼老房子，刚入住时就听说三十年代曾是美国空军援华抗日飞行队驻地。有人提到当时南昌也是苏联航空志愿队的重要驻扎地。

抗战伊始，中国空军与日机惨烈空战，损失殆尽。至今仍能看到笕桥机场空战视频，一千多名中国年轻空军血洒长空、壮烈殉国。照片上留下了他们珍贵的影像，青春而灿烂，他们留着光滑的分头，面孔英俊而干净，脸上都是明亮的笑意。据说这些青年飞行员，多是优良出身，家境体面，个个有活着的尊严，但在赴国难那一刻，他们扛起了家国责难，明知一上天就是不归路，但他们毫不犹豫，毅然为祖国而战。优秀的人懂得荣誉、尊严和责任，他们知道国家赋予他们的比别人多，国难之时他们必须先行付出，而不是背道而驰，即便舍身，也是取义成仁。

日本有个画家叫藤田嗣治，他和同时代的画家夏加尔、莫迪里阿尼、苏丁等人被归为巴黎画派，以画洁白的"裸妇"出名。我在他那些"冰雪截肌肤，风飘无止期"的画中，突然看到一张"攻打南昌机场"的画，注明时间是1938—1939年，那时南昌设有蒋介石的"陆海空三军行营"。画面上是一架喷着鲜红太阳旗徽的日本战机在草地上，前面有浓烟，空中还有战机在做鹞式翻飞，我有些震惊，虽然是八十多年前的战事，我也看过当年南昌机场（向塘机场）国军飞机遭日军袭击的文字，但此时见到藤田嗣治的画，尤其是在一张张雪肌透明的裸女画中出现，还是吃惊。我甚至怀疑那飞机是不是裸妇的变形。夏加尔、莫迪里阿尼，他们画的人物也在飞，但不是战机，而是衣服、裙子、飘带、翅膀、大腿、脖子和纤细的手臂。天哪！我看见了什么？"二战"？南昌机场？太阳如血……

失去了空中力量，民国政府向苏联求援。"斯大林为避免两线开战，希望中国拖住日军，1937年8月21日在南京签订了《中苏互不侵犯条约》，规定：'倘缔约国之一方受一个或数个第三国侵略时，彼缔约国约定，在冲突全部时间内，对该第三国不得直接或间接予以任何援助……'通过该条约苏联政府向中国提供物资援助，1937年11月正式派遣空军志愿队来华作战。以志愿队名义就是撇开苏联政府，完全是个人自愿行为，乃至雇佣军性质，便于避免日苏直接宣战。""驻扎南昌的苏联航空志愿队飞行员有三百名左右（援华飞行员共一千余人），他

老屋记：瑞金北路145号

们是A.C.勃拉戈维申斯基指挥下的以大尉科兹洛夫为首的战略轰炸大队——清一色的帅小伙,但都是身经百战的空中雄鹰。他们的到来从局部上改变了双方的战略格局,志愿队战机多次迎击来犯日机和多次轰炸敌方战略目标,取得了骄人的战绩,尤为惨烈的是武汉保卫战,双方空中主力全部投入战斗,二百余名从南昌起飞的苏联志愿队队员长眠在了中国的土地上。也许是太多的意识形态的原因,这支曾在中国抗日战争前期发挥过巨大作用的苏联'志愿军'在中国并不为太多人所知晓。比起大名鼎鼎的'中国空军美国志愿援华航空队'——也就是传奇性的'飞虎队'来,他们显得太过默默无闻。"(彭中天)

我此时突然想那时苏军飞行队住在南昌哪里呢。难道当时有两支外国空军援华,都在南昌？南昌原有向塘机场,有造飞机的洪都机械厂里的小型试飞机场。一次我被同学带到机场,机场专门为我们起飞表演,晚上和飞行队军官喝酒,有个敬酒员,一个个客人敬,他一手拿壶,一手拿杯,从头到尾,屁股没沾座,除了酒下肚,没动一下筷子,真是厉害。

当年那些援战的苏联志愿队飞行员是否也在瑞金北路145号待过呢？我这样想。因为我对那个院子和房子太熟悉了,招待所三部室内的风格明显是带有西式的,更接近美式建筑。里面的光影、气息、触感,仿佛都有历史的味道。那个院子和楼房与外面街道、建筑,如同隔世。

我住在瑞金北路145号院时,发现这里有花园、水泥沏的鱼池、假山,虽然都是残遗物,长期无人打理,皆呈荒废状,尤其招待所三部外面更加僻静,有老井、高大的檞树和丰茂的樟树,地上长年累月堆着一堆黄沙,仿佛此处是个隐世的地方,如同传说中的高人习武之处。那时院外的小金台、建德观、包家巷、下水巷、东湖边,是有少年殴架的。我也在外面结了些"梁子",上下学路上常遭到对头堵截,每每狭路相逢,全拼两个拳头。打得赢则打,打不赢则虚晃几下,只有落荒而逃,便打算每天在园里练武,苦于没有师父,就在书店花一毛二分钱买了一本拳谱,多是图画招式,上下之间是虚线,就跟一住小金台2号万同学一起研究比画着。只是招式与招式之间难已连贯,力度也无从把握。样子有了,却根本打不成一套拳,令人沮丧得很。老舅在旁边看不过去,教了我两招推手,说你只练好这两下,一辈子就够了。我抛开拳谱,一天到晚有空就练那两招,果觉有些用处。

母亲的堂妹,我叫金娥姨的,一家人住小金台老院子。金娥姨仿佛是个巾帼人物,命却坎坷,年轻时就是"妇女主任",风风火火,做事麻辣。她的丈夫老秦是个"红小鬼"出身的"老八路",育有两子一女。后来老秦因犯"生活作风"问题,一再降职,直到降至向塘镇电影院做经理,抛家不顾。一个家就靠金娥姨苦撑。闲时金娥姨就会到招待所我家来,冬天里寒风紧,天灰灰的,金娥姨就戴一条灰色长围巾从小金台过来,两三分钟就进了家门,找母亲说话,一吐心里积郁。好在她女儿找了一个刑警队长结婚,小伙高大威猛,经常开一架抓人的双轮摩托风驰电掣般在小金台老院子出入,多少给金娥姨家挣得一点脸面。刑警队长的爸爸即姨父老秦的战友,作为"老干部"在地方上享受特别待遇,享有独栋带小院的房子,在新祺周颐养天年。而老秦却因在向塘电影院又犯下了"强奸幼女罪",念其"老八路"的资格,没打靶就万幸,以戴罪之身接受"劳改犯"的刑罚。所有荣誉,一扒精光。刑满后出来,一个人在寂寞中过世。

2

我从一个习武少年转向文学艺术,也是从瑞金北路145号开始的。

我家住的两间房是楼的底层，窗外一度是建德观菜市场，光线全被菜市场临时搭的篷子遮住了。室内幽暗，白天必须开灯照明，我其时正痴迷画画，读文学书籍，由于光线不正常，加上用眼过度，视力开始减退。父亲让我每天早上到花园去读书，那里光线、空气都好。我从一本纸张发黄的中华书局六十年代初出版的《中华活页文选》（合订本）里，首次读到王勃的《滕王阁序》时，南昌赣江边连滕王阁的遗址都了无痕迹，这座王勃书写的江南名楼已不复存在，而我在这册旧书里与它邂逅，同时还邂逅了白居易的《琵琶行》、王实甫的《西厢记》、关汉卿的《窦娥冤》等。不久就读到了1977年再版的《莎士比亚全集》《莫里哀戏剧选》《易卜生剧作选》《古希腊悲剧二种》《斯坦尼斯拉夫戏剧体系论》《布莱希特剧作选》，以及《史记》《陶渊明集》，都是在废旧的花园读的。那时抓到什么读什么，皆囫囵吞枣般，急不可待。当读到陶渊明、莎士比亚的时候，真的有了"你扛着巨石，轻视了众神"（吴青峰）的感觉。陶渊明和莎士比亚对我影响很大，仿佛他们都来自天上，一个是白云，一个是闪电。刚好那是一个少年所需要的。

那座废旧的花园令一个十五岁的少年有些着迷，它的早晨是充满朝气的，又是颓废的，与外面的气氛迥然不同。我也是在这座废园里读了巴金的《家》《春》《秋》和茅盾的《子夜》，还有郁达夫与郭沫若的早期作品，我读到了巴尔扎克的《幻灭》、司汤达的《红与黑》、狄更斯的《艰难世事》、雨果的《九三年》和普希金、海涅、拜伦、雪莱、歌德的诗集。这些文学作品无疑成了我精神成长史中重要的养料，它让我从一个废园里打开了一个金色的王国。这个王国从此与我伴随，并引领我进入更深邃与更深层的辽阔的世界。它使南昌瑞金北路145号对我具有无可替代的异样的意味。

这种意味是美的,而比这种美先期抵临我的少年世界的,是一个住在院内的邻家女孩,她的名字叫红,不是帕慕克的红,但她令一个少年有了纯情。瑞金北路145号院背靠包家巷,巷内有个继红小学,认识红时,她在那里读五年级,妹妹读一年级。我已进豫章中学上初一了。红经常来我家跟妹妹玩,她们趴在饭桌上打扑克,红伸出的手那么白,像玉,手背一条条细微的蓝色血管格外清晰,姐姐说,红的皮肤白得像透明的。由此我才注意到她,一触及红的目光,我竟有了躲闪。正是由于这"躲闪",令我体会到一种异样的内在感受,仿佛有了对于少女眸子的羞怯解读。几年下来,她也是中学生了,尽管我或许是一厢情愿地以为她的目光每次与我相遇,都是有内容的,但我始终胆怯着,仅仅把这种难得的人生初情,停留在目光与目光的交汇阶段。十四的女孩是薄荷般的少女,尤其在十五岁少男的感受里,那份情动与秘密的想象,乃至稍有的绮念,都是纯美的。那是人生的白银时代,仿佛天使的翅膀加身,飞起来,也只是对俗尘的一些超越。当这个时期一过,上帝便收缴了我们的翅膀,一切都落在地上。而我们却能用凡俗的眼光看见别人在飞,自惭形秽。

三栋一楼有一间大澡堂,有十几个水龙头可淋浴,里面还锁着一间厅堂,内有贴马赛克瓷片的大浴池,冬天逢着会议会开放,里头热气腾腾,我钻进泡过几回,美死了。但大多数时候只敞开淋浴室,尤其夏天,洗澡的人络绎不绝,傍晚六七点是高峰,非得光身子站在一个水龙头前守候,等人冲洗完了,再接上,将毛巾往水开关旋钮上一摆,别提感觉多好。这情形几乎与排队上厕所等同。而当年能在一间偌大的浴室洗澡是奢侈的。街巷里的居民,都是担水到家里洗澡,女的用木盆,关门闭窗,拉上窗帘,躲在房里洗,如蒸桑拿浴,热个半死。男的就提水桶在天井或在水井边洗,将半桶水哗啦一下自头顶淋下来,冲去浑身白色肥皂泡,也算痛快。

夏季一过,大浴室就空空荡荡,两扇对开的绿色油漆门会被风吹得发出拍打的声音。这时只有父亲还会一如既往。

父亲是洗冷水澡的,也鼓励我洗,磨炼意志。夏天我几度摩拳擦掌,誓言坚持到底,洗到十一月份,一个寒潮袭来,仍搭条毛巾往洗澡间跑,这时偌大的一溜水龙头的招待所公共洗澡间冷清无人,仅我一人光着身子在战斗,于是独自吊起嗓子作狼嚎,仿佛全身披挂,似有千军万马,能吓退一半寒意。只是冬天一到,赶紧挂起了免战牌。如此反复了几年,皆没能坚持下来。老父到了八十岁,冬天仍洗冷水澡。他是个有意志和毅力的人。

一年夏天,瑞金北路145号市委招待所破天荒接待了一批上海芭蕾舞学校学员,那些长腿、修身的跳芭蕾的男孩和女孩,王子般的面庞、天鹅般的脖子,细的腰身,在三栋楼上上下下,在废旧的花园周围闪烁,从食堂、锅炉开水房穿过二栋一排后窗下的拼砖路,经过水井,转弯踏上三栋的外设楼阶,这个过程,都是天使在经过,把处于同一年龄阶段的我和一些伙伴瞬间打成了肉泥凡胎,知道了自卑的无奈与绝望感。那些芭蕾男孩就像是我从诗中读到的,是希腊神话里的水仙少年,那些女孩都非凡物,每一个都像天使飘落人间,她们挽着白色脸盆到锅炉房打水,又叽叽喳喳绾着发,从我身边飘过。这种时候我坐在花园的石凳上已无心读书,心在随着那些芭蕾舞步飘(我所坐的石凳,是一个硕大的圆形红石基座,它应该是城隍庙的遗留物)。市委招待所一般是不对外营业的,主要是保障市委机关召集的会议食宿,接待上海芭蕾舞学校一大批学员就是破天荒了。成群开会食宿的干部在招待所进进出出是常态,如果门口有持枪武装军人守卫,会议就非同一般,我们进出门也会受到盘问，同学来家玩便进不了大门，我就只有出去。只是会议有两个好处，一是我在外打架，跑进了有持枪守卫的大门，人就安全了。门外追赶掩杀过来的街痞一见军人、冲锋枪、胸前胀鼓鼓的子弹带和威风的军大衣，就吓得"倒退三十余里"，我在门内直乐。二是逢会议，市委礼堂晚上多有电影，家里便会有一两张人家送的免费电影票，这多半是我去看，把阳明路的市委礼堂都跑烂了，只是乐此不疲。

1975年，有一部简短的新闻纪录片很轰动——年迈的毛主席接见时任菲律宾总统马科斯夫人伊梅尔达，国人为伊梅尔达的美惊艳不已，一时街谈巷论，我却觉得邻家女孩红很像这位美艳不凡的夫人，但跟谁也没说。

次年九月，阳光灿烂，一个食堂女工蹲在院子里号啕大哭，人问怎么回事。她伤心欲绝地说："毛主席死了！"我当时正距食堂女工不远，她哭号着说的这句话既直接又震耳，整个洒满阳光的院子仿佛因这句话突然空了。我似乎听到有人说"天塌了！"诗人芒克在《往事与今天》一文中回忆当时情境写道："让人不相信他是会死的人，不应该说是神，他怎么也会不再活着了呢？"——这天傍晚我父亲为招待所院大门两边的墙上用排笔写悲悼领袖的挽词，那词都是按报纸上统一规定的。父亲原本一笔好字，那是从小在祖母的严督下日临颜鲁公练出来的。父亲登竹梯在墙上一笔一画写着，我在下面扶着梯子。我见他写得沉郁、缓慢、工整，足见父亲其时的心情。回到家，我也用心地画了一张领袖的素描，父亲亲手裱好，贴在家里正中位置。

那些年，南昌住房紧张，很多人家都是七八甚至上十口挤一间低矮棚户屋，那时称"毛棚子"，下截是破砖黄泥，上一截是木板，屋顶是油毛毡加瓦片。许多适龄成婚者就是没屋子，以致结不了婚。我的大舅和细叔都在此列,父母就把家里的两间房腾出一间来,一家五口全挤一间房,腾出另一间让大舅舅、细叔好歹先后都在这里结了婚,父母才松了一口气。

过年了,照南昌人习惯,多是兄弟姐妹家从初一开始轮流聚餐,这年仍按旧例,父母都排行老大,年饭聚餐每从老大开始。我家照例忙着,虽然那时的年饭无丰盛可言,却是竭尽所有,平时舍不得吃的,都拿出来,也就是一点腊肉、香菇、腐竹之类,那肉是要凭票的,每家一年到头也没几斤肉,还要提前腌着,预留到过年,那时物品短缺,吃更短缺,要做出一桌几家人吃的年饭是要"囤积"很久的,且年三十的那餐也只能简而又简,比如杀了一只鸡,鸡留着,把鸡的内脏切碎,加上鸡血,南昌人称"鸡杂",加上一些佐料煮成一锅羹,南昌人称"糊羹",是三十晚上必吃的。吃了"糊羹",就是"过年了"。次日就是大年初一,我家主要是母亲姊妹走得近,那时外婆、外公还在世,过年就热热闹闹都来了。表面看惯例的年聚没变,但隐约还是有些异样。从父亲和姨父们敬酒的交谈中可以感觉得到,毕竟毛主席不在了,一个轰轰烈烈的时代正在落幕。

年后,大家照常上班的上班,上学的上学。一天上午母亲到了单位忽然发现忘了带什么东西,只有告声假匆匆忙忙赶回家。正碰上父亲及两个面孔严肃的陌生人跟着进了家门,父亲这几年已从湾里回到市委上班。——"也是鬼使神差",母亲后来对我们姊妹说,她回来,正碰巧撞上父亲回家收拾行李,"专案组"的人要把他带去"隔离审查"。——我们下课回到瑞金北路145号市委招待所的家里,从母亲口里才知道父亲被带走了,去了哪里也不知道。全家人对外还得装作什么事也没发生,母亲上班,我们上学,看似与往日无异,其实内心已完全不是这么回事,突然就感觉到这个世界的冷酷。

那个夏天，我们家所住的底楼原本堆招待所家具的房间新清出了几间，供物质局一个下属单位办公，有七八个人。一间坐两个领导，一间坐两个整天把算盘打得噼啪响的财务，一间搁四张办公桌，坐了三个看报喝开水的人、一个女出纳。年轻，肤如白蜡，五官有些像维纳斯石膏像，鼻子挺直，唇角精致，女出纳经常穿有些紧身的短袖白衬衣，有曲线感，藏青色大摆裙子，一进来，先坐在厅堂用大袖摆扇风，大腿就露出一截，令少年如我辈想入非非。

3

将近一年了，父亲音信全无。只是每隔一段时间，专案组的人会来我家，取父亲需要的一些日用品和书籍。每次专案组来人会交给母亲一张纸条，上面是父亲秀雅的钢笔草体字——背心2条、肥皂2条、牙膏1支、袜子2双、毛巾1条、春秋衫和长裤各1件、《简明中国哲学史》1本等。母亲收拾好，再叫我回复一张纸条，只写明带的物品数目。随物品一起交来人带去，只是我给父亲增加了一本《辛稼轩词笺注》。来人面孔死板，别的事不说，我们也不问。我每月十五日去父亲单位领工资，逢节日，单位还会打电话来，通知去领几条鱼或几斤肉，主要是我骑着父亲的自行车去领。父亲单位的同事听说我是老程的儿子，都还和善，会主动带我去领。尽管那时我心里是有伤痕的，毕竟十五岁是一个男孩心里成长的重要时期，此时我已领略到世态的炎凉。直到有一天，我住的那间客厅兼卧室房子朝街的窗玻璃被敲响，母亲打开，我也翘望——因为位于底层的房间低于外面的街道。窗口是一张陌生的年轻面孔，他问："是老程家吗？"母亲说是的，年轻人小心地说他是谢家村小学的校长,特地偷偷来告诉一声,老程在他们学校。母亲得知父亲的下落,很是感激。年轻人说,我一见老程,就知道他是个好人,我不忍心。

有了父亲的下落,我们一家高兴了好一阵。母亲担心父亲的身体,就盘算着悄悄送点吃的过去。那时吃食仍然紧张,母亲原想炖只鸡,费了很多心思,也没买到。只有用肉票剁了半斤肉,做了肉饼汤,用一只搪瓷碗盛好,外裹毛围,装尼龙网袋里扎牢。母亲很郑重地双手托给我,我也双手接过,手掌顿感温热。母亲还交代,如果在院子里遇上人,问去哪里,就说去外婆那儿。千万别让人看出破绽。我知道前去探父是桩秘密任务。谢家村在城东郊,那些年还是偏僻乡村,我没去过,只知道沿去彭家桥那条路一直往前走,若遇到村子,就是了。

给自行车胎打足气,将尼龙网袋挂在车把手上,我想自己就像个地下工作者,飞身上车,仿佛小说《烈火金刚》里勇敢的侦察员肖飞,只是腰间没有匣子枪,而是带着一碗护送的肉饼汤,这是此行的任务。

人在少年,一半身体在飞,落地的那一半,也不完全现实,即便残酷,也会觉得灿烂。去谢家村那一路,过了江西师大就是乡野,一条黄沙土路好像没有尽头,两边都是碧绿的水田。直到如今,我已中年,仍然会梦见那条路,只是路的景象变得奇幻,在出了八一广场未到师大的那一段,便旷古起来,有大庙、奇古的树木、乐山大佛般的菩萨,这景象不止一次出现在梦里。谢家村那条路的尽头出现了江水,是个可以捞鱼的渡口,我几次在梦里骑自行车从那个渡口来回。我想那段经历还是影响了我。

接近中午时,我才找到那所隔离父亲的小学,在水田中央,一条小路通到那里,是那种四边平房围起一块场子的寻常近郊建筑。灰瓦,红砖,墙外糊泥土粉白石灰,写着时兴的大字标语。我恐小学有专案组人员,就在远处停了车,避开进校门的路,将自行车放倒在芭茅草里。卷起裤脚,下了水田,一脚深,一脚浅,佯装在抓青蛙。在小学背后那溜房屋的水田里边走边观察。这时我童年随父母下放乡下的田野经验全用上了,当我沿水渠接近房屋窗边,抬头朝里看,正逢父亲在窗内朝外看,我俩的目光闪电般碰到一起。我像个农家少年一样,满脸泥水地出现在窗口,他显然大为吃惊。毕竟我们父子近一年没见了,父亲大大的眼睛里惊异于窗外兀立着的少年是他梦中的儿子。但父亲旋即镇定了,他只暗中朝我打手势,示意我离开,到北边。我见他是以佯装抹头发的样子收回手势的,可知他屋里还另有人。我既欢喜又平静,继续不紧不慢像个抓青蛙的,沿水田边沿向北走。

在杂草繁密的北边斜坡我蹲下身子,不一会儿,便见穿着白的确良衬衫的父亲出现在田塍上,他慢悠悠走着,像散步。田野空旷,太阳亮堂堂的,水田里是绿油油的秧,田塍黄土,硬得见棱角,两边的杂草生意盎然。想来父亲平时就是这么在田边散步的,不会引人注意。那一排墙面石灰剥落的房子里肯定有监视者的目光。父亲若无其事般走到斜坡处,这里是那排房子的视角看不到的一处斜面。父亲忙蹲下来,抓住我的手,我只觉得他抓得很紧。我也有些激动,又有些不好意思。父亲说:"你长高了,学习怎么样?"我说:"在背'英语九百句'。"父亲连连说:"好!"他又说:"你的字写得大有进步。"我颇感奇怪,父亲怎么知道我的字写得怎样?父亲从上衣口袋里摸出一个折叠的小信封,从里面抖出来一些纸条。天哪,那是每次专案组带生活日用品来我随意写的物件单子。想不到父亲竟仔仔细细保留着,将近一年来真仿佛"见字如面"。我心里突然一酸,想掉泪。若想到父亲会如此珍视这些纸条,当初就不该写得那么草率,应该会写得更好些。父亲问到家里情况,特别问到妹妹,她还小,父亲尤牵挂。

此后我骑自行车带妹妹偷偷去见了父亲,父亲高兴极了。第二年中秋节的夜晚,听说祖父病了,父亲竟摸黑踏着月光走长路回了家,到桂旺厂巷探望祖父,然后又奔回去。

父亲不在家,那是艰难的日子,我初次到建德观菜场买菜就是那段时期,那时菜场如水洗,根本没什么菜可买,肉类、豆干类都凭票证,是限量的。即便买几块白豆干还得排长队。我上菜场也只是买五分钱一把的青菜,日子就这么过着。一次,我呵护着妹妹站在家门前的樟树下避雨,从一栋会议室开完会走出来一位穿列宁装的女干部,她笑着跟我们打招呼:"维维!蓓蓓!"我们转头看——咦,是当年和父母一起下放的唐阿姨。她是到屋后来取自行车的,刚要走,就看见了树下一对躲雨的小兄妹,她问我们记得她吗,我和妹妹都傻站着,直勾勾看着唐阿姨,似乎没有明显反应,唐阿姨却夸我,像个大哥哥的样子了。毕竟距当时下放农村时住在一幢乡村老屋已隔多年,妹妹肯定不记得了,周岁未满的妹妹当年深得唐阿姨一家的喜欢。

下放的乡下,是松湖兰溪,地名很美,却是常发大水的地方,穷陋得很。下放干部入住的地主老屋,墙板上涨水的痕迹高过了人头。地主的小老婆鼎革时,在昧暗的楼上上吊了,我还在楼板上发现一只陈旧的红色高跟鞋。一千七百年前,东晋道士许逊路过此地,在一户人家打尖,临行前,在人家墙壁上画了一棵松树,次年大水,周边皆淹,唯此户人家幸存,这是"松湖"由来。我跟随父母下放过来,是坐大木船过的锦河,乡人赤脚,挑着我们家的行李,包括外公羊子巷家里的一具数丈的木梯,外公说,乡下房子,用得上。随后他也携外婆和小舅舅被"流放"去了山沟沟里的贵溪乡村。父亲下放是有荣耀的,似乎还带了大红花,乡人在锦河这头就开始放鞭炮,我平生初次坐大木船,船家篙一点离岸,橹摇起来,虽有失去重心感,却很新鲜,母亲扶我坐在船板上,开始渡锦河。人说"生地怕水,熟地怕鬼",时年我六岁,"水""鬼"两不惧!那是个阳光明艳的午后,干净的船板都仿佛镀了金色,我注视到船板下的流水清澈而激涌,有淡淡的蓝,像羊子巷瓦屋顶上烟囱里飘浮的炊烟。踏上乡村的泥土,我平生方知有人叫"路生",是他娘在路上生的,有人叫"逃生",是出生时难产,活下来,算逃了一条命而得名。一个城里的顽童遇到野天野地野水,又几乎无人管束,大人各忙各的,根本顾不上管孩子。我也就从乡野获得了野性,比乡下孩子还野,乡人都唤我"野崽叽"。几次险些淹死,好在老天一直佑护我,故命大而顽健。

下放"大军"领队女干部就是唐阿姨,穿着列宁装,时年不到四十,是个有革命资历的"老"干部、市委办公厅副主任,外地人,一口标准普通话,当年的进步学生出身,丈夫据说是空军飞行员,两人离了婚。唐阿姨带着二子一女,大儿子冬冬,二儿子波波,小女儿松松,皆从她姓,姓唐。他们一起下放到松湖,跟我家及另几个"干部大军"同住一幢大屋,唐阿姨家与我家一板之隔。总见她一早就头扎白羊肚毛巾,极像战争年代的女游击队员,肩上搭着草绳和下放干部一起拉车下地去"上工"——新建乡下农人干活叫"上工"。我便跟他的二儿子波波下塘摸鱼,上树偷桃,爬屋顶,掏鸟窝。下放干部住的屋后搭着一间房,住着房东,原地主的小老婆和她的跟我一般大的小儿子。村干部深夜打狗,烧狗肉吃,一伙人捶开她家的门,那女人披着衣服掌油灯,战战兢兢开门,以为有什么祸事临头,我夹在人缝里,见她的小儿子躲在破蚊帐后露出惊恐的脸,问:"娘,干什哩啥?"女人闹明白后,安慰惊吓的儿子说:"没啥了崽呀,干部要点酱。"事实也是讨半碗酱,却兴师动众,气势汹汹,欺人成分不好。在乡下,我发现雪夜的狗,是银装素裹的世界最有灵性的生物,人却往往不如。

大屋久弃不用的厨房住着"臭老九"老高一家,老高原是南昌工厂的一个工程师,长年跟图纸打交道,也被"戴帽"贬到乡下,一家人不像"五七大军"的下放干部那么荣耀,令乡人敬畏巴结。老高倍受歧视,"双抢"季节,与乡人一起割禾挑担。他赤着走,挑百十斤的担子行在锦河边担禾的队伍里。乡人挑担行走,脚不停,担子从左肩换到右肩,那劲头赳赳然,洒脱自如。老高每须停下,坐道边直喘,再上肩,光脚踩在满是碎螃蟹壳、瓦片的河道上,步态趔趄,乡人给他取外号"趴怪",指蟹的趴行方式。住大屋的下放干部及家属,每早起,必做"早敬",即向原供祖先的牌位上的主席石膏像,揣红色语录本凭怀,背诵语录,又虔诚挥动红色语录本三次,朝石膏像致敬,然后才喝稀粥。晚饭前亦复如是,称"晚敬"。我发现全村老小皆在此列。可见几千年来,中国人进行了一种转换,把宗教信仰转换为权力信仰,又把权力变为宗教。中国人不信上帝,不信天主,也真心不信菩萨,不信如来佛,更不信本土道教的老子。中国人不信神,只信权力,把权力当作了日常的膜拜。权力与神力相比更具体,更实用,更能带来好处,所以中国人是实用主义者。中国人是把权力放大,变为神力,由权力而上升为神。权力崇拜由此而生。

唐阿姨的二儿子波波后来成了西湖分局刑警队长,据说人很凶,我一直没见过这位早年的玩伴。有时,想起来,仍呈现他当年啃苹果,果核、果籽一概不吐,鼓腮帮子乱嚼,瘦脸上一副啥都不屑的样子。

兰溪有个船博士,姓廖的,是个出名的酒鬼,抛家不顾,雪天也穿一件土蓝布单衣,一年四季手脸皆通红,仿佛都沉浸在醉酒中。船博士有厉害手艺,一人能打一条船。那年春光明媚,我见村旁小河边堆着乱七八糟的木料——说是木料,还不如说是一些锯成段的粗壮的树木。船博士来了,他只拎着一瓶烧酒,提着一斧一凿,就对那堆树木动手了。船在他心里,他按照内心里的船硬是在入夏时把一堆乱七八糟的木头,变成了一条晾过几遍桐油、造型优美的、散发着木头和桐油香气的古铜色的大船。村里老少都围着那条船,啧啧赞叹。船博士却跑到村小卖部,要了一瓶酒,干喝着。见酱油缸沿上蠕动着白蛆,他撮一条塞到嘴里,刚好下酒。日前,我去苏州太仓参加一个全国文人书画展,几个哥们喝夜酒,我不善饮,却说起童年见过的酒鬼船博士,以蛆下酒。诗评家唐晓渡更说出他当知青下放农村,见一人喝酒,手握一根三寸长生锈铁钉,每喝一口,必舔一下锈钉,他的味觉需要尝到一星咸味,用氧化铁的味道下酒。

4

我家当年是同批下放干部里在乡下老屋住时间最长的,其他干部及家属都回城了,我家还待在原地。住进招待所,实质上也是父母回城没有正式分到住房的"过渡"期,只是这"过渡"的时间很长。陆续也有些干部人家来这里"过渡",成了邻居。转业军人安置办的老钱,带着妻儿搬进市委招待所,是这年夏天。老钱是浙江人,好吃、会吃、敢吃,在这点上很像广东人。南昌人不吃的癞蛤蟆,他家那时就津津有味地吃上了。老钱有一子一女,儿子小钱大我一两岁,肤黑、少言、老实,我跟小钱到抚河帆船下游过泳。女儿眼睛大,双眼皮,鼻子、嘴唇都有线条感,像外国人,当时也十四五岁,眉目之间似已能传情,我一度也隐约留意,却胆小,无所为。老钱人活,住了几年就搬走了,据说弄到了新房子。他家空出的房子,随即被食堂管理员老李一家填了进来,老李有个女儿云,有十七岁吧,丰满,有勾人的目光,每令我心怦怦乱跳,又吓得躲开,晚上又难忘怀,这种少年的情欲既折磨又美好。

不久，专案组转移了父亲的隔离地。家里又没了父亲的音讯。但无论到哪里，都有善良的好心人。那扇面街的窗户某一日晚上又有人敲响了，那是个冬夜，窗外路灯清冷，窗口那人戴炼钢工厂的鸭舌帽，说自己从扬子洲农场来，告诉我父亲转移到了那里。全家人内心悬的石头落了地。来人转告父亲交代不要去看他，免生意外。后来我们得知，传信人小雷从小跟叔叔在市委家属院长大，他一见到我父亲就认出了他，便主动来传信。小雷在市内工厂上班，爱人是扬子洲农场职工，他们育有一女，一家人主要生活在扬子洲，休息才回市里的家，在三经路口。此为后话。但不久我们还是在小雷引领下偷偷去看望了父亲，扬子洲农场人多，对父亲监视也松，我们去，小雷只说是他亲戚，到他家，再叫父亲过来，一切都很自然。专案组人员也来得少，只是不许父亲回去。而祖父的病愈加重了，对父亲，他是有忧虑的。那年冬天我看见祖父人瘦得像个影子，从小金台巷经过，内心隐隐作痛。我给专案组写了一封信，说明祖父重病，思念儿子心切，希望他们开恩，从人道主义的立场，让我父亲回家陪伴祖父最后一段时光。那封信我写着有泣血之痛，祖父患绝症，父亲又遭"隔离"，斯时我已知人世的冷酷，悲痛的心境，油然而生。那次是全家人扶着重病的祖父来到瑞金北路145号市委招待所（即我家住的院子）二部——后面的城隍庙残留的老厢房，专案组办公室，呈上了我写的要求父亲回家的信。

我想并不是我的信起了作用，而是"专案"结束，组通知去接父亲。我们来到专案办，主事者皆冷若冰霜，只说领人回去吧。父亲回来，暂时没安排工作，便一心侍候病重的祖父。祖父过世，父亲极伤心，很长时间都默然无语。

由于内心的厌恶和冷酷的记忆，此后我不再去招待所二部后院，只记得门廊道上有大水缸,据说那是过去和尚圆寂的瓮。

父亲是个重情义的人,对帮助过他的人皆怀感恩,他在扬子洲时知道小雷家境困难,一直接济他。他们之间相隔二十岁,见识、经历也大异,但父亲视小雷如平辈朋友,经常邀他一家人来玩,总是热情招待,临走总要塞点钱给孩子。那时各家都不富裕,我家亦如此,全凭俭省度日,没一件像样家具。谢家村小学的校长小胡,原是受命监视父亲的,没想成了朋友。后来小胡来我家,他说自己会点木工,小学的桌凳都出自他之手,主动提出为我家打几只小凳子,父亲自是高兴。小胡每周晚上来一两次,跟我父亲一边聊天,一边打凳子。父亲每次都会煮一碗蛋或肉丝面,做小胡的夜宵。如此一碗香喷喷的面当时绝对是佳肴,我们家里只有小孩生病了,才会有此待遇,还是作为补品。至今我尚记得当初见父亲每晚给小胡端出那面咽下的口水。但当时我也明显觉察父亲的这一碗面做得那么精心,端给小胡又是那么虔诚,就像一道仪式,那其中包含着他对小胡在谢家村时给他以人性温暖的感恩。一年后父亲恢复了工作,先在市委一个无职权部门,再到政协,直至退休,父亲豁达而超然,退休之后继续做家务,读书,带外孙,写毛笔字。有新影碟,我必送给他看,每周的报刊,他必等着看,尤其《南方周末》与《三联生活周刊》,还有《新周刊》,那是他的精神食粮。父亲八十岁,劝我学开汽车,说若他年轻十岁,一定会学。他喜欢汽车时代,也喜欢拨弄手机,我将更新后的手机给他,他玩得津津有味。这是后话。

5

市委招待所对面是省二建公司、建德观菜场、工人浴室、殡仪馆。

我住的房间窗外是建德观街与象山路交汇的转角,七十年代末每天早上都被窗外马路一掠而过的哀乐吵醒,那是从殡仪馆开出经象山北路往八一桥方向去的出殡车,爆竹声、哭声,随车从窗外经过,不管阴晴雨雪天都没断过,好像在为一个逝去的时代送葬。直到殡仪馆撤到了八一桥那头的瀛上,那种送葬才似乎结束了。面对街口的住处也有有趣时候,夜雨,常有谈恋爱的男女在窗外檐下躲雨,卿卿我我的声音总是隔窗传入,令窗内读书的我都不好意思。也有怨侣,夜半在窗外吵架,路灯全熄了,马路漆黑,仍不走,冷枪冷弹般的情人怨战之语,从窗户外射入,把我惊醒,只有用被子蒙着头,捂住耳朵才能入睡。秋天的深夜,街道冷清,只有飒飒的风声,法国梧桐宽大的叶片晃动着,仿佛人影趴在窗户上。房内白墙上钉着我画的素描肖像,肖像原型多是老电影杂志上的明星,我画过王晓棠、赵丹、演《甲午风云》邓世昌造型的李默然,以及罗马尼亚电影《斯特凡大公》中的斯特凡,还从一本同学万小航送的老邮册里临摹了香港邮票上的年轻的伊丽莎白女王。那本老邮册还有一些珍贵邮票如梅兰芳演艺四十年纪念票等,后来因为不画画了,全送给了中学同学刘景龙,他心细、爱收藏。我从小喜欢画画,十多年过来倒是有很多连环画,大人叫小人书,我们叫图书。住在市委招待所时,我已有几箱子,三百多册,包括老版的完整十册一套的长形本《铁道游队》。这些连环画令我痴迷,也由此在画连环画上下了苦功,七十年代中后期我已创作了两三本连环画,我的房间光线极差,画连环画勾线极细,把眼睛画近视了。随着兴趣转向文学,父亲把我的连环画成箱送给了三叔的儿子(我堂弟),包括我画的连环画,堂弟几年后精神失常,我那批费了无数心血收集的小人书和创作的连环画,也就下落不明。

住在瑞金北路145号的十几年,是我整个少年时期和进入青年的重要阶段。豫章路小学毕业进南昌七中(今豫章中学),初一下学期我们班的教室即在琼斯楼二楼，老木地板，走廊偏暗，有些地板朽烂了，出现松动或翘起来，走过去有不安全感。课桌皆是斜面的，上方有可放笔的凹槽，颇洋派。七中过去是美国办的教会中学，又称"少爷学校"，是过去有钱人家孩子读的。直到我进校时也感觉到有些"贵族气"，这股"气"也主要是从豫章路小学带进来的，这些学生主要是省委、省军区、江西日报社的子女，极少数是下沙窝居民子弟，学生皆是普通话，不说南昌话。原先教会的大教堂在校园的山坡上，改为了大礼堂，毛泽东逝世，全校师生在里面悼念默哀，校长办公室在礼堂楼上。

七中当时接触多的同学仍在我记忆里留下一些名字，但人仿佛遥远了，如万小航、胡小平、辜坚、王迪龙、赖敏、万益民、张勇、张聘栋、饶飞、杨洪飞、朱康军、高平、王强，这里面有的同学父亲似乎是省领导，后来也有的从了政。我入学后即进入校美术组，负责的是个女老师，姓聂，相貌像外国人，头发已花白了，爱盘着发髻。聂老师对有天赋的学生颇偏爱，我当时似不在此列。有个高我们几届的同学姓汪，似乎叫汪晓曙，画得好，聂老师每将其当作榜样鼓励我等。也由此我是时对汪同学是有些仰视的。多少年后，我微信上有个画友亦同名，在广州美院从教，我问他是否在南昌七中读过书，他否认。我认错人了。

我也似乎提前进入了叛逆期，这期间《水浒全传》里的义气、江湖、打抱不平，对我起了推波助澜作用，在学校我也仗义疏财、打抱不平起来，为弱小的受欺负的同学出头，结了不少梁子。有时还跟老师发生冲突。我知道我本身是老实木讷之人，也许是由此而引起的自卑才做出了少年的"无因的反抗"。那时放学，豫章路常常险象环生，虽未打得头破血出，确也是舞棍抡拳，几个路口，常有劲敌截道，以致老来梦里也会梦见少年街口的敌人，出半身虚汗。可见少年时也是实在鲁莽。从豫章路、省委宿舍大院、江报大院及门口、阳明路与象山路交叉路口、东西万年巷口、豫章后街路口、叠山路口,都曾经伏兵处处,每日经过,都可能要血战一场。好在人还不是太傻,危急中人总会机警异常,故都是化险为夷。有时杀开一条血路,落荒而逃,一头扎进瑞金北路145号院。即便手打肿了,回家不敢言,父亲察觉,只说骑自行车摔的,便为之擦松节油,一股特殊的松木油质气味便自手上弥漫开来,次日便现淤青、胀痛,数日方散。从南昌七中放学回家,出了省委、省军区、江西日报社所在的豫章路,必经马家池巷口,那里常年有个修脚摊子和修自行车铺。修脚师是个干瘪的半老之人,蓄几缕灰白须髯,颇有几分仙风道骨,他盘坐梧桐树下,背后撑起小旗,写明专治脚气、鸡眼、石灰指甲等,生意有无似乎皆淡然处之。一次,我见他为人除鸡眼,用一锋利如誊刻之刀刃,把人脚上鸡眼如螺钮般旋出来,然而取其鸡眼根一丝拔之,其刀之快,直如削泥,那脚上鸡眼之深,令人惊骇。修车铺乃巷口一低矮棚户屋,外撑一帆布,用竹竿支着,几扇铺板卸掉,里面仍是黑的,打气、修车、补胎就在门口忙活。隔巷是江西电影机械厂,那四层老厂房后来改为"柴米油盐酒家"。我当年的对头常纠集一帮歪瓜裂枣持棍棒守在那里,只待我路过便一拥而上,为避其锋芒,我每回不得不过明路就挨省医院走,沿南昌晚报社橱窗,混在看报人里,可察看动静。人少便应战,见势不妙就拔腿跑之。那伙土"罗汉"我还真不明白是怎么结下的梁子,估计是我在学校好打抱不平,以致得罪了人,人便搬校外的"罗汉"来找麻烦。对头里有个黑头大脸的家伙,我并不认识,每次都手握铁棍,见我就扑过来,仿佛有杀父之仇。我在豫章路转角的洪都宾馆一带跟他交过手,身手甚是稀松平常,不经打,是个没头脑的蛮货。厉害的是个亢精鬼瘦的矮子,亮着一双冒贼光的眼珠子,狼似的盯住人不放,手里拿着棍上钉了三寸长铁钉的"狼牙棒",这货我极忌惮,每避之。

6

豫章路的"太保"生涯,至初二下学期转学至民德路的南昌三中方告终。来三中以后,明显感觉这里纪律松散,上课说话的多,老师常发脾气,同学都说南昌话,穿着比七中同学朴实,甚至破旧。老师都有外号,像教物理的余老师,同学们都叫"鱼雷",教政治的雷老师,就干脆叫"地雷"。有个教语文的许老师对我很欣赏,主要是作文,每次都是高分,且作范文朗读,许老师皮肤白皙,长得也好,是属于精致的那类,穿着讲究,毛料裤子笔挺,皮鞋一尘不染,与那些板着脸且不工于穿着的女干部似的女老师区别明显。一时间嘴上刚开始长毛的男同学们好像暗地里都爱上了这位美丽白皙的女老师。

进入三中,我画画的爱好由此进入高潮——时间到了1977年,民德路老邮局报刊柜台开始"火"起来,一是《大众电影》复刊,为市民追逐;二是首届全国美展举办的《美术》杂志问世,汤沐黎《霸王别姬》、罗贯中《父亲》、陈丹青《西藏组画》的轰动,还有《连环画报》的创刊,张定华、何多苓的连环画,对美术爱好者产生了巨大吸引。我每天中午和下午放学必到邮局去转两次,然后绕道胜利路到新华书店柜台瞅一瞅。这种习惯可追溯到1975年前,那时胜利路新华书店常见的文学书寥寥无几,有一本反映渡江战役的中篇小说集(其实就是故事)《江海横流》,赭红色封面,几毛钱一本,印象中里面化装成国民党军官的侦察员亮出蓝色"派司",这是我平生第一次读到英语谐音词,觉得新鲜、洋气。另有一本《东风浩荡》,写工人生活的,没《江海横流》好看。书店顶部有个英文柜台,玻璃柜里摆一部厚厚的精装英语版《红楼梦》,书名是烫金的，好像是戴敦邦画的封面，红红绿绿的色彩，印得极高档。还有一本大开本的连环画《孙悟空三打白骨精》，脚本是英文，皆印制精美。我每回去，都得在柜台前逗留，瞄几眼，再经后墙路、小金台巷回家。上学线路常规是走象山路拐入民德路，有时也走小金台、后墙路、邮政路到民德路。我在这些路段从没与人打过架，我似乎已是一个未必专心上课，却是痴心美术的学生。由于严重偏科，我高中进了位于翠花街万寿宫原址的21中，那是人说的"流氓雀子窝"。每天从胜利路进入翠花街，在白铁铺夹道的敲击声中进入校门。放学一出校门，就有罗汉舞砍刀追杀，美人在侧花容失色，恍如许真君飞剑除蛟精。这等情景几乎是常态。那时学校主体建筑是一座四层的红砖教学楼，其墙基部分有青石、老砖，有的石头上刻有过去万寿宫捐建者的名字，砖上有"万寿宫"字样。教学楼右边墙外是吵闹如《清明上河图》景象的翠花街，临墙的搭着一长溜简易铺面，有做秤的、敲白铁的，有卖鱼钩渔网的、小土杂的、针头线脑的、炸油条的，卖草帽及芭蕉叶扇子的，对面是清一色很有年头的欧式小洋房，皆已颓旧、灰暗，罗马式门窗与墙上却有精致浮雕和造型，那些铁栅栏也是由花草的图案构成，只是锈蚀不堪，有的小楼已摇摇欲坠，仅用几块木头加以灰色的油毛毡钉住。所有老洋房无论如何破败，都住满了人，房子的伤口仿佛包包扎扎，缠满了既乱且肮脏的纱布。教学楼左边是万寿宫拆剩的部分灰砖老屋，二层，住着教师和家属。我有一教英语的班主任老师胡三水和他新婚的妻子就住在那儿，三水老师应该是新建县人，其英语发音明显带有乡下口音，同学们躲在下面常常发笑。三水老师貌似严肃，心却软善，面对一班有着动物般凶猛的人高马大的学生，颇显束手无策，有时也发凶蛮狠话，凶着凶着，女同学却咯咯笑了，他也忍俊不禁。在我印象里胡三水老师是个可爱的人。

那时胜利路有两个书店，一是与亨得利比邻的外文书店，一是妇儿用品商店旁边的新华书店。我每天放学从翠花街走出来，过洗马池，与三五同学勾肩搭背，都要到这两家书店各光顾一次，外文书店照例有一部英文版精装《红楼梦》，封面是线描彩色工笔画，书名是烫金的，这书别说是七十年代，放当下也是少有的奢华。新华书店新书不多，也没钱买，每次看看，嗅嗅书的气味，主要是小说的气味，也舒服。书店有几个板着脸的男女店员，我们袋里空空，自不敢叫他们从柜台里拿书给我们看。但有个年轻的大眼睛女店员除外，明知我们买不起，也会拿书让我们翻。有时我们一到门口，就听到歌声，"不知道为了什么，忧愁都围绕着我。我每天都在祈祷，快赶走爱的寂寞"，正是流行的邓丽君的歌。令我和同学对她大有好感。后来她做了工农兵医院一位德高望重的妇产科女大夫的儿媳妇，我儿子出生也得到那位女大夫的关照，她有些像林巧稚——一位高尚的女医生。

在21中我开始广泛与同学交往，埋头读不同路子借到的书籍。我给班上两个女同学写过含情脉脉的字条，一无回音，一碰了一头灰，却收获了一大伙高中时期的玩伴——那些年与我有过从的中学同学有凤凰坡的曾群根，省歌舞团院子里的刘景龙，小金台机要局的程忠伟，大井头的蔡智云、陈玉龙，上水巷的梅登云，市采茶剧团的朱宇、胡玉林，民巷的林建国，八一大道的彭祖昌，棕帽巷的车宁扬、车渠昌两兄弟，翠花街的何勇华、杨明，洗马池的王勇，胜利路的饶平、堪厚明等，以及一起玩的朋友赵树明、王新伟、阮争翔、罗小安、梁子等，写到这些名字时我有些在进行"清仓式"写作的感觉，因为这些人有的从此以后就没见过，也有个别已经离世了，但大多数仍有来往，成了几十年的老朋友老兄弟，这些名字承载了太多少年时代的记忆，也承载着一些感伤。尤其是中学时交往的朋友，大都经常到我家串门，出入瑞金北路145号院。那时候同学或朋友都喜欢彼此到家里串门，闲了就这家坐坐，那家走走，再就一起到街上溜一圈，快吃饭了，就各自回家。那是清贫而纯粹的年华，美好而简单。随着岁月流逝，有些玩伴风流云散，有些则成了伴随漫长人生的挚友，也有的走着走着就不见了。看来人生路上来去人等皆是缘，不可强求，只好顺其自然。我在本书中提及的人名都是生命的遭逢与际遇，好在我记下了，还有更多没有记下，甚至不知名的，在某些场合相逢或匆匆一瞥擦肩而过的，那些人中也许有前世的亲人和知己，但此生只是彼此目光的一次交换，旋即消失。在现实世界我们往往无力，也无法把握偶然间的出现与转瞬间的消失。就像光，你无法握住，就像水，你不能令其停留，前瞻与回望都是虚化的光阴。

7

我是从住在瑞金北路145号市委招待所的"家"，开始走向社会的，我在那座颓废的花园里读完了巴金二十七岁时写的《家》。这是他写得最好的小说，巴金终其一生的创作都没超过他的二十七岁。我是跑到湾里轴承厂做临时工进入自己的十八岁的，那时早上从象山路赶往八一桥挤公交车去湾里上班。在既熟悉又陌生的山水之间认识女孩兰，她打动我的是，其身材和相貌与不久前上映的越剧片《红楼梦》中林黛玉的扮演者像极了，我只是个初出道的书生，在这风景如画的地方与之相遇。飘忽的云雾与黛青的山色、肆意的鲜花何其烂漫，数月后分手时她一句话颇令人掉泪，她说："想不到在这么美的地方我竟瞎了眼睛。"只能说我们只是相遇了，还不懂爱情。

那年夏天,母亲所在的妇儿用品商店为解决职工子女就业问题,成立了知青门市部,地点在胜利路与民德路相交的十字路拐角,是妇儿用品商店门面辟出了一个口子,我也就从湾里回来。知青门市部一帮刚出道的青年既热闹又汹涌,却以女孩居多,叽叽喳喳如麻雀。这个知青门市部很快吸引了周边及往来的不少年轻人。有附近真真照相馆的照相工,有亨得利眼镜店的配镜师,有黄庆仁药栈的店员,有北味时鲜楼的厨师,还有社会上貌似闲散的"罗汉"。我的不少同学早晚来找我玩,眼光多不老实,多在柜台里那些女孩身上打转。那个夏天街道的路灯是橘红色的,照在人身上就像带有橘子的香味。有一个皮肤很白的女孩鼓励我补课继续高考,我说没钱,她说她愿意帮助我,并领我去一个夜校,我中途找借口溜开了。我心里明白她的意思,但那段时间无意于男女恋爱,只想自在。还有一个长得像香港女演员夏梦的女孩,她家住在建德观灵应桥畔,每晚要我陪她回家,她大路不走,偏从民德路下来,经僻静的下水巷,再沿湖走,每次皆话多,且感性,我发现这个年纪轻轻的女孩俨然情场"老手"。我那时只心不在焉,顾左右而言他。几条夜路走不出味道,只觉耽误时间。她穿着蕾丝花边的衬衣,像蕾丝这样的东西在那年头刚在内地出现,只有追求时尚的女孩才会穿。是的,蕾丝在她身体上散发出一些妖娆的气息。她偷偷拿过不少穿各种服饰的照片给我看,我从照片上发现她五官确实长得精致。至今我仍会梦见民德路邮局外墙的一溜读报窗,《解放日报》《文汇报》副刊发了整版的诗、整版的画,是二十世纪八十年代的方增先的黑色钢笔舞蹈速写,很真切。

我从招待所出来,暨入建德观,插小金台,走后墙路,到胜利路去知青门市部上班。后墙路与胜利路交叉那段是菜市场,摊贩就露天摆放,另一端是工农兵医院,中间是儿童电影院,周边多卖早点的小铺,皆歪斜的旧房子,看似摇摇欲坠,左支右绌,前后左右有木头撑着,绳索拉着,硬是倒不了。铺口对街码着冒白色烟气的蒸笼,上几层是馒头包子,下层是肉饼汤,门口摆着汽油桶改的炉子,上架乌黑大锅,热油滚沸,炸油条,烈火油烹,一双筷子娴熟地将一根根金黄酥透的油条夹上铁丝网兜。一溜人排队候着。轮上的用报纸夹两根,咬一口,匆匆离队赶去上班。这时报刊亭正招摇着卖刚出的晚报。上班的,买菜的,上学的,各色人等,都挤在后墙路,自行车、三轮车的铃声叮叮当当,甚是热闹。我每早都穿行其中,在密匝匝的人流里,有一张女孩的脸如黑色树枝上的鲜艳花瓣,令我十分惊艳。那张脸圆圆的,白皙,眼波流转,极有灵气。当时电影院正上演根据《聊斋》拍的电影《胭脂》,演灵狐的一个姓朱的女演员很火。我一看那女孩就像她。奇的是,我几乎每天上班的路上都会在拥挤的人流中遇上她,彼此匆匆一瞥,一闪即逝。有一段时间没遇见,我怅然若失。一个人有空就在后墙路一带打转,皆无果。我对同样生活在一个城市有缘相遇却无法相识的人,产生一种莫名的心疼。

直到一天有个女孩来知青门市部找她的闺密,我当时正跟一伙来看我的朋友站在门口聊天。有朋友说,这个女孩好看!我偏头看了一下,竟然是她——"胭脂"。这就仿佛有点"众里寻他千百度,蓦然回首,那人却在灯火阑珊处"的意思,心中且惊且喜。

那些日子我混在知青门市部,因桀骜不驯的性格,常跟经理起冲突,被罚做搬运。先是到大商店搬运队,我以为这些"搬运"老哥,皆是彪悍赳赳的汉子,没想领队的队长就瘦不拉叽的,像个"痨病鬼"。母亲见我被罚去搬运队,十分难过,她对我说,那些搬运工,都是跟经理闹翻了的。我明白了,这是一个繁华大街光鲜店铺背面的黑暗之处。搬运队的所在,正对厕所,旁边是仓库,也堆放着清洁两层楼营业大厅的所有肮脏且湿乎乎的拖把,那里阴凉、潮湿,搬运工忙活后,就敞着胸脯汗、透凉。不几日，我回到知青门市部，负责骑一辆三轮车，只拖运知青门市部的货物，主要是到十八坡酒厂拖酒，及到卫生材料厂运卫生纸，又到洛阳路百货公司仓库拖些小商品。每回都是先拖一车空酒瓶去酒厂，一路上酒瓶丁零当啷，车铃都不用摇，马路上人自会让开。知青门市部的女孩都喜欢跟我"出车"去拖货，每回也就不知其苦，也便说笑快活极了。

8

1982年3月12日，我认识了"胭脂"。次日一早暴雨如注，像是无法抑制的激情。从建德观下去是灵应桥，每天晚饭后我们都约定在东湖边散步——她家住在胜利路中段的射步亭，我每晚下班若走胜利路，必经射步亭口。那年胭脂才十七岁，家里总是盯着她，唯恐她谈恋爱。天热，她就以乘凉为名走出射步亭巷，每当我下班走到胜利剧场对面的新马路，胭脂就像个天真可爱的小狐狸现身，每每给我以惊喜。我们就沿连接建德观的新马路径直走下去，那时湖边路灯稀少，仅有些歪歪斜斜的老柳树垂在水里。沿湖少有居民，有一两个空荡荡的院子，也有几栋民国小楼，据说住了几个特殊人物，院门紧闭，夜晚也不见灯光。沿湖一带幽静得很，入夜就成了年轻人"恋爱"的风水宝地。一个夏夜遇大雨，水漫湖滨路，又如激流，我拥着胭脂在一栋民国小楼紧闭的院门前避雨，眼见雨水形成的激流将胭脂的红拖鞋冲跑了，我赶紧去追，水没至小腿，所幸没追几步就捞住了。那一夜我和胭脂全湿透了。

瑞金北路145号院子这一年开始改造，我家所住三层楼，庞大、老旧、破败，像个怪物，首先成了改造建筑，或许是资金有限，拆了一半，包括我家在内的另一半保留着，仅改了个后门，加了个厕所。紧贴着一人之隔，盖起了新楼。房子建到四层，顶一封，又仿佛停工了。夏夜天热我就带席子到屋顶露宿，我约胭脂到露台，那时南昌四层楼的建筑也少，夜晚上了四楼屋顶，把席子一铺，仰天躺下去，满脸满身都是月光，仿佛灵与肉都沉浸在银色的欢愉里。

那时晚上谈恋爱或和同学玩晚了，招待所大门都关了，一般晚上十一点以前还会有侧门，亮着光。我厚着脸皮从值班女服务员不满的冷眼下进去，我一去，她就可以关门睡觉。而十一点之后，大小门全关，我只有爬铁门了，跨过门上端锋利的铁尖，翻入院子。每次都会想到法国女星、演《老枪》的罗密·施奈德，她一天早上发现儿子死在院门的铁栅上。但每次都不犹豫，照爬不误，所幸毫发无损。

夏天的西河大堤，对城里的年轻人是有吸引力的，——黄昏的火烧云在赣江西边燃起红光，就骑摩托车搭着女友在西河大堤兜风。自斜坡冲下沙滩，扔开车，脱光了，便跳进赣江游泳。女友不会游，便一边托着她游，一边像鱼一样唼喋，夏天的水是柔软而温情的，有着鱼的性感。鱼是不穿衣服的，它把河流当成长长的衣衫。鱼能使一条河怀孕，让每一个波涛都具备生命的澎湃。

南铁（铁路局）当年有个诗人，姓姜，名字很江湖，也硬气，叫铁樵，仿佛是个凭一双铁砂掌打遍天下的独行客。其本人，却像个病夫，一件西装在肩上晃荡，里面是一把排骨，却有个美娇娘老婆。八十年代初，省里恢复了一个老诗会，我初出茅庐，混迹其中。时在工人文化宫举行，连省里一把手也来了，还登台朗诵了几句诗，惹得场子里兴奋不已。而真正的亮点是老张的小女儿上台读他的诗，引女孩登台的是一位娇小却丰盈的美人，她正是传说中有"美娇娘"之称的姜诗人的太太。一

在柱廊的转弯处,城市的女孩令人怦然心动,难以忘怀

时台下老少诗人眼睛齐刷刷放光,全盯住了那位美娇娘,都暗叹老张艳福不浅。文联聘的美编小阮,其父是颇有名的画家,小阮有些"人小鬼大",对风流韵事颇关通,他说有几个道貌岸然之士打过人家老婆的主意。不知老姜是否真有一双铁砂掌来挡住门户,抑或只能开门揖盗。

眨眼间八十年代过去了,那个年代我居住在瑞金北路145号,一座城市的所有记忆,都与那里有关。我那些年在南昌走过的所有街道,那每条街道上出现过的我,仿佛无数个自己,都通向那里。葡萄牙诗人费尔南多·佩索阿的诗句"那个旧我沿街走去,想象一朵未来的向日葵。/那个今我沿街走来,什么都不想象"对当下的我颇有触动,每回走在从童年、少年、青年、中年至今日的街上,南昌还是南昌,街道虽是旧称,却已旧影难寻,曾经的想象已经到了没有更多可供想象的余地,每个年代的我都在递变中荡然无存,只剩下地上的自己的倒影。

佩索阿只活到了四十七岁,他一生曾用过一百多个异名。其有趣之处在于,佩索阿让每个异名都有其生平履历、社会关系及名下作品,佩索阿由此就创造了一百多个人物,这些人物又分别创作了自己的作品,这真是超乎寻常,佩索阿在世就使自己附身在一百多个人身上。他有众多化身,甚至你不知道哪一个是他的真身,但是现在,这一百多个异名被一一破译,全部归回佩索阿名下。对于"异名",解读者认为"其实是来自作者多种性格的反映"。我却觉得作为人,他用自身的生命符号最大限度地创造了一座立体迷宫——在同一时间,分解到多个空间,仿佛他自己就是一个社会化、拥有各色人等的城市,这座城市不是里斯本,而是佩索阿。

我也在不知不觉中过了半百之年,虽然还不是生命的深秋,却也偶尔会有些"凛冬将至"的感觉,回望来路,也曾少年,也曾青春靓丽,竟都刻在生活着的城市房屋、院落、街道、人群、商店、电影院、舞厅、小食档、拐角、柏油马路、厕所、废气和尘埃里——由此我们步入更为繁复深重的人生,迎来沉重的中年。就像上海有个叫毛尖的随笔作家所说:"这是凛冬将至,这是我们苦苦等待《权力的游戏》的原因,我们在这个剧集里,一瞥生而为人的豪华感,一瞥生命被挥霍时刻的尽兴。每次,听到《权游》主题曲,我就有一种活在文艺复兴时代的错觉,或者说,凛冬将至,本质上,其实是对生命最丰饶时刻的一次回眸,一次告别。"《权力的游戏》是一部人气极高的美剧,一度令我看得欲罢不能,毛尖似乎把某种对于该剧的期待说透了,就是"凛冬将至",是对"生命最丰饶时刻"的一次"回眸"。我只是这次"回眸"稍稍在"瑞金北路145号院"做了一些小小停留,抑或以这个曾经的人生居址化为一个视角,来看清已有的某些生活片段。

约翰·斯坦贝克谈到纽约时说:"纽约是一座丑陋的城市,一座肮脏的城市。气候令人厌恶,政治像是糊弄孩子,交通几近疯狂,竞争更是你死我活、残酷无情。但有一件关于它的好事——一旦你住进了纽约,一旦它成了你的家,那么所有的地方都会显得不够理想。"——而我以为有时候我们仅有的本钱就是一些人生的经历与城市记忆,如果这些都没了,那么真是一贫如洗。

逍遥游

1

2014年3月8日,马来西亚航空公司一架载有239人的航班在飞往北京的途中失去联系,马来西亚航空公司于当日公布了154名失踪的中国乘客名单,其中包括由24位中国书画家组成的艺术代表团。3月24日,马来西亚总理纳吉布在吉隆坡宣布,马航失联飞机在南印度洋坠毁。我所熟悉的书法家老黎,不幸成了239名失联乘客的一员。消息传来,无比震惊,首次发现一件世界性的灾难事件离自己很近。

事发前不久,我去豫章路老黎办公室,他仍伏在那张旧办公桌上练字,我开玩笑说:"桌上那块麻布片似的书法毡子,简直像破布,还不把它换了?"老黎慢悠悠又不无自得地说:"你别小看这块破毡子,我的书法就是在它上面练出来的,等我在全世界出名了,别人出再高的价,也不卖!"说此话时,老黎豪气干云,我等相视大笑。老黎年过六旬,仍抱有在"全世界出名"的豪语,仿佛是我少年时与一帮追慕毕加索、托尔斯泰的文友说过的话。听着耳熟,像久违的热血与抱负犹在。

这一下,老黎果然在全世界出名了,这是不是一语成谶呢?一个那么儒雅而胸怀豪气的人,转眼不见了,我悲凉之气陡生。

老黎在南昌交游甚广,尤其是文化界人士,一度话题多与老黎有关,无不为之伤感惋惜。随着大海捞针般的搜救无果,报端亦有追怀老黎的文章。我读着,只相信老黎还在,只是远了些,我也少跟人回忆和谈论他,只觉得他还会回来。若以回忆论老黎,尚早。只觉得作为朋友,他是个有个性且相处开心的人。我与老黎应该算得上文友,文事交往跨度有二十余载。老黎年长我十七岁,待我如兄长。相处的点点滴滴,时或涌现在眼前,这么个好像昨天还在一起言笑晏晏的老哥们,突然不见了,亦即"失联"了——"失联"这个词,虽冷酷,但多少还是让人心存幻想。我总想着老黎还会突然出现在朋友们面前,以他那种语言方式说:"没想到这次'马航'的事,叫我老黎遇上了。"那经历,该是一段惊险的传奇。可现实是,事隔四年多,老黎音讯渺然。在如水的秋夜,注视深蓝色的看不透的夜空,我想到了海,深不可测。

南昌是内陆城市,距海很远,没有想到,老黎的命运却会与海连在一起,我甚至幻想着他至今还像鲁滨逊一般,生活在南印度洋的一个孤岛上,皮肤晒成了古铜色,身体健康,甚至还结识了土著朋友,打鱼论道,不亦乐乎。这似乎也切合他不乏浪漫的天性。初与老黎相识,他给我的印象是个不苟言笑的官员,说实话并没给我太好印象。时在1991年,我从师大读完书,自南昌第一百货公司调入市机关,其时老黎所在的省机关创办的一份杂志需要编辑,朋友梁琴就向老黎引荐了我。

那是个雨夹雪的冬日下午,天阴冷,贼似的,藏着刀片,令暴露在衣外的皮肤生疼,这就是文字所形容的凛冽吧。我跟梁琴各骑一辆自行车穿象山路而过,去见老黎。经过阳明路的红绿灯,就进入豫章路,这是我再熟不过的一条路,我读过的小学和中学都在这条路上,省机关北门正在于此。过去读小学、中学只与同学在省机关宿舍大院转悠,一墙之隔的机关办公院落这次是首度进入。大门有卫兵,经偏门传达室用工作证登记,注明找谁,工作人员遂给里面打电话,那头应允,开出入单子,两人,再到卫兵处交单,放行。院子大,如果没有规划成园林的树木,会觉得空旷,好在有不少上了年头的老树,高且繁密,园子方正,里面草木萧条,几条路都直通通的,正对三栋办公楼。

2

老黎所在的楼,居两栋之间,灰砖,四层,是有几十年历史的老楼,省机关主要设在这一字并排三栋楼里,楼后是有二道警卫把门的院中院,是省领导办公楼所在。这是后来我才知道的。初入重地,天冷、压抑,我是不太喜欢这种地方的,与我所在的叠山路老中山堂的单位氛围大异。我和梁琴是由侧门进入办公楼的,老黎在二楼。从一层楼道到二层,两边办公室的门都闭着,楼道也暗,感觉更压抑。上了楼,办公室门上一溜注明"副秘书长",老黎的"副秘书长"办公室是左边头一间。梁琴敲门,好一会儿,门里才传出两个字"进来"。梁琴朝我一笑,示意咱可以入内。推门,故装怯意且恭敬地进去,见一面白微胖的中年领导在给侍立一旁的属下做指示。见我等进来,只叫我们坐,继续给人指示。我等枯坐良顷,微胖领导仍面色严肃且官气十足在工作,根本不在意晾在一边的我辈尴尬状。我直想拔腿奔出去,有多远跑多远。

等到下属端着文件出去,梁琴才介绍:"黎秘书长,这是我说过的程维。"我傻乎乎地坐着,老黎转过脸来,打量我。他动作缓慢,是"慢条斯理"的"慢",我视为官气的那种。由于这种节奏,使我认为老黎该有五十六七岁,而事实当时他才四十六岁,正是年富力强。梁琴让我呈上事先准备的发表诗文剪贴本,我才递上。厚厚一大本,老黎审阅文件似的看着。他是原省领导的秘书出身,做到秘书处处长,又至副秘书长,文字方面,必先经老黎法眼。我的文字是不受拘束的,也觉着不会对老黎胃口。又见老黎那副持重而有些"端"的样子,我打退堂鼓之心早有了,依我的性子就怕侍候头目,向人低头哈腰,万一我调入这里把他得罪了,那在江右地面都没得混了。想到这里,就琢磨着找个由头告辞。没想到老黎从我的本子抬起头来,脸上有了笑意,是那种笑吟吟的模样,像金庸小说里写的富家翁。他兴致颇浓地跟我们聊起了文学和书法,谈他每天一早提前半个小时到办公室,先要练一通书法。我这才留意到办公室左右墙上皆挂着署有其名的书法,左墙上一幅有些龙飞凤舞、章法错落,起伏很大,有些狂放不羁。右墙一幅六尺整张,隶书,结构布局严整,颇见功力。他还说下班后他一般不急于回家,来回在办公室踱步,构思文章,主要是散文。梁琴说去年《百花洲》发了他好几篇,很棒。老黎听了很开心,笑眯眯递给我一支香烟,软"中华",我说我不抽烟的。老黎便自己点着,很受用地吸一口。他跟我谈到如果调来,机关刊物也可以登些文学稿,向书记约首诗,诗栏就有了嘛。老黎说得很轻松,我就觉得编这刊物离一省诸侯太近,对我不是个美差,退意更切。

没几天,省里就派人来我所在的单位商谈调动之事。我当时正编一份机关报。机关领导自是不肯我走,说我们好不容易把他调来,这屁股还没把凳子坐热呢。省里来人也说得认真,请支持一下省里工作。市机关领导毕竟还是矮一头,就推说看他个人意见怎么样。未正式征求我意见之前,就有个姓瞿的领导私下对我说,我支持你去,到省里你更有前途。我只诺诺。等到分管机关的领导正式征求我意见时,我只说了句:"由单位决定。"这决定其实早在那儿,我就留下来了。负了老黎一番心思。很多年后听梁琴说,当时我单位有个管人事的,姓茅,说我不适宜机关工作。算是给人家打了破嘴的。茅当初在我作为市长批的"特殊人才"调入市机关时就设置过障碍,他想将自己儿媳调进机关开电梯,几经活动未果,心理扭曲,拖了一年不上我的工资册。这时来了一个武装部的政委取代了老茅,政委红着脸说,人调来了,岂有让人干活不给工资的道理!命人事处按规定把我工资册办好。那位茅先生退休后据说成了植物人,我为之叹息。

这以后,老黎去了北京,在国家机关工作了几年,回南昌后他仍在省里做副秘书长,只是多兼了一个文史委的正职。一日他着人叫我去见他。这回见面老黎一脸笑盈盈的,我们俨然老友,他说看了我的小说《皇帝不在的秋天》,说了些欣赏的话,又问到我现在的状况。他说:"当初你若听我的话调来省里,许多问题不就解决了吗?"我只笑笑。然后切入正题,老黎说他正策划一部江右文化的大型专题片,约我过来商量,让我推荐写作好手。我立刻说:"你们院里的老褚不是现成的吗?"他当即打电话把老褚约了过来,大家对江右文化还是有激情的,一拍即合。老黎又推荐了新余的副秘书长老周,不几日都见了面。在那个燥热的夏天就开始了专题片本子的创作,每人各写几集。老黎大学是哲学出身,却有艺术家的情怀,又有官员的严谨甚至苛求,我们几个都被他"折磨"得厉害,老周都被"折磨"病了,怕见老黎一再对他本子的否定。老周自嘲说:"天不怕、地不怕,就怕老黎来电话。"老黎得知后,甚为得意,每说起,皆大笑。所幸我写得都还顺利,老黎用笔在上面做旁批"才子之作",并连打三个惊叹号,又叫制片人为我完成的那几集请酒庆贺,这自然令我高兴。制片人老C,是南昌第一个开"宝马"越野车的人,他用"宝马"带我们兜了一圈风,去他家吃饭,记得他家有张影碟《深蓝》。他一人在昌,老婆去北京舞蹈学院进修了。说是"请酒",老黎多体贴别人,不让人太麻烦,所以吃得简单,只喝了点红酒,意思到了,都高兴。

3

记得一次我们在江边船上小聚,喝的是老黎每次带来的金门高粱酒,我虽不善饮,但高兴,每次也啜一点点。老黎特别开心,每回都说,程维是不喝酒的,只有同我在一起高兴才喝一口。而当有人再为我添酒,他又特别提醒他人,他酒量浅,少加一点,少加一点。尤为体贴。

老黎职司所在就有两大摊子事,搞文化专题片也是文史委分内的活,只是老黎事必躬亲,不仅主动担当其中几集的文字写作,还要找导演组、摄制组,请音乐作曲家,找外景,看资料片,最后剪辑把关、配乐。除了我没跟摄制组跑外景,其他几个环节我都随老黎一起忙活了大半年,可以说那些时间只要跟片子有关的事,他就会拉上我。我羡慕他年长我那么多,犹保有的激情和旺盛的做事精力。他善谈,甚至依然有着天真的艺术方面的想法。他清高,内心真佩服的人很少,闲时坐下来,我们也纵览飞云,作指点江山之论,当然是论文坛艺海之事,老黎多会毫不掩饰地吐露自己的艺术抱负。别看他平常见些头顶"教授、研究员"头衔的人客客气气,其实没准他内心在说"狗屁"。老黎是自视甚高的人,又容易使人产生他对凡是文化人都不无崇敬的假象。但他往往又用自嘲的口吻说,什么狗屁,我自己就是文化人啊!正因为老黎内心由衷热爱文化,有无法割舍的文化情怀,所以他并不盲目,对真伪文化人有个人的甚至不无固执的判断。因此老黎骂人在圈内也颇有名,省内不少作家、书法家、学者,都挨过老黎的骂。我与老黎在一起,是几次见过他开骂的,有时是嬉笑怒骂,人还能找到下台的梯子;有时他不顾情面,当众人面开骂,骂得人尴尬得下不了台。他骂人的常用词自然是"狗屁"。这就是老黎,人敬他,也笑话他,一个既有毛病和才气,又真实得可爱的人。

滕王阁下老黎也曾把酒临风,我敬他酒,他总是格外高兴,一饮而尽,还特别叮嘱我少饮一点!

那几年,滕王阁下的赣江边有几条装修豪华的酒船(船上酒店),有一条就叫"利玛窦"号。真是讽刺,每入夜"利玛窦"号必灯火辉煌,笙歌美酒不停,夜光中江边由此浮荡着一层华丽的垃圾。利玛窦神父五百年前在南昌盘桓三载,时至今日,若在天有灵,想他老人家的名号得以这般利用,不知是否还能淡定?后来由于市民反映酒船对赣江污染严重,有关部门取缔了酒船营业。"利玛窦"号也被拖入死水一潭的抚河故道等待肢解。我路过,还特地从跳板登上如遭废黜的"利玛窦"号,里面的包房已被拆得破破烂烂,铁质船体的锈斑随处都是,风吹雨打,仿佛备受弃置的凄凉。

老黎虽官场中人,却真正是文人个性,老褚说他身上有"士大夫气"。老黎的清高,还在于他不太瞧得起官场,一次我在他办公室坐,有位某市领导要来,我提出回避,他拉住我,说应付一下就打发对方走人。果然他这样做了。还有一回一个县领导来电话求他帮忙疏通关节,老黎对着话筒把人家臭骂一顿。事后,我说他这样不太好吧!他说,没事,对方是他老同学。

那年夏天,设在美术出版社的南昌文人书画院搞"雅集",我一身臭汗赶到,见老黎在古琴声中狂书《将进酒》长卷。老黎自称是启功弟子,得过老人点拨,又亲笔写信介绍自己入中国书协。老黎有心,将启功对他的推荐文字印在名片背面,人一看而知,哦,是启功的弟子。老黎尤

珠宝街头

其在意这一点。他说官场职务都是狗屁,过眼烟云而已,唯有文章书法才是"千古事"。老黎习书刻苦,每天早起第一桩事就是临帖,过去半小时,后来一个小时,雷打不动。他出示过获"兰亭奖"的长卷给我看,一副不无自矜的样子,却是笑眯眯的。老黎在中国美术馆办过书法个展,是有些盛况的,在京城他的字也卖到过不菲之价。所以老黎是颇珍惜自己羽毛的,人求字,颇难,一般不答应,即便答应也一拖再拖。但趣味相投者,他吝啬中偶会松手。老黎在"雅集"上即兴书长卷,估计是少有之事。只是书毕,并未钤印,他也没带印。这在诸多书画者身上,是有意而为之。那次"雅集"中,有人将美术社出的一巨册,某号称"书僧"的书法集给老黎,送书者自称为"书僧"书法集作了"序"。老黎当即把"序"撕了,将书扔地上。人一愕,无比尴尬,老黎说:"这两页'序'是你的,我带走,书法集就不必了。"说罢,老黎将两页撕得颇不规整的纸,塞入裤袋。

一段时间,老黎常邀我吃饭,电话打到我家时,他说已在楼下。我一下楼,就见老黎在车内向我招手。一回同老黎晚上从青云谱"八大山人"馆见一文友返昌,老黎开车,车经广场时,估计过快,被警察拦下。老黎推开车门,用他的男高音大吼两声,警察忙敬礼,老黎飙车而去,一路大笑。

老黎是个有趣而真实的家伙,他痴迷书法,也不掩饰自己想出名的欲望,也会孩子般天真地畅想出名后的"快活"。

只是,当老黎天下"知名"了,却不知,他在哪里快活?现在只要在百度一点"马航"失联名单,老黎名列其中,很残酷。据说他是去参加一次书画展的,竟一去不回。他的很多有趣的事,如在眼前,若一桩桩写,可以很长,但他戛然而止了。可我又想,老黎或许是在汪洋中的某个孤岛上,过着土著人的生活,说不定哪天他和那些"失联"的同伴都被找了回来,老黎一身黧黑健壮,又坐在南昌的朋友们当中,满脸笑盈盈地讲他的这段惊世传奇。明知这是安慰,我还是常会这样想着。2019 年 7 月《大西洋月刊》刊载了威廉·兰格韦什的《晚安,马航 370》,作者写道:"马航 370 的谜团一直是持续调查的焦点,也激发了一系列狂热的公众猜测。这场灾难毁害的家庭跨越四个大洲。如此装备着现代仪表和冗余通讯系统的复杂机器居然会完全消失,实在匪夷所思。""答案可能近在咫尺,但它们比任何一个黑匣子都更难找回。"

忽然又想到庄子,其《逍遥游》中有句:"是鸟也,海运则将徙于南冥。南冥者,天池也。"意思是说,这只鸟,大风吹动海水的时候就要迁徙到南方的大海去了,南方的大海就是一个天然的大池子。夫复何言!

我的高贵的山河

街连着街,好像一场冗长的争论。

——艾略特《荒原》

读到法国诗人伊冯·勒芒写的一组有趣的《中国组诗》,其中有一节他是这样写的:"吵闹,或寂静,几乎就是中国。在五彩缤纷的,雨伞下面,他们不再害怕。天,会砸到头上。他们是天子的,儿子。"这是中国吗?抑或这是中国的城市吗?我不知道勒芒是否来过中国,或许来过,或许没有,但他肯定没来过南昌,可我去过法国,在巴黎,遇到过一场雨,那景象,有点像伊冯·勒芒写的——"在五彩缤纷的,雨伞下面,他们不再害怕。天,会砸到头上。"我知道勒芒是在用隐喻,"天子的儿子",我不喜欢这样的命名,它是有伤害性的,我宁可承认勒芒诗中的"他们"是大地的儿子,犹如美国女作家赛珍珠在庐山写的中国故事的长篇《大地》,是的,大地,所有的城市和乡村都是建在大地上的,人类是大地之子,如同草木与众生,没有例外。无论你是巴黎人、纽约人、伦敦人还是南昌人,所在世人,皆如此。固然,伊冯·勒芒写的,是"他者"眼中的意象——吵闹,寂静,五彩缤纷。只是此时在我眼中的南昌,正是下午五点四十分,从赣江边一幢高楼的二十一层窗口看过去,烈日的余晖强烈地涂抹在对岸红谷滩临江的高楼群体上,仿佛为即将到来的夜晚演出进行化妆,当然我的视角仅是城市的一个局部,在这个局部里,它仍是主角,我不知道怎么来形容它。无论是它崛起的高楼大厦,还是市井中的老街旧巷,都是我眼中的"高贵的山河"。可能我一辈子都成不了城市里一个老练的生活者,面对它,我永远像个外来者或新手。

1

《伦敦传》的作者阿克罗伊德说:"伦敦是一个让人捉摸不透的城市,也是一个很丑的城市。"那么,我想,南昌是一个怎样的城市呢?过去的辞藻和介绍里总充斥着"优美的""雄伟的""壮丽的"等形容词,而一个南昌市民或外来者会怎样看呢?他内心是因这些词语的暗示而充满自豪,还是一遍遍寻找这些词语的可及物,并做出另一种个人性的判断,不排除也得出类似于"捉摸不透的城市"的犹疑?南昌有没有胸怀接纳各种不同的臧否评判。一个人是绝对回避不了他人的评判的,城市亦如此。

如果把它比喻为人,南昌会有怎样的性格呢?这首先得从它的气候入手,南昌冬天湿冷无比,连号称来自冰天雪地的人都受不了,夏天是中国四大火炉之一。四大火炉是指中国天气炎热程度最严重的四个城市,最早始于民国时期,当时长江流域的上中下游段重庆、武汉、南昌、长沙夏季气候炎热,故被传称为"四大火炉"。"火炉"这个说法最早反映的是公众的直观感受,长期以来没有明确的定义和标准。二十一世纪后,火炉城市开始以炎热指数、高温日数、连续高温日数、夏季平均最高气温和最低气温等作为入选的考虑因素。南昌在这方面,与重庆、武汉、长沙并列,最热的时候,有人开玩笑说"在南昌的黑人都说要回非洲避暑"。而春天潮湿、霉烂,只有短暂的秋季尚可,但其短暂到昨天还是穿短袖老头衫,一夜秋雨后就得穿棉衣了。一个对人暴冷暴热而又黏黏糊糊的家伙,大概这就是它的性格。至于南昌的外貌,惯于突出的亮点是滕王阁、绳经塔、百花洲、东湖、青山湖等,现在是红谷滩秋水广场、亚洲最大的摩天轮、喷水最高的人造音乐喷泉、绿地中心双子楼,还有万达茂、"卢塞恩"小镇。从外表看,这些景点和游乐之地是光鲜的,这就如同人的五官,是否长得美观,是很重要的。一座城市的五官也大致如此,外地人一来,首先看的就是这个。尽管滕王阁人一进去就感到进入了一堆外表刷彩漆的钢筋水泥里,我陪当年七十高龄的台湾诗人余光中在王勃所写的"时维九月"之际爬上去,余光中汗湿衣衫,他说从幼年读《滕王阁序》开始他对滕王阁就神往不已,站在钢筋水泥的高阁上,俯瞰赣水,他感叹时光流逝之无情,原以为他会写诗的,南昌方面也希望他留下点笔墨,但是没有。好在它有历史和灿烂的文化艺术的锦绣心胸,对此外来人应该有敬畏。它已是一位沧桑之人,我们不能将其视为一个天真的小姑娘或美丽的少妇,它性格暴烈、固执却屡屡被人当战场,在这里发动武装暴烈之举,你不能说它就是英雄,却还算个好汉。而它的身体四肢虽大不过邻居兄弟武汉长沙,却还算中等,仿佛一个身高一米七左右的男人。而且有了现代建筑的装点,也够得上体面,尽管和各地城市一样在变幻着,城市定位也游移不定,一会儿媒体上称"打造现代花园城市",一会儿称"现代动感都会、世界水都",一会儿又说"天下英雄城"。但有一点是明确的,这座千年古城正在急着赶入现代,追上世界的现代城市节奏。这些年我也一直在各地大大小小的城市跑,前不久跑到大凉山深处的会理县古城,居然惊讶于它在保存着古老四方城的同时,新城区的现代建筑也俨然如大城市一般,江边开放式公园、休闲广场、购物中心、高层住宅,放眼望去,似乎与其他城市无大差别,这跟我在广东古老的五华县城感觉一样。何况南昌还是省会城市,随着五条地铁线的修建,它俨然有了大都市的格局,不再是局限于洗马池、佑民寺、子固路、洋船头、翠花街、孺子亭公园、状元桥、系马桩、天灯下、都司前、书院街、友竹花园、将军渡、凤凰坡、羊子巷、下沙窝等老地名和老地方。南昌人也不能总是沉迷于怀旧,穷街破巷的年代过去了,从生活的角度看,没有什么好留恋的。从过去城市生活过来的人是要从心理上对老南昌进行一个告别。这种告别不一定是在过去的破烂房屋与街道的物体上,而是刻在人生经历与生命记忆上。而往往将老城的旧景与内心情感相混合、相模糊,以致造成一种仿佛毫无道理的对老城市的感怀与留恋。日本小说家司马辽太郎是个长期生活在大阪旧城巷里的人,他迷恋那种陈旧气息,这或许与他写历史小说有关系,他觉得,生于大阪逝于大阪的司马辽太郎,热爱这座属于平民百姓的城市,在他眼里,大阪"有适当的凌乱、适当的肮脏、适当的空气污染",所有这些"适当",便构成"高贵的山河"。我的记忆里,南昌在很漫长的时期里都曾经是"凌乱"与"肮脏"的,"空气污染"至今犹是,而且不是"适当的"。我嗓子倒了,喉炎频仍,皆拜散步时呼吸的废气所"赐"。我佩服司马辽太郎对此用了"高贵的山河"一词,我明白他的意思,其实山河自有秩序,如果不是人的生活所致,不会有城市,不会有"凌乱"与"肮脏",乃至"空气污染",而且他认为的"高贵"在于有了"适当的",这似乎就对了,也有了妙处。城市整洁得如同经过电脑技术"美颜"过的风景图片,是了无生趣的。何况是人居的生活场,又不是做"生活秀",是接地气的"适当的凌乱、适当的肮脏、适当的空气污染",如此城市就生动了,就足以是"高贵的山河"的构成部分。到菜市场买几次菜,就有在司马辽太郎"高贵的山河"出入的感觉,但那些鲜艳红白相间的猪肉、脆嫩而丰绿的时蔬、颜色跳荡的瓜果都是值得赞美的,还有一把青葱、几根绿蒜、一抱黄牙白,确实我见犹怜,而香喷喷的烤鸭、熏肉、卤味、水煮,你也是想来上五两一斤的。南昌的菜市场、酒馆、饭店,立刻就见烟火人间。八十年代城东的半边街,有一种特殊的城市烟火气息,这一带与当时江西最富裕村顺外村相连,又与江西师范大学隔道,顺外宾馆大门正对师大大门,江西人民出版社的院子就处在半边街,这里是那年头的城乡接合部,也是外地人在南昌工作,从顺外农户租房而居的密集地带,是最早的"南漂"群落之一。农民工、知识分子、小商人、艺术家、搬运工、泥水匠、厨师、卖猪血粉和炸油饼的、手艺人、罗汉、来历不明者,都能在半边街心安理得地落脚,衣兜里都揣一张暂住证。灰尘、污渍、噪声、书卷气、金属、辣味搅拌在一起,这是其特殊之处。半边街两边多是顺外村私家盖的两层房,外墙裸着红皮砖或刷一层白石灰,胡乱贴专治淋病的小广告,疏通下水道、卖水泥的联系电话用红漆醒目地写在墙上。间或也有地下摇滚乐、诗歌朗诵的小海报混迹其中。临街的底层都改为门面出租,外地人租下,立刻就开起了不锈钢门窗铺,门口道旁现场作业,锋利的电锯切割金属的刺耳嘶鸣声此起彼伏,却能与邻家卖汤粉的小店和谐相安,各忙各的营生,楼上住的书生,正在为出版社赶写一部今古传奇,也能入定般不受干扰。我的朋友进贤人张云兄就是在这样一间出租屋里读书写作,让同居的女友下厨炒几个小菜,会友把盏,谈诗论文,指点江湖,不亦快哉。那时我每十天半月,必骑个破自行车去他那儿和一帮弄诗的朋友相聚,惜乎张云兄后来壮年早逝,半边街他的一腔豪情也仿佛逝去了。

2

我在南昌三眼井、干家前巷生活过多年,阴雨天走在狭窄、棚户密集的街巷里,发霉的气味与小饭馆的油烟、溲水气息混合地浮荡在空气中,水果店、电信收费点、烟酒小卖铺、烧烤摊、公厕、理发店、废品收购店、裁缝店、电动车修理店、花圈铺、旧书摊、早餐店、照相馆、私人诊所、旺旺超市等,整整几条穷街陋巷,极像马丁·斯科塞斯拍的电影。里面出入的人物,也带有陈年的老旧气息,仿佛一切都是慢的,这种感觉真实,切近感官,逼视生命,一条影子都是活的,屋瓦上闲步的野猫也像亲戚,地上的香烟头、爆竹的红皮屑,门口的褪色对联,双手捅在口袋里的少年,拎着菜篮的胖妇,从公厕出来的老头,收旧货的三轮车,拼命挤进人多街狭的绛红色"的士",金条般光线涂在背部的行人,店门口缝纫机的踏动声,一家老小屋檐下周而复始的忙碌生活。这些"碎片式场景"就是每日上演的生活景观。好像与"打造什么"的"大口号"不挨着,生活就是菲薄收入,就是鸡毛蒜皮,就是水电费、房价、粮油菜价,出门进门,随手开关都要花钱。那年有关部门发下通知,要求马路街巷的大小门店都得改用不锈钢栅栏门,一时全将原先各户自装的卷闸门拆掉,换上贼亮的钢栅,店主们怨声载道,传说市长的儿子发了,不锈钢栅栏生意全是他们家做的。街巷仿佛眨眼进入冰冷的冬天,金属的光泽对南昌的老街巷带有强制性的权威,而南昌的老街巷又对金属的质感和异样气味充满排斥。那段时间我走在如同镶着一口金属假牙的街巷里,总是感觉怪怪的。三眼井巷口开一爿小照相馆的老熊,喜欢穿满是大小口袋的钓鱼服,五十老几了,仍一头往后梳的飞机头,油光水滑,一丝不苟，经常身背相机，又带钓鱼竿外出。小照相馆门口的金属框橱窗里，陈列着老熊和二十几个皆穿钓鱼服挎照相机的高矮胖瘦不一男女，簇拥一大包头穿黑色拉链夹克衫的矮汉的彩色合影，照片是放大几十寸的，中间的矮汉笑得既憨厚且灿烂，照片上有文字注明"市领导和市摄影家协会理事采风合影留念"。老熊抖擞精神身列其中，不问自明，这是老熊为小店做的最好广告。照片中的大包头矮汉，就是要求他装不锈钢栅栏门的市长无疑，老熊心有怨怼，又要拿他祭在橱窗里做保护神。橱窗另一显眼位置打着红色字幅：公安机关指定身份证照片拍摄点。按规定市民统一重换新身份证，我一家三口也到老熊照相馆拍身份照，坐店并担任摄影师的，不是老熊，是一位二十几岁的丰盈少妇，人叫小晏，老熊的后妻。小晏说老熊采风去了，留下她既要拍照又要带周岁的孩子。话虽如此说，脸上还是洋溢着对屡去"采风"的夫君的自豪。三眼井、校厂西、清洁堂、甘家前巷都是老居民区，还真没几个人知道"采风"是怎么回事，小晏每每说到"采风"一词，脸上挂笑，显得是个"高级"事。何况还有市长为证呢！

校厂西一个派出所副所长都牛翻天了，七大姑八大姨都托了福，找到有钱的事做。据说副所长在外面还养了"小蜜"，是女大学生，为他生了个胖小子。街坊每谈及，不无艳羡。小晏觉得老熊虽不能跟人家比，却在街坊左邻右舍中，也是不差的，一个大飞机头的脸面，还能挨着市长照相，在这些穷街陋巷里，就是个人物了。小晏喜欢看老熊穿钓鱼服，身挎相机，一副披挂齐备的行头。小晏当初就是从这副"行头"看上了年岁大她若干的老熊，觉得老熊有"范"。不似友竹巷住的小罗，同年在如花似玉的年纪嫁给了系马桩服装公司的一个老板，老板年岁可做小罗的爹，人却风流，把待业的小罗收作"外室"。小罗是南昌人，三眼井街巷长大，不似小晏来自李渡乡下。她为老板生了胖小子，就对给老板生了两个女儿的"黄脸婆"进行"逼宫","黄脸婆"无奈,却也不是吃素的,跟业已嫁人的女儿们同仇敌忾,扣下一套两室一厅和全部存款,让老板"净身"出户。小罗看似赢得了老板,却不得不挤在她家友竹巷老屋的阁楼上,老板不得不"奋发图强",投机营利,不想被一个因遭弃而怀恨在心的曾经"相好"告发,公司被关闭,一把年纪怀抱吃奶小儿,面对娇妻,老泪沾襟。好在一家私人的"洪昌医院"买下我家前一栋校厂西巷口商业局的老楼开业,高六层,面积大,医院只用两层,其余作为库房外租,晚上需请人看顾。住对面居户的老板果断应聘,充当了"洪昌医院"保安,一天到晚屁股上吊一大溜钥匙,晃里晃荡跑进跑出,被"洪昌医院"老板叫得鬼样窜,还得满脸赔笑。小晏就不屑,以为还是她家老熊有真本事,也体面。人拿她与小罗比较,就夸她有"眼光",小晏便面有得意之色。南昌人生活里的家长里短,就是烟火人间,就是城市的内核。大人物有大做派,有大的处心积虑与钩心斗角,城市中的芸芸众生皆关卑微的生存,就似寻常不引人注目的蚂蚁,人蹲下身,细致察看,蚂蚁无时无刻不在忙忙碌碌地谋生,虽渺小、卑贱,却是密密麻麻的生活。泪水,欢欣,艰涩的苦笑,悲凉与温情,都在呢!别小看一个街巷里妇道人家,她们之间谈论的家长里短,都是活生生的存在,都是真切的城市生活,都是人性,都是美好与龌龊的现实。没有谁比她们更懂属于她们的城市,没有谁比她们更知道人间冷暖,世态炎凉。

我八十岁的老母亲,每天早上上街买菜,都要到位于渊明南路的孺子亭公园去活动半小时,一是锻炼身体,二是接触老姐妹老同事老街坊,仿佛不约而同,公园里聚集着许多这样的人。母亲是讲究的、有尊严的人,却又随和,年轻时是胜利路数一数二的美人。母亲因在胜利路当年最繁华地段有名的妇儿用品商店做售货员,认识她的人很多,这其中原因就是她美，人来看她，都想认识她，从她手上买商品，她待人和善，认识的人也就多。直到她五十岁前退休，都保持着怡人风度，至今遇到老人，都不无赞美地说到家母。近日从妻口中得知，母亲在孺子亭公园还被三个女子认作"干妈"，这三个"干女儿"也不一般，不仅长得好，还有文化。我想这与母亲给人的印象和她的眼光也有关。母亲买完菜回家，总有很多"新闻"跟父亲讲，内容一是老年人工资福利、医保有关新规和菜价；二是南昌市最新发生的事，大至地铁建设、利字街拆迁，小至老福山一外地人被车撞倒；三是谁谁家的事。完全是比《南昌晚报》还更接城市地气的《每日新闻》，每天都有，每天都是新的，因为这就是生活。这就是城市，甚或说这就是看得见摸得着的南昌，是鲜活的城市经验印迹，是变为文字的砖石上的刻度。这是从那些大而无当的城市贴金式书籍与宣传品中见不到的，也是所谓叙述"日常经验"的虚构小说里未经渲染与"放大"的部分。

我看阿克罗伊德的《伦敦传》，就是令我看到了城市的一地"鸡毛蒜皮"，那似乎就是司马辽太郎所热爱的，构成"高贵的山河"的大阪的"适当的凌乱、适当的肮脏、适当的空气污染"。这恰是一座有活力的城市所必不可少的。

3

这个下午，我刚为长篇小说《浮灯》以烈日炎炎下的滚烫汗珠画上句号，就接到本地出版社编辑的电话，他代外地一家出版社盛邀我写一本《南昌传》，并说贾平凹、叶兆言、叶辛、阿成等也加入了这个城市传系列写作，此前他们中的几位是和我一起，加入过城市人系列写作的，我就随口答应了。后来我看到策划方发来的相关文字，觉得与我的写作旨趣有距离，便委婉表达退意，表明自己的写作必须是建立在作家个人经验与相应创作空间上的，这是写作《南昌传》的前提，他们表示完全尊重。但当我接到他们快递来的合同，见到上面的不少条款对我的写作是有伤害的，我便拒签了。也许南昌不宜那样立"传"，失去了可贵的真实，将毫无意义。

一座城市走到哪里都有记忆都有故事，那才是你的城市。可一座五百多万人口的城市，个人不可能处处有故事，穷其一生你也只可能居住几个社区街道，而更多更大的空间是他人的生活。

这是一个貌似不适宜写"传"的城市，我是一个不适合为城市立传的作家。道理很简单，南昌不是巴黎，不是伦敦，不是纽约，不是东京，甚至不是伊斯坦布尔。我不是普鲁斯特，不是阿克罗伊德，不是布考斯基，不是大江健三郎（他住在东京一条繁华街道的二楼，窗外即闹市），不是帕慕克。这么说好像把话说大了，但事实如此，只有巨人才有条件立传，只有杰出的作家才配写巨人传，我以为他们是适合为那几座大城市写传的。可是只有阿克罗伊德写了一部《伦敦传》，我以为够了，这是恰到好处的，其他几位不必写了，他们写自己的小说就好。有兴趣的读者，可以由《伦敦传》而在推测中想象出那几位笔下那几座城市的传，将会更加美妙。而偌大中国，以我的眼光，值得写传的城市只有上海，它必须具备高度的国际化和代表现今人类乃至地域的最高文明，其实如南昌这类的城市是没有太大必要了。它还不能被称为城市巨人，如果不是出于事功，我们是可以慢慢看着它和同类城市逐渐成长为一方风景的。然而一棵小草也需要命名，何况一座拥有五百多万人口的城市？所以我把写《南昌传》当作一座城市的再命名。回过头来说，如果非要诞生一部《南昌传》，也只有我最适合写它，尽管我想推脱，但理性告诉我，如果你没法再去写《伦敦传》，就只有暂时放下手中的小说《长安》的写作，花几个月时间来写《南昌传》吧！

《南昌传》，听起来这名字怪别扭，但我曾也想过努力把它写得不别扭，且让人习惯，并直至令人信赖，它是值得写传的，因为这部城市传还算有趣——这其实只能说是一种自我说服，但我又明白说服不了自己。

南昌也有他的显隐两面性，看得见和看不见的城市。我几乎五十几年来都生活在这座城市，看得见摸得着的应该都心中有数，而看不见的远年，甚至更远，我也试着进行过超越感官的触摸。那些隐约昨日留下的历史遗址正在无情消失，甚至老街旧巷也行将灭绝。也许过不了多少年，国中城市高度同质化，将会千篇一律，城市的前世今生已化为隔夜梦影，没有人知道它的经历，仿佛它就是电脑里删除过的空白文档，一切都是新的，它和其他城市没有区别，如同科技的复制品，这偶尔令我怅然若失。我们的城市难道不是正在丧失其个性化的魅力吗？

现在很多人在扮演城市批评者的角色，少有人来捡拾或修复城市记忆，那些老街巷拆了，老地名、老店、老电影院、文化宫、剧场、作坊、剃头铺、公共厕所、水井、老车站、码头、跳舞厅等不见了，那些浸染光阴痕迹的事物化为碎片，这难免令一些人把头伸向旧日的窗户，在唏嘘感叹中怀旧，却又享受着新城市的舒适与便捷。

演员陈冲是上海人，长期定居美国旧金山，当她回到上海，不断感到她出生并度过少年至青春时期的城市，已变成了一座陌生的城市。在梅雨季节她徘徊于上海的街道里弄，发现过去记忆里的一切几乎全被清除了，她感慨颇深，说："一座好的城市是能让人看见过去、现在和未来的城市。"陈冲说得好，她似乎说出了一部城市传的特质。谈到上海，陈冲觉得"上海是个适合生活的城市，它会让我想到 E.B.怀特写的纽约，上海和纽约，某种程度上有相似之处，你在这样的城市里，完全可以选择参与或不参与，可以选择走出去或不走出去，它怎样都很舒服"。陈冲喜欢大隐隐于上海的节奏，城市巨大的褶皱将她舒服地包裹，她一方面接受着它表面的高频变化和复杂性，另一方面又安全地享受着它所留存着的个人记忆。曾经的《非典情人》是陈冲对于家乡的一次试水触碰，但拍上海确实要比拍其他地方更难，就像拍纽约或拍巴黎一样，它的形象、传说、想象早已泛滥为媚俗的标签，要把太阳底下无新鲜事的那个对象描绘出来，全然只能依靠创作者与它构建的私密通道。"没有一个真正客观存在的上海。"陈冲作为在这里既土生土长又带着某种外部视角的老上海人，她依然在不停地感受着这个氤氲缭绕的城市，它的秘密、它的深处、它的变化与挣扎、它的罪与美。几年前，三十年代小说名家张恨水的儿子回到当年父亲留下深深足迹的南昌，他在所剩有限的几条老街旧巷转悠，辨识着屡经岁月风雨而似曾相识的老门头和老院落，甚至一棵歪脖子老树，那就是他父亲张恨水的南昌，也是他幼年记忆的南昌，其余的都是梦幻，都是想象。

就城市而言，过去任何时期的南昌，都没有当下精彩。过去的五百多条蛛网般的小巷曲折迂回，生出的各家悲欢，仿佛大同小异，无非生计的柴米油盐，而今随便一座大厦老板的发迹史都勾连着城市的各个层面，有一千座大厦与楼盘就有一千个足以引爆城市的传奇，正是他们的故事，在累积着当下的城市传。城市与财富、城市与个人、城市与时代、城市与世界，从来没有变得像现在这么紧密或休戚相关。

一座城市有一座城市的命运，它对人是不设防的，人的命运沉浮、血肉悲欢使城市有了感官。城市来自人的建造，城市自身没有声音，它的声音来自人的话语流转、使用交通工具的运动摩擦、大型机械的震荡与碰撞、迁移物体的动感摇晃与空气的撕裂等等。声音往往证明了一个城市的存在。过去有一个简单而有效的判断标准，人声汇聚乃至嘈杂之处即为"市","市"的特征就是有商业交易,有挑选与讨价还价的话语,有杂沓的脚步与身体互相拥挤、碰撞发出的声音,有搬动、变换物体位置与车马的响动,有各种气味混合在一起,人的气味、食物的气味、植物气味、牛马猪羊以及其排泄物的气味、热气腾腾的水蒸气、储藏物散发的霉味、灰尘与水腥气味、鸡鸭鱼肉的气味、木材与毛竹的气味、厕所与饭馆的气味、干草的气味、女人身上的脂粉气味,等等。人们所说的市井的热闹首先指的是耳朵听到的声音,鼻子闻到的气味,然后才是视觉里的景象。

南昌最早算不上一个城市,也不叫南昌,我说过它只能算一个军事要塞、驻军基地,像很多打土围子围起来的城堡。这个基地的长官自然是位将军,叫灌婴,灌婴在当上将军前是个屠夫,宰狗的,他效忠于一个流氓无赖亭长,就像电视剧里说的,他们可不是什么好男人,刀子绳子一应俱全。有一天他们取出了藏在鞋里的匕首,压在背上的刀片,他们就从杀一条狗开始,问鼎天下,把刀杀向了庞大的秦帝国,并与同类好汉进行多年的博弈,终于占了上风,强取龙庭。而当时南昌这个地方是灌婴的军队打到最南方,为防备唯一不肯臣服于汉庭的南越王赵陀而设的军事要塞,完全是出于边疆忧虑而建起来的,灌婴在此筑起了土城,名为豫章城。军人要生活,就渐渐与当地人产生食品和用品交易,慢慢就产生集市,城塞就出现了相对固定的市场,军队有家眷,年轻人与当地人有了婚配,时间长了,一座军事要塞就渐渐发展为一座城,这就是以当时汉军驻军首长汉颍阴侯灌婴命名的灌婴城。当时灌婴城的一个小兵或是草民怎么也不可能会想到,两千年后这里会发展成一座拥有五百万人口的城市——南昌。即便此时,我也无法设想两千年后南昌的样子,甚至世界会如何?这种想象中忧虑多于乐观,因为现今的城市已太发达了,单房地产一项已达到上限,远远超过了人均购买力,这是人的城，还是城的人？人已跌入城市的物质深渊里。城市在把人变为蝼蚁，城市好像在自动生长，不断把人降低，甚至渺小与脆弱化。那些钢筋水泥的肌体似乎随着其不断变得庞大而在摆脱人的控制，并且与人有了敌意，那些建筑与装修材料都仿佛蓄谋已久般带有攻击人体的有害物质，通过建筑美学实施对人体的侵害。而城市的规划与建筑者成了攻击人自身的谋划者与帮凶。

南昌在此时与所有城市一样，进入了世界性的城邦时代，这是一个城市与城市之间差异缩小的时代，也是彼此越来越近、联系亦愈加紧密的时代。仿佛城市自身已连成一个地球上巨大的生命体，它们组成了世界。当我坐飞机从高空俯瞰地面时，会暗中庆幸还有那么多绿色，又恐惧于在绿色的边缘乃至绿色的腹地还有一些白色的公路，钢刀般地插入与分切并有可能瓦解那些绿色。而集约性如模块般的城市板块正大面积在我的视线下复制性扩展，从天空看，一座座城市不是拔地而起，而是如同大火和洪流，大片大片蔓延与覆盖，用黄色、白色、灰色把绿色吞噬掉。我从外地返回南昌，当飞机在夜色中盘旋于红谷滩上空并向乐化机场逐渐下降，我总是贪婪地自舷窗朝下张望，我不得不惊叹与赞美那些火树银花的丛林，就是地面的一幢幢大厦与楼群，就是黑暗中的美好人间，而一条璀璨蜿蜒的火龙从赣江以北直涉江南，把昌北新城与昌南老城串联在一起，如同一根金色的扁担挑着两个盛大的花篮。我这样的比喻是由衷的，是对夜晚自上空中所看见的城市以外的黑暗形成的一种心理反差，但那些夜晚的黑暗部分就是白天所见的未被城市侵噬的树林与山野，它们是大地的肺腑，是城市的底色。灌婴当年也就是在南昌的底色上带着他的军队开始了影影绰绰的早期筑城动作，当时他们并没有意识到这是一部两千两百余年城市传的开始，而仅仅当作军事行动，因为他们需要的是一座坚固的可攻可守的要塞。

灌婴的身份不是城建总指挥，而是一位汉军的军事长官，他的使命是作战。然而，世界上很多城市都是始于军事要塞，始于一座座城堡的，这几乎是个无须论证的较为普遍的经验。但这多在边城，一个国家的都城少在此列。南昌位置属于西汉版图的最南端了，灌婴筑城于此就是为了防患与抑制南越王赵陀。我的朋友张况是岭南五华人，今之五华县正是南越王赵陀的故地，去年我到五华，看了留有汉代碑瓦残迹的博物馆，到古迹长乐学宫凭吊，在老街路边店喝一种高达70度的叫"长乐烧"的白酒，至夜半方散。我当时刚出版了新书《海昏：王的自述》，当地县领导就有意让我为他们写一写南越王，我说你们身边的才子张况才是写此书的最佳人选。这次五华之行，我是替两千多年前的南昌开拓者灌婴完成的，身在南越的赵陀处处都有"长乐"的影子，而当时汉朝都城长安就有一座举国的中心地——皇帝所在的长乐宫，五华县也一度为长乐县。可见当初赵陀身在岭南，作为秦朝的旧臣，也是时时遥望长安城里的长乐宫的，而通往长安的目光必然要经过第一道汉军扼守之地灌婴城。而为防患赵陀，身在前南昌故城的灌婴又要时不时遥望他的宿敌赵陀所在的岭南，这一南一北的目光很可能在相互眺望中相遇，彼此产生千里之外的对视，这种对视当然是有敌对，也有更为复杂的情愫。而我千年之后自南昌而去岭南，仿佛是代表灌婴去与赵陀进行迟到两千余年的会面。

4

这个初冬，天晴好，选个地方晒太阳，仿佛万事已足，人便自在安然。"云朵绚烂，像各种肤色的游荡者。"（汗漫）而我在故乡的土地上，在温和的阳光下到九龙湖畔散步，应是享受的。乘车沿赣江一路下去，一路阳光相伴，将几日来的阴雨湿冷尽除，临近生米街，趸入一条阔道，一溜溜彩绘文化墙进入眼帘，江西名山秀水井冈山、三清山、龙虎山、西海、婺源、大觉山，皆呈现其上，如同山水画长卷，可圈可点，可题诗留咏。虽是人工呈现，却更壮一路行色。把心境放飞，带到那些人间美地。这是人本性的诉求，追着美而去，比如西客站附近，一大圈工地外围墙，彩绘的就是一长列飞驰的动车，多少窗口、多少颗心，都快速飞了起来，把人的视线拉得又长又远，仿佛西客站的动车通向全世界，此彩绘创意甚佳，把圈住工地的墙都画活了。而外地人来南昌，一出西客站，就是九龙湖。

生米街、九龙湖，这两个地名现在似乎已叠印在一起。生米街是旧的，九龙湖是新的，它泛指南昌一片继红谷滩中心区之后延展的新城。

九龙湖，我问当地管理处工作人员关于它的历史，说九龙湖前身原是一些水塘，此地开发，拓展为湖，又延伸西山道教净明派祖师许真君治水，新编故事，此湖九龙所居，被许真君斩了八条，余一条逃入赣江兴风作浪，为害故城，许真人与之搏斗，除之，造福一方。或许转述来未必准确，我还是以为此故事编得湖水一片杀气。龙是祥瑞物，故过去传说，龙生九子，没出息干坏事的只叫"蛟"，虽是九子之一，却不叫龙。许真君治水，锁的是蛟。九龙湖的"龙"不该跟许真君对立起来。他们没有仇恨，只是祥瑞生腾，才有现在美好的九龙湖。

湖边给人的新意是有一座卢塞恩小镇，是整个新城里的一个亮眼处，全照瑞士卢塞恩小镇的样子建成，有尖顶教堂、塑像、喷泉小广场、商业街、小酒店、咖啡屋和南昌第一家米其林餐厅。瑞士我跑过四五个城市，包括卢塞恩，但今日又在故土看见它，有点穿越感，不过也觉很好。虽非原汁原味，却还是有些异国情调，有一位专业摄影师在为穿深

瑞士的卢塞恩,这样的街头总是让我停顿

色燕尾服的男子和穿白色纱裙的女子拍结婚照,女子手捧鲜花弯腰提步,男子侧身探出手,为女子拎起婚纱,这个细微动作在教堂门前台阶上发生,甚为美好。

湖边有木制廊桥,逶迤于岸,皮鞋走在廊桥的木板上,就想到当年一部伊斯特伍德导演兼主演的片子《廊桥遗梦》,讲一个记者在廊桥边采访,邂逅一位女子,他们相爱后又各自回到自己的生活,记者逝前叮嘱后人将骨灰葬于廊桥边,以追念那段刻骨铭心的爱恋。故事很浪漫唯美。我站在九龙湖的廊桥上,分明就能看见那一对对拍婚纱照青年男女的影子在绿草地与教堂的门前晃动,爱情的生命力多么美妙,一下就使九龙湖有了浪漫情怀。廊桥中段有一临水灯塔建筑,形同欧洲古堡,如同为一湖传说与浪漫找到了一个固定的见证物。湖上依稀有船,船上还有捕鱼人,一湖水就复活了古代,一直荡漾到了今天。

南昌绿地国际博览中心是九龙湖的一个亮点,刚刚成功举办的2018世界VR产业大会聚焦了世人的目光,即将举办的第十一届绿博会无疑将大放异彩。我们从博览中心穿馆而过,眼前巨大的绿地广场在高楼之间突然呈现在眼前,给人以心灵震撼,广场的绿色,犹如一个宽大的梦,我仿佛看见了"世界杯"那些足球"剑客"跃动的身姿,如此草地,好像只有他们才配,还有纯真的爱情和天使般的孩童。我之所以这么说,是觉得这片绿地广场珍贵,真不该破坏它,而把这片广场改为一处高楼之地。当我们的城市充斥着高楼大厦之时,绿地广场将会像城中湖一样珍贵,希望城市管理者和规划者像爱惜眼球一样,爱惜城中的湖和广场。

不久前,我去过九龙湖边的生米老街,它也是许真君传说的一个地标,此街更是赣江码头文化的活化石。至今整个千年老街骨架形制,尤其一些有人文历史与生态价值的乾隆留驻的茶园建筑,以及码头的花楼、店铺、老石块路、可进万斤船的水沟还在。我呼吁必须将这条距城市零距离的古镇老街保留下来,如果能修缮开拓,其文化与旅游价值将不可估量。那么九龙湖新城里就有了赣江水文化的灵魂与内核。从长远考虑,功莫大焉。反之,粗暴地将推土机开过去,一推了之,另起新盘,与多数城市一般同质化,抹掉我们城市的文化胎记,埋葬城市的前世今生,将是犯罪,希望不至于此。

灯塔、廊桥散步、卢塞恩小镇、教堂尖顶、商业小街、拍婚纱照的女孩、捕鱼人,都是美的,都是新的景观。透过这些,再把万寿宫、生米街、九龙湖连成一个文化的整体来看待,它们的关系是缺一不可的。南昌不能失去生米街。有了生米街,九龙湖的历史文化就有了依托,也就有了无限人居与旅游的开发价值。生米街是九龙湖的点睛之笔。我曾将在此考察的老街照片发在网上,全国各地朋友无不惊叹生米街之美。九龙湖开发乃至升级,将不是靠行政中心和多少楼盘,最终还是要依托自己独特的历史文化。有了它,九龙湖新城的一切都有了命名的可能性。

有些传记写得很做作,因为是要贴金的,传主总要你给他塑金身,把缺陷也说完美了。这样的事我岂能做?多年前就有一位大师级画家的后人以优厚条件请我为大师写传,我婉拒了,人家是我朋友,朋友的先人我碍于情面就更不好写了。我也有过为本乡人八大山人写一部罗曼·罗兰《名人传》式传记的念头,也动过写《鄱阳湖传》的心思,但手头总有更想写的东西在写着,一部接一部,好像没完没了。《南昌传》也不会成为一个例外,因为此前写过多本关于南昌的书,我的大多数小说也都是接这方水土地气的,好在它又是座城市,传主不可能是某个什么人,谁也不敢充当城市的传主,我宁可相信这座城市的古老神灵灌婴和许真君,灌婴是南昌最初的筑城者,也是南昌人供的城隍,许真君则是南昌万寿宫里供着的江西的保护神。我原本想写《南昌传》，但还是放弃了。

想到童年的南昌，那时的城市是能透气、会呼吸的，地面还没被灰色水泥与黑乎乎的柏油封死板结，夏天脚踏拖板子从雨中街道走过，身后不断有泥斑点溅起。像黑泽明拍武士电影所要求的那般，武士跑起来能见到溜白灰，而不是干净得吓人，仿佛机械伪造的，不接地气。我理解，一座城市它不应该是冷冰冰的钢筋水泥森林，而应该是充满烟火气息的人间。

烈日余晖下柔软的柏油马路渐渐凉下来，赤脚走在上面，有皮肤的温度。

黄昏显露出古旧的颜色

故乡哟,你是我安静的锁链。

——张典

从南昌到耶路撒冷有多远?恐怕不是地理的距离,而是心理的距离。我去过巴黎、罗马、佛罗伦萨、米兰、梵蒂冈、法兰克福、布拉格、伯尔尼、日内瓦、维尔纳、贝尔格莱德等世界名城,它们都是旧的,保留着时光中的矜持与优雅,墙下的影子和阳光都把昨天和今天刻画得天衣无缝,时间的链条与城市的生命史没有断节。这些年我也一直在国内各地走,即便一座名不见经传的县城也有了像大上海浦江般的一江两岸,两边高楼也与南昌的近似。现代城市日益同质化,人走到哪儿,都是一样的房子、街道、购物中心、住宅小区、开放式公园,很容易迷失。依我的经验,越是老南昌人越在南昌找不着北,开汽车不用导航,哪儿也去不了,就极有必要建一些有历史文化特征的地理性标志物。棕帽巷口"杨家洗脚城"的商家也会在店门上立一座手握大刀的杨令公塑像,到红谷滩又见着一同样塑像,就知是"杨家洗脚城"连锁店了。而青山路大路口,原立交桥没有,象征青山的石碑也没有,可不可以建个牌楼标明一下?洗马池呢,可不可以立灌婴洗马塑像?系马桩、孺子路、有名的老的"八大乡贤路",甚至新命名的更多的"名人路",能不能多立些这些人各一貌的塑像?而不仅仅是一个呆板的路牌。南昌的文化骄傲,江右的文化骄傲,南昌两千两百多年的城邦史到哪儿去了?绝不能被钢筋水泥的丛林所遮蔽!

曾经一度我对异域的、用陌生的经验化认知来叙述我的故乡之城的文字,满怀兴趣,它令我对熟知的城市突然有了讶异,而对已然不见的消失在时间那一头的事物悠然神往,尽管那一切于当下而言,漠然而旷远,彼所空无。二十世纪初一位英国旅行家弗雷泽,来到南昌,在考察笔记中做了以下描述——"南昌城坐落在一条大河东面。一千年前,风水先生测算过它的位置和形状,认为南昌地处水乡,应该在南方北方各建一座塔,以镇住漂移的城市,而且所有的城门都要朝南开,以吸祥纳瑞。所以,唯一的北门藏在角落里,朝西的瓮城遮住了它;东面的两个门和西面的两个门都开在瓮城的侧面,变成朝南开的城门;真正的南门当然不成问题。这样,南方的祥瑞可以源源不断地涌入南昌城。"

我对如是叙述惊为"天人",其作者仿佛给我所见到无数对南昌熟极而流的平庸叙述文字堆里开了"天眼",我的天呐!他是谁?他不是传教士,不是伟大的利玛窦。他要告诉我什么?带着这个疑问我又一字不漏地读下去,如鸿蒙初开。我知道我不是在听市长慷慨陈词介绍他的辖地,也不是在看地方史专家或考证者在历数他的独见与发现,我感觉这是一个老实的笨家伙,有些呆头呆脑甚至词不达意地在陈述他的认知,用南昌话说,仿佛就是,"天上一句,地下一句"。他说了一个事关南昌城的命脉建筑:塔。这也是其叙述中出现的一个关键词,它似乎早就被我们所忽略,甚或可有可无。

在中国地域美学的谱系中,有一些美好的词,其中"江南"一词是最吸引我的,它承载了太多美好信息。其中就有诗歌承载的信息。苏州是江南的诗眼,它是去不厌的地方,记得1998年去苏州参加全国诗歌座谈会,陆文夫先生派他的专座"红旗"车接站,到文联办公室见到陆老,赴张家港之前,吃了一顿饭,说到苏州的吴中,他只说了这是一个销金窝,活得很享受,有滋味。吴中是苏州的诗眼。食、住、行,诗意的行走之地。吴中有一座光福塔,登上能看到吴王夫差当年的养虎之地。老虎和塔,这两个本不相关的词,就因为一次对塔的登临,奇妙地连接到了一起,也使江南有了虎气。

"南塔比北塔更容易找到。"弗雷泽在其考察笔记中进而叙述,仿佛是在讲一个类似歌剧《图兰朵》那样的西方化了的中国故事:"唐朝的一个皇帝在征战朝鲜时发现了一块黑硬闪光的石头,便将它带回了军营。结果他发现自己身体周围雪花不落。于是皇帝便把石头带在身边,发现到哪儿都是这样。所以战争结束后,皇帝把奇石带回了中国。后来,一个南昌的方丈治愈了皇帝的病。皇帝出于感激,把奇石赏赐给了方丈。方丈带着奇石回到家乡,在建南塔时把这块奇石放置在塔顶。不幸的是,十九世纪初的一个巡抚不知道奇石的妙用,把它扔掉了。从那以后,暴雨经常侵袭南昌城,就在我们访问期间也是大雨不断。前任巡抚修缮过南塔,把塔建成了七层,塔顶上还竖了个九尺高的木质火炬,外面裹上黄铜,并花费了50盎司的鎏金。几百年前,南塔和现在中国内地会周围的房地产都属于一位名士(苏云卿)。他不愿意在腐败的朝廷为官,就垂钓东湖,抚琴作乐,湖中的龙听得兴起,跃出深渊,随着琴声翩翩起舞。"

我想说明的是,这位叫弗雷泽的英国旅行家所述的"南塔",就是南昌家喻户晓的绳金塔。但弗雷泽太会讲故事了,故事的有趣,就在于会卖关子,而且总要接通民间信奉的神灵,即便虚,人也信了。弗雷泽还说:"有个秀才为我们提供了有关南昌佛塔,尤其是这个南塔来历的详细说明。在公元500年之后的梁朝,梁武帝有一次生病时发愿说,如果病愈,他要做一件大善事。为了还愿,他召见最钟爱的和尚征求意见,并派他前往印度,取一部佛经,或请一尊精美的佛像回来。三年后,和尚回来了,带回了如何建造新式八角寺庙的细则,其中四边是空的,另外四边有开放的窗户,燃着油灯,为漫游的精灵和鬼魂照明。皇帝于是命令他属下十三省的所有破败佛塔都按照这个模型重修,并且派人照管油灯。皇帝死后,油灯不点了,但钱照领。南北双塔建在一条向北蜿蜒的大龙身上,它们的位置恰好在可以触摸到龙脉搏的地方。"

弗雷泽的叙述,让我迷恋,我不知道是迷恋他所叙述的那座有神灵的城市,还是叙述本身,或者二者兼而有之。

有一本很有名的书,书名《金枝》,作者是英国的,也叫弗雷泽,——J. G. 弗雷泽。他是著名民族学家、宗教史学家,享有世界声誉的文化人类学者,也是早期进化学派人类学的代表人物之一。"金枝"缘起于一个古老的地方习俗:一座神庙的祭司被称为"森林之王",却又能由逃奴担任,然而其他任何一个逃奴只要能够折取他日夜守护的一棵树上的一节树枝,就有资格与他决斗,能杀死他则可取而代之。J. G. 弗雷泽生于1854年,是一个一生都至为勤奋的人,他极少外出,整天在浩如烟海的史料文献以及来自世界各地的调查表中进行钻研。可以断定,来南昌的,不是他。而我真希望是他,因为我太喜欢他的《金枝》了。我一厢情愿地把那些有关南昌的叙述,当作是他的。但J. G. 弗雷泽由于长期劳作,在1931年不幸失明,南昌于他,永远是一座看不见的城市,既属于黑暗、梦,满天排成行的飞鸟般的文字,也属于神明。1941年弗雷泽在剑桥逝世,他的灵魂可以漫游世界,寺庙的灯为之照明。

那些古今并置、原始自然界与科技同时登场,记忆与非记忆,现实

黄昏显露出古旧的颜色　315

与梦境已没有疆界,生活细节与非生活局部栩栩如生的场景,仿佛是一幅黑夜中的壁画,它无疑是黄昏之后渐渐形成的衍生物。我时在梦中目睹并为之惊叹。所以我一向认为 J. G. 弗雷泽的《金枝》是一部梦之书。梦是人类的另一重故乡,是我们又一副"安静的锁链"。现今南昌城东最吸引人的地方应该是"梦时代购物广场",它早于红谷滩的"万达广场",大概是"美时代"终结了"财富广场",把人都往更大更丰饶的购物空间吸引而去。直至九龙湖的"万达茂"、昌北的"铜锣湾"、建设路的"王府井"、红谷滩的"世茂城""绿地缤纷城""山姆购物广场"等诸多更现代、更奢华的购物广场出现,使位于中山路与象山路十字路口的"百盛"与"天虹"都相形见绌。可以说南昌是真正全面进入了"购物广场"时代,而地铁一号线与二号线的开通,更是缩短了人们逛购物广场的距离,诸如"铜锣湾""万达广场",地铁已直接通到它们内部,而又跨赣江隧道可达"天虹"与"百盛"购物中心,这种便利是令人惊喜有加的,尤其在既舒适又漂亮的具有购物、健身、饮食、电影院,各种娱乐为"一条龙"服务的现代大型购物广场里,若休闲,足可以待上整天。我每到这样的"购物广场"都从内心发出感叹,若有天堂,恐怕就是如此。但我每每在这种感叹与赞美的徜徉中,又总感到这么美好的"天堂"总是少了什么。少了什么呢?——少了书店。博尔赫斯说过,天堂的样子就是书店的样子。

毛尖女士说:"看美剧《权力的游戏》时,听到主题曲,就有一种活在文艺复兴时代的错觉,或者说,凛冬将至,本质上,其实是对生命最丰饶时刻的一次回眸,一次告别。"

这种告别,似乎也是从城市遗失书店开始的。我这样说,也许有些偏执,但南昌老城繁华地段几乎没有书店了。大型购物中心一度有过售书点,也撤了,红谷滩中心地段红谷凯旋楼盘临街门面曾开过一家雅致的"三一书店",我晚上散步常常走到那里去看看书,忽然一日见关张了,经营亏本,老板纵使有心,也难以为继。大型购物广场也是如此,谁能将一家亏本的店铺维持下去?14亿国人大都在看手机,几乎少有人读书。发再多的感叹又有什么用呢!国家是倡导读书的,每年都有"世界读书日",但仅是那一天人们还会提到"书",此后又是与书保持距离,人们不缺购书的钱,只是没有读书的欲望。书店的生存空间在无助之下面临巨大危机。尚在坚持者,已是艰苦卓绝,无异于在四面围攻中守高地,我能深切地理解南昌民营书店"青苑"的苦心经营者万国英、王健民夫妇的不易,他们心中真的还有梦,而梦既美好也虚无,他们是在守护心中的美好,对此,我是满怀敬意的,虽然近年来由于上班与住地都距青苑书店远了,去得也少,但我总觉得与这对朋友夫妻是共命运与呼吸的,我同样能够感受到就像里尔克所言:"没有胜利可言,挺住就意味着一切。"

不久前,也是在"世界读书日",我在答《江西日报》记者问中说道:"城市没有书店,只能证明它还没有拿到现代文明的资格证。它还是蛮荒的,即便它物质繁盛,仍是基本的动物性的满足,不值得荣耀。尽管它有很多购物中心,但没有一个书的位置。尽管网络可以售书,但它仅仅是虚拟网络,而不是城市的实体,可以供读者倘佯与流连,可以营造和散发书香的气场和味觉,可以安顿在物质中浮躁甚至溃败的心灵。"我到巴黎,到日内瓦,到罗马,到布拉格,在街头时常见到书店,它令我对这座城市增加敬意。中国14亿人,一本书能发行到3万册,就算畅销书了,这是悲哀的。如果中国城市里实体书店不断关闭,将是城市之耻,即便授予"文明城"的牌匾,又有何荣誉可言?

没有什么比书更能承载"城市之梦",没有书店和没有梦的城市是灰色的、冷的、完全物化的,所幸我们头枕着赣江的流水之声,夜晚还能做梦。

梦,帮我不断打开神秘与奇瑰的空间,它既藏在城市钢筋水泥的背后,也藏在脑海里。我居然在城市的楼层上梦见了洪崖——南昌前史之地,洪都、洪城由来之处。——洪崖,出城西行四十里一个集飞翔、声音与羽毛绽放的地方。道术、丹石、药杵、仙灵、音律、翠竹的孔膜轻轻浮动着一层白雾,如胎衣,那里应该是南昌原始的根系之所。天上寂寞,地下繁华,地面的一只蚂蚁,也比天上的神仙快活百倍。即使学会了飞,也要保持在人间的高度,不离人间烟火。

我的童年曾在那里放浪形骸,像是一个被神遗忘的孩子。至今我常会梦见那里的草木与气味,它包括了我在南昌生活过的几个重要的地方——三眼井、校厂西、象山北路、市委招待所一部三栋……甚至还意外地蹦出了"北海道"。我将一次梦境清楚地形成文字,隔一段时间看时,隐约令我吃惊不小。几十年来我仿佛仍活在一个地方,活在一个带有明显地理标志而又无所不包的梦里,那些场景历历在目。

记梦:我是乘着电梯来到湾里洪崖丹井山间的。山里杉树密集,笔直参天,我看见一座三层楼的会所式酒店,底楼的位子坐满了贵宾,显得很拥挤,有一张脸很熟,像留着仁丹胡的超现实主义画家达利,他手拿一只高脚杯,夹一根细长的烟,瞪着大眼睛,表情冷漠且古怪,他身边有披高级毛坎肩的外国女人。我奇怪的是,那座酒店全是杉树建的,或是建在杉树上,树原样保持着,连树皮、枝上针叶都原封不动,树木还在生长,散发着清新的气息,楼层也随树木的长势不断增加。现在只是三层。而且二层和三层有大玻璃窗,里面没人,只有一楼挤满了客人,却无门无窗。电梯把我送到山里的另一座类似建筑。进去发现这房间是我家原住三眼井校厂西1号的201房。我在老旧的阳台仿佛待了很久,阳台的水泥栏杆坏掉了,水泥剥落,露出了钢筋,父亲索性将坏栏杆拆除,上面只保留一圈同样是水泥的扶手。扶手下却是空荡荡的,下面就是校厂西巷,有些脏黑,拐角的公厕散发出陈腐的尿溲气味,巷子里坐着三三两两的居民。我想把阳台上的灰土扫下去,又担心掉在人家头上,而阳台摇摇欲坠。母亲说,你别在阳台待太久,阳台受力重,会塌的。我就退进房间,感觉房间随时也可能跟阳台一起坍塌。家人就决定离开,出门是个更大的房间,像个夜里亮着灯的市场。我看见有一些白玉般的小马驹降生在黑暗边缘,它们的白,像是扒开煤一般的暗层,使那里有耀眼的光亮。可有个人在那儿,不停地将小马推下黑崖。我不解,另一处有人在地摊叫卖景德镇瓷器,有白色瓷马、瓷蛙、瓷鱼,以及很现代的艺术造型瓷件。我见人买一只很可爱的瓷雕,仅十五元。待我伸手过去,已卖完。父亲却注意到一把玉梳,他想买,说要二十元。我问价,人说五十。就说打个折,二十。人说,三十。我拿玉梳到手上,发现齿是断的,便借口说,回来再来。我们便出去。出门极似我家原住过的象山北路市委招待所一部三栋一楼大门,门外已拆毁,我仍是在楼上,我不知父亲怎么自然就出去了。我到门口一看,没有下去的楼梯,简直如悬崖,有一块翘板,可跳下去,会掉在另一块踏板上,缓冲落地。我觉得悬,没把握,便顺墙抓住建筑工地的绳子,一节一节往下滑,侥幸落地,是黑咕隆咚的巷子,有些老豫章后街夜晚的影子。我两脚都是泥,很沉,摸到一个长条形水泥砌的水池,拧开水龙头,探脚过去洗。洗罢进了巷里一间屋,又是那个阳台,摇摇欲坠,我退回来,身边躺着一女子,头发很乱,这场景我觉得很不堪。我对旁边的父母说:"你看到的景象是我的梦,一定觉得凄惨吧?"父亲说:"颓废。"我说:"这不像你见到的那样。你看到的这个女子,她是日本东京富商的女儿,叫美知子,人很美,她爱上了一个无所事事的流氓,不顾家庭反对和他私奔到了北海道,开了这家旅馆,并且经营得很好。他就在外面有了应酬,也跟

以明末清初启蒙思想家王夫之(人称"船山先生")命名的船山路,既是历史,也是记忆,更是生活

别的女人好上了。这天回来，见美知子洗了澡，正在用电吹风吹头，坦然告诉她：'你走吧，我有了别的女人。'她很痛苦，忍着，默默收拾行李，拎箱子走到门口，转过头，说：'我今天特意洗了澡洗了头，换上了漂漂亮亮的衣服，就想告诉你，我查出了癌症，没几天了。'他大惊，蒙了。"

故事讲到这里我已哭了，我很伤心，我哭着继续对父母把这个故事讲下去——他对美知子说，你别走，我会留下来陪你，我现在才明白你是我最珍贵的。他就这样一直待在随时会坍塌的阳台上画画、写诗，美知子问他，还有多少时间？他说，快了。世事如乱棋，乱似云烟。他对着阳台，念了几句偈似的东西，好像是在回答她，又像对阳台外的景象呓语，就醒了。原偈有四至六句，是完整且有意外之意的，梦里觉得特别，想记下，就醒了，却隐约只记得两句大意，梦境的层次却清晰得很。阳台在下坠，女人，生出了翅膀，像白裙子，飞了起来，我也扶摇着，上升，是的，仿佛是这样。只有阳台陷落，掉了下去，下面是深渊，在洪崖下面。我摸黑拧亮床头灯，有些伤感。回过头来我又想，一块没有梦境的土地是谈不上神奇的，好在我生活的土地，还能给我以梦境。

> 你的肉体只是时光
>
> 不停流逝的时光
>
> 你不过是每个孤独的瞬息
>
> ——博尔赫斯

"我们的爱里面有一种痛苦，与灵魂相仿佛"这句，不知谁写的，一读就被刺中，仿佛逃脱不了。金属切割，地砖切割，钻墙打洞的噪声，强烈，刺耳，无处不在，无孔不入。已是城市公害，装修完才住了不久的房子，又易手，住新房，心里没有家园感，不断迁居，不断装修，城市病得不轻。这些年拆除真古迹,建造仿古建筑,对此,我们很在行,有世界一流的专业团队。城里的仿古街就大行其道。南昌万寿宫街区便是如此,把老的拆了,请专业团队来打造,用现代的方式来提炼与拼接一些老的传统街道元素,而不是在老的基础上保护性修缮利用。拆了重建,当然更省心,但城市的根脉由此断裂,老城之老,也是新式翻版,再好、再光滑也是赝品。我们对自己的城市明显已有了一种"熟悉的陌生感",如同一个"熟悉的陌生人"。昨日,我经过翠花街,这条老街一边是再度新建的即将开业的万寿宫商城,一边是用墙围着的正在打造的三街五巷万寿宫仿古街区。而青石板的翠花街裸着,成了一个过渡,仿古街与新商城由此一分两半。须知古老的翠花街原本是这一片街区的魂之所在,万寿宫正对的,就是这条街,它的繁盛与此密不可分,它北接昔日热闹的洗马池当下的中山路,直连现在的商业步行街。应该说翠花街是老城区核心地段的一条老街,其历史悠久,商业积淀深厚,对周边的辐射功能是巨大的。打造万寿宫老街区,尤其要重点打造好翠花街,将万寿宫商城纳入其内,整个街区可划至八一起义纪念馆(江西大旅社)为界,但从当下的打造范围看,翠花街与万寿宫商城都不在万寿宫街区打造范围以内,这显然是个极大的失误。——"章子怡演出了宫二的靓丽与无惧:不图一世,只图一时,即便人人都说那样很好,我也可以偏偏不喜欢。"不记得这话是谁说的,针对王家卫电影《一代宗师》里的人物,我突然想起,仿佛没来由,竟然又觉得别有意味。野史载:

——崇祯(明朝的最后一个皇帝)十七年,虎渡河至德胜门外。……同年,有虎入城,蹲于街上,一只小鸡变成了厨子。(野史)

王家卫的电影里有一种城市情结,而那种既浓且飘忽的情绪,都是通过许多细节来呈现的，我喜欢《花样年华》里反复出现的小巷，昏黄的路灯，墙上的人影。

一次王家卫的一位朋友到香港，跟他同坐上了一辆汽车，王家卫便开始向人展现他的电影世界了，就是他熟悉的城市内脏与细节。

开始是在九龙尖沙咀的诺士佛台，王家卫在这里长大。这曾是个鱼龙混杂的地方，充斥着像他父母一样新来的上海移民，电影演员，作家，娼妓，裁缝，习武之人，来自印度的小店伙计还有菲律宾的歌手。而现在，这个地方已经成为精致夜生活的代名词。王家卫的旧居，也变成了一家意大利餐厅，默默地向已经成为世界知名导演的王家卫点头致意。不过，这里对他来说仍旧充满了奇妙的回忆，影响着他几乎每一部作品。谈起诺士佛台，王家卫眼里有光。之后，他们又去了重庆大厦，在《重庆森林》里化为不朽的那个热闹的多层建筑，像个多种文化交错着的集市。他们吃着小店里的咖喱角，王家卫告诉他，时常被自己描述成水手形象的父亲，曾经在这重庆大厦里，经营着全香港最大的夜总会。然后又领朋友前去拜访他写就几乎所有早期作品剧本的地方，一个经营在地下室的隐秘咖啡馆，王家卫却懊恼地发现，这里物是人非，已经变成了一家打折首饰店。

那些重复过半辈子脚印的街巷，怎么也不厌，还得重复下去，或轻或重，或快或慢，都是人生的迂回与转折，都是生命的徜徉与瞻顾。或者欣喜，或者平淡，或者讶异，或者惆怅。其实每座城市都应该有这样保留人的奇妙回忆的街区，它旧，但有生命和历史的温度，是城市与人的血肉情感融为一体的地方，如果它被无情而粗暴地拆除掉，城市和人都会感到痛。

翠花街街口有宝庆金号，原本是座很有特点的西式建筑，其高大门面有点像澳门"大三巴"，一直保留到了二十世纪九十年代末，我曾在

黄昏显露出古旧的颜色　　323

《信息日报》呼吁保留它，没想到转眼便被拆了。那可是老南昌街道的标志性建筑，打造老街区，可由此为正入口，是上佳之选，建议恢复性重建。老画家彭友善之子彭中天是个颇具文化与市场战略眼光的"智库"性人物，他的不少见解我颇认同，他认为"老街区是城市的文象载体，也是古旧的历史记忆，更是重要的文物遗存，一定要倍加珍惜。对老街区的改造要慎之又慎，既不可全部清空，徒留其表，又不可一拆了之，再造古城。正确的做法是整体保留与适度回填，在原有城市肌理的基础上打造人性化民宿，中间穿插名人故居、码头文化、历史商号、书院私塾、手艺人家和特色餐饮，把这些元素统统找出来，集美成区，使老街区成为充满东方美学和独特生活情趣的平面陶瓷历史博物馆群，让人走进历史、体验生活并流连忘返"。

英国旅行家叙述的南昌龙脉位置上的"南北双塔"之一的绳金塔，至今无恙，前些年在唐塔的原形上，又重修了一遍，建了一座孔庙，增加了一些附属建筑，成立了管委会。我应邀到那里参加过一个文人自娱性的笔会，也探讨过城市历史文化的一些无关痛痒的问题。后来见当地搞起了绳金塔美食一条街，想把这里弄成类似上海城隍庙一般的去处，但效果似乎不佳。北塔或早已倾塌，但现今南昌人更乐意把滕王阁视为它。只要双塔在，风水就好，祥瑞就在，南昌就还有神灵庇佑。我看着红谷滩那么多的高层建筑拔地而起，人与建筑相比，愈见渺小，微不足道，我会产生恍然疑似神迹的感觉。这么渺小的人，是怎么在短短的时间里，建出了如此多的高楼大厦？这念头跟埃及金字塔是怎样建成的疑问或许如出一辙，它使我退到更远的位置来看最近的事物。每当我傍晚时分在街道漫步，那些白昼时清晰无比的路边栅栏、店铺、行人、指示牌、门窗、的士、公交车、报刊亭，在日影半明半暗之际，已变得有些影影绰绰，我仿佛是个游子，从异乡归来。

——黄昏显露出古旧的颜色，
我又一次翻开城市的衣兜。
一些有记忆的，
刻着生命影子的墙，转眼就不见了
到处都是失去影子的人，他们的寻找
也是徒然

城市，飞翔的石头

黎明在目光下破晓而出，
呼啸的热血，仿佛大海一样滑过。

——狄兰·托马斯

从绿茵路站乘地铁，往东一站可至铜锣湾广场，往西一站就是万达广场。两下都方便，步行也就十几分钟。孙儿小佩伦出世后，带他去这两个地方，大多乘地铁。一岁两个月的小佩伦，已是地铁熟客，在地铁上极安静，见到美眉会笑着给人打招呼，极讨美眉们喜欢。到站的声音提示一响，他会要求抱他起来，准备下车。周末的一个夜晚，我和妻带小佩伦去万达广场在地铁3号出入口，一个二人组合的歌手演唱吸引了他。年轻的歌手只投入地对着麦克风低头唱着，磁性的嗓音牵动人心，听得人不知为什么只想哭。还没学会说话的小佩伦也听得入神，一会儿就见聚集了来往行人。人们听着，用手机拍着，却不见扔钱。我前后看，也不见装钱的帽子或琴盒之类，难道他们只是因为爱歌唱而歌唱？万达广场地铁站3号出入口，留下了我感动的记忆。这是城市的一种美好。读到一节"城市时代情怀与生意"的文字，很对胃口——"灯火让城市更美。科技的发展延长了人类清醒的时间，在某种层面上，也就约等于延长了我们有价值的生命。我们用这多出来的时间与生命在城市中漫步,有时停,有时行,有时感慨,有时无忧。因为街头或拐角,总是存在一两处打动人心的夜间场所。"

这世界需要传奇,世界由此还是带有吸引力。

1995年2月12日晚上我做了一个梦。我在次日的日记中做了记载:梦见外太空船降临大地,我从中见到多年后我的面容,竟是一位赫赫有名的富翁,一个原来的老同事因泄露了未来的秘密而被外星人逮捕,并押上太空船飞走。我看见天空一下充满了蓝色海水,把太空飞船顷刻淹没,海水复冲向地球。我和一个朋友各抓住一种不停向上生长的树,水涨一尺,树即长高一尺。我和那不知名姓的朋友人各攀一棵,当我这棵树长得比他高时,他爬到了我的树的上端,我不得已退而求其次,爬到他遗下的那棵树上。只是树长得愈高,枝愈细,摇摇欲断。我清楚地感知到这树上如同夹竹桃的暗绿色枝叶和沙梨般的树皮。那情境,真实而骇人,天空的变化莫测,由不可知带来的不安与恐惧,海水在天上冲击,又扑向大地,城市肉身般有浸入寒水的冷酷。这预示着什么——城市——淹没——高处——顶端?难道我们的城市是怕被淹没才不停建高和更高的楼吗?

那一年我经常做梦,同年2月23日,我在日记中记载:昨晚梦见菊(附注:她当时在日本工作),好像和她走在一个停车场,或铁路临站的地段。夜晚,有类似号志灯和汽车尾灯的红色、黄色与绿莹莹的光亮,有铁道员的小屋和堆着的黑沉沉的枕木与货物。我和菊都穿着笔挺的警察制服,经过嘈杂的街道,来到我事先介绍的场地,我们好像一直在匆匆赶路,我感觉菊的个子比我高,英武非凡,使我不得不边走边努力长高,经过努力,我似乎是高过了她一点,心也就稍安。我们在走,红、黄、绿的号志灯和车尾灯,光亮闪烁着,也有车前灯偶尔扫过,我看到菊英武的身影和脸,她黄色的制服(附注:九十年代初期警察的制服是黄色的),红唇,高统黑皮靴……这前后还有些情节,但都忘了,印象与感觉最深的是这些——停车场——尾灯——铁道员小屋——货物。它与我熟悉的城市对应的是赣江边的贮木场,原抚河桥对岸及下沙窝一带,青云谱新溪桥铁路沿线。

1976年秋天的南昌之夜,月亮像一张牡丹牌烟盒里的高级锡纸,飘浮在城市与街巷上空,我跟高中同学忠伟兄从百花洲电影院看了半场《天仙配》出来,觉得百无聊赖又无处可去,索性坐在东湖边,盯着水中的月亮直到半夜才各自回家睡觉。那一年除了有些老电影开禁了,我们并没有觉得贫乏的生活有太大变化。但数十年之后再看,那年秋天对所有国人的生活都是个转折点。

某日早上巷子口公厕排队的高峰过后,约莫九点钟,独占一蹲位看书,那也是一种当年的惬意,读《说唐》,有天下舍我其谁,江湖唯我独尊之感。

1983年11月号《湘江文学》(湖南省文联主办)正式刊发了我的诗,得了30元稿费,1985年6月号《广州文艺》发的《雪崩》,获该时颇有一定影响力的年度"朝花奖",为我平生第一个文学奖,奖金不多,100元。转眼三十余载矣,八十年代是中国诗歌的黄金时代,一路走来,黄金变成了水滴,那个奖亦堪存念!第一次拿了30元稿费,我是给自己做了一套灯芯绒猎装,上身紧匝,如美式军官夹克,下身是大裤角喇叭

这条路修建于二十世纪二十年代

裤,仅 16 元,余钱到"小香港"买了一双流行尖头皮鞋,是人造皮革的,没穿几个月,皮鞋就破了。第一笔奖金,为女友买了一只上海宝石花手表,三十年后,她仍记得。当时我月薪 23 元,后来涨了两块。"万元户"时代,南昌首富出在"小香港",能倒腾到一万元,就是当日富豪,我 100 元,当时也算"巨款"了。

对于生于斯长于斯的这座城市,面对冰凉的高大建筑与顷刻瓦解的过往,面对亲人、亲戚、朋友、同学和同事,面对街坊、邻居和熟悉的事与物,有时候的感觉就是"真实、温暖而苍凉",没有其他能替代这种感觉,真的,这就是它,南昌。

火车作为连接此城与他城的交通工具,在城市的部分是火车站,南昌火车站位于站前西路,九龙湖西客站为高铁站。而长途汽车是以连接省内城市为主的交通工具,兼及附近省份的一些城市。南昌长途汽车站位于八一大道,新站迁至青云谱,公共汽车,自行车(最兴盛于八十年代,"自行车王国"即指那个年代),的士,摩的,"共享单车",地铁(目前南昌已开通两条线,即一号、二号线,三号、四号线正在修建)。我没有经历马车和黄包车时代。城市的"慢"与"快"的时代以交通工具划分最明显。马车、黄包车年代是慢的。火车——绿皮火车,相对于高铁、飞机,是慢的。公共汽车相对于地铁,是慢的。自行车相对于摩托车、小轿车,是慢的。城市在交通工具由慢转快的更换中变得大了,更大了。这十几年间先后扩展有红谷滩新城区、红角洲新城区、凤凰洲新城区、象湖新城区、朝阳洲新城区、九龙湖城区,未来的豫章版图尚未可知。而今在城里出门,地铁是最便捷的,留心地铁站的位置,就像当年留心公共汽车站牌一样关键。熟练地掌握地铁的换乘成了城里人日常出行的基本功。人心里开始要有一张地铁所通达城市各处的站点图谱,并以此来重新确认我们的城市。

2019年1月11日:外面又在下寒雨,我蜷缩在书房沙发上,哪儿也不想去。老友太平来电话约去他家聊天并小酌,还说画家李焕先生会来,我婉言谢绝,并要太平问候李老师。老友树明来电话说南大曾光教授相约去他工作室喝茶吃饭,我也借口忙,只待在书房里,什么也不做——书架、案头、茶几、电脑桌、地板上,书堆得满满当当,皆严重超载,人却虚着——让时间私享。我突然想到,地球在宇宙里,像一块会飞的石头。城市在地球上不会飞,但也像石头,在脑海里飞。

阳光并不灿烂

我自小是以"野"与淘气出名的,父母"下放"回城,跟南昌许多干部一样,第一阶段是到湾里。二十世纪七十年代初,程世清主政江西,把距南昌三十里的湾里设为备战山城,将大量工厂、机关都迁往湾里,大有"拆了南昌建湾里"之势。父亲也就作为援建干部被抽调到那里。当初湾里尽管人山人海,到处都是"大会战"的队伍,却没有像样的房子,都是山上砍毛竹搭的工棚。湾里最早出现的两幢二层楼房子,是就地利用红土建的干打垒屋,纯一色赭红泥土,两块板子夹着,夯实,打牢,形成土墙,没一块砖。立在接近洪崖丹井的山腰上,一进湾里,笔直一条路直抵山脚,上去就是两幢相距不远的红土屋,在苍翠的山里尤其醒目。一幢是湾里指挥部,另一幢是干部宿舍。这幢宿舍开始家属只有四五家,都是下放回城的,那些家属在城里——那时俗称"八一桥那头"的,都还是每日往"那头"跑,空出许多房间,一部分给了驻扎的交警分队,几间给了电影队。这两个队,对孩子们来说都是有吸引力的。瞅准了,我就黏着交警去坐顺风车,回来就潜进电影队的房间,偷看试胶片的电影。而且出来时,口袋里还少不了一些电影队毁弃的胶片,晚上对着白石灰墙用手电筒一照,就是电影了。

不久,楼上住了保卫部的家属,保卫部有枪,也是吸引我经常往那儿跑的一个地方。逢着干警擦枪，就蹲一边看，人家说，很危险，万一走火会伤人的！皆不管，赖着不走。他们到后山练习打靶，也跟着去，那些干警没不熟的，只是枪没上过手。

保卫部干警多是山东转业军人，是随程世清来南昌的，粗鲁，没文化。他们家属住我家一栋干打垒，有一孩子叫福强，其父老憨，黑大个，却是神枪手，我见过他在山后练枪，撸子手枪，朝远处贴在杉树上的纸靶开枪，蓝烟过后，枪枪都命中靶心。我看过他拆开枪机成零件，擦干净，又拼装回去。我让福强设法偷他父亲的枪来玩，福强说偷不到。

福强带我到他家，偷他爹的枪给我看，我心痒痒伸就去摸，他赶紧压到被窝下。后来我软硬兼施，混了他从他爹那儿偷的一只旧牛皮手枪套，我无师自通做木枪闻名，给自个儿精心削了一把木头手枪，插那枪套正合适。从此每天别在腰眼上，仿佛一便衣"保兄"（社会上对保卫组人称呼），上课就掖在内衣里，人俨然也有了底气，有些天不怕地不怕。一会儿是杨子荣拔枪把人当土匪，撵得一帮屁孩满地跑。一会儿是双枪李向阳，敢跟有真枪的邻居"保兄"叫板。后来福强说他父亲问他找枪套，向我索回。我说你已送给我了怎能要回去。福强蛮，就跟我动起手来，被我狠揍了一顿。他父亲心疼，亲自出马要教训我，那天正好我十岁，穿了一双新鞋，跑得飞快，老憨追不上，就在背后怒吼！我回头讥笑老憨，老憨气个半死。那只手枪套就一直在我腰上，是一爱物。事平息后，福强仍屁颠屁颠跟我玩，我又喜欢看老憨用气枪打猎，所谓猎物，无非山雀，那是一种比麻雀还小，却灵活的野雀。老憨弹无虚发，从前山打到后山，一枪一只，真让我佩服得五体投地。不一会儿，他就打了一脸盆山雀，实在装不下了，枪里还剩最后一粒子弹，他瞄也不瞄，朝树上传来鸟叫声处抬手一枪，鸟便像个石子垂直落地。那种气枪子弹在东方红商场体育用品柜台有卖，和乒乓球、扑克放在一起，崭新的

阳光并不灿烂　333

气枪有一把则放在柜台后的靠墙货架顶端,旁边还有一只篮球。我多想有一把气枪啊!

东方红商场文具货架上那支小口径气枪,横放着,漆黑的枪管、红色的木质枪托,对读小学四年级的我深具吸引力。我做梦都想把它买回家,到屋后山上去打猎。我甚至碰到过人在柜台上买气枪子弹,一粒粒,小且细,尖弹头,金黄色。比我见的真手枪子弹还得缩小五六倍的样子。

福强他爹老憨,一嘴大蒜味的神枪手。我梦里都尾随他扛一支气枪在后山猎野禽,枪响起,百发百中,皆有鸟禽栽下。我便一蹿而起去捡被他打中的猎物,又乖乖交给他。我打心眼里佩服一手好枪法的家伙,从杨子荣、双枪李向阳到老憨,哪怕老憨嘴臭。但他儿子人偃,脾气也臭,惹人厌,因打不过我,经常受我教训。老憨闲时就扛气枪晃荡,最不济也能打一串山雀回家。我虽跟在旁边摩拳擦掌,自信枪法不低于这老家伙,却从不敢开口问他讨气枪一试身手。他那儿子竟不争气,对枪毫无兴趣,我掇使他偷他爹的家伙出来玩玩,三扁担也压不出一个屁来。福强有个姐姐倒还水灵。小时候,我们形容很美很娇的美女为"玻璃小姐",那时觉得透明而又有器形的玻璃是特别高级的。南昌出美女,现今有名的美女刘涛从小时候就生活在大士院外婆家,如果她不做影视演员,肯定国人就不知道南昌还有这么美的女子。福强的姐姐在我的屁孩年代,有些像"玻璃小姐",可她是山东的种,玻璃的样貌,却是北人的内质,对老弟福强凶得很,盯得严,唯恐我唆使得栽坑里似的。我与这小妞互不待见。她也是空水灵了。

随父母下放在乡下一年多,七八岁回"城"——准确地说是"城"门外,那时湾里还没被划为南昌城区。人却成了个天不怕地不怕的顽劣孩子。在学校乃至邻居的孩子们当中,我俨然已是"山大王",所幸的是爱看书、画画。记得一天黄昏,我在门前山坡上玩耍,见父亲吃力地挑了一担书回来。我打开一看,是《青春之歌》《林海雪原》《烈火金刚》《晋阳秋》《平原枪声》《三家巷》,还有整套的《铁道游击队》连环画,一时举家欢喜。但也只能偷着乐,当时这都是禁书,父亲说是新华书店管仓库的一位朋友带他从即将"焚毁"的书中"抢"出来的。这批书给了我早期的文学启蒙。后来开展"评《水浒》"运动,内部发行了古典"四大名著",我八岁看了《西游记》及《水浒》中册,对我影响甚大,甚至对我顽劣的"野孩子"性格又烧了一把火。

在湾里我还真是把架都打遍了,闲着没事,便不是在山里逛,就是上树,或爬上篮球架。指挥部食堂前空地的篮球架上挑着两根电线,一地线,一火线。我虽十岁,一派无知,被一区委骑摩托的通讯员挑衅,他问我敢将两根线握在手吗?我不加思索伸手一抓,啪,手被电击,知道人是害我。下面正吃饭的一年轻干部责备通讯员:"你真过分,万一孩子伤到怎么办!"通讯员不以为然,说:"无非是送到山上埋了。"这话令人初次感到人的冷酷与邪恶。那通讯员二十几岁,相貌极俊,脸红扑扑的,像个姑娘,却喜欢穿酱黄色的"将军呢",脚蹬高统套靴,跨在摩托车上,英武得很。后来又想,或许是幼年的我太顽皮惹人厌了,或许那年轻通讯员虽是成人也跟十岁的我一样懵懂。幸好我命大,否则他要担罪受刑罚的。顽皮比我厉害者有过之而无不及,一次父亲骑自行车带我出门,路过东方红商场,见门前一旗杆上五花大绑着一人,是只比我大一两岁的孩子,我是面熟的,他是我同校的打架大王,成绩差,脾气暴躁,却不知怎么被人绑在旗杆上受罚,放到现在,就是虐待未成年人,父亲上前找到相关人,让人把他放了。那孩子用手擦擦脏脸,走了。人收绳子,嘴里还在数落什么。父亲带我骑车离开。

指挥部食堂有个炊事员,人叫笑面虎的,总是煞有介事戴个白口罩，整日忙个不停，厨房里的人都下班了，独他还在湿一把、干一把地又是扫又是抹的。晚上我就领一帮屁孩去厨房混，由几个跟他聊天，几个趁他不留意，伸手到纱布罩的筐里摸馒头往怀里塞，又到缸里捞咸榨菜，然后暗使眼色，屁孩们都离开厨房。怀着小计谋得逞的快活，飞快地溜进黑咕隆咚的汽车库，钻进一辆常年在修理的老吉姆轿车，吃足了，一踩油门，车竟往前冲，慌忙收脚，车头碰在木门上，仓皇作鸟兽散。白天在指挥部楼前晃荡，见场地路边停了车或摩托，绝不放过骑上去的机会，不到被人赶跑不停手。一次见一辆崭新的米黄色伏尔加轿车，停在招待所外面，车头带天线的，不管三七二十一，就去拉门，被猛地震到一边，原来车身是放电的。一看牌照，是军队的。再低头看车肚子，见一箱电线直搭柏油路，人家早防范着。原来是省军区政委程大麻子的专车，他下来视察，在招待所午休。那招待所修在山坳处，一幢是平房，后头上坡又修了一幢两层小楼。后来外传是林副统帅的"暗点"，我们一帮野孩子成天在那儿玩，平时只知有两个还算漂亮的女服务员和一镶金牙的矮子管理员。上下两栋房子，除一度区委一个梳大包天的王书记在下一层住了一间，对面一间住了女秘书和她的女儿，其余什么也没见到。中间会议室有台黑白电视和一台充当会议桌的乒乓球台，我们几乎天天在那里大闹天宫。

　　住红泥干打垒，隔壁邻居老熊是梅岭管委会指挥，那时管委会有不少指挥，各指挥一摊子事，不像现在叫主任、叫局长。老熊跟我父亲一样，此前也是从市委干部下放到农村，后来程世清搞"备战"建设，拆南昌，建湾里，下放的干部多半抽了过来。那时湾里也叫指挥部，后来梅岭和湾里合并，统一为湾里区委。老熊的儿子毛崽大我一岁，是我的主要玩伴。毛崽脾气臭，人还算有趣，在一伙孩子里喜欢充"大"，难免胡吹，往往把众屁孩搞得一愣一愣的，对他就有些"作兴"。我一向天不怕地不怕,岂在乎区区一毛崽。那时大家都穷,却也羡慕富裕些的人家,把条件好的孩子称作"吊爷崽子"。毛崽说他家住市委家属院时,有一邻居小洪,是个"吊爷崽子",其家很"吊"的特征是,吃饭的时候都听收音机。那时我们家里都没收音机,只是山坡上干打垒上坡路口电线杆上有一只喇叭,每天早上会唱"东方红",播"大好形势"和"粮食翻两番",会放《扬鞭催马运粮忙》的曲子,傍晚会放姜昆、李文化有关援助"亚非拉朋友"内容的相声,间或会有一段革命样板戏《红灯记》和《智取威虎山》。收音机绝对是奢侈物,我等可望而不可即。可我偏觉得毛崽说得有点过。吃饭听收音机怎么了?没准小洪父母是学习里面播的革命形势呢?哪里就是听杨子荣"打虎上山"了?毛崽一口咬定是听"打虎上山",要不怎么能说"吊"呢!为了证实没打诳语,毛崽庄严承诺来日让小洪过来当面证明。后来湾里筹备成立区政府,办公点在距区委较远的"双马石",那里有一座向阳电影院。恰好小洪的母亲从市委抽调过来,小洪一家也搬来湾里。一次小洪母亲到区委开会,把小洪带了过来。毛崽大喜,在戴皮帽的小洪面前一副拍马屁模样,根本没提"证明"之事,只是领着小洪满头大汗地爬干打垒后面的小山包。由此我对这小子更为不屑,再后来毛崽家回了城,他父亲老熊调到了省里,我们也没有来往。若干年后,听母亲说他遇到毛崽娘,毛崽娘在湾里时,跟我母亲是同事,都在东方红商场。老熊调到省里,一家子随他过八一桥回了城。事过多年,老同事相见自然少不得谈及儿女,毛崽娘颇为伤怀,说毛崽三十多了,有病,脑子不清楚,他爸老熊给他找了工作,也做不下去,一个人在街头流浪,几次被老熊找到时,发现他在捡路边的香烟头抽。老熊很伤心。得知童年老友状况,我亦唏嘘。

直到十一二岁,重回南昌,满身都是狂野气息,是有些匪性的,打架,嗅得出危险。做梦都在打架。十四五岁,懵懂之年,到哪儿都有对

阳光并不灿烂　337

头。我转学到豫章路小学，正对省委大院。同学主要是省委、江西日报子弟，我座位后头有个全校的打架大王辜军，人都叫他"老辜"，我一来他就欺生，上课时总在后面踢我屁股，弄得我坐不好，挨老师批评。一次放学，走到校门口，"老辜"一把抓住我的后衣领，大大咧咧又朝我头上拍一巴掌，我不由得大怒，反手就卡住他脖子，"老辜"立马就被摔倒在地。他没料到我是在乡下和山里待过，在土场上摔跤是功课。我进中学后，喜欢为弱者出头，讲义气，得罪老师，评《水浒》，被老师批判。年级组长上政治课亦暗中针砭。那些年少的七中同学，应该还记得我是个好管闲事，好打抱不平的人。二十世纪七十年代，十几岁的少年，就像个大人。由于好为别人出"头"，得罪了几路人，一是江西日报社的青皮后生，一是万年巷的青皮，有些找我打架的，我根本不认识，知道是别人"请的"。事主不是我的对手，只有找厉害的人出头。以致在豫章路那条街屡遭劫阻，不得不杀出血路，才逃到民德路，转学到三中，从此放低自己，一腔少年血开始转向文学。从此伏低做小，不再出头，沉默寡言，只读书、画画，待到情窦初开，开始偷偷摸摸谈恋爱、写情诗。

现在想来，我也是"野蛮生长"过来的，只是那时的"阳光"并不像姜文电影那么"灿烂"。

风吹过,纸上隐约见那——起舞回雪

南昌,我的生身之所,我的宿命之地。它一方面在造就我,另一方面也刺疼了我。我是俗人一个,也有世俗的焦虑与隐痛。过去不敢正视,也隐藏似的,其实不必。什么叫披肝沥胆呀!这就是首先要有剖析和袒露自己的勇气,再去面对别人。人身上,头皮处,极薄,除了头发护着、汗渍、发垢,也是保护它的。头皮有伤,结痂生疤,一辈子不生头发。

小时候南昌巷间屁孩挂在嘴里唱:"太阳疤子闪金光,照到哪里哪里亮!"我也没心没肺跟着唱,从羊子巷唱到附近的百货大楼。路上捡玻璃糖纸,对太阳一照,仿佛见到了毛主席。又低头捡冰棒棍,可以坐到百货大楼柱子下,将一把冰棒棍朝地面一撒,就是八阵图。屁孩们东挑西挑破阵子,如赵子龙银枪白马,挑得人仰马翻。

百货大楼楼梯宽敞,一级一级都是大理石的,是童年的美妙天堂。楼梯护手栏也极具优美弧度,黑亮光滑。我辈顽童常卖力爬上楼,也不在意"百货",单为从滑溜的护手栏上一溜而下,却从没摔倒过。倒是我一次跟一伙大人往楼梯口厕所跑,厕所地面是大块白色大理石的,有积水,我一滑,竟摔倒。头破出血。有大人抱我从厕所跑出来,匆匆下楼梯,急送医院。想必当时伤得不轻,印象中有很多大人小孩跟着跑,都是急切而慌忙的脚步,血一路滴。至今,头上仍有疤,掀开黑发,还不止一处，也是我孩提时顽劣的明证。

往事在走远，却又像是推着人在走，我每周日去三眼井父母家，路经象山南路，隐约还能见到状元府的地名，沿路有高桥商场、六眼井、省赣剧团、医药大楼、樟树国药局、中国农业银行南昌市支行等。状元府哪里还在呢？但人还有好奇，南昌东湖的状元桥还在。状元府是江西著名文人戴衢亨的故居，戴衢亨（1755—1811），汉族，字荷之，号莲士，安徽休宁隆阜人，寄籍江西大庾。乾隆四十三年殿试状元，授翰林院修撰。选任文衡，累主江南、湖南乡试。嘉庆初年，凡大典须撰拟文字，皆出自其手。历任侍读学士、军机大臣、体仁阁大学士，掌翰林院如故。嘉庆十六年，卒，年五十有七，赠太子太师，入祀贤良祠，谥文端。著有《震无咎斋诗稿》。善画山水。乾隆三十六年，尝作《庐山瀑布图》。

戴衢亨当年赶考，逢大雨天，东湖的木桥被大水冲了，戴衢亨发愿，他日高中，必在此修石桥一座，果然南昌有了状元桥，还有了一座状元府。在戴之前，南昌人张位，早就是状元、大学士了。他的别业闲云馆在东湖，也就是现今启功题的"杏花楼"。

东湖原先有荷色，淤泥里有藕，现在荷色不见了，水抽干了清淤时，能看见掉在泥里的自行车残骸。

1988年江西师大办本科作家班，我好不容易考取了，却要停薪留职去读。那时妻子正怀孕，异常辛苦。我一读书，就身无分文，孩子即将来临，生活却面临困境。妻子坚持要我去读，我却犹豫，不到半月，人瘦了十几斤。进大学读书时，瘦如一根丝线，人笑我，身材比少女还苗条。家里收入全靠妻子一人，以致长期坐缝纫机加班，临产了，肚子里的孩子还没入骨盆，过预产期23天，医生说恐胎盘老化，才剖腹，产下儿子。费用比顺产高，近四百元，父母要替我们付。妻子不肯，说已攒了，便将她省俭下来的钱付了。上大学交学费，一千多，却拿不出。父亲将家底拿出来给了我。第二个学年来了，家里钱不够，父亲默默借钱凑学费递到我手里。我觉得像负罪，从父亲手上接过钱，不敢抬头，忍住泪，心在滴血。

那一年我看不到读书后的前途，父亲认为读书是正路，他借钱咬牙支持我。家里也不宽裕，他对每天抱着婴儿来家吃饭的儿媳说："有我一口饭吃，就绝不让你喝粥。"话说得坚定如铁。妻将这话转告给我时，我的泪珠滚滚而下。尽管妻子拼命工作，但厂里效益每况愈下。我们生活窘迫时，真到了连三块钱一袋喂养婴儿的奶粉都买不起。而每次不交一分钱到父母处吃饭，我的歉疚总是在加重。我当时在诗中写道："父亲，我的每一步都牵疼您的一根神经/每一步都在您的额头磨下一道血印/父亲，我是您额头上最深的一道皱纹。"父母对我的爱深沉如海，自不必说，我是父母三个孩子中唯一的儿子，他们没有溺爱过我，却内心最为看重。父亲是个自律、干净的人，而我自小野性、散漫。外公外婆在羊子巷对我是"放养"的。五六岁前，我几乎是在尘埃里以蚂蚁、苍蝇、香烟盒、玻璃纸、冰棒棍、瓦片为乐。人野，粗糙，不爱干净。六岁随父母下放乡下，更是在田野、树上、草垛、池塘、河水里放荡。父亲在长埂县城，母亲每天还要做挑货郎走村串户，送货上门。傍晚时回到家，一看我仍未归，母亲问乡人，人轻飘飘说，只见他从河里下去，就不见了。母亲大惊，沿锦河岸边一路边哭边寻。天漆黑了还不见人影，几乎绝望了摸到家门，见我若无其事在油灯下跟姐姐妹妹嬉闹。母亲又哭又恼。——我真未曾让父母省心。当初我还真是个野孩子，父亲只要在家一定要帮我洗澡，洗得干干净净的。

记得村里在堤上建了抽水站，将堤西的水通过穿堤管道抽到堤东田里灌溉。夏天正午，我却趁人午休时钻进堤里的抽水管道去摸鱼虾。十几米的管道，仅容一个孩子匍匐爬行，人在里面，外面根本不知道，若此

老爷子和小曾孙

时抽水机一开，人必死无疑。我当时年幼懵懂，又顽劣，哪知其中凶险。人说"生地怕水，熟地怕鬼"。我是水、鬼无惧，却时时让父母操心。

读师大时，间或托在红星垦殖场的同学买"英雄"奶粉，一次两袋，有时买奶粉的几块钱拿不出，好心的同学知道我的窘状，有时就干脆送我。景德镇广播电台一位叫柯夫的编辑不知怎么知道我的境况，写来长信并夹寄一百元人民币，信中写着鼓励我的滚烫话语："你是江西诗坛的一面旗帜，一定要坚持写下去！"柯夫君给我的温暖至今未忘，也至今没见过他，虽多次打听，未果，也许诚心给人以帮助的人是不屑于示恩的，这是人类既古老又美好的品德。记得当时写过一首诗《含泪写作》，是有感于外省一位诗人写的《为什么而写作》。

那诗人写道："为黑人兄弟曼德拉而写作"/"为曼德拉夫人的黄衣衫而写作"。我真觉得这诗矫情至极。

我没有他那么姿态"高远"，我只实实在在写道：

许多人都是为诗而写诗/为了痛苦而又无望的爱情//我作为诗人/靠节衣缩食在南方某大学读中文/难为了从不求人/而此刻硬着头皮借钱为我付学费的父亲/妻子挺着怀孕六个月的肚子/在40摄氏度高温的机台上工作/仅仅为了每月45块钱的工资和一份浮动奖金/她的美随同秋天的第一片花瓣/同时凋零/在一九八八年最寒冷和最酷热的夜晚/我提起笔时/常常被泪水蒙住眼睛//为了百里外汇钱给我的诗友/为了父亲/为了一首诗几块钱的稿费/为了孩子的出生/为了妻子在午夜传来关切的声音/为了众多不写诗而又对我寄予厚望的友人/为了世界上这些善良而美好的人们/我含泪写作

贫困,这个中外文人仿佛饶不开的魔咒,如影随形。事实是,古往今来,文人艺术家多有贫困经历,因为文字,用血写,用泪写,用苦难去写,是换不来钱的。这便是文人艺术家的宿命。杜甫如是,曹雪芹如是,巴尔扎克如是,但他们是伟大的。我爱他们。我却没有足够的苦难向他们致敬。因为他们的苦难已足够!而我还得有足够理由好好生活着,读他们。陀思妥耶夫斯基说:"我只担心一件事,怕我配不上自己所受的苦难。"

我想到我的妻子,她也是南昌最繁华地段胜利路的出众美人呀,但美人却在跟我受苦。我便觉得不能辜负。虽不曾像郁达夫那般"曾因酒醉鞭名马",却还真是"生怕情多累美人"。

当年念书,也不是我一个人苦,同学朱宇兄新婚,两口子住近郊一套小房子,请我去吃饭,沙发、彩电、家具,一样不缺,还有客厅一盏灯,可拉上拉下,围小桌小饮,抬手一把,灯就拉在鼻尖,冬夜围炉般,小日子羡煞旁人。我却见他写一文,说某日单位分得一袋米,两口子欢欢喜喜,老婆坐前,米袋在后,一辆破二八自行车驮到小屋,车一停,发现米袋漏空了,原本一洞,竟未发现。一袋米,半月钱,小两口抱头痛哭。

一次放学早,我和同学老川在八一广场溜达,老川从摊档上买两食物,一人一份,我边吃边说好味道。老川说,这是牛角面包。我记住了。至今味犹在口。

多少年了,我一哥们,当年在作家班,以脾气暴躁出名,如今年过半百,人竟和善得似个邻家翁,整天龇着牙,见人就笑,脸上还现出两个小酒窝,像个腼腆的大姑娘。九十年代曾下海去深圳,一度发达,后来亏了。又提笔写电视剧拍了几百集出来,虽苦犹乐,内心得到安顿,活得一片通透祥和,微信上尽为他人伸拇指点赞。我真为这哥们高兴。

近看当时教我们叙事学的傅修延先生转的一文,其中有句:"千里积雪,遍树冰凌,清辉光转之际,雪月相映之间,刹那回首,诸人还照见本来面目否?"怦然心动。

我读《伶人往事》,历经苦难却心怀美好的人写的书,买一本,算支持。再买一本,送朋友,算尽点心。她经过苦难,文字却对得起那些苦难与不堪。再读野夫《身边的江湖》,不由得叫好,为他的江湖义气与家国情怀,恩怨分明,仇不报,志未酬,恨不消,其文字如钉,是要钉血钉肉的,好一束带怨怒的箭镞,我每读,心里都攒着毒火。他像另一个鲁迅,身上有夜色与寒气。

掰指头算过来,我参加工作已37年了,离退休还有几年,似乎突然发现工资还没有一个刚进我所在机关七八年的大学生高。时会英雄气短,原来看见自己是个穷人。

章诒和先生在一篇追忆她大学老师兼同事的文字里为她的老师抱不平——简老师原本是该离休的:1949年9月下旬,她从上海弃学北上,投奔革命,来到大连旅顺。她的上级领导罗烽同志好心地说:"大连旅顺值得看的地方很多,你先看看吧,不忙报到。"她很听话,四处看看,过了10月1日才去报到。谁知1949年10月1日是个"硬杠杠"加"死杠杠",此前参加革命的干部是离休干部,此后参加革命是退休人员。仅一天之隔,她却无法获得"离休"待遇。在研究单位工作对一个人的评价指标就是职称。直到退休,她的职称问题也没能解决,退休之后,才被补评为研究员。她笑呵呵说:"我是安慰奖。"我却感叹,她还有个安慰奖的待遇啊!当然,我自是不能跟人比的。由此忽然怜悯起自己来,仿佛被怜悯者不是我,而是一种个例。

虽然我也是八十年代的本科学历,二十九岁由国企调入机关,虽是作为"特殊人才"由当时市长亲笔批示调入,也一直"以工代干"在所谓"干部"岗位,却是转不了"干",工资也加不上去。我是市政府颁定的"拔尖人才"和"高层次人才",也是几届的省作家协会副主席了,却在单位从未享受过一次"人才待遇"。每年机关填考核表,我的职务不填,虽然在刊物上挂了个副主任,也只是干活的。技术等级,我填的是真实的职称"副高",拿的却是落不到实处的工资待遇。我心里也不好受,再超脱,也超脱不了工资条上永远低于别人的工资数目。我的老同学、女作家梁琴(原《创作评谭》杂志主编)笑话我:"他们什么荣誉好像都给了你,却没给你解决一点实际问题。"我三十几岁时已具备符合有关规定的正高职称条件,可我所在行政机关不能评职称,只按行政级别规定待遇,我是"以工代干"身份,又不能享受行政待遇,而只能干"行政"的工作,拿工人的工资。"工人"这个身份在行政机关变得既暧昧又低微,它永远在底层,永远没有起步的可能;也永远是少数人,所以会长久被忽略。多少年后当我又和当年的"发小""东方船影视传媒"创始人赵树明兄在一起时,他告诉我自己也仍是"以工代干"之身,再过两年就在原单位退休,拿的仍是工人的退休工资,不过他"下海"以来所赚的钱,早已不必依赖那点退休金了。我是为树明兄竖大拇指的!

八十年代后期至九十年代我的通信地址主要在射步亭2号,那是我爱人家的住地,洛夫、余光中、余秋雨都有信寄到这里。那里是我文学艰难起飞的地方,有朋友曾开玩笑,若你获了诺贝尔文学奖,就到这里建一栋诺贝尔大厦吧。我就笑,算是穷开心吧。

那年儿子上中学,妻子下岗,我上班,经济拮据。一次,八一纪念馆的某部门负责人不知怎的找到我的电话打过来,说要买两本我的《豫章遗韵》。声音是女的。这本书,我没拿一分钱稿费,是以三百多本书折算的,书都堆床底下。现在看来,书并不贵,28元一本。妻子按约好的,将书送去,接回 56 元钱,一张 50 元的还是假币。事隔多年,经济境况好了,我竟然还记着那困难岁月。妻子当时告诉我,钱是那女负责人付的,一百元找不开,就与该馆另一女同仁换,妻回来才发现是假钱,又不好意思回头再找那人,明知道,找了也不会承认。凡人琐事,多是不堪,虽一地鸡毛,不是不可追忆,否则此世薄凉,人受着,却令忽略,那世间真的不堪了。

说来惭愧,2004 年,再次接到读鲁院高研班通知时,仍是心有余悸。犹豫再三,还是去了。其时,一家三口就靠我的微薄收入,真是羞愧,我从来就是一个不会赚钱也不在意钱的人,这真不好。不仅自苦,还苦了家。妻将家里仅存的两千块钱让我带去北京读书,这将是我四个半月的生活费。鲁院高研班读书、住宿、水电,都不要钱,吃饭也有补贴,但每餐下来也似乎个人要出 7 块钱,我只有尽量少到食堂,中午吃一餐,带一个馒头留作晚餐。北方干燥,馒头到了晚上变得很硬,就打来热开水泡着吃。我不算勤奋的,晚上看书到十一点肚子就饿了,只有在华堂商城买几块钱一打的榨菜,每读书到深夜吃一小袋消夜,觉得味极鲜美。"五一"节,妻儿来京看我,从我抽屉里发现一只干硬的馒头,见我又瘦又黑,就像个民工,她掉泪了。鲁院结业,我仍带了一千四百块钱回来。写这些,没有别的意思,只是仿佛穷惯了。也没有请过别人吃饭,甚至不知酒店是怎么买单的。一段时间,跟妻散步,对妻说,如果我有钱了,每周邀一个饭局,学冯小刚说的"谁要买单,我跟谁急!"说罢,哈哈大笑。美国诗人勃莱所言:"贫穷而能听到风声也是好的。"这当然是自我安慰。但那句话更准确:不会赚钱的人也不会花钱。这至少在我身上是有体现的,在机关工作多年,待遇上不去,一直低收入。写作画画,偶有些稿费润笔,有限得很。人找来写序写评论,时间功夫都花了,往往给人贴金,自己脸薄,不好开口,也就没有银子过来,尽管付出了心血。后来索性不给人写序作评了,也算一个被动办法。

写书在当下已算不得什么大名堂,不比当官与做大生意,但写书于我还是入迷,仿佛自省与梦游。让我活得一字一句般真切而不虚伪。但这事于我注定与生计无大关联。

我也是有国家评定的副高职称的,有关部门经常请我去出席各种"专家"论证会,可我现在单位还是拿工人的低工资收入。"重视人才"在我身上,几乎是句活生生的空话。我也是三十岁出头就拿到了国家级奖的,按规定早就是正高职称了,可这些东西对我几乎没用。

我单位一位一把手陈先生在位时曾推心置腹地对我说:"你这个'工人'身份,就等于是过去列入另册的成分……"我终于明白了,这就像我的原罪。湖北作家方方,也是工人出身,做省作协主席时,人都说她是正厅级干部,方方说,什么正厅级,我连公务员都不是。反言之,这个级,那个级,跟一个作家的追求相比,屁都不是。

狗没有身份焦虑,但它只给人看门或当宠物。鸡鸭没有身份焦虑,猪羊没有身份焦虑,但它们供人吃。城市有身份焦虑,南昌到底是二线还是三线城市呢?人是有疑问的,市长却有焦虑。人更有身份焦虑。

我有时只有拿曾是西安国棉二厂的工人张艺谋为我"打气",据说张艺谋最火的时候,他的电影工作室一进门就有一幅"工人阶级领导一切"的老式宣传画,他老哥虽已是享誉全球的大师级导演了,可体制内他还是工人编制的身份。他似乎不以自己的"工人"身份为耻。我也想像老谋子那样为工人争口气,无奈本事太小,在南昌混了几十年仍是原地踏步。原本一些隐痛是可以放下的,可涉及人性尊严,你还真放不下。好,这辈子亏,我就吃了。在我们的历史上,这样的烂账,欠得太多太多,以后肯定还有的。也有些人机灵,天生就能钻到体制的好处,拍马屁送礼本事一流,可也不能怪他们啊!

我佩服陈凯歌、张艺谋、冯小刚，几十年过去，有单位不靠单位，工资也几十年没加，全靠本事把人的"里子"和"面子"，都赚到了，人也就牛气。我却伏低做小，活了大半辈子，也不知自家"牛气"在哪儿。没有人老成精，反成了傻瓜。年底又要发奖金了，人拿多少，皆摸得清清楚楚，我不打听，按待遇，我是垫底的，老工人嘛！我只想着老哥哥张艺谋，给自己提气。他近日接受许知远访谈时说，如果我不干电影，就是西安国棉二厂一退休老工人，可能这之前就下岗了。陈凯歌在《鲁豫有约》中不无怨气地说："我在北影厂这些年，连房也没分到过一间。"鲁豫说："你现在住的房肯定比厂里分给人家的房要好多少倍了。"陈凯歌解恨地说："那当然了！"

北方人说狼极聪明狡猾，每天走的是一条路，若路上横着一根草都不过去，极是小心，得典"横草不过"。北方猎人上山打猎，见到狼叫张三，见到老虎叫大王，见到人参叫棒槌。

话说回来，我也仅是十八岁在工厂干过几个月临时工，十九岁顶替母亲的位子，进入国企，这就有了正式工作，按体制定性企业职工身份是工人。后来读大学，调入机关做编辑，这几十年下来，几乎一直在机关，身份不知为什么一直还是工人，人家说你是工人编制，就得吃一辈子工人的饭。哦，人就这样分类了，好处也就与我划开了。你再怎么干，也没法上升的。人说，"工"字出头，一堆"土"，"工"学长脚，是"干"部。与我同时从企业调进机关的小刘，人活络，材料不会写，却经常顺藤摸瓜般往当官人家跑，从市里调省里，几年工夫却从一个像我一样的工人，混到了省委正处级。他回头让人转话要读我写的书，我说书店的书多着呢，何必读我的。

当然，我也不是没有从事专业写作的机会，中戏毕业的导演张燕女士出任市文联主席，一心调我去南昌市文学院当院长，她让办公室主任

风吹过，纸上隐约见那——起舞回雪　349

李小冬冒雨将调动表送给我,我却为难了。因为单位刚在建宿舍,我一走,房子就没了。这一耽误,就没去成。几年后,刘先生任省文联主席,专门打电话来,问我的工作想不想动一动,召唤我"归队"。我有些迟疑。因为所在机关将搬红谷滩,且交了集资建房款,我调走,红谷滩的集资房就没份了。我犹豫了一星期,跑到省文联,路经《星火》编辑部,被小说家熊正良兄一把拉过去,他说:"刘先生都等了你几天了,你还这么拖拖拉拉。"我问:"省文联会解决住房吗?"正良兄摇头,说:"我住的还是老单位房子,不过,文联日子比过去好多了,每月已能解决一瓶煤气了。"我说:"我那单位早就有了。"正良兄见我这般态度,还是好意劝我"归队",说你一"归队",起码"身份"就好解决了。我知道正良兄此前也是工人,最早在罗家集电影院画海报,再调县文联、市文联,至省文联,我的境遇,他是深知的。我还是到了刘先生办公室,刘先生真诚地让我以"归队"的名义尽快写一份申请,以便办理调动,并将具体安排我到省文联做什么工作都告之,可见是急切的。我也说了我眼下的情况。也就是说我放不下集资的一套住房。又拖了数日,我还是手写了一份"归队申请",由于不会打字,便复印了一份,寄过去。结果是渺无声息。正良兄后来责备我真不懂事。我也一笑了之。真正有趣的是,几年之后,我所在机关机构改革,像我这种"以工代干"人员,可能被"精减"掉。这时鲁迅文学院第一届"全国中、青年作家高级研讨班"的入学通知寄到我手里,每省仅1个名额,机会可贵。可我手上吃饭的饭碗眼看都难保,哪还有心思去读"鲁院高研班"?只有原封不动将表寄去,建议让青年诗人凌非去。我要做的是回头求省、市文联接纳我。先找市文联,毕竟时过境迁,张燕女士已退了下来,新任的负责人只跟我打"太极"。记得当时正下寒雨,我又沮丧又落魄,坐公交还坐过了头,下车,人却在郊野,满目荒凉,只有深一脚浅一脚往回走。

1856年,罗洪先(1504—1564)与两位门人泊舟南浦,畅游洪都,由城南而西,游滕王阁,偃家楼,绳金塔,他在《游洪都记》中写道:"行德胜而东门,曰:永和。永和之东为顺化。至是日已向昃,三人下就野店,市食已,取道复自城出进贤门,趋塔下僧舍,市米作粥。粥罢,闻城中箫鼓烟火四起,盖十六夜也。"(十六夜为元宵节次日)

我忘不了那天的寒雨,也忘不了那天的踉跄。

那天我所在的地方就是罗洪先"粥罢"处,既没有"日已向昃",也非"十六夜",就不见"城中箫鼓烟火四起"。我只拖着一身泥水,再也不好去省文联找刘先生了。但隔日还是跟交好的省委副秘书长黎明中先生说了我的情况,他一边埋怨我当初为什么不来他这里,一边打电话给当时的省文联党组书记俞先生,说老俞是他的老乡,他答应了,让我去找他。我平生最怕求人,没想到这回还是得求,硬头皮到俞先生办公室,他说调进来我同意,但归文学口,得由刘先生定。这一"定",就没下文了。好在我还是没被单位"精减"掉,干的还是编辑,还是以"工人"身份之待遇糊口,业余还能不断写作,晨昏之际还能画上几笔。我说的"晨昏",还真是在早起上班前,傍晚下班断黑前那些光景,我的画都是那些间隙之作。

陶潜、八大山人一辈子都待在本土,最后是个什么身份和待遇了?陶潜晚年是讨过饭的,八大山人卖画谋生,乱世之中,一切无从谈起。陶博吾、黄秋园布衣终老,后来只是"出土文物式"的哀荣。南昌大师古来如此,区区如我者,又算得个什么?

毕加索算不上他那个时代最棒的画家,他画不过的人太多,可他最会出名,最懂得制造影响力。既然硬的拼不过别人的画,他就对画做手术,开膛破肚,大卸八块,拼接线条。把人画得不像人,谓之立体派,专找美人来把她画成丑怪，又跟人传出风流韵事。凭毕加索的相貌如果他不会炒作，十辈子也玩不转那些美人。如果毕加索是南昌的黄秋园或陶博吾，就不可能活着看见自己的画被送进卢浮宫。如果毕加索是南昌下水巷一老头，他终其三生都是一废老头。如果日本的丑老太太草间弥生活在南昌的系马桩，她就是一老裁缝。

这个灰蒙蒙的冬天窗外又是寒雨，渐渐夹杂着片片飞雪，像老天在吐白色的唾沫，跟南昌开玩笑。我看着雨雪里对面的办公楼，上半部椭圆形的窗户和巴洛克式建筑装饰令我无端想到哥特式教堂。

基督教的身份理论认为，一个人可以在他身上兼具两种迥异的身份，可以同时是一个走村串户的商贩和一个最圣洁的人，根据这种解释，每个人都拥有两个毫不相干的身份：世俗的身份，取决于一个人的职业、收入和他人对他的评价；灵魂的身份，取决于一个人灵魂的素质以及在审判日上帝眼中一个人的功过。但这也反而是对人的一种抚摸与安慰，替代不了冷酷的现实。

我感谢一路走来历经的坎坷，这都是宿命的安排，我不认为自己错过了什么机遇，一切不适宜自己的机会就不是机遇。其实我不该有这般感叹，人生于世，谁怀里不揣着一个血馒头，像鲁迅《药》中所写的，都想治隐疾，治得了吗？我每天上班路经"绿地"双子塔下的齐云街口，一家开了多年的时尚"罗莎蛋糕店"，突然改为24小时营业的平价"大药房"。原本常见到有白领丽人在玻璃那端读时尚杂志、品甜品的小景没了。现在只听到店喇叭反复广告"药品八折优惠"。不禁令人怅然若失！

我感谢上苍让我以匍匐之姿在人间尘埃里过活，感谢那些有过好意的人，使我看到了些许人世的本质，我因此才能写作。我实质上是有愧"工人"这个词的，名不副实啊！但我感谢体制给我定性了这个既是当下中国底层而又伟大的身份,使我深爱广大的底层,知道他们时时都是在为少数人做出重大牺牲的,但他们隐忍无言。我由此懂得人间疾苦,知道悲悯,也许慢慢会有宽恕之心。

我到佛罗伦萨——这座三十年代徐志摩所称的"翡冷翠",欧洲文艺复兴重镇,方才知道,伟大的但丁——这位与米开朗基罗、达·芬奇齐名的"三杰"之一,曾是这座他故土之城的执政官。可佛罗伦萨并不因但丁的伟大而对他予以厚待,反而予以驱逐。提出的条件是,若但丁跪地绕城三周,头戴荆冠,方能将他接纳。对此,但丁断然拒绝,宁选择有尊严地活着。直到死去,才被允许在故土安息。如今佛罗伦萨早已以他为荣,意大利以他为荣,欧洲以他为荣,世界以他为荣。只是我在他的雕像前发现,他的面孔仍是冷峻的,对黑暗,仿佛一点也没饶恕。

《身份的焦虑》的作者阿兰·德波顿说:"我们所期待的远超出我们祖先们的想象,但我们付出的代价则是永远都挥之不去的焦虑——我们永远都不能安于现状,永远都有尚未企及的梦想。"

宋人王沂孙有一词,极曼妙,也极凄凉。"明玉擎金,纤罗飘带,为君起舞回雪。柔影参差,幽芳零乱,翠围腰瘦一捻。岁华相误,记前度湘皋怨别。哀弦重听,都是凄凉,未须弹彻。国香到此谁怜?烟冷沙昏,顿成愁绝。花恼难禁,酒销欲尽,门外冰澌初结。试招仙魂,怕今夜瑶簪冻折,携盘独出,空想咸阳,故宫落月。"

词牌是"庆宫春",写的却是"水仙花"。录于此,还打算用毛笔在宣纸上抄一遍,无他意,只是喜欢罢了。风吹过,纸上隐约见那——起舞回雪。

船长记

这哥们块头比我大，个略高于我，且生得面白，笑眯眯的眼睛，留着的却是黑络腮胡子，上唇溜光的那种。他戴链式眼镜，让我想到旧式带金链的怀表，有点像十九世纪混在俄国流亡贵族里的知识分子。因他，想到楚图南译的《草叶集》，想到美国诗人惠特曼的诗《船长》，想到我同学的父亲、省话剧团老演员亢正大先生浑厚的嗓音所朗诵的——"船长，我亲爱的船长哟，我们的船，已经到了终点，钟声为你敲响，炮声为你长鸣……"，那是惠特曼先生写给下巴上留着山羊胡的林肯的诗。我写的则是人称大胡子船长、"东方船"创始人、我的"发小"赵树明。

时在二十世纪八十年代初，那正是亢先生朗诵惠特曼的年代，而我与树明兄的相识大概还得往前推一点，推到七十年代后期。那时画坛正火，夏葆元、汤沐黎、陈逸飞、陈丹青那拨人初露锋芒，各地小青年，似乎除了做流氓之外，就是画画。我从学龄前画到读高中，家住市委招待所底楼，光线灰暗，昼夜不分，画了个七荤八素，一双眼就这么画近视了。突然恢复高考，"学好数理化，走遍天下都不怕"，画一时又仿佛成了"无用之物"。当初我在南昌三中，还没听到考美术一说。待我扔开画笔，走进翠花街万寿宫故址那座颇具颓废之风的中学念高中，躲于课桌下，如饥似渴埋首在《史记》、莎翁全集与托尔斯泰里不能自拔时，"浙美"(前中国美术学院)的门开了一道缝——不再保送"工农兵学员",而正式对外招生。仍在坚持的画友们,个个眼红心跳脸发青,画得更狠更猛,无不欲朝"浙美"恶扑过去。其时,树明兄是青年画友里的厉害角色,他画画,自是瞄准了"浙美"的那道门缝,我写作,哪个大学也不想考,只想做中国的托尔斯泰。

而迷上文学之前,算来我也是有十几年如痴似狂的画画"前史"的。如此我跟树明兄的关系尚属"同道中人"。我们正当华年,恰如花似锦。树明兄穿着一件天蓝色羽绒衣,那是当时颇时髦的服饰,我用了"服饰"一词,显然是要说明,我的这位兄弟是善"修美"的。是时,在一起厮混的还有老梅(登云)、罗小安、良子。诸人俱年少,爱艺术,且狂热。他们"作兴"赵树明,原因之一是,赵树明已是爱国电影院"专业"美工了,这种"专业"性的地位于画友中是颇令人眼热的。晚上趁他在电影院美工室画大型电影海报时,可以举着笤帚般又长又大的刷子,在海报画上刷两笔,过过瘾。可这般"良辰美景"似乎不长。不久,树明兄因"留长发""奇装异服",且"死不改悔",被领导罚去扫电影院场子及厕所。我一度在"知青商店"干"临时工",因跟经理不和,被罚蹬三轮车卖"苦力"运货。兄弟们仿佛皆壮志未酬,发配沧州,只有咬碎钢牙,一把血泪,发愤做艺术梦。

闲时,我们也交谈,他看着我写的文字,举着发有我影评的小册子《电影介绍》说:"若你到我们电影公司,将这本土不拉叽的东西编成《影迷》,多好。"又指着马路对面一窈窕女子身影说他心中的艺术向往。真是"少年心事当拿云"。

树明兄"拿云"的"少年心事",就是做个大画家。有些时段一块混的朋友都对凡·高崇拜得不行,凡·高书信集《渴望生活》初版,艺术青年都疯了,读着凡·高偏执而狂热的文字,皆牛眼冒出绿莹莹的光来,恨不得也能画出一幅"向日葵"！恨不能也对一妓女把耳朵割了，胡乱缠个白纱布，画张自画像，那才牛！赵树明似乎更喜欢毕加索，向往老毕的艺术与生活，他当时有"正式工"，活得比我们好，且从事着能跟喜好沾上边的工作。不似一班小兄弟那么落魄，只能把落魄的凡·高当偶像。

一次南昌文化宫举办全市职工画展，有几幅小油画很让兄弟们眼热。我惊讶地眼睁睁见一小兄弟趁人不注意，从框中掰下一幅，揣入破大衣，回到家，又描又摹，真叫狂热。此后我便得知赵树明有作品入选全国美展，人也调入市群艺馆，又成功策划举办了一次美术界的"六日画展"，可谓在南昌"轰动一时"。然后参加他的婚礼，在东方红餐厅的酒席上，来了很多画画的朋友，新娘温婉而优雅，我为树明兄高兴。然后他又参加我的婚礼，跟老梅他们坐一桌。我婚前到"亨得利"换了一副眼镜，镜框很特别，架大，镜腿完全是反常规设计，且镜片变色，在当时是有些"前卫"的。我在"亨得利"的隔壁"真真照相馆"拍的结婚照，就是戴那眼镜照的。树明兄见了，面现新奇之色，从我脸上摘下瞧，又戴到眼上试。不久，他也换了一副跟我一般的反腿镜，且面现得意之色。现在我看结婚照上的那副眼镜，丑死了。可那时年轻的我们，觉得多酷啊！

这以后赵树明上了"武大"，我读了"师大"。再后来，他在接到《江西画报》调令时，毅然不就，下海创办了广告公司。记得有一回我去胜利剧场看朋友，见院内赫然立着一"东方船广告公司"的大牌子，扎眼得很，赵树明是时成了"赵总"。我却没见到他。只是偶尔在家住的三眼井街巷，见到一辆"昌河"牌小面包车，碾着冬日清晨的泥浆奔过来，车身印着鲜艳的"东方船"字样，赵树明从车窗探出头来，笑眯眯地叫我的名字。我们匆匆寒暄，各奔东西，都去上班。他脸上依稀还是那副宽框反腿变色眼镜。

那个冬日的老太阳我一直惦着,那年头朋友转眼风流云散,赶时代的潮头去了,我还在南昌,上班揾食,下班读书写作。某日夜晚树明兄从北京打来电话,说正跟朋友喝酒,在谈写作。这时我才知道他已将"东方船"开进了北京,而且广州、深圳、上海都有"东方船"的码头,我方晓得此"船长"不虚。他说这些年来不断拍广告片,画是没时间画了,却是坚持每天写一篇文字,已计有两百多万字。我心里倒一惊,比我写得多啊!

有朋友去过赵树明北京的"东方船",回来对我说,一进去就见一台老式电影摄影机,很有仪式感。——赵树明拍影视广告,正忙得欢呢!

这之后他回南昌,我们在经济大楼顶层旋转厅喝了一次茶,忆了一下旧,我提及他写的文字,他说匆忙回来,没带在身边,下次吧。

好,下次。

转眼就过去多年,我和树明兄面对面坐在红谷世纪花园附近一家名叫"秘境"的餐厅里。北岛在一篇文章的开头也曾这样写道:"我和顾彬(Wolfgang Kubin)面对面坐在波茨坦广场附近一家连锁餐厅里。"而我和树明兄面对面所坐的餐厅,是红谷世纪花园附近——他住 D 区,我住 C 区——这是十几年后的第一次见面,而且是我们作为三十年余年老友的初次把盏对饮。在到"秘境"餐厅前,他开着白色"奔驰"把我接到卧龙山瓷板画研究所,推开一间房门,几幅大块的黑白瓷板画映入眼帘,房内桌上地下有平板电脑、雪茄、翻开的书、画笔、宣纸,等等,树明兄说这是他的工作室。他在这里已"潜伏"快一年了。

没有过多的前尘往事,只谈画,只谈快活事,不觉过了三个多小时——我又想到了杜子美《赠卫八处士》中的诗句:"人生不相见,动若参与商。今夕复何夕,共此灯烛光。夜雨剪春韭,新饮间黄粱。"茶喝了几泡,各抽了一支雪茄,数支香烟,没上洗手间一次,多年囤积的话才只是个开头,已是晚饭时,树明兄提议去小饮几杯。这种"小饮"成了我们一个新的开始。仿佛我们一拍即合,找到了可以一起乐哈哈老去的朋友。

在世界绕了一圈回来,经过几十年,我们像两个少年般又厮混在一起,伏在桌上,跷起脚,接续上了少年的话题,谈心中的大师,谈美,谈构想和手上做的活计。仍是那么狂放而恣肆,仍是那么激情充沛,仿佛艺术与生活,罗曼·罗兰、毕加索、达利、凡·高,须臾未曾离开。我们仍是十七八岁的少年,我们以桌上的红酒和浓茶致青春。每隔十天半月,两人必聚一次,纵情畅谈,不亦快哉。他感念卧龙山,感恩现在这种有文学有绘画,还有艺术梦想的生活。那些商海博弈,声色犬马,恍如隔世。他告诉我,某日也是心血来潮,放下"东方船",开着这辆白色"奔驰",一口气从北京奔回南昌,将几麻袋账本在天台上一把火烧了。楼下误以为"火警",小区保安闻讯风至。从此重拾画笔,隐身卧龙山,做起了"一纸皇上",面对白纸和瓷板,想写什么就什么,想画啥就画啥。就这样两年多下来,新写了几十万字的随笔,画下了一大批黑白瓷板画。

我看赵树明的瓷板画:那些岁云风尘中的人物面影与场景,仿佛找到了当下的舞台,在一块块江西元素的瓷板上绽放。赵树明细腻的笔触,厚实的绘画功底与十几年导演的艺术掌控能力,在瓷板这个"舞台"上游刃有余。能安静潜心地画出这么大体量和质量的"民国人物"瓷板画作品的,在当世,唯树明兄一人而已。

树明兄是由"大动"而"大静"的,其"动若脱兔,静若处子",这等好功夫,是令我大有钦佩的。同时,他每天早起,必著一文,我几乎是他的第一个读者，其文字完全是原汁原味的生活，无论忆旧、述新、感悟，都元气淋漓，现场感、画面感，皆十足，很多细节描写，过目难忘。应了那句"俗话"，赵树明多才多艺，不仅能画、能导、能写，还能唱。他嗓子好，音色透亮，有磁性，又有天生的乐感。尽管不识谱，兴致上来，他在酒桌上会即兴创作一段音乐，哼给我听，使嗓子早已倒似泥沙的我，击节再三，又不胜唏嘘。

这本《船·说》就是集画家、商人、导演、作家等多重角色于一身的赵树明的本色叙述，他预定在适当的时间，为他的亲人、朋友与关心他的同道们，奉献一个画展、一台独唱音乐会、一套书。这套书就是"船·说""船·画""船·唱"系列。为此他三方面都在有条不紊地推进着，除了写和画之外，他还专门到大学拜声乐系教授为师，雷打不动地去上门求教，做了一个研究生里的"插班生"，且得到了老师的肯定。每次他像个孩子，将他的所学，欣喜地告诉我，我都由衷为这位老兄弟保有生命的天真和梦想而无比快慰。"你感染着我，跨越高山。"——这是一位瑞典歌唱家在歌中唱的。有时，我会惊异，他哪来这么多精力，又事事如此执着而用心。其能量总是在不断积聚着，早晚又会有震人之举。看着吧。我跟他饮酒喝茶，那杯中的酒和茶就没停止波动。他在酒上开船，在茶上荡桨，他还是那个"船长"。

树明兄《船·说》将由江西美术出版社出版，他把该书的责编、美编叫到一起，我一看，都是老兄弟。树明兄没放过我，捉我为序，我看罢书稿，回头就对我老婆说："这本书很精彩，没准会'火'。"

光影或者:片段

希腊导演安哲罗普洛斯说:"我喜爱飘荡,却是为了对故乡的渴望。"

李敬泽在《利玛窦之钟》开头写道:"时间是日光下移动的阴影,是一滴一滴的水珠,是细沙长流。后来人们才听到时间的声音。"我也喜欢一个叫吕布布的诗人写的两句诗:"还有前方空虚的雷区,因其对大地错误的治疗而更加醒目。"是的,有些就是时间中空虚的雷区,因其对大地错误的治疗而更加醒目,这就是我的意思了,我喜欢这种跳跃式的拼贴效果。时间与大地都满是错误与荒谬的拼贴。它构成了我的城市记忆与人世拼图。

我要说到翠花街的阿勇,小个头,不过一米六,貌机敏,留一撇小胡子。1977年人民电影院上演《摩登时代》,我们包场,一看银幕上的卓别林,活脱脱就是阿勇。次日都叫阿勇为"摩登"。阿勇听罢,眉飞色舞,也欣然,毕竟卓别林是大师级明星。"摩登"是我高中同桌,平素少言寡语,是小有内向的。"摩登"多半时候在观察人,每开口,音细,又清晰,多短语,不长叙述,如他的个子。"摩登"算我中学时一伙义气兄弟之一,其身形动作,像个学过武的,同窗三载,没见他跟谁过不去。"摩登"身世我们不便多问,每次去他家,只见其瘦小干净的母亲和姐姐,待人热情,可见"摩登"在家是得宠的。只是家贫,两间小房,挤挤的,还有一兄,偶尔见,敦实,亦像江湖好手,也是少言语。唯不见其父,虽好奇,也不便问。后来得知,其父原为厂长,因男女关系问题受到处理。所以"摩登"内心是有隐痛的,直接影响到他的性格,甚至命运。走出校门,我们来往少了,各自为谋生奔波,几无交往。一日夜晚我从射步亭返回三眼井,路过高桥,与几个高中同学相遇,其中就有阿勇,立马被架到路边新开的火锅大排档夜市就座。那大概是我初次吃大排档火锅,先是一赣江大鱼头,其实是鱼塘养的,接着是大把黄豆芽,最后是几把面下去,汤底咸、辣,好在有散啤压着,不然打熬不住。吃完后正盘算哪个买单,这时忙着端碗、端盆的一伙计冒出头来,乐哈哈打招呼:"哟,黄兄!"我这才发现还有一老同学在这儿。阿勇说:"这是大排档老板,今晚他请我们。也算我们庆贺他开张!"我忙说:"黄兄开张大吉,生意跑火!"稀里糊涂说了些吉利话,过几日再经过高桥,黄兄的大排档不见了,据说是大马路边开排档"违章"。多年后,我在高桥见一熟悉的小个子从"旺中旺"铺子出来,手拎两袋婴儿奶粉。我赶紧叫——"摩登!""摩登"立住,见是我,格外亲热。他告诉我生了女儿,并特别说,女儿个子大,很能吃,正等着他呢。我为他高兴,匆匆话别,见"摩登"飞身上了一辆满身锈斑的二八自行车,挥手而去。只是现实却不像他言语那么轻松,"摩登"命途多舛,不久单位倒闭,后来就听说,阿勇和黄兄一道到处接泥工业务,扛着锤子泥刀满街转。井冈山剧场前厅要拆掉高大的主席塑像,请了他们。"摩登"上去敲,不料塑像劈头盖脸砸了下来,"摩登"罹祸。出院后,他命保算保住了,人却萎缩了。原本就小的个子,直不起来。一个夏日,我骑车经过翠花街口,见树荫下有个冰棒摊子,卖冰棒的,隐约是"摩登"。后来,听说"摩登"死了。——命运发生在每个人身上都是真实的,点滴都得承受——"抚摸人间的文字遍体鳞伤。""摩登"算是个好人,只是命不好,他不是被天上馅饼砸着的人,却是被天上掉下的石头砸中的人。夫复何言!

我有个小学同学的父亲,是省报印刷厂一个参加过抗美援朝的汽车兵,他有一张严酷的脸,同学说其父经历过激烈的战争,我似乎也看到了。但那位老战士从来不说,好像他刚从"残肢断骸"的战场回来,便加入了狂欢的人群,那些经历了痛苦的幸存者也勇敢地快乐起来,尽管那撕裂的经历仍写在脸上,但他们就是不吐露一个真实的字眼,于是战争成了我们的想象中的国产战争片里充满刺激的快乐游戏。我每天上课松紧带裤腰上都插着一把木头枪,假想着如果明天日本鬼子来了,就用木头枪缴他的"王八盒子"和"三八大盖",跟敌人在南昌曲里拐弯的街巷中打巷战,把他们彻底消灭在南昌的大街小巷里。

航运局一位老人,生命的最后一些日子,在工农兵医院住院,恰巧我因胃病误打误撞跟老人同在一间病房。老人痛苦时,不吭声,只要孩子陪着。白天是女儿,百般细致,晚上是儿子。儿子一来,便睡在他脚边,也不管老父怎么样了,只呼呼大睡,老人还为儿子掖被子。每天老人若稍觉好过一点,便要在走廊上散步几分钟——为那几分钟他都漱洗干净,头发梳得一丝不苟,穿戴整齐,全身上下熨熨帖帖,与病床上的他判若两人。然后他很有尊严地出现在每个病房门前,跟病友打招呼,仿佛自己是个病房的探视者。但我出院不久,就听说老人过世了。我对他那每天几分钟的尊严,印象深刻。

七十年代中后期,坐落在苏圃路的江西宾馆后院围墙打一大洞,改

或明或昧的内在生活，时间的"屋漏痕"

为后门,礼堂改为影剧院,对外营业。幽静的苏圃路到了这一段,一下热闹了起来。那年冬天,南昌大雪,极寒。恰巧"文革"前拍的越剧片《红楼梦》解禁上映,各大影院票房爆棚,一票难求,不找熟关系,一般买不到。三毛钱一张,从票贩手上得翻几倍。电影院二十四小时连映,仍观者踊跃,有人一连看七场,迷王文娟演的林黛玉,又听说王文娟的老公是孙道临,就更迷。也有人说文艺界生活关系乱,孙道临聪明,在清一色女演员的上海越剧团找老婆。尤其王文娟唱的《葬花》,将多少青年男观众迷倒在银幕下,独恨自己不是孙道临,出了电影院暗中就把孙道临当了情敌。女演员徐玉兰女扮男,反串贾宝玉一角,"文革"后的观众也是第一次看到,新鲜得很。尤其她一出场,就唱:"天上掉下个林妹妹!"令观众迷得神魂颠倒。一时南昌大街小巷雨雪纷纷般,小年轻嘴里都哼着:"天上掉下个林妹妹!"一个冬夜,正午夜场《红楼梦》散场时,外面候场的人急着想进去,里面的人急于想出来,门外是大雪。影院内外的人对冲、拥挤、踩踏,有人被撞倒了,拥挤成团的人却像发动的机器,人推人,收不住脚,就损了人命,此恶性踩踏事件轰动全城。一年夏天,人民电影院的吊扇在急旋中突然掉下,锋利的扇叶像螺旋桨,削掉了人的脑袋,令人心惊胆寒,影剧院随即关停。苏圃路偌大的影剧场改为南昌首家大型仓储式商场,又引来不少顾客,我一位中学同学老梅,也就看准了这商业变化,随即将售票处租了下来,开了一家在南昌有点档次的皮衣店,生意不错。洪客隆商场每天顾客熙熙攘攘,川流不息,尤以双休日为甚。品种齐全、物美价廉的商品吸引着南昌市无数的市民。自1995年11月开业以来,恰如其商场的名称"洪客隆",顾客如洪,生意兴隆。然而,商场红火的生意与遭受冷遇的消防安全形成了一个非常不协调的怪圈,在生意兴隆的背后却是火险隐患严重。果不其然,1997年8月20日晚上9时左右,一场特大火灾降临"洪客隆",使

"洪客隆"遭受火顶之灾,由此创下了全国大型仓储式商场特大火灾第一案。

七十年代末,南昌民间瓷板画像还是一门小生意,几块钱一幅,外祖父从下放的远僻乡下刚回城,除了儿女接济,他和外婆无以为生。外祖父就搬个小凳子,在中山路最繁华地段,找一临街小巷口,设了个小摊,挂出几幅瓷板像,接些生意。执瓷板画笔的,是小姨父,他聪明有灵气,无师自通,下班之余,竟能打九宫格,把人的相片,在瓷板上画得逼真。那时南昌人对摆摊做生意的人尚存偏见,我看外祖父在街头摆摊,心里觉得自卑,一个人上街路经那里,会到外祖父摊边跟他老人家说说话,若和同学上街,路过那里,还会有意从街对面绕着走,现在想来十分惭愧。

八一大道是作"备战"路产生的,五十年代,省长邵式平——这位胖胖的首长,用军事家的眼光来改建南昌,把老城东线的荒芜地带大刀阔斧辟出一条八车道的路,说打起仗来这条路直接可以用于飞机起降。他一手治下的江西宾馆、中苏友好馆、革命烈士纪念堂、百货大楼至今都随八一大道一起在发挥各自的作用。八一大道南端是有名的老虎山,老虎是要吃人的,据说过去有监狱,有靶场,是枪决犯人的。后改为老福山,化凶为吉,把一切凶迹抹光,有了顺外村盖的鄱阳湖大酒店和南昌宾馆,架了大型立交桥,桥下花木葱茏成了街心花园,供闲人玩乐。八一大道革命烈士纪念堂旁边的中苏友好馆,建筑上端有水泥造型的向两翼偃垂的旗身及流苏穗子,很洋气,也庄重,是典型苏式建筑,也是五十年代苏联专家帮助建的,原是那些专家的俱乐部。七十年代后期,里面是省文联,那时我读中学,胡乱读了不少中外名著,想当作家,对挂着"中国作家协会江西分会"招牌的那个门头内,有些敬畏,又心向往之。毕业后,门里办了一张文学小报,朋友一介绍,我就屁颠屁颠进去打工。见里面的人都奇奇怪怪,难看,冷漠,不太上班,可一到周末有电影,便都来了。图书馆有外版画册,人却少光顾。我打工的编辑部却忙得不亦乐乎,除了主编,都是临时工。大家忙着跑印刷厂,打包,拖三轮去邮局发报。我主要负责初选、退稿,跑印刷厂送稿,和另两个小兄弟小阮、小曾一路说说笑笑地拖三轮车去服务大楼,将打好包的报纸寄发各地,月收入25元。那时我真是年少无知,尽管累,也初尝做临时工被人鄙夷,让人支来唤去的滋味,但心里觉得是在做文学的事,也就能硬着头皮做着。真正觉得这里吸引我的,一是那个静静的二楼图书馆,尤其架子后面很多国外画册,每瞅空,必去翻一翻;二是周末电影,我是常被叫去把门验票的,手上本没票,验完票后,可以手握电筒堂而皇之进去看。除此,真没发现里面有什么能吸引我的,在我当时的阅读视野里,省文联几乎没一个能让我看得上的作家或诗人,也说不上有什么名气能令我仰视。尽管如此,我们几个心怀志向的临时工还是在里面坚持上班,干编辑部各种杂活。编辑部设在废弃的小食堂,伙房改为从九江银行借来的美编小钟卧室,老鼠蟑螂一大堆。闲时我们就扎在小钟的竹床上瞎聊取乐。不久,武宁文化馆的小萧又接替了小钟。小钟老实,说是被省文联从单位借来做美编的,谁知手上都是体力活,打不完的包,我们下班回家了,他还在干,小食堂堆不下了,都堆到伙房兼卧室,他有种受骗的感觉,就找借口回九江原单位。我和小曾、小阮,都刚出校门,只有这份临时工,直到一天被解雇,提前结了25块钱的工资,被赠送了两本书和一只刊物搞活动剩下的奖品——电热水杯。我和小曾就这样抱着这几样东西,灰溜溜离开了中苏友好馆,走在八一大道街头,我们虽无留恋,却感到前途茫然。颇具讽刺的是,赠予我们的书,其中一本是狄更斯的《远大前程》。我和小曾(那时虽都十八岁,却叫他老曾)一时都不想回家，上班时间，回家不好交代，更不好说被人辞退了。我们就坐在满是衰草的广场中央，既觉得胸中抱负齐天，又感到自身实在渺小，像窗玻璃上两滴可怜的小水珠，随时会被空气蒸发。多年后"老曾"在广州做生意，发了财，也就落户在那里。小阮成了武汉轻工学院教授。小钟久无音讯，小萧做了出版社编辑兼电视剧作家。我仍在南昌，一度常去中苏友好馆内的省作协开会，突然觉得厌了，那里没有任何吸引我的地方，就不去，找种种借口推托，在家读点儿书，觉得挺好。一次小曾、小阮和我聚首，谈及往事，皆一笑，付之于春风。

八十年代初，南昌的繁华可以由几家大型国营商店和电影院所在地来区分，最大的百货大楼位于中山路东头，与八一大道接壤，对面是广场新华书店——广场书店在那些年是我的圣地与天堂，每星期日雷打不动必去一次，如同一种仪式，心境、气息都特别，虽不是每次都买书，也缺钱，但能在里面走一走——当时书都在柜台内，不敞开，只偶尔麻烦营业员取一本过来，看个内容简介，立刻还回去。尽管如此，我已然满足，仿佛受了洗礼，一整天都快慰得很。那时，"阿满系列"喜剧电影导演张刚先生的儿子张三刚兄在广场书店站柜台，每次去，都见他一脸认真地在跟人谈艺术与人生。张三刚兄相貌酷似影帝葛优，只是略胖些，个也稍矮一点。一来二去，我们也混熟了。多年后，在进京的列车上我们邂逅，两"老"售货员仿佛都有些意气风发，我是身为"江西作家代表团"成员赴北京参加"全国作代会"，问三刚兄："此去何干？"他在嘈杂车厢里响亮回答："去河北，拍电影！"

在中山堂(豫章公园)围墙与大众商场侧门之间有条路，直通大众剧场，此路延伸下去过豫章后街，就是芭茅巷。八十年代中期父亲转到中山堂内的政协上班,我家交出了原市委在青山路的住房,分得里洲新村一套房,房子小,仅50来个平方,政协又在芭茅巷调剂了两间房,这里离父母上班地点都近,一大家子的中心就都在这里,我只晚上去里洲睡觉。我家虽住芭茅巷,但与豫章后街几乎一体,所住的房子不是居民老式有天井的土库屋,而是五六十年代建的两层红砖房,年久失修,也破旧。正门正对居民老屋后门,如果不骑自行车,很多人都是直接穿过居民老屋,从另一头出门,即豫章后街,我们外出必经此街。我家住在那儿的时候,正遇上豫章后街,家家开始拆门开店,经营红烧蛤蟆,空前"跑火",人称"蛤蟆街"。直到三十多年后,南昌火车站一个双腮凹陷、满嘴无牙的看车老头,当众猝死,人才发现这是原"蛤蟆街"的食档创始人嵇振新。多年以后,从豫章后街(蛤蟆街)走出去的褚赣生先生说:"'蛤蟆街'的人自有一种蛤蟆气概。君不闻'独坐池塘如虎踞,绿荫树下养精神。春来我不先开口,哪个虫儿敢出声?'"他把毛先生的诗用在这里,很贴切。

早年读过一篇古人游南昌的老文字,几乎把时间缝隙里的南昌角角落落都抠了出来,却是湿淋淋,那是按水巷游南昌,文字里洪恩桥、章江门都在,时间应是晚清,许多地名、建筑都熟,有的早已不存,有的遗址也被反复覆盖。像是水上威尼斯,又仿佛前世阅历,今生只能梦游那般的南昌景象,在梦里我确实真切地游过,如同那文字是我写的,我也是个旧人。我总觉得个人在南昌留有记忆的事物和地方,就是一座城市的个人史。学校,家居,玩耍之地,恋爱场所,上班处,熟悉的饭馆,朋友,亲戚,猪血汤粉,胜利剧场红豆汤,经常光顾的电影院,书店,商场,老市委礼堂看《平原游击队》,瓦尔特,市人委礼堂看《红楼梦》,井冈山剧场看《拿破仑》——老同学送一大盆饭,边看边吃。百货大楼摔破头,翠花街洗相馆,八一公园,南苑照相,东湖落水糗事,豫章路打架,棕帽巷和老五聊女同学,省歌舞团小屋恋爱,西河大堤夏日的黄昏,抚河夜泳,散落风中的破事一箩筐又一箩筐的。造船厂初恋的约会,夜晚破巷的初吻,看小人书撕书被揍,仓皇落逃,民德路骑车追女孩遭拒的狼狈不堪,后墙路遇女孩情深意切,中寰广场写电视片,阳光下破自行车的影子,尚歌,零点,夜半乘电梯直上从又吼又舞的群魔中挤过。天高夜总会,渊明路上的嘉年华,醉后闷头钻入一辆的士,开车的竟是老同学丁光龙,珠宝街老南昌茶楼梭泡,嫁妆街,老书一条巷,文教路,体育馆公园旧书,万岁馆掏碟,科技大市场。一伙人看冬夜九点多罗马尼亚《十六个人》,晚上回招待所爬大铁门。江西影剧院演《红楼梦》午夜场,大雪纷飞,进出拥挤踩死人——茫茫人群与人间烟火中的疼与美,它构成了我内心的南昌隐秘地图。

老街巷没了,只见一块牌子,将几百上千年的居民的生活场缩简为几十个字的介绍,抑或一个街巷名,其余不存。城市的记忆变成了这种牌子,像是一个提示。土耳其诗人希格梅说:"人生有两张面孔不会忘记,一张是母亲的面孔,一张是城市的面孔。"

谁是热爱这座城的人?你整天骂它,又离不开它,比那些不骂甚至拎起行李毫不犹豫就走的人,你爱这座城市胜之百倍。我也曾是那样的人哪,骂、恼、恨,都有,但唯独爱不说,藏在心里。洛尔迦有一首诗写道:

　　塞维利亚,一座
　　潜伏着悠扬节奏的城
　　并使这些节奏
　　盘旋成迷宫
　　宛似燃烧的葡萄藤

老街道：城市肖像

不敢说繁华

胜利路改为步行街，少有人再叫胜利路了，净叫步行街。多年以来胜利路便是南昌市的巴黎地区，甚至是南昌有史以来最繁华迷离的街道，但现在不是了，以后也不会是，一次次旧城改造把它毁了，原本有七个二十世纪三十年代的哥特式建筑的顶子，现存不到其二——亨得利钟表店、黄庆仁药栈，亨得利钟表店上面改为钟楼的顶子还是仿的，像一个伪作，赝品。但不管怎样，它在南昌人的集体记忆和生活里有重要位置。胜利路当然是以商业为主，无商不成市，百货商店、绸缎店、北味餐厅、新雅餐厅、妇儿用品商店、真真照相馆、亨得利钟表店、外文书店、瓷器商店、二轻门市道、交通银行、跃进食品店、新华书店、体育用品商店、三泰商场、排笔门市部、红卫理发店、胜利花木店、胜利剧场、黄庆仁药栈、同仁堂中草药门市部、絮花商场、胜利牙科门诊部、城南商店、位于胜利路与叠山路口时装大厦对面的南昌首家证券交易所，鳞次栉比，都是老南昌的商业地标。巷口正对胜利路的有西万宜巷、大士院、豫章后街、李家巷、新马路、射步亭、后墙路、民德路、繁荣巷、铁街、中山路、翠花街、洗马池等。可以说,无数城市就是由类似的街道形成的,比如北京王府井、上海的淮海路、成都春熙路,那是城市的脸面。过去最大的商店,最好的餐馆、戏院、旅馆,都在这条街。它在得名胜利路前,一度叫过得胜路、中正路、兴亚路。中正路显然是二十世纪三十年代蒋介石在南昌设"南昌行营"时用的,兴亚路则是日据时期,所谓"大东亚共荣圈"之意,得胜路可推至远年,历史上南昌有得胜门城楼,此路下来正是最早的胜利路,因此名为得胜路,后来革命胜利自然转为该名。那时候中国大大小小的城市应该有不少街道以胜利路命名,包括一些县城。也有很多出生在那年月的人,父母索性给他取了这名字。

胜利路是这座城市的人成长阶段的一个刻度性标志,小时候被父母抱着牵着手逛胜利路,少年时独自在街上漫无目的瞎转打发寂寞而无奈的虚无时光,青年时和朋友逛街,恋爱时和恋人在街上逛马路,南昌人所说的"逛马路",主要是指这条街。唯独繁忙的中年无暇光顾,待老了又到这条街上来怀旧,碰上老熟人聊天,共同怀念过去时光。可以说,这条街是南昌人的"青春之门",亦是"老年之门"。

胜利的真真照相馆,与中山路的鹤记照相馆都是南昌最早的照相馆,三十年代就有了,多少代南昌人都在那里留下过影像,我的祖母、父母、亲戚、朋友,包括我自己都在那里拍过照。父母年轻时面容都留在那些照片上,随着年华老去益显珍贵,而那些照片上无不留着当年"真真"与"鹤记"的字样。无数家庭的结婚照、"全家福"都是出自这里,我家亦是如此,八十年代我的结婚照就是在"真真"拍的,当年我身穿的还是单位发的一件量体裁衣的藏青色西装,妻穿的婚纱是照相馆的,手里捧的是永不凋谢的塑料花。可以说,胜利路真真照相馆对南昌的历史影像记录,是有特别作用的。当年蒋介石和宋美龄来南昌与地方要员的合影,就是"真真"拍的。它的老板陈菡舟更是个老票友,除了开照相馆,还有两条轮船在赣江做生意。他是有钱的南昌人,对江湖艺人常施以相助。有个广东剧团来南昌,演了两天,那时不似现在,南昌人听粤剧如鸟语,一点不懂,没人看。人家亏得连回去的路费都没有,票友陈菡舟便免费让他们乘他的轮船,一路包吃住到赣州,再为他买车票帮助他返回广东。陈菡舟不仅自己带头唱老生,他的老婆及三个儿子,也都玩这个。长子娶的是著名花旦童秋芳,他们家够得一个"陈家班",还真像模像样排演过《御碑亭》《审头剃头》,当然演出是自己掏钱请客捧场,为图一乐。其实陈菡舟并非一般商人,他是保定军校二期出身,获少将军衔,在南昌属军政要员,南昌军政的拍照业务自然非"真真"莫属。

真真照相馆有老板的上层关系,其技术设备也是一流,现在查阅到的不少有史料价值的南昌老照片,多是出自真真照相馆。乃至以后北京凡有大首长来昌,合影之事都是真真照相馆出马。我从小在胜利路,有几家的橱窗总是吸引我停步:一是射步亭巷口花木店的金鱼;二是江西瓷器店各种造型的瓷雕;三是真真照相馆大幅的百人千人合影照,我从那合影照中间认出过端坐的毛泽东,认出过周恩来、朱德,以及后来的中央视察赣地的大人物。

真真照相馆开办于1920年,略晚于南昌另一家开办于1908年的鹤记照相馆,这两家照相馆,是南昌人小孩满周岁拍纪念照,读书拍毕业照,恋爱拍情侣照、结婚照,家人拍全家福的首选,可以翻一翻每户南昌人家的老相册,多能找到出自这两家照相馆的老照片,它们在南昌人的重要记忆中留下了显著标记。而且,如果真真照相馆有相对完备的重要照相存档的话,拿出来应该是可以编一册近百年南昌影像志的,一代代南昌人的面孔、衣饰、仪态、表情,都在上面,那些影响中国、影响这

南昌最老的鹤记照相馆,为许多家庭留住了昨天的模样

座城市的大人物，如蒋介石、宋美龄等，他们在南昌的身影，也在上面定格。

是的，一座城市的历史，直接呈现在人的生活里，都会留下影子。我们是否有心去存留，是否有心去收藏，是否有心去珍惜，抑或形诸笔下，是颇能拷问人的。

油画家老袁（袁青林）送过我一幅《老南昌系列：老胜利路步行街》，截取的是二十世纪三十年代的南昌商业中心街中正路的一个街景，画面上的是步行街与民德路十字交叉的那一段，历来那是南昌繁华的中心，标志性巴洛克式老建筑历历在目，再往南走是洗马池，又名浴仙池，传说是《天仙配》神话故事原型的产生地，过中山路入翠花街是万寿宫，道教净明派祖庭，与城外西山万寿宫相呼应的江右商帮的精神圣地。往北是射步亭，是大士院，是德胜门，是八一桥。老袁截取这一段来画老南昌，应该是很有意味的。它不仅是这座城市的一个心脏，也是南昌人记忆的核心，过去南昌人购物，谁不要去胜利路，外地人来南昌也要去那里逛逛，当年甚至可以说：没去胜利路，等于没到过南昌。老袁画的胜利路显然是接地气的，景物逼真，几乎还原了真实街景，而色彩却是极其主观与个性化的，灰黄透金的房屋与铺面，锌白夹着灰色与浑黄的天空，如同赣江之水，这雨后的街道，街上行人和黄包车的影子倒映在积水上，整个画面恍若在镜子中，那镜子就是画家的眼睛与视角，他用自己的情感和对这座城市的认知融合着油彩把老街道呈现在画布上，再看那色彩、建筑与人影，都是主观意象化的，具有丰富的艺术感染力。这幅画对南昌人来说，是有很强带入性的，人们从中可以看出画面里曾经发生的故事、曾经留下的记忆，这幅画让我想起二十世纪七十年代胜利路上曾有一家专营景德镇瓷器的江西瓷器店，临街的玻璃橱窗里都是当时景德镇的艺术瓷器,有老农放牛、华南虎等,有一尊披纱少女像令人印象尤深,几乎成了南昌人对老胜利路的一个"集体记忆"。我想那一代不少南昌人对景德镇的认识是从那尊披纱少女艺术瓷开始的。日前,从小在射步亭长大的女作家梁琴从北京打来电话,竟聊到老胜利路,聊到"东方红"餐厅、妇儿用品商店、真真照相馆、亨得利钟表店、"太阳升"理发店,她心心念念的却是那家瓷器店,"一个披纱的女孩,努起嘴,舔着舌尖。那一个轻盈的梦,是所有南昌孩子成长中的梦",也可以说这种记忆是旧日南昌的繁华遗梦,仿佛老袁的油画一般,已成为艺术般的"镜像"。……"'披纱巾的女孩'痴迷于那一格一格的瓷器纱巾,薄如蝉翼,像真正的纱巾,那么轻柔地披在女孩的肩上。你头抵着玻璃橱窗,情不自禁地舔了一下舌尖,挤扁的鼻子努力想接近那张粉嘟嘟的笑脸……"这是梁琴写的回忆文字。现在想来,那尊瓷像应该是出自一位景德镇瓷艺大师之手,但是我清楚,那时的瓷艺这行,没有省级、国家级的这个"大师"与那个"大师"之称,只有精湛的技艺,精湛的作品,他们只有一个统称,即"景德镇"。几年前,为了寻找儿时的梦,我和同在这条街长大的妻子一起寻找过那尊瓷像,当初的江西瓷器店早已撤出了已改为步行街的胜利路,居然蜷缩到步行街拐入中山路的老供销社二楼一个不起眼的地方,楼下也无店面,只挂了个瓷器店牌子,上楼,在昏暗中能发现一些熟悉的老瓷器。令我吃惊的是"披纱少女"还在,且不止一尊,皆灰旧、残破,那一格一格的瓷器纱巾,薄如蝉翼的网纹,已然破烂不堪,我原本和妻子商量,若找到这尊瓷像,一定买回来,用丝绒为垫将它作为珍贵的记忆供奉起来。而这次"邂逅",大大出乎意料,仿佛梦中情人见面时突然变成丑陋老妇,情何以堪?且完全不似想象里当年那么完美,甚至工艺粗陋,有可能是仿制品,但那种陈旧和时光留下的痕迹,使人又疑它就是旧物。店主报价五百元一尊,有求之不得让人买走的感觉,但我和妻决意把那个"梦",永远留在心里。期冀有朝一日景德镇能再创造出不负一代南昌人"记忆"和"梦想"的瓷艺精品。

二十世纪七十年代末,中国所有的城市都在"枯木逢春",南昌也一样,虽然新建筑寥寥,房屋、街道还是旧的,马路上除了"解放""井冈山"牌老货车和苏式"伏尔加"、北京吉普、本省"土木岭"吉普,公共汽车既陈旧又姗姗来迟,一如既往的拥挤,却已见到有一些蓝色的日产五十铃小卡车从马路上跑了,城市也在跑,工厂里机器在不停运作。流水线作业的青工,上完班或去夜校补习,或读业余大学,或去公园谈恋爱,或回家看香港电视剧。城市里大街小巷都在活起来,"像一股广阔的深色的激流,熙熙攘攘的工人穿过大门。在大街上瞬间集聚一起的人群互相道别,匆匆握手,随后分成不同的部分向他们的住处走去,在路上又分散成更小的单位。只有在宽大的通向城市的公路上,人们拥在一起前行,一种多彩的混乱带着一种欢快的响亮的声音,它逐渐减弱成一种低沉的噪声。唯独姑娘们清脆的笑声像一种明亮的高音一样响彻其中,有如一种银铃声直进入傍晚的寂静,徜徉得很远很远"。当我多年以后读到茨威格对城市的这段描述,深有感触。作为一个有过特殊年代工厂生活经验的人,我能体会到那种上下班时"广阔的深色的激流",以及"多彩的混乱带着一种欢快的响亮的声音",这是当年城市的日常的一部分,是生活中重复呈现的一种无比熟悉的"集聚"与"道别",正是这种仿佛司空见惯的城市细节,使我们感受到了那个年代的温情和熟悉气味。随后南昌出现了"小香港"——这就是二十世纪八十年代最早由个体户自由经营摆摊设点的一条街,地点是渊明南路到孺子亭一带,主要卖流行的"港货"。南昌人普遍称那些个体户为"锅罐里",他们从广州贩来"港衫"（T恤）、牛仔裤、皮鞋、"麦克镜"（美剧《大西洋底来的人》里主人公麦克戴的墨镜，故称"麦克镜"），香港和日本走私录音机、磁带、录像机、录像带等。总之，多是通过私下渠道过来的外来商品，以穿着和娱乐为主。由于货物来路不明，也就隔三岔五遭到公安与工商部门查处，有相当一段时间，白天冷冷清清，夜晚却是路两旁树上结灯，商户活跃，人头攒动，如同"鬼市"。"小香港"是南昌当年商业的"灰色地带"，那些个体户里有不少原本就是街巷里的"罗汉"，胆大、蛮横、冒险，是他们的本色，擅长与公安工商玩"猫抓老鼠"游戏。白天营业时准备着两套商品，一套是来路不明的外来货，一套是国货，如逢检查，便收起外来货，街边人家的内屋暗处都变成了外来货的临时疏散隐蔽点。那年头，南昌的青年男女穿的第一条牛仔裤，大都是买自"小香港"的。南昌的第一批"万元户"亦多出自"小香港"。"小香港"成了南昌后来不少大老板淘得"第一桶金"的地方。我有个家住直冲巷的老同学，高中因跟人打架斗殴而辍学，在派出所几进几出，后来干脆到"小香港"盘了个角落，卖起了走私"港货"，渐渐尝到了赚这把"热钱"的甜头，再也不闯祸斗殴了，"小香港"被取缔后，他索性在渊明南路与中山路转角的南昌酱油厂门市部租了门面，开起了南昌首个电子产品店，专卖录音机、录像机和电视机。一日邂逅，该兄膀大腰粗，一副款爷派头，一个小巧玲珑的漂亮女子勾在他的左臂上，很引人注目。可以说，渊明北路是八十年代初期南昌颇具传奇意味的一条商业老街，也是最早向这座城市吹来"港澳风"的一条街道。

到了2000年，我一位姓吴的老同学时任东湖区副区长，负责把胜利路修成步行街，时间短，工期紧，天天挨市长的骂，在百忙中有一天找到我，说在修建过程中在街上挖出一口古井，据考证是乾隆命名并题字的章水井,又不好填了,打算立个碑,做个井圈和清人打水洗衣的铜雕,让我在《章水井记》文字上把把关。我跟他提出移植在街中央做景观的樟树都枯死了,樟树可以长很多年,根深叶茂,现在把它移植在大理石铺的密封的路面不合适。老吴说,等等看,树也有个适应过程。果然几个月后,枯木回春了。又过了几年,步行街面挖地商业街,老吴早调走了,章水井正值开挖商业街之处,樟树们自然也要挪开了。再以后,我看到步行街变为上下两层,地面地下都是商铺,原先在地面步行街逛的红男绿女大多出于新鲜好奇转移到了地下商业街,而地面步行街更多是老人带小孩与广场舞大妈们的活跃之处。章水井的井圈和铜雕搬回了原处,只是井下是商业街。古井呢?那口传说中水质清澈甘甜,酿酒做饭都极香的水井是不是又填上了,待若干年后再挖开?

原先城中热闹的街道商店多,后来是银行多,中国移动、电信门店多,酒店多,而今站在热闹街头环顾左右,到处都是药店。我走到街上,发现仿佛一夜之间药店像酒店一样多,有24小时营业的药品超市,以及连锁药店如黄庆仁栈、开心人、汇仁堂、益丰等,遍布南昌街道,在街头疾走像是逃离悲伤的暗示。诗人海上在《病世纪》中描写他的城市:"我住的这条街道上短短两百多米的店铺群,仅大药房就有左右对峙的七八家,我一点也不知道药品啥时成为生活必需品,什么时候有如此大的需求量。"这么多药店的开业是一种无法拒绝的存在,它暗示着所有城市人都病了,需要吃药,药店似乎比医院更能给人提供安全感——当药品像商品一样出售,城市的繁华也是带病的,但它是世界的一种存在,尽管仿佛有着莫名的荒诞,但正因其荒诞,才更为现实。法国作家克洛德·西蒙曾与人有过一段对话,我认为颇值得玩味。

黄庆仁栈

——克洛德·西蒙:是的……但是,尽管我与我们的朋友罗伯-格里耶在许多问题上意见不一,他倒是说过某种我绝对可以署名同意的意见:"世界既不是满含着意义,也不是荒诞不经,它存在着。"巴尔特也说过几乎一模一样的话:"假如世界意味着某种东西,那便是,它什么都不意味。"

——P:然而,这一世界,它同时还处在时间中、历史中。你引用过福楼拜的那句异乎寻常的话:"随着时间的脚步;随着它那巨魔般的巨大脚步。"你最近这部小说的另一个标题,你自己说过,可能会是《一段记忆的肖像》。

广场的隐喻

南昌的八一广场曾经是继北京天安门广场的中国第二大广场,一度是万人大会的场所,也是政治狂欢之地,后来只是作为一种宏大仪式感的纪念存在物与市民休闲场地。这个广场是在程世清主政江西时建的,广场北面有主席台、文化宫、中苏友好馆、烈士纪念堂,南面有纪念碑和博物馆,西面有万岁馆、新华书店、服务大楼、邮电大楼、百货大楼、江西饭店和江西宾馆,东面有八一礼堂、省府大院、人民公园、师范大学(原中正大学)等。南昌当时的政治、商业、文化中心聚集在广场周围。后来几经改建,拆除了带有政治符号性的主席台,建起了财富广场和万达影城。万岁馆改为展览中心,由政治展示改成商业会展。

二十世纪六十年代,我儿时的记忆里,八一广场的原初地是一片萋萋的荒草地,是个城市垃圾场。五十年代,省长邵式平对南昌城的规划改观是有刻度意义的,他与民国期间主政江西的省主席熊式辉对南昌的城市改建有了一种呼应——将邵式平与熊式辉对南昌城建功绩相提并论,绝不是对谁的贬低。熊式辉拆除了七座老城门,推倒城墙填了护城河,成了沿江路。又在市里仅有的东大街、西大街的基础上打通、修建、扩展了八条街,这就是至今仍赫赫有名的"八大乡贤路",并且清理了多年的烂泥垃圾,疏通水道,将城里的东湖和西湖砌红石为岸,有了像模像样的湖山景观。而邵式平对南昌城改观的功业主要在一条近乎八车道的路上,五十年代,那里街上几乎看不到几辆车,他就在南昌建了一条几公里长的八车道的路,令今人开车在城市拥堵中做蜗牛状行走的人不能不感佩他老先生的眼光。当初邵省长自然想不到二十一世纪的南昌会跟中国许多大城市一样车辆如此密集,凡是城市车行道都嫌窄得慌,把人行道变为车道还不够,恨不能把街边店铺拆了也扩为车道。邵省长当时完全是从打仗考虑,也可以说,他并非今天这种"和平与发展"的思维,像他这种打仗过来的地方主政者,"居安思危"几乎贯彻在施政中,所以他大刀阔斧在南昌城东开辟了一条前所未有的大道,也以二十年代革命军在南昌起义的日期命名,名为八一大道。此道两边分别立起了南昌建筑史上标志性的几大建筑——江西宾馆、江西革命烈士纪念堂、中苏友好馆、南昌百货大楼、江西历史博物馆、南昌服务大楼、南昌电报大楼。而这条路和这些建筑的指向都是城市的腹地,即原有的一块面积广大,地处当时城市边缘的荒草地:八一广场。邵省长曾陈述过他的城建方略,他说:"如果发生战争,广场就是机场,八一大道就是飞机跑道,战机就可以直接起飞了。"所以"文革"前,广场并无纪念碑等大型建筑,只是填了水沟池塘平整垃圾,地上芳草青青,除了集会,就有马戏班子支起帐篷在那里表演,印象中儿时我随父母去看过一回,帐篷里,亮着汽灯,热热闹闹,有飞刀表演、顶缸表演、喷火表演、马术、杂耍。"文革"中马戏篷消失了,广场无论白天黑夜皆人头攒动,人群陷入了政治的狂欢，仿佛马戏篷在拆掉的那一刻，整个广场都在举行宏大的马戏节。

当狂欢与马戏结束，一切复归于平静。纪念碑立在广场显著位置，它需要的不是热闹与欢腾的喧嚣，而是静穆与庄严的烘托，是深入钢筋水泥大理石玻璃内部的思考，广场的宽阔为这种思考提供了维度。几年前，朋友们一场大酒之后，从财富广场 21 楼朋友的工作室下来，在空旷的八一广场，老鱼醉话连篇，时近午夜，我让朋友们先散了，独对一个醉鬼。纪念碑在百米之地像一个日夜不息的思考者，我与老鱼身在午夜广场却处于两个不同的语境。这时突然下起了雨，广场周边高大建筑上的灯光都熄灭了，雨像是黑色的。

秋水广场是南昌北岸红谷滩赣江边出现的与昌南的八一广场遥遥相对的大型广场，于 2004 年落成。作为城市的现代景观，它具有供市民和旅行者休闲、娱乐的功能。没有纪念碑，没有历史的负担，它是轻松而优雅的。秋水广场的视线可以随宽广的江面而推送到一个点，比如滕王阁，也可以完全放开，随江流悠远荡漾。它使千年古城的凝重与紧凑在这里获得缓释——所以秋水广场有亚洲最高的音乐喷泉，每当夜幕降临，在七彩灯光的幻影中，翩跹的喷泉如丽人起舞，吸引着游人，随着音乐进入高潮，喷泉直射夜空，持续攀高，直到百米的峰值，方雪崩般跌落，这种喷射与释放式的体验是现代的，它缓解着现代人的紧张、压抑与焦虑情绪。

八一广场有固体的水泥纪念碑，也可以将秋水广场的喷泉视为液体的碑或尖塔，一再雄起与喷薄，随高潮消退而回归平静。但前者是凝固式的，后者更倾向于高处的解构。

八一广场由于老城中心的地缘优势，无论是白天还是夜晚，它都是南昌最喧嚣的地方，人流多、车流多、商业场所多，且其命名和纪念碑的政治寓意使广场的仪式感与象征性的气场始终凝聚不变。白天的秋水广场相对宁静淡泊如同秋水之名，可是一到夜晚，跨江而至的游人和红谷滩的居民都接踵而至，赶赴音乐喷泉的释放。它提供的只是一种喜悦与轻松，对城南广场仪式感的庄严仿佛是无意的消解，这种消解没有丝毫的不敬，它代表的是南昌人所需要拥抱的纯粹生活本身。

近十几年来，我发现南昌真正进入了广场时代，有财富广场、万达广场、铜锣湾广场、世茂广场等，它们虽奔商业利润而来，却为凡间提供了繁华时代天堂般的乐园。

"宝马"之殇

2000年初，南昌街道上少有"宝马"豪车，制片人阿康融资千万，自己到车行拿下一辆"宝马"越野车，直接从北京开回了南昌。

当时我正和朋友弄完一个电视片脚本，阿康开着他的那辆银灰色"宝马"来中寰接我们去喝酒庆祝。阿康原本想在"独一处"让大伙放松地"闹一闹"，朋友一致要求去他家。"好，"阿康说，"不是我小气，家里可不比酒店，好酒有，菜只能临时简单弄几个。"朋友们都说："成！"

阿康家在千禧颐河园，当时算南昌较有名的楼盘，是复式，两层楼。阿康大概是樟树人，在北京做影视传媒，两边跑，路子野，在南昌人看来，手眼通天，算是少年得意。阿康人活络，有北方人的身量兼南方人的白净面孔，所以在南北两方，面相都讨好，算帅的。阿康的这套房，他说住得少，多数时候住在宾馆。阿康老婆不在家，在北京舞蹈学院进

老街道：城市肖像　383

修。我们想,一定是不俗的。只是他这套房有酒吧、有钢琴、有家庭影院——卧室我们没看,就目力所及,没见到他老婆的照片,只提供了一个想象空间。阿康是做影视的,我留意他的影碟柜,碟片不多,至少比我的少多了,但没有盗版的。有盒韩国片《深蓝》,外封设计包装精美,给我印象很深,但我至今没看过那部片子。那回在他家吃得简单,当时也没外卖,大伙只喝了点儿红酒,却在院里满是好奇地围着他那辆崭新的"宝马"打转,阿康不无得意地声称他是南昌第一个开"宝马"的人。那次酒后,与阿康再无交集,我就读"鲁院"去了。

待到2004年8月,我从北京鲁院学满回昌,遇到一块写电视专题片的朋友,无意间问及阿康,朋友神秘地说:"阿康死了!"

从朋友口中得知,阿康正是带着南昌第一个开"宝马"车的那份得意劲,此后驾着"宝马"在街道招摇,常停于高档酒店与宾馆门口,一下就被人盯上,绑了票。据说阿康是被人堵在酒店套房里,让人注射针剂受尽百般折磨,要他拿出一百万方放过他,阿康终不松口,被折磨得数度昏死,最后绑匪再一摸他鼻孔,凉了。

朋友说罢,不由得感叹:"都是'宝马'惹的祸,太打眼!"

那些年的人疯狂而抑郁,城市也仿佛被这种疯狂与抑郁绑架了。高楼上、公交汽车上、门墙上,都是巨幅面孔的广告,汽车的、酒的、药品的、卫生棉的、电脑的、歌星演唱会的、楼盘的,诸如此类。

我就设想着在这种疯狂的城市派对中,一个患抑郁症的人,他爬上屋顶,想结束这一切,当他俯瞰这座城市,发现街道上的行人都在倒着走路,而红色的士、黑色轿车、绿色巴士,都是往前走的,只有行人在后退,退步走,他糊涂了,心中有了一个新的疑团,他也不自觉地倒退,没看上楼的路径,从楼顶退回到地面,然后随着行人走路,他发现大伙都是正常的,他也正常了起来。而迎面一辆"宝马"飞驰而过,车上是另一个阿康。

地铁来了

  地铁到南昌,仿佛是将英国诗人庞德的诗句用实体进行了翻译和物理性呈现。我也期待已久。在某种意义上说,地铁是现代都市的重要标志,一座都市如果没有地铁,在某种意义上甚至可以认为它还没有真正进入现代化。对都市而言,现代化既直观,又具体。地铁文化、人生百态,乘客在匆忙的城市加速器中进行一种短暂的悬停,却要比步行、自行车、电动车、巴士、的士、私家车更快,人的目的与心境也更纷纭繁复,大都市的每一个人都可能是它的乘客,我口袋里就放了一张常年使用的充值地铁卡,可以说地铁是现代都市的另一副面孔。

  我对地铁的早期印象来自伦敦,就是庞德那首著名的《地下车站》,它比实体地铁更早地进入我的视野。诗里写着进出地铁的乘客,像湿漉漉的黑色树枝上的鲜艳花瓣,铁的、水泥的、地下的、黑的,一下这么楚楚动人,不能不令人期待。伦敦地铁是世界上最古老的地铁(于1856年修建,1863年1月10日开始营运),而南昌地铁则是新的,一号线(于2015年12月26日)开通,二号线才营运,城市进入地铁时代,还来不及思考已落后了人家一个多世纪。而新的东西总令人欢欣鼓舞,一位朋友到处筹资,想为南昌拍个一千集的电视剧《地铁来了》,他忙着融资,今天跟银行谈,明天跟酒厂谈,后天跟房地产公司谈,回头又跟地铁公司谈,一家家谈过来,他发现这是一个泡影,曾经拉起的剧组班子一次次的兴高采烈渐渐无影无踪。

南昌像一台巨型机器，每天都在轰鸣。中国的城市都像一座大车间里的机器，没命地运转着，发出强烈的声响。

一号线全长 28.843 千米，均位于地下，共有 24 座车站：双港站、孔目湖站、长江路站、珠江路站、庐山南大道站、绿茵路站、卫东站、地铁大厦站、秋水广场站、滕王阁站、万寿宫站、八一馆站、八一广场站、丁公路北站、师大南路站、彭家桥站、谢家村站、青山湖大道站、高新大道站、艾溪湖西站、艾溪湖东站、太子殿站、奥体中心站、瑶湖西站。我家所住的小区距绿茵路站近，上班或进城，就是坐一号线，坐在地铁里，乘客都低头看手机，我往往看车门上方标明的站名，一回回看，像背诗一样。有几个站名颇新鲜，引人联想，如孔目湖，"孔目"二字，不知出处，也没查明，当得知是华东交通大学的一座校内湖时，兴味索然矣。还有"双港"，只知天津有双港，天津是海港城市，一点不稀奇。南昌是内陆城市，赣江流经之处，只有无数码头，却没有港口，地铁站"双港"，是引人联想的，每次坐在地铁上想象着"双港"，仿佛就有一条大海通到了南昌，蔚蓝色的波涛、银白色翅膀的海鸥、轮船、港口的泊位等等。但我知道我如果坐到"双港"出站，仍然是红土地的柏油马路，阳光照耀的钢筋水泥建筑，不会有大海、轮船、海鸥，那些都是词语的联想而已。

就地域的历史感而言，滕王阁站、八一馆站、丁公路北站、彭家桥站，地名都熟悉，尤为有意思的是，南昌人至今的话语里仍有"疯子院塌了墙，从彭家桥跑出来的"——喻指大脑不清楚的人或神经病。过去彭家桥是有一家精神病医院的，现在是江西广播电视台所在地，有广电大厦和名流大酒店。

一号线 24 座车站中尤吸引我注意的是太子殿站，南昌历史上只做过南唐朝廷的短暂皇都，而且南唐遣在南京监国的太子李煜还不太愿到这里来，南昌却有地名叫太子殿，仿佛应对了皇殿侧。原来太子殿是一座庙。太子庙,建于明朝末年,殿内主要供奉的菩萨是五位太子塑像和东平王夫妇的塑像。中国历史上被称为东平王的有很多,传说这里的东平王指的是唐代的张巡,但五太子则又是方腊的五个儿子。方腊是浙西明教的教主,出身贫苦,性情豪爽,深得人心,有较强的组织才能和号召力。特别是在宋宣和二年(1120)十月揭竿起义时就发出了"东南之民,苦于剥削久矣"的呼声,旗帜鲜明的主张:"劫取大家财,散以募众",提出以解脱天下所有劳苦大众的痛苦,实现真正的平等为目标,并建立了江东地带(包括今江苏南部、浙江、安徽南部)的六州52县在内的农民政权,故劳苦大众也称颂其为"东平王"。1121年夏起义失败,方腊被朝廷处死,但在江东一带还是颇得敬仰。人为纪念,以他或他部将的称号建立了不少殿堂庙宇,而太子殿则是其后裔为纪念先祖而建造的。现今太子殿已毁,殿内尚存有一座戏楼,名叫"万年台",台顶部为木条天花,横梁和檐柱斜撑上均刻有戏文图案,栩栩如生、十分精美。台中间偏后用屏板把戏台分隔为前台和后台两部分,并在屏板左右两侧各开一门,门楣上方书有"出将""入相"字样。屋面的四个角均形成大翼角,犹如凤凰展翅欲飞,造就了整座戏楼的雄奇态势。戏楼两边的立柱上书有两副对联。外边的一幅为:"真面目,假笑啼,做到真情真不假;旧衣冠,新曲调,演来旧事旧如新。"

地铁穿过的不仅是繁华而冰冷的城市,还有历史的烟云。地铁车厢里我听到身边女孩手机在放周杰伦唱的《刀马旦》——"司机带带我,我要进省城。"

由于城市不断扩展,南昌城里既高度现代化,又增加了更多乡下人的声音,购物中心、超市、公交车、地铁、街道、住宅小区,随时随地都有南昌县与新建县的乡下口音跳起来,仿佛在田间地头飞翔。而事实上他们是南昌扩展土地上的原住民,像赣江北岸红谷滩新区原本就是新建县乡民的村庄、水田与池塘,转眼间就盖起了高楼大厦,俨然大都会气派,好像当地人的乡音还来不及转变,都市化已先期抵达。它的肖像时髦得与时代严丝合缝,而张口,还带着乡下口音。

城市的高度：失乐园

> 山鲁佐德一夜夜讲述。
> 演奏者猩红的衣袍抖开。
>
> ——陈东东

2013年2月的一个清晨，研究死亡哲学的江西师大教授郑晓江从位于南昌红谷滩楼盘普瑞花园1栋18楼顶飞身而下，用自己的肉身测量了一座楼的高度与死亡的深度，完成了一次从生到死的飞跃和坠落，仅仅十几秒钟，那是时间最快的死亡之一种。还是他早起锻炼的老丈人在楼下发现了他的尸体。此前没有听说郑教授遇上了什么难事，也没有什么恶疾，听说令他跳楼的杀手是抑郁症。

没有谁知道他飞身而下时，站在楼顶眼看还在沉睡的大片城市建筑，那些或高或低的屋顶，做何感想。没有谁知道在他快速从楼顶到地面自由落体的十几秒钟里，脑中同样快速地飞驰过什么样的闪念。因为跳楼者哲学家的身份，由此可以将此视为死亡哲学的一部分，或郑晓江之谜。但有一点是清楚的，城市建筑的高度可以决定一个跳楼者的生死，无非是以秒计量的时间距离，若从低矮建筑上跳下，不过是受伤致残，不至于令抱有死志的人为之一跃。

郑晓江先生在我的印象中壮实，反应机敏，紧随时代，不是那种传统的书斋型学者。一次我在省里召开的文化项目论证会上，见他在发言中机敏地向主持领导提出来把项目给他的研究所做，并提出所要的经费，我的印象中，他是一位能够轻松开口谈钱，跟政、商打交道都游刃有余的学者。据说他的江右文化研究所配合城市建设做过不少项目，这样的人，他无疑有一个积极的人生，与死亡研究仿佛是相悖的，但没有想到死神一直与他相伴而行，直到把他送上高楼，牵着他的手一起飞起来，落地，充满喻义地测量着城市的高度与死亡的深度，这是不是一种现代哲学呢！

一个一边研究沉重、黑暗死亡命题，一边又积极地参与着生机勃勃的城市项目开发与建设的人，你不能说他是分裂的，或许这是他人生的两翼，以此展开着平衡他生命的飞行。王家卫《阿飞正传》提到有一种鸟，它很能飞，一直飞着，它没有脚，当它停止飞翔，落地的时候，就是死亡。这种无脚鸟是不是一种特别且极端的人生暗喻呢？对于这种鸟而言，飞翔即乐园，它的乐园是有高度的，那是空中的巴比伦。

王城、帝侯，都是高度的象征。豫章建城之初，最高建筑是城门，从进出与防卫考虑，城门是有瞭望功能的。后来城里建起了一些楼阁，它们是闲适的，不似城门给人以紧张感，甚至仪式感。滕王阁的出现，绳经塔的出现，是南昌城市史上一个时期的高度，一个是官体建筑，一个是宗教建筑。一个在赣江边，镇水。一个在市民区，镇火。水是静谧、闲适的，却也凶猛如虎豹。过去官员带一帮雅士坐在阁上饮酒、观秋水、指点西山。火必须在驯服中使它显得温良，而其本性是悍烈的，以毁灭为能事，所以绳经塔是以千佛寺为金刚法力的。

我出生时南昌的最高建筑就是建于二十世纪五十年代的江西宾馆

了,南昌人说,站在江西宾馆往下一看,帽子都会掉下来。而该楼高也就十几层,现在看,也就一个过时住宅楼盘的高度。新楼盘哪个不在二十层以上呢?

巴黎的埃菲尔铁塔是高的,在巴黎全城都能看到它,都逃不脱它盯着你的后脑勺。我到巴黎之后才发现,埃菲尔铁塔的高,是以限制全城建筑的高度为前提的,好在那些几百年的老建筑那么美,又历经岁月的积淀与施洗,真是绝代风华,有这么个穿蕾丝裙的铁塔异样点化一下,仿佛就接通了天意。

高楼看似离天很近,人不必借助飞行器,便可以从平地上随电梯垂直抵达一个能够俯瞰人间的视角,人到了楼顶,天还是很高,唯有地面比什么都近,下面的人却小了,那是一个可以迅速把人缩小如尘埃的地方,痛苦似乎能通过由高楼到地面获得减小,甚至消亡。高楼在城市普遍化了,也产生了死亡的风险,跳楼的事就时有发生。

我有时觉得,高楼是诡异的。有些当老板的,喜欢坐拥高楼顶层的大办公室,寻找一种君临天下的感觉,我是为他们捏汗的,上不接天,下不挨地,把自己悬在半空,已非人境。或许他前世是鸟,要在树上筑巢。把体育馆盖成一个大鸟巢,而人的赛事,是一种梦里的竞逐,映现着的还是人的不安。

2018年从5月12日开始到5月16日,短短五天时间里,南昌恒茂梦时代广场,竟发生了四起跳楼事件。一名年轻男子站在南昌恒茂梦时代广场的楼顶观景平台准备轻生,虽然消防赶到现场并铺设了安全气囊,但是男子有意避过安全气囊,坠地而亡。

他是以朝下的方式向天空飞翔;没有人把高楼当作通天塔。而那些通过从高楼一跃,使沉重肉身获得短暂飞翔的人,使我想到多年前从香港文华酒店跳楼的张国荣,他是想自己生命的最后像烟火一样在空中散尽吗?抑或是在实行对天使飞翔的模仿?里尔克的《杜伊诺哀歌》写道:"每一位天使都是可怕的,因为美无非是可怕之物的开端,我们尚可承受,我们如此欣赏它,因为它泰然自若,不屑于毁灭我们。"他重复道:"每一位天使都是可怕的。"

人类的肉身除了借助他物(比如各式飞行器:飞机、气球、滑翔机、降落伞等),是无法飞翔的,据说曾有先人尝试在身上安装翅膀,从高处往空中一跃,指望能像鸟一样飞起来,结局可想而知。人只能在梦境、在潜意识里飞翔,而潜意识是个深不可测而又变化多端的世界。

人的潜意识里还藏着许多肮脏的东西,人根本不愿看到的东西,但一闭上眼睛,它就轻而易举出现在眼前,连细节、气味,仿佛都清清楚楚。真不知道那些见所未见、闻所未闻的肮脏之物是怎么进去的。而美好的、赏心悦目,甚至快乐的东西却少之又少,哪怕在梦里出现,也尤为难得。即使你见过、经历与感受过的美好,你要它在梦中重现,都很难,而梦又往往会改写你的经历。我曾经常梦见同一场景,它就在南昌,就在熟悉的某处街巷,可它又是街巷中凭空臆造出来的一条街巷,房屋、光线、物件、人影,好像属于更遥远的时间,它藏在梦中的街巷或房子里。梦见过下沙窝那一带的景物,像我一个经常去的场景,我在豫章路的小学毕业,又到七中(今豫章中学)读过书,这条路上的江西日报社、省委和宿舍院、省军区、路头赣江边的下沙窝,现在建了滨江宾馆。过去我都熟悉,做梦骑自行车去上学,总是迟到,校内外摆满了自行车,放学时,就找不到。其实我当年读书时学生根本没有自行车,老师骑车的也不多,多是走路。我偶尔晚饭后骑父亲的自行车溜到豫章路跟同学玩,豫章路清静,路灯下,一路将自行车骑得飞快,跟同学来回比赛。

而梦里这一切都改写了,我放学后没找到车,会去下沙窝,那里有一栋类似锅炉房的红砖房子,我会轻易爬上屋顶,然后就能看见省军区和省委宿舍的灰色砖楼,我会轻飘飘飞起来,随意落在那些楼的屋顶,也可以落在人家的阳台上,有时我会受惊,赶紧飞走,却不知会飞向哪里,甚至落到过一个完全陌生的地方,又高又陡的泥泞的路,起伏如S,只会越走越远。所以我降落时都会揪住一棵很高的树顶部的枝杈,顺着它,回到我熟悉的南昌街巷,那一般是一经路,然后经阳明路,在豫章路、阳明路、象山北路十字路口,见到交警岗亭,梧桐树影下的路灯灯光,我会踏实地看见回家之路。

南昌高楼的出现是近二十几年的事,时至今日红谷滩绿地中心60层的双子楼为南昌最高标志性建筑,顶层为被列入国家4A级景区的观光厅,可以俯瞰整个南昌全貌,甚至将目光延伸更远。仰望双子楼,那就是空中的巴比伦——那些由底层一直连接上去的立体玻璃闪着坚硬而耀眼的光芒,只是它远没有接近天空之腹,否则它会疼的。我像蚂蚁一样从双子楼下走过,偶尔也见旅游巴士拉一些外地游客来登楼观光。但游客并没有预设的激动,城市的高度在他们已习以为常,南昌的双子楼还没有提供令外地游客激动的理由,他们在很多城市的观光高楼上已提前激动过。

然而,双子楼的出现对南昌是有象征意味的,它不仅代表城市有了的现代高度,也证明了南昌所具有的格局,站在60层的楼顶能看到城市的尽头,纳入眼底的首先是城市,而一座城市的界限是以建筑为终点的。包括建筑所囊括的山林与河流,由此构成风景。看吧,这就是世人建在尘世的乐园。

城市是在创造中不断生长的,它不可能停留在原初或哪一个阶段,

象山北路——行人、面影、内心，古往今来的路上，不仅仅是擦肩而过，总还有人会记下些什么

像君特·格拉斯《铁皮鼓》中的小孩拒绝成长,以示对成长环境的抗议,那是作家的想象,当然,侏儒是例外。塞林格说:"长大是人必经的溃烂。"

正常的有生命力与创造力的城市,都是在生长的,即使它有几千岁了,仍会在成长中刻下它的年轮,而它的年轮有两个向度。一是地下的土层,这是面向过去的,城市考古学的向度——汉、晋、隋、唐、宋、明、清。一层墟土是一个朝代。另一个向度是向上,它直指当下和未来。就像南昌,我每天上班经过的高楼不断拔地而起的红谷滩丰和大街、金融大街,十几年前还是水田、池塘、丘陵和荒地,现在已是城南旧城舒展而优雅的延伸,如同舒伯特的钢琴曲一样清新。而我也听到了圣桑悲怆的《天鹅》,那是对被城市碾压的逝去的田园与湖水的哀悼。

过去,我们一直在寻找可以观看所居养之地的城市高建筑。前南斯拉夫电影《瓦尔特保卫萨拉热窝》有个场景给人印象至深,党卫军上校在追剿萨拉热窝的保卫者瓦尔特无果垂败时,他站在一块高地上,城市的全景尽在眼前,他说他终于认清了瓦尔特是谁,他用手指着城市,对属下说:"他——就是萨拉热窝。"那时少年的我们,在跟南昌小街小巷的"罗汉"们打板砖、"摆场子""杀点子",鼻青脸肿屡战不休时,也想找一个高处,面对南昌,最好俯瞰全城,喘口大气,指着全城说:"我——就是南昌,来吧!"

这也就是古人所说的,"少年不识愁滋味,爱上层楼。爱上层楼,为赋新词强说愁"(辛弃疾《丑奴儿·书博山道中壁》)。现在看,那"愁"虽然鼻青脸肿,"层楼"的高度亦极其有限,却是可爱的。城市拔高,如项羽"力拔山兮气盖世",仿佛是一夕之间的事,而这期间极其漫长,它把我们从不谙世事的少年熬到了中年。此时——粗大的、浑身包着玻璃的、带圆柱体的60层绿地双子塔高楼出现了,天空白纸一幅,仍在用塔

城市的高度:失乐园　395

楼书写城市的高度,宣誓它的阳刚。记得楼未建之时,开发商在地基周围圈了铁皮围墙,上面喷涂出未来双子楼的大型彩绘广告,我每天到红谷滩行政中心区上班,沿途必有一段要经过那些广告,印象尤深的是,彩绘上呈现的未来高楼上,巨型落地窗前,一王者气派人物,西装革履,轩昂地立定于窗前,俯视脚下的万家灯火,醒目的广告词用的是杜子美的名句:"会当凌绝顶,一览众山小。"

双子塔是现今南昌最高的标志性建筑物,因其高303米,故又名为"南昌303绿地中心双子塔",现为中部地区最高的"双子塔"。2013年12月封顶,标志着江西"迈入"摩天楼300米时代。2015年7月28日,双子塔的LED照明幕墙面积超越世界第一高楼迪拜塔,创造了新的吉尼斯世界纪录。这让南昌很是扬眉吐气。外地游客一到南昌,导游必先领队去登赣江以南的滕王阁,再上江北的双子塔摩天楼。于滕王阁睹江流,发思古之幽情,遥望对岸,两根高塔就在招摇。登上高塔,北瞰南昌城,下观红谷滩、凤凰洲、九龙湖新城区,西视绵延西山梅岭,大江流日月,乾坤日夜浮。不得不令人顾盼自雄,而发出人生渺小的感叹。过去山西来的小伙子王子安登上一千三百多年前洪都南昌最高楼滕王阁,发出"关山难越,谁悲失路之人"的感叹。那时楼高不过两层,建在赣江畔的土坡上,再高也不过几十米,看得到水中的飞鸟、漩涡、渔舟,对岸是江渚的烟岚与草木,西山却轮廓鲜明。现今站在三百多米高的观光楼上,下视之,人如蚁,车如虫,在钢筋水泥的森林里显得如此卑微,不是关山难越,而是站在关山顶上又如何。

在中古时期的唐代,南昌最高建筑无疑要首推滕王阁,接下来是绳经塔,过去有重阳登高的习惯,南昌人首先登的便是这两个建筑。城里当然也有钟鼓楼,以及保持到民国时期的城楼与城墙,毕竟重阳节不可能都往滕王阁和绳经塔跑,有了更多高建筑,人就可以分散分批满足登高心愿。应该说王勃的《滕王阁序》是一篇典型的登高之作,他当时登上滕王阁所见所思皆付诸文字,他眼中的初唐南昌是什么样子呢?

豫章故郡,洪都新府。星分翼轸,地接衡庐。襟三江而带五湖,控蛮荆而引瓯越。物华天宝,龙光射牛斗之墟;人杰地灵,徐孺下陈蕃之榻。雄州雾列,俊采星驰。台隍枕夷夏之交,宾主尽东南之美。都督阎公之雅望,棨戟遥临;宇文新州之懿范,襜帷暂驻。十旬休假,胜友如云;千里逢迎,高朋满座。腾蛟起凤,孟学士之词宗;紫电青霜,王将军之武库。家君作宰,路出名区;童子何知,躬逢胜饯。

时维九月,序属三秋。潦水尽而寒潭清,烟光凝而暮山紫。俨骖騑于上路,访风景于崇阿;临帝子之长洲,得仙人之旧馆。层峦耸翠,上出重霄;飞阁流丹,下临无地。鹤汀凫渚,穷岛屿之萦回;桂殿兰宫,即冈峦之体势。

披绣闼,俯雕甍,山原旷其盈视,川泽纡其骇瞩。闾阎扑地,钟鸣鼎食之家;舸舰迷津,青雀黄龙之舳。云销雨霁,彩彻区明。落霞与孤鹜齐飞,秋水共长天一色。渔舟唱晚,响穷彭蠡之滨,雁阵惊寒,声断衡阳之浦。

遥襟甫畅,逸兴遄飞。爽籁发而清风生,纤歌凝而白云遏。睢园绿竹,气凌彭泽之樽;邺水朱华,光照临川之笔。四美具,二难并。穷睇眄于中天,极娱游于暇日。天高地迥,觉宇宙之无穷;兴尽悲来,识盈虚之有数。望长安于日下,目吴会于云间。地势极而南溟深,天柱高而北辰远。关山难越,谁悲失路之人?萍水相逢,尽是他乡之客。怀帝阍而不见,奉宣室以何年?

嗟乎!时运不齐,命途多舛。冯唐易老,李广难封。屈贾谊于长沙,非无圣主;窜梁鸿于海曲,岂乏明时?所赖君子见机,达人知命。老当益壮,宁移白首之心?穷且益坚,不坠青云之志。酌贪泉而觉爽,处涸辙以犹欢。北海虽赊,扶摇可接;东隅已逝,桑榆非晚。孟尝高洁,空余报国之情;阮籍猖狂,岂效穷途之哭!

勃,三尺微命,一介书生。无路请缨,等终军之弱冠;有怀投笔,慕宗悫之长风。舍簪笏于百龄,奉晨昏于万里。非谢家之宝树,接孟氏之芳邻。他日趋庭,叨陪鲤对;今兹捧袂,喜托龙门。杨意不逢,抚凌云而自惜;钟期既遇,奏流水以何惭?

呜呼!胜地不常,盛筵难再,兰亭已矣,梓泽丘墟。临别赠言,幸承恩于伟饯;登高作赋,是所望于群公。敢竭鄙怀,恭疏短引;一言均赋,四韵俱成。请洒潘江,各倾陆海云尔:

滕王高阁临江渚,佩玉鸣鸾罢歌舞。

画栋朝飞南浦云,珠帘暮卷西山雨。

闲云潭影日悠悠,物换星移几度秋。

阁中帝子今何在?槛外长江空自流。

毋庸讳言,王勃对南昌的描述是全景观的视觉与内心的高度诗意化呈现,不无夸饰与溢美,如"物华天宝,龙光射牛斗之墟;人杰地灵,徐孺下陈蕃之榻。雄州雾列,俊采星驰"。千余年来为南昌人津津乐道,不亦乐乎。1957年,广东有个叫凌宝儿的女孩去香港。她在香港无亲无故,找工作还需人担保,无奈之下,嫁给九龙贫民周驿尚。很快,和周驿尚生下两女一子。没几年丈夫出轨,两人离婚,她带着三个孩子尝尽人间辛酸。毕业于广州师范大学的凌宝儿,为了让孩子以后出人头地,便引用《滕王阁序》里的"雄州雾列,俊采星驰"一句,给儿子取了个俊俏的名字——周星驰!至于王勃当年所看到的"落霞与孤鹜齐飞,秋水共长天一色",其实是一种城市史前的原始景象,是不能纳入市政建设的,只能是站在高处看到的由表象的自然属性的景物而延伸到很久远的时间深处的生命律动。正如罗兰·巴特所说:"一幅全景绝不可能被当作一件艺术品加以享用,一旦我们企图在一幅画中识别那些由我们的知识中推出的特殊之点,它的美学兴味也就消失了。当我们说,这里有巴黎美景展现在铁塔脚下,那就无疑等于承认对这样一种空间景观的赞词,这个景观中只含有优美相连的空间地域。但它也掩蔽了面对着一个对象的目光所包含的理智活动,这个对象需要被区分、认识和重新使其与记忆联系起来。因为感觉的欢快(没有什么比居高临下、极目远眺更使人欣快的了)并不足以逃脱心智在任何形象面前的求疑倾向。"而王勃眼中当时南昌城的景象(包括滕王阁)是雄州雾列、仙人旧馆、层峦耸翠、飞阁流丹、鹤汀凫渚、岛屿萦回、桂殿兰宫、绣闼雕甍、钟鸣鼎食之家、舸舰迷津、青雀黄龙之舳、云销雨霁、落霞孤鹜、秋水长天、渔舟唱晚等。这些以四字句为主的、具有很强装饰性的词组,仿佛装裱在楼阁四周的画幅,远景、中景、近景、全景、局部,都在其中,景象、色彩、声音、光影、动静,无一不恰到好处,显然王子安是用他的才思装饰了当年的南昌,只是那种过度的"辞饰"令人起疑,我想王子安之后一定有很多人登上楼阁眼观南昌的景象以求证其辞采的描述。尽管未必如其然,但提升了人们的想象。一个城市的风景抵达是在现实与想象上的双重抵达,唯如此才使城市的审美形神完备。

中古时期南昌的最高建筑是绳金塔,塔下有千佛寺,以镇火灾。二十世纪二三十年代,南昌最高建筑是位于江西大旅社(今八一起义纪念馆)旁的望火塔,望火塔仿佛是一个隐喻,它终于在1927年8月到来的"流火"之月,在塔下引爆了火红的行动——八一起义,起义人员脖子上皆系一条火舌般的红色飘带。五十年代南昌有了江西宾馆,是苏联"专家"帮助建的,高十二层,远超过了还存在的绳金塔与望火塔,我从小就听说"若要看到江西宾馆的顶,帽子都会掉下来"。那时我还真想去看一看,尽管所居住的外祖母家羊子巷距江西宾馆不算远,可大人都忙,是不太可能领小孩去看江西宾馆的。再加之该宾馆在相当长的年代里不对外开放,只招待外宾,所以其内部显得无限神秘,其高度如同神话。其实当年的所谓"外宾",除了早期的苏联"老大哥",就是"亚、非、拉"朋友,当我年至十几岁能够独自在市区穿街过巷时,我也偶尔路过江西宾馆,其正门似乎永远是紧闭的,门前行人稀少,有风从高楼撞来,如刀劈。九十年代市场经济,一度承包给私人,正门隐约开放过,后又关了,还是走距楼百米远的偏院之门进出,我曾经在里面参加过一个朋友(杂文家省三先生——这位外貌酷似其东北老乡赵本山的热门学府"南昌二中"的时任掌门人,从另一种意义上来说,他后来已不仅是个杂文家、教育家、还是书法家、画家兼小说家,其晚年隐居青云谱个山园,其人其文其画,尤见风骨)的新书发布会,也在里面跟三五老友喝过茶。后来江西宾馆的神秘优势荡然无存,随即被更多高档宾馆酒店所取代。八十年代位于民德路的二十一层经济大楼崛起,意味着南昌进入了一个新高度,这个高度为所有人提供了一个可以俯视南昌的视角——旋转餐厅。它的出现打破了神秘的高度仅供仅少数人占有的局限,而向大众、市民,甚至每一个愿意从那个高度打量南昌的人敞开。也就是说,城市的高度视角已不再神秘,每个人都可以充当神,从神的高度审视自己的"伊甸园"。

南昌过去不大,在相当长的时间里其城市范围不及现在一个较大的区,东至老福山,西至中正桥(今八一桥),南至八一广场,西至抚河桥。因此现在看来的一点无聊小事也能很快传遍全城,民国年间南昌一位年轻而美丽的富家少妇喜欢抱着宠物狗坐在黄包车上招摇过市,那小狗打扮漂亮,和少妇一样吸引人的眼珠,于是坊间传闻少妇与宠物狗的不伦之事,当时报纸也登了出来,弄得满城皆知,成了三十年代南昌的一条奇闻。而今在偌大的南昌,再大的事也封闭在一幢幢高楼里,变得隐秘而诡异,甚至被更大的高楼、更繁华的令人目眩神迷的街市人群所消解。而每一幢大厦或招牌式的高楼,它的开发商或主人的故事叠加起来,就是城市的巨人传。它们既励志又令人沮丧,既传奇又荒诞,既亢奋又暧昧,既光鲜又阴郁,既激昂又压抑。比如古玩城的老板、最早楼盘福田花园的老板、博能中心的老板等,数不胜数,哪一个人的奋斗史,不是可以立传的,哪一个人的经历不是代表着南昌这数十年的经历。他们才是与这座城市血肉相磨,甚至连性命都筑进了南昌钢筋水泥肌体的人。

　　但是我仍然喜欢在南昌的老城区漫无目地游走,以平视的视角与熟悉的城市亲密接触,只是这种游走的范围随着城市的拆建越来越小,原来还可以在豫章后街、大士院、子固路、射步亭、万寿宫周边的老街旧巷及东湖周边和天灯下、石头街及三眼井、书院街、都司前、系马桩一带走上一天半日的,现在仅系马桩还有些老时光的气息,其他地方都已大变。而走入红谷滩万达金街和"铜锣湾",仿佛已是两个世界——老城区所属的前一个世界是真实而亲切的烟火人间;新城区的商业购物中心如同繁花竞放的人间天堂。我当然都无法拒绝。

　　与生活平视,对一座城市而言就是做一个它的街巷市井中的人,像王家卫向友人所描述的——他的有记忆、有回味、有个体人生经验故事的九龙——鱼龙混杂、精致的夜生活,充满了奇妙的回忆,但懊恼的是,物是人非。随着街巷的减少和消失,这种与城市保持平视关系的可能也在减少和消失。城市的高楼和单元房,甚至无处不在的网络虚拟存在正在不断架空我们的生活。我突然发现城市人往昔的"乐园"正在危

火热的生活与街巷紧密相连

险地失去,而新的"乐园"——没有时光印迹的建筑,正在改写人们的生活与命运。

在我尽管有限的接触和一些饭局上有所耳闻的认知中,对于本地知名的大厦、楼盘和其开发者的故事风闻过后,有时我又觉得,城市的一座座高楼,就像天空下的十字架,上面绑着一个个殉难者,他们不是进牢狱的地产开发商就是大群房奴,无不背负着这些房子成为城市现代化崛起风景内部的呻吟与喘息。在"拆"与"建"的博弈中,弱势者被绞杀,耸立的高楼巨幢以强势的面孔一再印证着"丛林游戏"的血酬定律。

我到过红谷滩一座并不算太出名的大厦,老板K先生却很有名,在一些光鲜的场合也见过几面,人和善,是个发了福而体面的中年人,穿着月白色中式对襟布衣,见人就乐哈哈拱手,好像每个人都是他的恩人。在红谷滩他建了两幢大楼,分一、二期完成,开发的时候位置不算显著,还有些边缘,甚至可以看到南昌市郊赢上墓地火葬场的大烟囱。但当一期落成时,万达购物广场开业了,人气也跟着上来。周边地皮、冷落的楼盘价位上涨。二期完成时,这里也成了高楼密集带。K先生的大厦里有一层楼是他的私藏博物馆,不对外开放,仅供他的一些上流社会朋友欣赏。我跟在K先生公司工作的一位朋友进去开过一回眼,里面以价格动辄百万千的奇珍玉石为主,兼及各种昂贵红木材质的木雕、家具,有的干脆就是几大节比黄金还贵的木材原料,再就是藏量在百件以上的景德镇两位顶级工艺大师瓷绘作品,每件也是价格惊人。我们目不暇接,转了半天也没看完,朋友让我们坐下来品茶,随手敲敲摆茶具的原木茶几,说这件东西是一千多万收进来的。"我们每天开会坐的都是几千万的桌椅。"我简单估量了一下,这层楼里K先生的收藏至少是几个亿,甚至还远远不止。我开玩笑地说:"以后南昌又多了个可看之处了,从海昏侯的马蹄金,到滕王阁、八大山人、八一起义馆和K先生的收藏馆。"朋友摆手,说:"南昌这么大,也没几个人知道K先生的收藏馆,说不定还有A先生、G先生等有更多更让人看掉眼珠子的私家藏馆呢!"这话我信,城市的大厦高楼内部深不可测,蕴藏着多少不为人知的惊天奥秘。就如K先生也是个传奇人物,据说他早年到某市并购一家客车厂,那家厂原是上海过来的,我的姑姑、姑父及其子女都在那家厂,当年是江西有影响的大厂,各地长、短途跑的多是该厂制造的客车,后来企业不行了,职工下岗,日子过不下去,K先生瞅准了打算借壳上市,分管的女副市长也是精明人物,她一眼看穿了K先生的动机,硬是不批。K先生的本事就在于他后来居然把这位女副市长娶为老婆。后来我陪父亲去看过我的姑姑、姑父,得知那厂经K先生并购,职工都有了活路,看似一派祥和。

这些年每座城市都是在悲欢交织中成长的,但光鲜与喜悦的一面总也不能掩藏其宿命。每座城市也都有着层出不穷的地产商的悲剧在上演,财富的"得"与"失",乃至他们的"传奇",恍若过眼烟云。——房子立起来了,开发商的资金链断裂了,要债的堵了门,黑名单挂了号。南昌一开发商甚至在要债人蜂拥而至时,绝望地随时准备抱着逼债人跳下几十米深的地基深坑同归于尽。有位开发商在资金链断裂、债主封门之时,不得不离开老板桌,点上一支烟,步行一层一层走上几十层的高楼,那仿佛是他的一生,他终于登上了顶层,站在天台上。风从四面八方吹来,也没有减轻身上的炙热,他走到天台边缘,放眼望去,城市建筑错落有致,他甚至能看到中山路那他开发建设起来的一幢大厦的高处几层,那些立体玻璃与铁青色大理石散发出耀眼的光芒,像在向他打着熟悉的手势。中山路、步行街、象山路、八一大道、阳明路、叠山路、沿江大道、子安路、象湖、红角洲,不少地方都有他建的楼盘,他曾是这座城市地产界的一匹"黑马",曾经宝马香车美人,夜夜美酒笙歌,那些著名会所夜总会几乎是他每天必至之处,几所高档酒店都有他常年的包房,只是他的家——没有一套房子属于其名下,两个前妻也没有得到像样的房产,最后一位妻的房子也为他作了贷款抵押,最后还要共担他的债务。他曾经收藏的珍贵字画、名瓷也一件不剩,不是疏通关节送给了官员,就是用以抵债。四个儿女,三个出国留学,都已能打工自食其力,留在国内的一个,今年面临高考,成绩堪忧,他也从未关心过。满脑子只是生意和应酬,没有把时间留给家人。他内心有愧吗?没有谁知道。情人得过他的好处,官员得过他的好处,合作者得过他的好处,城市看似美好的风景中有他把性命作为抵押建起来的高大建筑的身影,此时在他眼里美丽而陌生。他掏出一支烟,咬到嘴角,用打火机打了几下,打不着火。他平静地将烟捏在手上,脸上露出了莫名的微笑,朝前迈出几步,从自己建的几十层高楼顶上一跃而下,高楼大厦成了他的墓碑。

秋日黄昏,有时看见高楼大厦后残阳如血,我不以为城市高楼群的成片崛起简单得只有骄傲,那些真正的付出者,多半是悲情泣血的。那些最早把城市高楼建起来的开发商,大多都成批倒下了,不是负债累累在吃牢饭,就是不知所终。而无数如蚁般的农民工,他们抛下故园,为多少座城市高楼拼命地付出,犹如飞蛾扑火,田园将芜,仍是义无反顾,这就仿佛是城市化进程中的罪与罚。似乎中国的城市化是带着妖魔来临的,它绑架了许多想从中获得一份利好的冒险者,并无情地吞噬了他们。可我至今没有看到真正的猎魔人出现,只有欲望的替代者前仆后继。钢筋水泥的丛林里夜宴不断,妖魔的高脚杯里晃荡着猩红之血与蓝月亮搅拌的鸡尾酒。中国的城市近数十年间普遍成了"冒险者"的乐园,只是他们往往在获得它时,又失去了它。

从江西大旅社院中的望火塔、江西宾馆、经济大楼上看南昌,与从飞机上和绿地双子楼观光塔上俯瞰南昌的效果是截然不同的。乘飞机上至几千米的高空,透过舷窗朝下看,舷窗很狭小,整个视野却是无限打开的无遮无拦,这是神抑或上帝的视角。在这种壮丽的俯瞰中,我们的城市在神抑或上帝的眼中实在是太小了,尤其在飞机的飞行中转眼即被浮云所替代,而云则在演示着天空之城的瑰奇幻象,那是神的居所。大地上的城市,我们只能从飞机起飞或接近降落时才能看到。南昌的昌北国际机场——其"国际性"仅能直飞韩国和泰国,T1国际航班候机楼小且冷清,可见时至今日南昌的国际性还是那么的局促,其开放程度是很低的。昌北国际机场的航班起飞或降落前似乎都会在城市上空——主要是红谷滩城区上空——盘旋一圈飞走或降落,这能令有心的乘客从飞机上以俯瞰的视角观看到我们的城市,但这种"观看"没有城市个性化的历史性,我几乎从不同的城市在飞机降落前俯瞰过它们,进入视角的城市都是一般整齐排列的屋顶、道路的线条及停车场之类,仿佛出自同一张图纸,毫无美感可言,也没有什么辨识度。而我两次在法兰克福降落前从舷窗看该城——掩映在森林中的城市特质,一眼即能辨识。我也在巴黎戴高乐机场乘机升空,那天阴雨,从舷窗往下看,巴黎被阴云罩住了,我看不见它,但罗兰·巴特写过他对这座城市的俯瞰视角:"从上空望巴黎时,必然会想象到一种历史;从塔顶俯瞰时心灵会幻想到眼前风景的递变;它会透过壮丽的空间景象沉浸于时间的神秘性中去,情不自禁地陶醉于往昔云烟之中。结果,时间绵延本身成为全景式的了。"

我从空中俯瞰法兰克福
此时是清晨五点,云雾下的灯火

还在闪烁,法兰克福,早安

我亮开翅膀,驾着风,向它逼近

歌德的故乡,保尔教堂,罗马人广场

德国的金融之花,我是二度来临

凑近飞机舷窗,梦还没有洗脸

金头发还没有飘起来,碧眼没睡醒

我在降临之前,从万米高空下来

从南昌,一个同样能写出牛诗的地方

以凌空飞翔之姿而来,我落地,鸟飞起

致歌德,致席勒,致法兰克福,早安

——《法兰克福,早安》

高楼大厦多半是米色的、灰色的、白色的、米黄色的、黑色的大理石墙体,青色的、金色的、钢蓝色的巨型玻璃窗。它们是超越了地表生物的仿佛突然间迅速冒起的群体,在你定眼默神间,会有惊愕、讶异、惊艳乃至惊喜,它们几乎把城市以往的遗存摧毁殆尽,而以一种崭新的城市现代美学范式,强悍地、霸气地,甚至有些傲慢与侵占性地,宣告它的存在与价值。它不是停留在意识形态层面的,不是虚的,不是口号与哗众取宠的词语丛林,不是纸面上的,而是资本的宣言。没有比这些高楼大厦更有说服力的了。人变得矮小,只有坐电梯升到顶层,才能居高临下。

车行在南昌大桥上,才看见两岸楼房都被灰雾包裹着,桥上却隐约有初阳之色。

我们抵达南昌最高的楼顶,在绿地双子塔上,天空没有鹰在盘旋,只有太阳,像一羽不朽的金鸟在绽开金色的羽毛,如一支支箭,又似天空的旌旗。这座古老的城池在千年历程中,多次旌旗浩荡,烈日炽焰,几经战火。由城市的标志性建筑"必然想象到一种历史",江西大旅社的望火塔——三十年代,民国的南昌;江西宾馆——五十年代,慢时光中的南昌;经济大楼——八十年代,万花筒般开始旋转的南昌;南昌双子塔——现代城市的惊叹号!我只能这么说,甚至还可再度引用罗兰·巴特在《埃菲尔铁塔》中所述以比照:"我们为什么要去参观埃菲尔铁塔呢?毫无疑问,是为了参与一个梦幻,在这个梦幻中埃菲尔铁塔与其说是一个真实的物体,不如说是一种凝聚器(这是它的存在根源)。铁塔并不是一种通常的景物,走进铁塔向上爬去,沿着一层层通道环行,等于是既单纯又深刻地临近一种景象,并探索一件物体(虽然是一种镂空雕塑品)的内部,把旅游的仪式转换为对景观和智慧的历险。"他还说:"没有什么比居高临下、极目远眺更使人欣快的了。"然而失明的诗人博尔赫斯咏叹:

> 在那个离弃了我的布宜诺斯艾利斯,我大概是一个外乡人。
> 我知道绝无仅有的未对凡人锁闭的乐园都是失去的乐园。
> 某个几乎与我一模一样的人,某个必定没有读过这一页的人,将悲吟水泥的高塔和石砌的方尖碑。

后记:"唯有时间优雅如永恒的悲伤"
—— 献给吾民吾城

一座城市之于一个人的故乡概念和气息,就是那些老街旧巷。通往大街的巷口,如村口,是老祖母守望儿孙的地方,也是人最容易动情之处。土耳其作家奥尔罕·帕慕克最近在接受意大利《新闻报》采访时说:"我不喜欢伊斯坦布尔现在这个样子,我的回忆都被毁了。"帕慕克说:"今天这个城市更富裕了,但更不自由了。建筑和经济都发生了变化,我喜欢的老房子被拆掉了。"意大利《新闻报》对他的采访报道标题更为直接:他们杀死了我爱的伊斯坦布尔。——这或是帕慕克的原话吧!

"好多年来我一直在收集伊斯坦布尔的旧照片。我不知道为什么我还在做这个事情。可能是因为它们是过去那个时代仅存的东西了。那也是何为人类的意思:毁掉一切,然后怀旧。但现在,就连怀旧都变成一个错误的政治术语了。"帕慕克说。在帕慕克的《伊斯坦布尔:一座城市的记忆》一书中,他以诗一般的语言书写了这座充满帝国遗迹的城市,以家庭传统的逝去折射这座城市在现代文明和传统文化之间的纠缠,以"呼愁"一词来表达那种帝国余晖的忧伤,而今天的忧伤则是因为他笔下的伊斯坦布尔样貌已经发生了巨大变化。就像世界其他古老城市一样,伊斯坦布尔也难逃"创造性毁灭"的命运。

我熟知的大姐、诗人李琦有一首《我对自己充满了同情》,我读来颇有感触:

> 我对自己充满了同情
> 在这座我生活了几乎一生的城市
> 很难再找到往事的痕迹
> 幼儿园、小学、中学、大学
> 或者消失,或者迁移,或者面目全非
> 连同那些动人的老建筑、教堂、小街
> 能让你望着出神的地方,越来越少
> 让你生气的事情,层出不穷
> 时代的橡皮巨大而粗鲁
> 旧时光体无完肤,正被一一拭去
>
> 往事已无枝可栖,记忆的峡谷里
> 却仍有山峰、流水、摩崖与溶洞
> 那些若隐若现的细节,那些
> 昔日的声音,正滴滴答答
> 落在钟乳石上
>
> 我常常站在一处处旧址之前
> 默念着一些名字。童年的伙伴
> 师长、同学、青春时代的恋人
> 你,你们,还有那些相关的味道、气息

分别来自教室、操场、电影院
当年的女生宿舍,还有
那曾让心跳加速的,某个男孩子的怀抱

是的,"一切都会成为过去"
可这伤筋动骨的速度,这种迫不及待
包裹着太多的粗暴、薄情、冷血和蔑视
下手之重,仿佛我们已经不配
再拥有往事,必须来路不明
眼看着那些逝去的岁月,落花流水
历史和记忆,先失去穹顶,再失去四壁
变成草芥粉末,似乎根本不值一提

怎么说呢,转眼我也在南昌生活了几十年,人在老,城比我们更老。可我们见着它在涅槃,由死而新生,蜕掉旧的躯壳,改头换面,俨然全不认得。唯老南昌街巷角角落落的人物和故事,发生过,有过,我还是不忍把它们忘掉。写吧,为什么不呢? 城与人,真是个有趣的命题,谁能全知,何况我是如此疏于交际而又孤陋寡闻,但即便就我在南昌生活着接触与认识着所知有限的他们,其命运也都暗合了这座城市的命运。人随城变,在变的过程中,更需要我们留心生活的碎片,街巷消失的碎片,人生场景在推土机、铲车碾过时的碎片,这些碎片就是一座城市的血肉,只有痛,你才会感到它的存在,或曾经存在过。实质上我们并不是为拆除的所有老屋老街道而痛惜,这里面肯定有一些具有历史与文化价值的部分是应该受到保护与珍视,我们痛惜的是拆毁的城脉与人生在那些物质场景中所带有的生命记忆。老城区与新城区的不同就在于老城区的老街旧巷是让人一咏三叹的,仿佛是生命情结,没完没了般缠人。昆明诗人于坚说:"我们时代的拆迁令我意识到,黄金时代在过去。不拆迁我们也看不见它。画栋雕梁其实是一个天堂的隐喻。"同样,新出现的钢筋水泥的密集性大厦群,它们冷峻、挺拔,折射着冰雪和太阳的反光,也如同一种另类乌托邦的隐喻。

其实每个城市人都在用力活着,日复一日地书写着自己的城市记。活着,即书写。

书写到大半,烈性冠状病毒暴发,"书写"着的很多人突然就中断了,空城,人都躲了起来,关门闭户——一两个月内传染了数万人,死了几千人,人们都像《十日谈》中一样躲起来避疫,全禁闭在家。原本繁华已极的大街小巷,不见人影,南昌像全国各地的城市一样,也成了空城。那些钢筋水泥体的建筑仿佛比以前更美、更冷、更严峻,却在庇护着我们,成了抵抗病毒的城堡。这场大疫,使所有城市都带有哥特式的阴冷色调。每天早上醒来就是看疫情,病毒感染确诊和死亡人数,心是揪紧的,人类在接受考验,当国内疫情向好之时,国外疫情又日甚一日,至3月23日病毒感染者已达20余万,据报道意大利现有新冠病毒患者46638例,死亡5476例。震惊!南昌此前也有数百人确诊,我所在的红谷滩新区一度为疫情较严重区域。我把自己关在家里,写了此书一些篇什。对城市生活又增加了一些反思,突然发现书中写的都是疫前城市人的生活状态,虽琐碎而平凡,却实实在在。大疫将是一道分水岭,一场疫情过后,生活会怎样?如果我们和城市一样成了幸存者,我想着这个世界将一如既往,没那么好,也没那么糟,何况人生有限,每一日都活踏实了才好。

我从视频中看见疫情下的意大利城市,在病毒中沦陷,有一位禁闭在家的居民爬上屋顶,面对灾难深重的城市拉起了小提琴,曲调缠绵而哀婉,仿佛悲怆的天鹅在湖上徘徊。我之所以此时要写诗,也是如此。意大利的罗马、米兰、佛罗伦萨、威尼斯、托斯卡纳等城市和地区,我游历过,深知这个文艺复兴发源的国度,人性热烈而浪漫。即便此时此刻在死亡的街巷,一队女子还在裸体跑步,粉红的身体迎着死神的锋芒,晃动着像油画中的丰乳肥臀,犹如诗所写的:"你雪白的乳房面前,/光芒,喝退了死神。"(吕布布)或正因为如此,《南昌记》中所写的城市琐记,又多出了另一种意义,那是疫情前的,再回不去了。从此即便我们都有幸在城市继续生活下去,那也是疫后的,而此刻的世界诸多城市都是疫情下的生活。湮没在旧时光中的老街巷已经渐行渐远。

在此,我比任何时候更要祝福生命,祝福城市。

一切有可能消失,一切都会铭记。

2020 年 5 月 20 日于南昌